Doña Perfecta

BENITO PÉREZ GALDÓS

Edited and with notes by
LINDA M. WILLEM

Cervantes & Co.

On the cover: *Untitled*, oil on panel, 9"x11" © 2004 by Michael Bolan.

FIRST EDITION

Copyright © 2004 by European Masterpieces

LinguaText, Ltd.
270 Indian Road
Newark, Delaware 19711
(302) 453-8695
Fax: (302) 453-8601

MANUFACTURED IN THE UNITED STATES OF AMERICA

ISBN 1-58977-017-X

Table of Contents

Introduction to Students

GALDÓS'S LIFE AND WORKS (1843 - 1920)

The foremost literary figure of nineteenth-century Spain, Benito
Pérez Galdós is widely considered within Hispanic studies to be
second in importance only to Cervantes in the development of the
Spanish novel. Although he is less known outside of Spain, his
literary talent ranks him among the great European Realist writers
of his day, alongside Balzac, Dickens, and Tolstoy. Born in 1843, he
grew up in the town of Las Palmas, in the Canary Islands, as the
youngest of ten children. At the age of nineteen, he moved to Madrid
to begin his university studies in law, but his lack of interest in the
subject, coupled with his fascination for observing big-city life and the
myriad of people and social classes, resulted in both a poor academic
record and a wealth of material which he drew upon to pursue what
would soon become his true vocation. Over the course of his prolific
career Galdós published seventy-seven novels, forty-six of which
belong to his series of historical *Episodios Nacionales* chronicling
Spain's recent past. Prior to initiating this series in 1873, he also had
written two other period pieces. The remaining twenty-nine novels
had contemporary settings, but he divided them into two groups,
dubbing those written between 1867 and 1879 his *Novelas de la
Primera Época*, and reserving the designation of *Novelas
Contemporáneas* for those written between 1881 and 1915. The
former group differed from the latter in its less complex narrative
style and its stronger engagement with political, social, and religious
issues. *Doña Perfecta*, one of his most famous novels, is part of his
Primera Época, while his four-volume masterpiece, *Fortunata y
Jacinta* is one of the *Novelas Contemporáneas*.

Although he is primarily known as a novelist, Galdós wrote

numerous plays, short stories, and journalistic essays as well. When blindness in 1912 prevented him from penning his own manuscripts, he produced them through dictation to scribes. By the time of his death in 1920, Galdós also had added to his list of accomplishments the editorship of two periodicals (*El Debate* and *Revista de España*), membership in the Spanish parliament, and election to the Spanish Royal Academy. His candidacy for the 1912 Nobel Prize, however, had been undermined by conservatives due to his life-long, outspoken commitment to liberal causes. He achieved great fame within his lifetime, and on the day of his burial tens of thousands of mourners filed passed the casket of the man they affectionately called "don Benito" as he lay in state in Madrid's City Hall, after which they crowded the streets to follow his funeral procession to the Almudena cemetery on the outskirts of the city.

NINETEENTH-CENTURY SPAIN

The times in which Galdós lived and wrote were marked by political turbulence, social mobility, intellectual foment, and literary activity. The unrest between conservative and liberal factions that characterized Spain's nineteenth century had its roots in the 1808-1813 *Guerra de la Independencia* (also known as the Peninsular War), in which the Spanish people used armed resistance against the occupying army of Napoleon, who had installed his brother Joseph as Spain's king after forcing Carlos IV to abdicate and his son Fernando to renounce his claim to the throne. While conservatives fought to restore the legitimate heir as their absolute monarch, liberals used the collapse of central authority to hold a *Cortes* [parliamentary assembly] in 1810, which resulted in Spain's first constitution in 1812. It redefined the monarchy's legitimacy as being derived from the sovereignty of the people rather than through divine right. It also abolished some of the privileges enjoyed by the nobility and the church. But upon the return and investiture of Fernando VII, this constitution was set aside and only briefly reinstated during his repressive regime that silenced the liberal voice through execution, incarceration, exile, and censorship.

When Fernando VII died without a male heir in 1833, the throne passed to his infant daughter Isabel in accordance with Castilian laws permitting female succession. His brother Carlos refused to accept this decision, citing the Salic Law of the House of Bourbon (which had been secretly nullified in 1789) prohibiting women from acceding to the throne. Carlos and his supporters rose up in armed revolt, thereby beginning the first and longest of three Carlist wars that would be waged intermittently (1833-1840, 1846-1849, and 1872-1876) against the Spanish government. Each would be unsuccessful. The motto of the Carlists was *Rey, Religión, y Fueros* [King, Religion, and Traditional laws and privileges], and their aim was to reverse liberal reforms, particularly those curtailing the influence of the Church. With the conservatives backing Carlos, Isabel's mother María Cristina (as Queen Regent for her underage daughter) reluctantly sought the support of moderate liberals. The ensuing decades ushered in extensive liberal legislation which expanded the middle class and encouraged trade and industry while limiting the power of the Church through the selling-off of its lands, the suppression of its male religious orders, and the abolition of the tithe. The liberals' deepening internal friction, however, caused power-struggles between their more moderate and radical camps, leading to a series of civilian uprisings and military declarations in favor of or against one group or another. The military rose to great prominence; and with María Cristina's unwillingness to fully embrace the liberal enterprise, a general (Espartero) became Prime Minister and later replaced María Cristina as Regent. His rule was followed by that of a succession of other liberal military-politicians in what has been called the Regime of the Generals, culminating in a military coup, known as the Glorious Revolution of September 1868, that ousted the increasingly conservative-minded Isabel II from the throne. Two generals shared the country's political power base, with one named as Regent (Serrano) and the other as Head of the Government (Prim). The next year a new constitution recognized freedom of religion and civil marriage, thereby ending the long-established role of Catholicism as Spain's official faith. In 1870 the *Cortes* elected an Italian aristocrat—Amadeo, Duke of Savoy—to fill the vacant throne, but the assassination of his primary supporter (General Prim), along with the intense in-fighting among the various liberal factions, and the strong popular resentment against a foreign king, led to his abdication in February 1873, followed immediately by the National Assembly's vote to abolish the monarchy and proclaim Spain a republic. But continuing internal disputes caused the presidency of the First Republic to change hands every few months, resulting in political chaos that was brought to an end with a military proclamation in December 1874 that forcibly dissolved the government and restored the monarchy in the person of Alfonso XII, son of Isabel II.

The Restoration finally brought a measure of peace and order to the remainder of Spain's nineteenth century due to the creation of two official political parties—one conservative and the other liberal—that agreed to voluntarily abandon power to each other at regular intervals. This alternating system, know as the *turno pacífico*, guaranteed each party an eventual return to office through manipulated elections, largely achieved through the efforts of *caciques* [rural party bosses] who received political favors from their provincial governors in return for exerting influence and intimidation at the local level. The first rotation, in the hands of the conservatives, produced the Constitution of 1876, which would remain in effect for fifty-five years. It reinstated Catholicism as Spain's official religion but did provide legal safeguards for non-believers and those who privately practiced other faiths.

Spain's political situation brought about important, albeit limited, social changes throughout the century. Most notably, the shift from an absolute to a constitutional monarchy also represented a shift in power from the nobility to a bourgeois elite. But the pre-Restoration domination of the government by liberal factions placed that elite in ideological opposition to much of Spain due to the relative lack of support for the liberal agenda outside of the major cities. Furthermore, the legislation that succeeded in limiting the economic authority of the Church also inadvertently turned the clergy, though greatly reduced in numbers, into liberalism's most socially influential adversary. Consequently, reforms aimed at modernizing Spain were viewed with suspicion or hostility by most groups outside of the urban middle class that both benefited from them and gradually grew in size as a result. But these reforms did indeed place Spain on the road to progress through the building of railroads, the opening of banks, the development of textile manufacturing, and the mining of copper and iron. With the Restoration also came the stability needed for Spain's first real economic boom to take place, fostering new growth in such areas as publishing, transportation, electricity, and both the steel and the chemical industries. But even at its height, Spain's industrialization during the nineteenth century lagged far behind that of northern European countries, due in part to Spain's comparatively slow population growth. With a birth rate that barely outpaced the mortality rate, Spain did not experience the population boom that elsewhere provided both the labor and the consumers for a full-fledged industrial revolution. Although this modest rise in population did nearly double the number of inhabitants of Madrid between 1857 and 1900, most were employed as functionaries and artisans or held jobs in the service sector rather than in industry.

Overall, Spain remained an agrarian society, with a constant 63-64% of the population working the land throughout the latter half of the century, primarily on large estates called *latifundios*. Many of these *latifundios* came into being as a consequence of the *desamortización* [disentailment] laws of 1836-1837 and 1855 that freed up for public purchase land whose ownership had been restricted to the nobility through inheritance, as well as land held by the Church, and common municipal land. Large tracts of these lands were bought by the urban middle-class (many of whom, especially in the south, were absentee landlords) and farmed under quasi-feudal conditions by laborers who themselves were landless. Typically these *latifundios* produced a single crop, often of high quality, but the continued use of antiquated technology severely limited the yield.

Throughout the nineteenth century, Spain also remained an illiterate society compared to its European neighbors. With an overall illiteracy rate of 80% in 1860, only 31% of males and 10% of females knew how to write. That rate increased, respectively, to nearly 35% and 15% in 1877; 48% and 23% in 1887; and only reached 58% and 39% in 1910. In addition, illiteracy was consistently higher in the country than in the cities. But thanks to a practice that dated back to Spain's Golden Age, those who could not read did have access to the printed word through hearing books and newspapers read aloud at public venues, typically by university students in exchange for a nominal fee. Meanwhile, the small but growing literate population during the Restoration could avail itself of the serialized novels available in newspapers or could purchase chapters of novels in installments to offset the cost of buying entire books. The more highly educated Spaniards could join cultural societies or congregate in the

Ateneos that became more numerous after 1860, where they could hear lectures and discuss the literary, philosophical, aesthetic, political and scientific issues of the day.

The political and social transformations of the nineteenth century also stimulated the rise of new ideas to accommodate them. While much of Spain still clung to traditional values and a theocratic view of the world, liberal intellectuals began to seek out more secular philosophies. One of particular importance was Krausism, based on the theories of the German philosopher Karl Christian Friedrich Krause. Brought to Spain in the 1840's by the university philosophy professor Julián Sanz del Río, Krausism enjoyed a period of considerable influence from 1850 to 1880. It was an active and reforming humanitarian movement whose ultimate goal was universal brotherhood built upon an ethics of Christianity. Within this context it defined progress as moral perfectibility, wherein each individual strives to live in a harmonious relationship with the other members of society. The application of reason to govern all human behavior was seen as the means of achieving this goal. Science was also considered an important tool because it brings order to reality by organizing what appears to be a disorderly array of different facets of the world. The emphasis of Krausism on Christianity rather than Catholicism allowed the Spanish Krausists to criticize the superstition and extravagant popular devotions practiced by many Catholics while still respecting their personal faith. The aim was to raise the spiritual level of the people in opposition to religious sectarianism. It favored tolerance and sympathy toward all religions, stressing the moral concepts they hold in common. Krausism's greatest influence was felt in the area of education. It considered the university as the center for the moral regeneration of the nation, and in 1876 the *Institución Libre de Enseñanza* was founded by its followers to provide an educational system outside of the Church's influence. Krausists also championed the formal education of women through the founding of the *Escuela de Institutrices* in 1869. The informal education of women was to take place within the realm of marriage, where the Krausist husband would help his wife to develop her inherent potential. Overall, Krausism provided liberal intellectuals with an alternative to modern European philosophies which were devoid of a spiritual component, while allowing them to stand at a distance from the Catholic church.

THE REALIST NOVEL

Realism was an international literary and artistic movement dating from the 1830's that largely came about as a reaction to the preoccupation with emotions and the predilection for the exotic, the sublime, the supernatural, the folkloric, and the medieval that characterized the equally international movement of Romanticism. Realism also was in part a response to the desire by the growing middle class and the newly literate population to read stories with characters like themselves. Consequently, Realist authors attempted to write fiction that would give the illusion of reflecting life as it seemed to the common reader. Rather than presenting larger-than-life heroes engaged in adventurous exploits, or sentimental characters contemplating nature, or fantastic apparitions displaying magical powers, or idealized peasants in quaint settings, or knights of the Middle Ages, or foreign lands with unusual customs, the Realist novel described the ordinary events and everyday life of contemporary society. As such, Realist novels included characters from all walks of life, often depicting the social problems and issues of the day.

The Realist movement came late to Spain, after it had been developed in France, England, and Russia by such authors as Balzac, Flaubert, Dickens, Elliot, Tolstoy, and Dostoevsky. Galdós was one of its earliest Spanish proponents. In the late 1860's he extensively read the works of Balzac and Dickens, and in his 1870 essay, "Observaciones sobre la novela contemporánea en España," he championed the Realist novel and spoke of the middle-class as the inexhaustible source from which it could draw its content. Acknowledging the "inmenso bien" which had been realized through the middle-class's dynamic role in the political and commercial realms, Galdós also cited the unfortunate side effects that it had produced: unbridled ambition, positivism, and vanity. The Realist novel would give literary form to this complex situation by presenting "el hombre del siglo XIX con sus virtudes y sus vicios." The mission of the novelist was not to intervene directly in the ills of society, but rather to hold up an "espejo eterno reflejedor y guardador de nuestra fealdad," with the hope of initiating change in those who saw themselves thus reflected. Two evils which Galdós specifically mentioned as destructive to domestic life were religious fanaticism and adultery. He addressed the former in his *Primera Época* novels and the latter in his *Novelas Contemporáneas*. Before launching his series of *Novelas Contemporáneas* in 1881, however, Galdós also had been exposed to Emile Zola's theories of Naturalism, which took the Realist concept of basing novels on the observation of real life a step farther. For Zola the novel was a laboratory where characters with a given set of psychological, physical, and hereditary traits were placed in constructed environments of time and space, within which their personalities would evolve through interaction with each other and their surroundings. These pseudo-scientific experiments were literary studies of pre-determined behavior, and as such, they tended to set up extreme environments of poverty and squalor where aspects of the seamier side of life could be shown as plausible reactions by the characters. During the final two decades of the nineteenth century touches of Naturalism were incorporated into the works of Spanish Realists such as Galdós, Leopoldo Alas (Clarín), and most notably Emilia Pardo Bazán, but all rejected the determinism of Zola's theories, preferring to show how characters could be strongly influenced by heredity and environment but were ultimately in control of their destinies through the exercise of free will.

Doña Perfecta

Doña Perfecta was published in 1876. This was a time when the deep ideological division between liberals and conservatives had crystallized into a set of basic oppositions: science vs. religion; reason vs. faith; and modernization vs. tradition. Advocates of one position or another often attacked their opponents by using inflammatory language in public venues such as speeches or newspaper articles. The role of the Spanish novel within this contentious atmosphere dates back to the 1840's, when literary critics began to call for writers to use the novel for the "transcendental" purpose of imparting ideas of moral and intellectual value, including those related to social, religious, and political themes. By 1870 this "transcendental" inclination had grown to become the dominant critical opinion, with the country's most influential critics viewing the inclusion of socially significant subjects as something which the modern Spanish novel should do. Consequently, "transcendental" issues were raised by both liberal and conservative writers, each from his or her own partisan viewpoint. Critics writing between 1840 and 1880 called this ideologically engaged literature by various names, but in the 1870's it was most commonly referred to as *la novela de tesis* or *la novela tendenciosa*. Although these terms were frequently used interchangeably, there did exist a theoretical distinction between them based on the manner in which the issues were rendered within the artistic context. The *novela de tesis* was overtly didactic, with the characters embodying ideas rather than functioning as psychological entities, and the actions unambiguously leading toward the message being promoted. On the other hand, the *novela tendenciosa* provided an indirect lesson which the reader inferred from actions that flowed reasonably from the plot. Most critics favored this implicitly didactic approach that did not violate the aesthetic integrity of the novel as a literary genre.

Three of Galdós's *Primera Época* novels—*Doña Perfecta, Gloria,* and *La familia de Leon Roch*—were viewed by critics of the day as "transcendental" in nature. As can be expected, the critical reception of these novels broke down along liberal and conservative lines, with either praise or criticism, respectively, for their content. But several liberal critics also touched on Galdós's style, mentioning how well he subordinated ideology to artistry in his creation of texts that contained profound social messages communicated through his realistic portrayal of psychologically developed characters. Indeed, it is precisely Galdós's characterizations which made these novels vehicles for criticizing not only the social ills of the time, but also the type of "transcendental" debates that simplified those issues by painting them in broad brushstrokes.

Doña Perfecta takes place at the beginning of the Restoration, just prior to the end of the final Carlist war. It has a conservative rural setting into which a liberal urban man of science is introduced, thereby establishing the potential for a clash of competing ideologies. However, when that confrontation does take place, the characters voicing these opposing positions are governed more by personal than ideological motivations. Pride, ambition, greed, envy, loyalty, shame, devotion, love, hate, and fear all lie beneath the surface, giving a human dimension to the "transcendental" issues involved. In keeping with his Realist agenda, Galdós's portrayal of "el hombre del siglo xix con sus virtudes y sus vicios" in this *novela tendenciosa* shows the complexity of virtue and vice, with varying degrees of both contained in the actions of all the characters. The *fealdad* reflected in this novelistic mirror pertains not only to the ideological issues it raises, but also to the human weaknesses it reveals. Herein lies the continued appeal of *Doña Perfecta*. Today's reader may not face the same social problems as depicted in the novel, but the human qualities—both good and bad—of the characters and the types of actions they undertake in the pursuit of their goals are just as common to the twenty-first century as they were to the nineteenth.

EDITIONS
Doña Perfecta first appeared as a serialized novel in issues 194-98 of *Revista de España* from March through May of 1876. The chapters corresponding to these installments are: 1-8; 9-15; 16-19; 20-24; and 25-33. At its completion it also was released in book form by Noguera press, with all copies sold by June. Later that year a re-edited version was published by La Guirnalda press which contained a significantly altered ending to the novel through changes Galdós made to the final two letters of Chapter 32. This second ending has become the standard one ever since. During Galdós's lifetime, a dozen more editions with this definitive ending were released in 1878, 1881, 1883, 1884, 1886, 1891, 1899, 1902, 1905, 1907, 1913, and 1919, all by La Guirnalda except for the final four, which were published by Sucesores de Hernando.

For this Cervantes & Co. Spanish Classics edition, I have followed Rodolfo Cardona's lead in basing the text on the 1902 La Guirnalda edition, which was the last version to bear the designation of being "esmeradamente corregida" by Galdós. Although subsequent editions do contain many minor changes in the wording of the text, there is no concrete evidence that Galdós himself made them, so I agree with Cardona that the 1902 version is the one "que debemos considerar como canon." My choice of the 1902 version has the additional advantage of giving educators access to the same basic text in two formats: Cardona's Cátedra critical edition (with an introduction and copious footnotes documenting the wording variants of the 1876-1919 texts) and my classroom edition aimed at non-native speakers of Spanish. Consequently, the appropriate book can be used for all levels of instruction, with my edition serving students who can benefit from the glossary, explanatory footnotes, and historical overview, and Cardona's edition selected for students with no need for such pedagogical apparatus. Like Cardona, I also have included the original 1876 ending to the novel, but rather than quoting just the changed paragraphs, I have placed them within the context of the letters themselves to convey the original flow of the narrative. They are located in the appendix, along with my brief remarks concerning the changes.

In accordance with the Spanish Classics Series guidelines, I modernized the spelling—most notably in regard to superfluous accent marks—of the text. However, in updating the punctuation I retained the original commas and semicolons within sentences so as to preserve the rhythm of the novel as written.

PEDAGOGICAL FEATURES OF THIS EDITION

The purpose of the Cervantes&Co. Spanish Classics series is to make important works of Spanish literature more accessible and understandable to native English-speaking students of Spanish who do not have the linguistic or cultural background required to profitably use editions of these works published in Spain for Spanish nationals. My edition is primarily aimed at undergraduates, but it also can be used in graduate courses, particularly for students not specializing in nineteenth-century Peninsular studies who may find the socio-political explanations helpful. All of the books in this series have the same four features:

1. Introduction. The premise governing the introductions is that the students are unfamiliar with both the author and time-period of the work, and therefore, they need a general overview that places the work into its historical and cultural context without going into a great deal of detail or providing literary analysis that will get in the way of students forming their own interpretations. In writing my introduction I tailored its content to include the political, social, intellectual, and literary aspects of the nineteenth century which students need to know in order to fully appreciate *Doña Perfecta*. Therefore, as students read the text, they should keep this information in mind, particularly with regard to the conflict between liberal and conservative ideology.

2. Vocabulary in the margins. These are words that undergraduate students are not likely to know. The first time that each appears, it is defined in the margins. Subsequent appearances are not translated, unless they have a meaning that differs from the first. These words are signaled in the text by a degree sign ° following them. If a phrase is translated, the symbol ' precedes the first word and a degree sign ° follows the last. Phrases or definitions that are too long to fit in the margins are placed in the footnotes. In choosing the words to be marginalized, I had the good fortune to be able to use the actual experience of my advanced undergraduate students who read this text in the Cátedra edition and documented the words they needed to look up. If at least six of my twenty-four students found a word problematic, I included it in the margin. In addition, I added many words which over my teaching career I have found to be difficult for undergraduates at the upper-intermediate to advanced level of literature courses. Finally, words that are particularly useful for students to know for this novel are also found in the margins. Students should take note of the meanings of the marginal words as they are reading so they will recognize them when they reappear.

3. Footnotes. There are two types. The first are the linguistic footnotes cited above, which contain the words from the text in boldface and the definition in italics. The second type are explanatory footnotes, which provide information that students may not know concerning material in the text. I used footnotes to clarify the many references Galdós made to classical mythology, literature, history, and the names of famous people and places. In addition, a large number of my footnotes are dedicated to explaining terminology pertaining to such subjects as religion, science, architecture, art, law, weights and measures, the nobility, the military, and the monetary system.

4. Glossary. This is a Spanish-English dictionary geared specifically to the text. In addition to all the words in the margins, a great many other words from the text are included to accommodate a wide range of linguistic ability. In all, the glossary contains more words than any one student will need to look up. Each definition is followed by the number of the chapter in which it first appeared. If it changes meaning over the course of the text, each

definition is cited with the appropriate chapter number. In establishing the order of the definitions for any given word, I placed the definitions of the word itself before definitions of any expressions containing the word.

ACKNOWLEDGMENTS

I wish to thank Tom Lathrop for asking me to do this project. There is a great need for classroom editions that will expose undergraduates to Galdós's more representative works rather than just the ones that are short enough to be included in textbook anthologies. It is my hope that other *Galdosistas* and presses will endeavor to fill this need now that Galdós's large body of work has passed into the public domain. I also am grateful to New Mexico State University for lending me a copy of the 1902 edition of *Doña Perfecta*, and to the Hemeroteca Municipal de Madrid for granting me access to the *Revista de España* issues containing the original ending. I am particularly indebted to my own personal "graduate assistant" husband, Stephen Asunto, who undertook the laborious task of scanning and reconfiguring the text into an electronic format, under the able and very amiable direction of Diane Badgley, Instructional Technology Specialist in the Office of Information Resources at Butler University.

In recognition of the dedication to this project shown by the students in my SP 430: Nineteenth-Century Spanish Literature course held in the Spring semester of 2001, I wish to cite them all individually: Amy Jo Schloot, Elizabeth G. Weir, Briana Lynn Jury, Belinda Gaviola, Craig Willey, Tami R. Watts, Onécimo Guereca, Leslie McLeary, Rebeca Villarreal, Jill Cali, Michelle L. Mehlan, Elsie Digoy Yanney, Sayaka Inoue, Maki Akimoto, Matthew Vanderhorst, Angela D. Lehman, Tracy N. Wilhite, Katy Johnston, Lorilee L. Thrush, Nicole L. Feltz, Amy J. Vest, Stacey Armbrecht, Lisa Koelikamp, and Meghan Martin. Rebeca and Onésimo were particularly helpful in pointing out the words that are problematic for heritage-speakers of Spanish, while Sayaka and Maki provided me with insights on the special problems facing readers who are not native speakers of either English or Spanish.

Finally, the following is a list of the informational sources I consulted for the writing of my introduction, footnotes, and glossary:

Alvarez Junco, José and Adrian Shubert, eds. *Spanish History Since 1800.* New York: Oxford UP, 2000.

Bahamonde, Angel. *España en democracia: El Sexenio, 1868-1874.* Historia de España 23. Madrid: Ediciones Temas de Hoy, 1996.

Brewster, K. G., and H. G. Emery, eds. *The New Century Dictionary.* 2 vols. New York: P. F. Collier & Son, 1948.

Cardona, Rodolfo, ed. *Doña Perfecta.* By Benito Pérez Galdós. Madrid: Cátedra, 2000.

Carr, Raymond. *Spain 1808-1975.* 2nd ed. New York: Oxford UP, 1982.

Crónica de España. Barcelona: Plaza & Janes Editores, 1988.

Crónica de Madrid. Barcelona: Plaza & Janes Editores, 1990.

Dardé, Carlos. *La Restauración, 1875-1902: Alfonso XII y la regencia de María Cristina.* Historia de España 24. Madrid: Ediciones Temas de Hoy, 1997.

Eoff, Sherman H. "The Spanish Novel of 'Ideas': Critical Opinion (1836-1880)." PMLA 55 (1940): 531-58.

España: siglo XIX (1834-1898). Madrid: Anaya, 1991.

García-Pelayo y Gross, Ramón. *Pequeño Larousse en color: diccionario enciclopédico de todos los conocimientos.* Paris: Ediciones Larousse, 1972.

González Blanco, Andrés. *Historia de la novela en España.* Madrid: Sáenz de Jubera, 1909.

Grant, Michael. *Myths of the Greeks and Romans.* New York: Mentor, 1962.

Hamilton, Edith. *Mythology: Timeless Tales of Gods and Heroes.* New York: Mentor, 1942.

López-Morillas, Juan. *The Krausist Movement and Ideological Change in Spain 1854-1874.* Cambridge: Cambridge UP, 1981.

Ovid. *The Art of Love and Other Poems.* Trans. J. H. Mozley. New York: G. P. Putnam's Sons, 1929.

Ross, Christopher J. *Spain 1812-1996: Modern History for Modern Languages.* New York: Oxford UP, 2000.

Rueda, Germán. *El reinado de Isabel II: La España liberal.* Historia de España 22. Madrid: Ediciones Temas de Hoy, 1996.

Snodgrass, Mary Ellen. *Greek Classics.* Lincoln: Cliffs Notes, 1988.

Steiner, Roger, ed. *Simon & Schuster's International Dictionary: English/Spanish Spanish/English.* 2nd. ed. New York: Macmillan, 1997.

Virgil. *Eclogues, Georgics, Aeneid I-VI.* Trans. H. Rushton Fairclough. Cambridge: Harvard UP, 1986.

I

¡Villahorrenda!...[1]

¡Cinco minutos!...

Cuando el tren mixto descendente[2] número 65 (no es
preciso° nombrar la línea) se detuvo en la pequeña   necessary
estación situada entre los kilómetros 171 y 172, casi todos
los viajeros de segunda y tercera clase se quedaron durmiendo
o bostezando° dentro de los coches, porque el frío penetrante de   yawning
la madrugada° no convidaba° a pasear por el desamparado   dawn, invited
andén.° El único viajero de primera que en el tren venía bajó   railway platform
apresuradamente, y dirigiéndose a los empleados, preguntóles
si aquél era el apeadero° de Villahorrenda. (Este nombre, como   wayside station
otros muchos que después se verán, es propiedad del autor.)

—En Villahorrenda estamos—repuso el conductor, cuya voz
se confundió con el cacarear° de las gallinas que en aquel   cackle
momento eran subidas al furgón—. Se me había olvidado
llamarle a usted, Sr. de Rey. Creo que ahí le esperan con las
caballerías.

—¡Pero hace aquí un frío de tres mil demonios!—dijo el
viajero envolviéndose en su manta—. ¿No hay en el apeadero
algún sitio° dónde descansar y reponerse antes de emprender un   place
viaje a caballo por este país de hielo?

No había concluido de hablar, cuando el conductor, llamado
por las apremiantes obligaciones de su oficio, marchóse,° dejando   went away
a nuestro desconocido caballero con la palabra en la boca. Vio
éste que se acercaba otro empleado con un farol° pendiente de la   lantern
derecha mano, el cual movíase al compás de la marcha, proyectando geométricas series de ondulaciones luminosas. La luz caía
sobre el piso del andén, formando un zig-zag semejante al que
describe la lluvia de una regadera.°   watering can
—¿Hay fonda° o dormitorio en la estación de Villahorrenda?   inn

---

[1] *Horrible town*

[2] The train is mixed in the sense that it carries both passengers
and freight, and it is descending in a southbound direction.

—preguntó el viajero al del farol.

—Aquí no hay nada—, respondió éste secamente, corriendo hacia los que cargaban y echándoles tal rociada de votos,° juramentos, blasfemias y atroces invocaciones, que hasta las
5　gallinas, escandalizadas de tan grosera brutalidad, murmuraron dentro de sus cestas.

curses

—Lo mejor será salir de aquí a toda prisa—dijo el caballero para su capote—. El conductor me anunció que ahí estaban las caballerías.

10　Esto pensaba, cuando sintió que una sutil y respetuosa mano le tiraba suavemente del abrigo. Volvióse y vio una oscura masa de paño° pardo sobre sí misma revuelta, y por cuyo principal pliegue° asomaba el avellanado rostro° astuto de un labriego castellano. Fijóse en la desgarbada estatura, que recordaba al
15　chopo entre los vegetales; vio los sagaces ojos, que bajo el ala de ancho sombrero de terciopelo° raído resplandecían; vio la mano morena y acerada, que empuñaba una vara verde, y el ancho pie que, al moverse, hacía sonajear el hierro° de la espuela.°

cloth

fold, face

velvet

iron, spur

—¿Es usted el Sr. D. José de Rey?—preguntó, echando mano
20　al sombrero.

—Sí; y usted—repuso el caballero con alegría—, será el criado° de Doña Perfecta, que viene a buscarme a este apeadero para conducirme a Orbajosa.

servant

—El mismo. Cuando usted guste marchar... la jaca° corre
25　como el viento. Me parece que el Sr. D. José ha de ser buen jinete.° Verdad es que a quien de casta le viene...

pony

horseman

—¿Por dónde se sale?—dijo el viajero con impaciencia—. Vamos, vámonos de aquí, señor... ¿Cómo se llama usted?

—Me llamo Pedro Lucas—respondió el del paño pardo,
30　repitiendo la intención de quitarse el sombrero; —pero me llaman el tío Licurgo.³ ¿En dónde está el equipaje del señorito?

—Allí bajo el reloj lo veo. Son tres bultos. Dos maletas y un mundo de libros para el Sr. D. Cayetano. Tome usted el talón.

Un momento después, señor y escudero hallábanse° a
35　espaldas de la barraca llamada estación, frente a un caminejo que, partiendo de allí, se perdía en las vecinas lomas° desnudas, donde confusamente se distinguía el miserable caserío de Villahorrenda. Tres caballerías debían transportar todo: hom-

found themselves

hills

---

³ Lycurgus (c. 800 B.C.) was a Spartan legislator and reputed founder of the Spartan constitution.

bres y mundos. Una jaca de no mala estampa era destinada al
caballero. El tío Licurgo oprimiría los lomos de un cuartago   small horse
venerable, algo desvencijado, aunque seguro, y el macho,° cuyo   mule
freno debía regir un joven zagal, de piernas listas y fogosa
5 sangre, cargaría el equipaje.

Antes de que la caravana se pusiese en movimiento, partió
el tren, que se iba escurriendo por la vía con la parsimoniosa
cachaza de un tren mixto. Sus pasos, retumbando cada vez más   slowness
lejanos, producían ecos profundos bajo tierra. Al entrar en el
10 túnel del kilómetro 172, lanzó el vapor por el silbato,° y un   whistle
aullido estrepitoso resonó en los aires. El túnel, echando por su
negra boca un hálito blanquecino, clamoreaba como una trompeta: al oír su enorme voz, despertaban aldeas, villas, ciudades,
provincias. Aquí cantaba un gallo, más allá otro. Principiaba a
15 amanecer.[4]

---

[4] **Principiaba a amanecer** *It began to dawn*

II

Un viaje por el corazón de España

C UANDO EMPEZADA LA CAMINATA, dejaron a un lado las casuchas de Villahorrenda, el caballero, que era joven y
5 'de muy buen ver,° habló de este modo: very good-looking
—Dígame usted, Sr. Solón...[1]
—Licurgo, para servir a usted...
—Eso es, Sr. Licurgo. Bien decía yo que era usted un sabio legislador de la antigüedad. Perdone usted la equivocación.° Pero   mistake
10 vamos al caso. Dígame usted, ¿cómo está mi señora tía?
—Siempre tan guapa—repuso el labriego, adelantando algunos pasos su caballería—. Parece que no pasan años por la señora Doña Perfecta. Bien dicen, que al bueno Dios° le da larga   God
vida. Así viviera mil años ese ángel del Señor. Si las bendiciones°   blessings
15 que le echan en la tierra fueran plumas, la señora no necesitaría
más alas para subir al cielo.°   heaven
—¿Y mi prima la señorita Rosario?
—¡Bien haya quien a los suyos parece! ¿Qué he de decirle de Doña Rosarito, sino que es el vivo retrato° de su madre? Buena   portrait
20 prenda se lleva usted, caballero D. José, si es verdad, como dicen, que ha venido para 'casarse con° ella. Tal para cual, y la   to marry
niña no tiene tampoco por qué quejarse.[2] Poco va de Pedro a Pedro.[3]
—¿Y el Sr. D. Cayetano?
25 —Siempre metidillo en la faena de sus libros. Tiene una biblioteca más grande que la catedral, y también escarba la tierra para buscar piedras llenas de unos 'demonches de garaba-
tos° que dicen escribieron los moros.[4]   devilish scribblings
—¿En cuánto tiempo llegaremos a Orbajosa?

[1] Solon (c. 659-c. 559 B.C.) was an Athenian statesman, lawgiver, and economic reformer who was one of the seven sages of ancient Greece.

[2] **no tiene...** *she doesn't have anything to complain about either*

[3] **Poco va...** *There's not much difference between the two of you*

[4] The Moors were Arab and Berber Muslims from NW Africa who conquered the Iberian Peninsula in 711.

—A las nueve, si Dios quiere. Poco contenta se va a poner la señora cuando vea a su sobrino... Y la señorita Rosarito, que estaba ayer disponiendo el cuarto en que usted ha de vivir... Como no le han visto nunca, la madre y la hija están que no viven, pensando en cómo será este Sr. D. José. Ya llegó el tiempo de que callen cartas y hablen barbas.[5] La prima verá al primo, y todo será fiesta y gloria. Amanecerá Dios y medraremos

—Como mi tía y mi prima no me conocen todavía—dijo sonriendo el caballero—, no es prudente hacer proyectos.

—Verdad es; por eso se dijo que uno piensa el bayo y otro el que lo ensilla[6]—repuso el labriego—. Pero la cara no engaña...° ¡Qué alhaja se lleva usted! ¡Y qué buen mozo ella![7]

El caballero no oyó las últimas palabras del tío Licurgo, porque iba distraído y algo meditabundo. Llegaban a un recodo del camino, cuando el labriego, torciendo° la dirección a las caballerías, dijo:

—Ahora tenemos que echar por esta vereda. El puente° está roto y no se puede vadear° el río sino por el Cerrillo° de los Lirios.°

—¡El Cerrillo de los Lirios!—observó el caballero, saliendo de su meditación—. ¡Cómo abundan los nombres poéticos en estos sitios tan feos! Desde que viajo por estas tierras, me sorprende la horrible ironía° de los nombres. Tal sitio que se distingue por su árido aspecto y la desolada tristeza del negro paisaje,° se llama *Valleameno*.[8] Tal villorrio de adobes que miserablemente se extiende sobre un llano° estéril y que de diversos modos pregona° su pobreza, tiene la insolencia de nombrarse *Villarrica*;[9] y hay un barranco° pedregoso y polvoriento, donde ni los cardos encuentran jugo, y que, sin embargo, se llama *Valdeflores*.[10] ¿Eso que tenemos delante es el *Cerrillo de los Lirios*? Pero ¿dónde están esos lirios, hombre de Dios? Yo no veo más que piedras y hierba descolorida. Llamen a eso el *Cerrillo de la Desolación*, y hablarán 'a derechas.° Exceptuando

deceive

turning

bridge
ford, little hill
lilies

irony

landscape
plain
proclaims
ravine

rightly

[5] **Ya llegó...** *The time has come to stop the letters and start the talking*

[6] **uno piensa...** *it takes two to make a bargain*

[7] The same verb as in the previous sentence is implied in this one. ¡**Y qué...** *And what a handsome young man she [is carrying off]!*

[8] *Pleasant Valley*

[9] *Richtown*

[10] *Flowerdale*

Villahorrenda, que parece ha recibido al mismo tiempo el nombre y la hechura, todo aquí es ironía. Palabras hermosas, realidad prosaica y miserable. Los ciegos serían felices en este país, que para la lengua es paraíso y para los ojos infierno.

5　　El señor Licurgo, o no entendió las palabras del caballero Rey o no hizo caso de ellas.[11] Cuando vadearon el río, que turbio y revuelto corría con impaciente precipitación,° como si huyera   *haste* de sus propias orillas,° el labriego extendió el brazo hacia unas   *banks* tierras que a la siniestra° mano en grande y desnuda extensión   *left*
10　se veían, y dijo:

—Estos son los *Alamillos*° *de Bustamante*.   *poplars*

—¡Mis tierras!—exclamó con júbilo el caballero, tendiendo la vista por el triste campo que alumbraban las primeras luces de la mañana—. Es la primera vez que veo el patrimonio que here-
15　dé° de mi madre. La pobre hacía tales ponderaciones de este   *I inherited* país, y me contaba tantas maravillas de él, que yo, siendo niño, creía que estar aquí era estar en la gloria. Frutas, flores, caza mayor y menor, montes, lagos, ríos, poéticos arroyos,° oteros   *streams* pastoriles, todo lo había en los *Alamillos de Bustamante*, en esta
20　tierra bendita,° la mejor y más hermosa de todas las tierras...   *blessed* ¡Qué demonio! La gente de este país vive con la imaginación. Si en mi niñez, y cuando vivía con las ideas y con el entusiasmo de mi buena madre, me hubieran traído aquí, también me habrían parecido encantadores estos desnudos cerros, estos llanos
25　polvorientos o encharcados, estas vetustas casas de labor, estas norias° desvencijadas, cuyos cangilones° lagrimean lo bastante   *irrigation wheels,* para regar° media docena de coles, esta desolación miserable y   *scoopers; to water* perezosa que estoy mirando.

—Es la mejor tierra del país—dijo el Sr. Licurgo—y para el
30　garbanzo es de lo que no hay.

—Pues lo celebro, porque desde que las heredé no me han producido un cuarto[12] estas célebres tierras.

El sabio legislador espartano se rascó° la oreja y dio un   *scratched* suspiro.
35　—Pero me han dicho—continuó el caballero—, que algunos propietarios° colindantes han metido su arado° en estos grandes   *landowners, plow* estados míos, y poco a poco me los van cercenando. Aquí no hay mojones, ni linderos,[13] ni verdadera propiedad, Sr. Licurgo.

---

[11] **no hizo de ellas** *didn't pay attention to them*
[12] A **cuarto** was a coin of very little value.
[13] **Mojones** and **linderos** are types of boundary markers.

El labriego, después de una pausa, durante la cual parecía ocupar su sutil espíritu en profundas disquisiciones, se expresó de este modo:

—El tío Pasolargo, a quien llamamos el *Filósofo* por su mucha trastienda, metió el arado en los *Alamillos* por encima de la ermita,° y roe que roe, se ha zampado° seis fanegadas.

—¡Qué incomparable escuela!—exclamó riendo el caballero—. Apostaré que no ha sido ese el único... filósofo.

—Bien dijo el otro, que quien las sabe las tañe,[14] y si al palomar no le falta cebo, no le faltarán palomas...[15] Pero usted, Sr. D. José, puede decir aquello de que el ojo del amo engorda la vaca,[16] y ahora que está aquí, vea de recobrar su finca.°

—Quizás no sea tan fácil, Sr. Licurgo—repuso el caballero, a punto que entraban por una senda, a cuyos lados se veían hermosos trigos, que con su lozanía° y temprana madurez recreaban la vista—. Este campo parece mejor cultivado. Veo que no todo es tristeza y miseria en los *Alamillos*.

El labriego puso cara de lástima, y afectando cierto desdén hacia los campos elogiados° por el viajero, dijo en todo humildísimo:

—Señor, esto es mío.

—Perdone usted—replicó vivamente el caballero—, ya quería yo meter mi hoz en los estados de usted. Por lo visto, la filosofía aquí es contagiosa.

Bajaron inmediatamente a una cañada,° que era lecho de pobre y estancado arroyo, y pasado éste, entraron en un campo lleno de piedras, sin la más ligera muestra de vegetación.

—Esta tierra es muy mala—dijo el caballero volviendo el rostro para mirar a su guía y compañero, que se había quedado un poco atrás—. Difícilmente podrá usted sacar partido de ella, porque todo es fango° y arena.°

Licurgo, lleno de mansedumbre,° contestó:

—Esto... es de usted.

—Veo que aquí todo lo malo es mío—afirmó el caballero, riendo jovialmente.

Cuando esto hablaban tomaron de nuevo el camino real. Ya la luz del día, entrando en alegre irrupción por todas las

Glosses (right margin):
hermitage, gobbled
property
luxuriance
praised
gulley
mud, sand
meekness

[14] **quien las sabe...** *every man to his own trade*

[15] **si al palomar...** *if there's plenty of food in the pigeon coop, there'll be plenty of pigeons*

[16] **el ojo...** *the eye of the owner fattens the cow*

ventanas y claraboyas del hispano horizonte, inundaba de
esplendorosa claridad los campos. El inmenso cielo sin nubes
parecía agrandarse más y alejarse de la tierra para verla y en su
contemplación recrearse desde más alto. La desolada tierra sin
árboles, pajiza a trechos, a trechos de color gredoso, dividida
toda en triángulos y cuadriláteros amarillos o negruzcos, pardos
o ligeramente verdegueados, semejaba en cierto modo a la 'capa
del harapiento° que se pone al sol. Sobre aquella capa miserable,   patchwork cloak
el cristianismo y el islamismo habían trabado épicas batallas.[17]
Gloriosos campos, sí; pero los combates de antaño° les habían   long ago
dejado horribles.

    —Me parece que hoy 'picará el sol,° Sr. Licurgo—dijo el   it will be hot
caballero, desembarazándose un poco del abrigo en que se
envolvía—. ¡Qué triste camino! No se ve ni un solo árbol en todo
lo que alcanza° la vista. Aquí todo es 'al revés.° La ironía no   reaches, back-
cesa.° ¿Por qué, si no hay aquí álamos grandes ni chicos, se ha   wards; stop
de llamar esto los *Alamillos*?

    El tío Licurgo no contestó a la pregunta, porque con toda su
alma atendía a lejanos ruidos que de improviso se oyeron, y con
ademán intranquilo detuvo su cabalgadura, mientras exploraba
el camino y los cerros lejanos con sombría mirada.

    —¿Qué hay?—preguntó el viajero, deteniéndose también.

    —¿Trae usted armas,° D. José?   weapons

    —Un revólver... ¡Ah! ya comprendo. ¿Hay ladrones?°   thieves

    —Puede...—repuso Licurgo con recelo—. Me parece que sonó
un tiro.°   shot

    —Allá lo veremos... ¡adelante!°—dijo el caballero picando su   forward!
jaca—. No serán tan temibles.

    —¡Calma, Sr. D. José!—exclamó el campesino deteniéndo-
le—. Esa gente es más mala que Satanás. El otro día asesinaron°   they killed
a dos caballeros que iban a tomar el tren... Dejémonos de fiestas.
Gasparón el Fuerte, Pepito Chispillas, Merengue y Ahorca-
Suegras, no me verán la cara en mis días. Echemos por la
vereda.

    —Adelante, Sr. Licurgo.

    —Atrás, Sr. D. José—replicó el labriego con afligido
acento—. Usted no sabe bien qué gente es ésa. Ellos fueron los
que el mes pasado robaron de la iglesia del Carmen el copón, la

---

[17] The reference here is to the battles fought by the Christians
against the Muslims during the War of Reconquest (718-1492) following
the Moorish invasion of the Iberian Peninsula in 711.

corona de la Virgen y dos candeleros; ellos fueron los que hace
dos años saquearon el tren que iba para Madrid.

D. José, al oír tan lamentables antecedentes, sintió que
aflojaba un poco su intrepidez.

5 —¿Ve usted aquel cerro grande y empinado que hay allá
lejos? Pues allí se esconden esos pícaros, en unas cuevas° que   caves
llaman la *Estancia de los Caballeros.*

—¡De los Caballeros!

—Sí, señor. Bajan al camino real cuando la Guardia Civil[18]
10 se descuida, y roban lo que pueden. ¿No ve usted más allá de la
vuelta del camino una cruz, que se puso en memoria de la
muerte que dieron al alcalde° de Villahorrenda cuando las   mayor
elecciones?

—Sí, veo la cruz.

15 —Allí hay una casa vieja, en la cual se esconden para
aguardar a los trajineros.° Aquel sitio se llama las *Delicias.*   carriers

—¡Las Delicias!...

—Si todos los que han sido muertos y robados al pasar por
ahí resucitaran, podría formarse con ellos un ejército.°   army
20 Cuando esto decían, oyéronse más de cerca los tiros, lo que
turbó° un poco el esforzado corazón de los viajantes, pero no el   disturbed
del zagalillo, que retozando de alegría pidió al Sr. Licurgo
licencia para adelantarse y ver la batalla que tan cerca se había
trabado. Observando la decisión del muchacho, avergonzóse° D.   was ashamed
25 José de haber sentido miedo, o cuando menos un poco de respeto
a los ladrones, y gritó espoleando la jaca:

—Pues allá iremos todos. Quizás podamos prestar auxilio°   aid
a los infelices viajeros que en tan gran aprieto se ven, y poner las
peras a cuarto a[19] los *caballeros.*

30 Esforzábase Licurgo en convencer al joven de la temeridad
de sus propósitos, así como de lo inútil de su generosa idea,
porque los robados, robados estaban y quizás muertos, y en
situación de no necesitar auxilio de nadie. Insistía el señor,
sordo° a estas sesudas advertencias;° contestaba el aldeano,   deaf, warnings
35 oponiendo resistencia muy viva, cuando el paso de unos carromateros[20] que por el camino abajo tranquilamente venían condu-
ciendo una galera, puso fin a la cuestión. No debía de ser

[18] An armed police force established in the nineteenth-century to
control banditry and maintain public order in rural areas.

[19] **poner las peras...** *put the squeeze on*

[20] **carromateros** *covered-wagon drivers*

grande el peligro cuando tan sin cuidado venían aquéllos, cantando alegres coplas; y así fue, en efecto, porque los tiros, según dijeron, no eran disparados° por los ladrones, sino por la Guardia Civil, que de este modo quería cortar el vuelo a media docena de cacos° que ensartados conducía a la cárcel de la villa.

    —Ya, ya sé lo que ha sido—dijo Licurgo, señalando leve humareda que a mano derecha del camino y a regular distancia se descubría—. Allí 'les han escabechado.° Esto pasa un día sí y otro no.

El caballero no comprendía.

    —Yo le aseguro al Sr. D. José—añadió con energía el legislador lacedemonio—, que está muy retebién hecho, porque de nada sirve formar causa a esos pillos.° El juez les marea un poco, y después les suelta.° Si al cabo° de seis años de causa, alguno va a presidio,° 'a lo mejor° se escapa, o le indultan,° y vuelve a la Estancia de los Caballeros. Lo mejor es esto: ¡fuego! y adivina quién te dio. Se les lleva a la cárcel, y cuando se pasa por un lugar a propósito... «¡ah! perro, que te quieres escapar... pum, pum...». Ya está hecha la sumaria, requeridos los testigos,° celebrada la vista, dada la sentencia... Todo en un minuto. Bien dicen, que si mucho sabe la zorra, más sabe el que la toma.[21]

    —Pues adelante, y apretemos el paso, que este camino, a más de largo, no tiene nada de ameno.

Al pasar junto a las Delicias, vieron, a poca distancia del camino, a los guardias que minutos antes habían ejecutado la extraña sentencia que el lector sabe. Mucha pena causó al zagalillo que no le permitieran ir a contemplar de cerca los palpitantes cadáveres de los ladrones, que en horroroso grupo se distinguían a lo lejos, y siguieron todos adelante. Pero no habían andado veinte pasos, cuando sintieron el galopar de un caballo que tras ellos venía con tanta rapidez, que por momentos les alcanzaba. Volvióse nuestro viajero y vio un hombre, mejor dicho, un Centauro,[22] pues no podía concebirse más perfecta armonía entre caballo y jinete, el cual era de complexión recia y sanguínea, ojos grandes, ardientes, cabeza ruda, negros bigotes,° mediana edad, y el aspecto en general brusco y provocativo, con indicios de fuerza en toda su persona. Montaba un soberbio caballo de pecho carnoso, semejante a los

Right margin glosses:
- shots
- thieves
- killed them
- scoundrels
- sets free, end
- prison, perhaps,
- they pardon
- witnesses
- whiskers

---

[21] **si mucho..** *if the vixen is smart, the trapper is smarter*

[22] In ancient mythology Centaurs were savage creatures that were half man, half horse.

del Partenón,²³ enjaezado según el modo pintoresco del país, y
sobre la grupa llevaba una gran valija° de cuero, en cuya tapa se   pouch
veía en letras gordas la palabra *Correo.*°   mail
—Hola, buenos días, Sr. Caballuco—dijo Licurgo, saludando°   greeting
5 al jinete cuando estuvo cerca—. ¡Cómo le hemos tomado la
delantera! Pero usted llegará antes si a ello se pone.
—Descansemos un poco—repuso el Sr. Caballuco, poniendo
su cabalgadura al paso de la de nuestros viajeros, y observando
atentamente al principal de los tres—. Puesto que hay tan buena
10 compaña...
—El señor—dijo Licurgo sonriendo—, es el sobrino de doña
Perfecta.
—¡Ah!... por muchos años.. muy señor mio y mi dueño.
Ambos personajes se saludaron, siendo de notar que
15 Caballuco hizo sus urbanidades con una expresión de altanería°   haughtiness
y superioridad que revelaba cuando menos la conciencia de un
gran valer o de una alta posición en la comarca. Cuando el
orgulloso° jinete se apartó y por breve momento se detuvo   proud
hablando con dos guardias civiles que llegaron al camino, el
20 viajero preguntó a su guía:
—¿Quién es este pájaro?²⁴
—¿Quién ha de ser? Caballuco.
—Y ¿quién es Caballuco?
—¡Toma!... ¿pero no le ha oído usted nombrar?—dijo el
25 labriego, asombrado° de la ignorancia supina del sobrino de doña   amazed
Perfecta—. Es un hombre muy bravo, gran jinete, y el primer
caballista de todas estas tierras a la redonda. En Orbajosa le
queremos mucho; pues él es... dicho sea en verdad... tan bueno
como la bendición de Dios... Ahí donde le ve, es un cacique²⁵
30 tremendo, y el Gobernador de la provincia se le quita el sombrero.
—Cuando hay elecciones...
—Y el Gobierno de Madrid le escribe oficios con mucha

---

²³The Parthenon is an Athenian temple from the fifth-century B.C.,
which was decorated on its facade with marble sculptures of horses.
²⁴Although the literal meaning of **pájaro** is *bird*, here it is being
used in a colloquial sense to mean *big shot*.
²⁵Local party boss who influenced election results in return for
political favors from the provincial governor.

y vuecencia[26] en el rétulo... Tira a la barra[27] como un San
Cristóbal,[28] y todas las armas las maneja° como manejamos   handles
nosotros nuestros propios dedos. Cuando había fielato[29] no
podían con él,[30] y todas las noches sonaban tiros en las puertas
de la ciudad... Tiene una gente que vale cualquier dinero, porque
lo mismo es para un fregado que para un barrido...[31] Favorece a
los pobres, y el que venga de fuera y se atreva° a tentar el pelo   dares
de la ropa a un hijo de Orbajosa, ya puede verse con él...[32] Aquí
no vienen casi nunca soldados° de los Madriles.[33] Cuando han   soldiers
estado, todos los días corría la sangre, porque Caballuco les
buscaba camorra por un no y por un sí... Ahora parece que vive
en la pobreza y se ha quedado con la conducción del correo; pero
está metiendo fuego en el ayuntamiento° para que haya otra vez   town hall
fielato y rematarlo él. No sé cómo no le ha oído usted nombrar en
Madrid, porque es hijo de un famoso Caballuco que estuvo en la
facción, el cual Caballuco padre era hijo de otro Caballuco
abuelo, que también estuvo en la facción de más allá...[34] Y como
ahora andan diciendo que vuelve a haber facción, porque todo
está torcido y revuelto, tememos que Caballuco se nos vaya
también a ella, poniendo fin de esta manera a las hazañas° de su   heroic feats
padre y abuelo, que por gloria nuestra nacieron en esta ciudad.

    Sorprendido quedó nuestro viajero al ver la especie de
'caballería andante° que aún subsistía en los lugares que   knight-errantry

---

[26] This is short for Vuestra Excelencia [Your Excellency], a formal
greeting of respect.

[27] This refers to a game of strength in which iron bars of various
sizes are thrown into the air in order to land pointing downward.

[28] Saint Christopher was a Christian martyr from the third-century
known for his size and strength.

[29] A tax office for consumer goods that is located at the entrance of
a town.

[30] **no podían con él** *they couldn't handle him*

[31] **lo mismo...** *they can do any job you want them to do*

[32] **verse con él** *reckon with him*

[33] The expression **los Madriles** is a colloquialism for Madrid.

[34] The **facción** refers to the supporters of the uprisings during the
Carlist Wars (1833-76), which originated from the dispute for the
Spanish throne between the brother (Carlos) and the daughter (Isabel)
of Fernando VII, who died without a son. The main support for the
Carlists came from the Catholic church and certain rural areas.

visitaba; pero no tuvo ocasión de hacer nuevas preguntas, porque
el mismo que era objeto de ellas 'se les incorporó,° diciendo de ⟶ joined them
mal talante:

—La Guardia Civil ha despachado a tres. Ya le he dicho al
5 cabo que se ande con cuidado. Mañana hablaremos el Gobernador de la provincia y yo...

—¿Va usted a X?...

—No, que el Gobernador viene acá, Sr. Licurgo; sepa usted
que nos van a meter en Orbajosa un par de regimientos.

10 —Sí—dijo vivamente Pepe Rey, sonriendo—. En Madrid oí
decir que había temor de que 'se levantaran° en este país ⟶ would rise up
algunas partidillas...° Bueno es prevenirse. ⟶ rebel bands

—En Madrid no dicen más que desatinos...—manifestó° ⟶ expressed
violentamente el centauro, acompañando su afirmación de una
15 retahíla de vocablos de esos que levantan ampolla°—. En Madrid ⟶ blister
no hay más que pillería... ¿A qué nos mandan soldados? ¿Para
sacarnos más contribuciones y un par de quintas° seguidas? ¡Por ⟶ military drafts
vida de!... que si no hay facción debería haberla. ¿Conque° us- ⟶ so then
ted—añadió, mirando socarronamente al caballero—, conque
20 usted es el sobrino de Doña Perfecta?

Esta salida de tono y el insolente mirar del bravo enfadaron° ⟶ irritated
al joven.

—Sí, señor. ¿Se le ofrece a usted algo?

—Soy amigo de la señora, y la quiero como a las niñas de mis
25 ojos[35]—dijo Caballuco—. Puesto que usted va a Orbajosa, allá
nos veremos.

Y sin decir más, picó espuelas a su corcel, el cual, partiendo
a escape, desapareció entre una nube de polvo.° ⟶ dust

Después de media hora de camino, durante la cual el Sr. D.
30 José no se mostró muy comunicativo, ni el Sr. Licurgo tampoco,
apareció a los ojos de entrambos apiñado y viejo caserío asentado
en una loma, del cual se destacaban° algunas negras torres° y la ⟶ stood out, towers
ruinosa fábrica de un despedazado castillo en lo más alto. Un
amasijo de paredes deformes, de casuchas de tierra pardas y
35 polvorosas como el suelo, formaba la base, con algunos fragmen-
tos de 'almenadas murallas,° a cuyo amparo° mil chozas° ⟶ fortress walls
humildes alzaban sus miserables frontispicios de adobes,
semejantes a caras anémicas y hambrientas que pedían una
limosna° al pasajero. Pobrísimo río ceñía, como un cinturón de ⟶ alms
40 hojalata,° el pueblo, refrescando al pasar algunas ⟶ tin

[35] **la quiero como...** *she's the apple of my eye*

huertas,° única frondosidad que alegraba la vista. Entraba y   orchards
salía la gente en caballerías o a pie, y el movimiento humano,
aunque escaso,° daba cierta apariencia vital a aquella gran   scant
morada, cuyo aspecto arquitectónico era más bien de ruina y
5 muerte que de prosperidad y vida. Los repugnantes mendigos°   beggars
que se arrastraban a un lado y otro del camino pidiendo el óbolo
del pasajero, ofrecían lastimoso espectáculo. No podían verse
existencias que mejor encajaran en las grietas de aquel sepulcro,
donde una ciudad estaba no sólo enterrada,° sino también   buried
10 podrida.° Cuando nuestros viajeros se acercaban, algunas   decayed
campanas,° tocando desacordemente, indicaron con su expresivo   bells
son que aquella momia tenía todavía un alma.°   soul

     Llamábase Orbajosa, ciudad que no en Geografía caldea o
copta, sino en la de España, figura con 7.324 habitantes,
15 ayuntamiento, sede episcopal,[36] juzgado,° seminario, 'depósito de   tribunal
caballos sementales,° instituto de segunda enseñanza y otras   stud farm
prerrogativas oficiales.

     —Están tocando a 'misa mayor° en la catedral—dijo el tío   high mass
Licurgo—. Llegamos antes de lo que pensé.
20   —El aspecto de su patria° de usted—dijo el caballero   native land
examinando el panorama que delante tenía—, no puede ser más
desagradable. La histórica ciudad de Orbajosa (*),[37] cuyo nombre
es, sin duda, corrupción de *Urbs augusta*,[38] parece un gran
muladar.°   dung heap
25   —Es que de aquí no se ven más que los arrabales°—afirmó   outskirts
con disgusto el guía—. Cuando entre usted en la calle Real y en
la del Condestable, verá fábricas tan hermosas como la de la
catedral.
     —No quiero hablar mal de Orbajosa antes de conocer-
30 la—declaró el caballero—. Lo que he dicho no es tampoco señal
de desprecio;° que humilde° y miserable, lo mismo que hermosa   contempt, humble
y soberbia, esa ciudad será siempre para mí muy querida,° no   beloved
sólo por ser patria de mi madre, sino porque en ella viven
personas a quienes amo° ya sin conocerlas. Entremos, pues, en   I love
35 la ciudad *augusta*.
     Subían ya por una calzada próxima a las primeras calles, e

[36] An Episcopal see is the seat, center of authority, office, or
jurisdiction of a bishop.
   [37] This note is part of Galdós's text: **Ya se ha dicho que todos los
nombres locales son imaginarios.**
   [38] *Majestic city* (Latin).

iban tocando las tapias de las huertas.

—¿Ve usted aquella gran casa que está al fin de esta gran huerta, por cuyo bardal pasamos ahora?—dijo el tío Licurgo, señalando el enorme paredón revocado° de la única vivienda que   whitewashed
5 tenía aspecto de habitabilidad cómoda y alegre.

—Ya... ¿aquélla es la vivienda de mi tía?

—Justo y cabal.[39] Lo que vemos es la parte trasera de la casa. El frontis da a la calle del Condestable, y tiene cinco balcones de hierro que parecen cinco castillos. Esta hermosa
10 huerta que hay tras la tapia es la de la señora, y si usted se alza sobre los estribos° la verá toda desde aquí.   stirrups

—Pues estamos ya en casa—dijo el caballero—. ¿No se puede entrar por aquí?

—Hay una puertecilla; pero la señora la mandó tapiar.
15 Alzóse el caballero sobre los estribos, y alargando cuanto pudo su cabeza, miró por encima de las bardas.

—Veo la huerta toda—indicó—. Allí, bajo aquellos árboles, está una mujer, una chiquilla..., una señorita...

—Es la señorita Rosario—repuso Licurgo.
20 Y al instante se alzó también sobre los estribos para mirar.

—¡Eh!, señorita Rosario—gritó, haciendo con la derecha mano gestos muy significativos—. Ya estamos aquí... Aquí le traigo a su primo.

—Nos ha visto—dijo el caballero, estirando° el pescuezo   stretching
25 hasta el último grado—. Pero si no me engaño, al lado de ella está un clérigo... un señor sacerdote.°   priest

—Es el señor Penitenciario°—, repuso con naturalidad el   confessor
labriego.

—Mi prima nos ve... deja solo al clérigo, y echa a correr hacia
30 la casa... Es bonita...

—Como un sol.

—Se ha puesto más encarnada° que una cereza. Vamos,   red
vamos, Sr. Licurgo.

---

[39] **Justo y cabal** *That's precisely right*

III

Pepe Rey

ANTES DE PASAR ADELANTE, conviene decir quién era Pepe Rey y qué asuntos° le llevaban a Orbajosa. — matters

Cuando el brigadier Rey murió, en 1841, sus dos hijos, Juan y Perfecta, acababan de casarse: ésta[1] con el más rico propietario de Orbajosa; aquél[2] con una joven de la misma ciudad. Llamábase el esposo de Perfecta D. Manuel María José de Polentinos, y la mujer de Juan, María Polentinos; pero a pesar de la igualdad de apellido,° su parentesco era un poco — surname lejano y de aquellos que no coge un galgo. Juan Rey era insigne jurisconsulto° graduado en Sevilla, y ejerció la abogacía en esta — legal expert misma ciudad durante treinta años, con tanta gloria como provecho. En 1845 era ya viudo,° y tenía un hijo que empezaba — widower a hacer diabluras: solía tener por entretenimiento el construir con tierra, en el patio de la casa, viaductos, malecones, estanques, presas, acequias, soltando después el agua para que entre aquellas frágiles obras corriese. El padre le dejaba hacer y decía: «tú serás ingeniero.»° — engineer

Perfecta y Juan dejaron de verse desde que uno y otro se casaron, porque ella se fue a vivir a Madrid con el opulentísimo Polentinos, que tenía tanta hacienda como buena mano para gastarla. El juego° y las mujeres cautivaban de tal modo el — gambling corazón de Manuel María José, que habría dado en tierra con[3] toda su fortuna si más pronto que él para derrocharla no estuviera la muerte para llevársele a él. En una noche de orgía acabaron° de súbito los días de aquel ricacho provinciano, tan — ended vorazmente chupado° por las sanguijuelas° de la Corte[4] y por — sucked, leeches el insaciable vampiro del juego. Su única heredera° era una ni- — heiress ña de pocos meses. Con la muerte del esposo de Perfecta se acabaron los sustos° en la familia; pero empezó el gran conflicto. — frights La casa de Polentinos estaba arruinada; las fincas, en peligro

---

[1] *the latter* (i.e. Perfecta).

[2] *the former* (i.e. Juan).

[3] **habría dado...** *he would have ruined*

[4] Madrid is often refered to as **la Corte**.

de ser arrebatadas° por los prestamistas;° todo en desorden, seized, money-
enormes deudas,° lamentable administración en Orbajosa, lenders; debts
descrédito y ruína en Madrid.

5 Perfecta llamó a su hermano, el cual, 'acudiendo en auxilio
de° la pobre viuda, mostró tanta diligencia y tino, que al poco in helping
tiempo la mayor parte de los peligros habían sido conjurados.
Principió por obligar a su hermana a residir en Orbajosa,
administrando por sí misma sus vastas tierras, mientras él
hacía frente en Madrid al formidable empuje de los acreedores.° creditors
10 Poco a poco fue descargándose° la casa del enorme fardo de sus unburdening
deudas, porque el bueno de D. Juan Rey, que tenía la mejor
mano del mundo para tales asuntos, lidió con la curia, hizo
contratos con los principales acreedores, estableció plazos° para installments
el pago, resultando de este hábil° trabajo que el riquísimo skillful
15 patrimonio de Polentinos saliese a flote, y pudiera seguir dando
por luengos° años esplendor y gloria a la ilustre familia. long

La gratitud de Perfecta era tan viva, que al escribir a su
hermano desde Orbajosa, donde resolvió residir hasta que
creciera su hija, le decía entre otras ternezas: «Has sido más que
20 hermano para mí, y para mi hija más que su propio padre.
¿Cómo te pagaremos ella y yo tan grandes beneficios? ¡Ay!
querido hermano, desde que mi hija sepa discurrir y pronunciar
un nombre, yo le enseñaré a bendecir° el tuyo. Mi agradecimien- to bless
to° durará toda mi vida. Tu hermana indigna siente no encon- gratitude
25 trar ocasión de mostrarte lo mucho que te ama, y de recompen-
sarte° de un modo apropiado a la grandeza de tu alma y a la repay
inmensa bondad de tu corazón.»

Cuando esto se escribía, Rosarito tenía dos años. Pepe Rey,
encerrado en un colegio de Sevilla, hacía rayas° en un papel, lines
30 ocupándose en probar° que *la suma de los ángulos interiores de* proving
un polígono[5] *vale tantas veces dos rectos como lados tiene menos*
dos. Estas enfadosas perogrulladas le traían muy atareado.° busy
Pasaron años y más años. El muchacho crecía y no cesaba de
hacer rayas. Por último, hizo una que se llama *De Tarragona a*
35 *Montblanch.* Su primer juguete° formal fue el puente de 120 toy
metros sobre el río Francolí.

Duarante mucho tiempo, doña Perfecta siguió viviendo en
Orbajosa. Como su hermano no salió de Sevilla, pasaron unos
pocos años sin que uno y otro se vieran. Una carta trimestral,

[5] A polygon is a figure, especially a closed plane figure, having
three or more usually straight lines.

tan puntualmente escrita como puntualmente contestada, ponía
en comunícacion aquellos dos corazones, cuya ternura ni el
tiempo ni la distancia podían enfriar. En 1870, cuando D. Juan
Rey, satisfecho de haber desempeñado° bien su misión en la   fulfilled
5 sociedad, se retiró a vivir en su hermosa casa de Puerto Real,
Pepe, que ya había trabajado algunos años en las obras de varias
poderosas compañías constructoras, emprendió° un viaje de   set out on
estudio a Alemania e Inglaterra. La fortuna de su padre (tan
grande como puede serlo en España la que sólo tiene por origen
10 un honrado bufete°) le permitía librarse en breves periodos del   law firm
yugo° del trabajo material. Hombre de elevadas ideas y de   yoke
inmenso amor a la ciencia,° hallaba su más puro goce en la   science
observación y estudio de los prodigios con que el genio° del siglo°   genius, century
sabe cooperar a la cultura y bienestar físico y perfeccionamiento
15 moral del hombre.

Al regresar del viaje, su padre le anunció la revelación de un
importante proyecto; y como Pepe creyera que se trataba de un
puente, dársena,° o cuando menos saneamiento de marismas,°   dock, marshes
sacóle de tal error D. Juan manifestándole su pensamiento en
20 estos términos:

—Estamos en marzo, y la carta trimestral de Perfecta no
podía faltar. Querido hijo, léela, y si estás conforme° con lo que   in agreement
en ella manifiesta esa santa y ejemplar mujer, mi querida
hermana, me darás la mayor felicidad que en mi vejez puedo
25 desear. Si no te gustase el proyecto, deséchalo° sin reparo,   reject it
aunque tu negativa me entristezca; que en él no hay ni sombra
de imposición por parte mía. Sería indigno de mí y de ti que esto
se realizase° por coacción de un padre terco.° Eres libre de   were put into ef-
aceptar o no, y si hay en tu voluntad la más ligera resistencia,   fect, stubborn
30 originada en ley del corazón o en otra causa, no quiero que 'te
violentes° por mí.   force yourself

Pepe dejó la carta sobre la mesa, después de pasar la vista
por ella, y tranquilamente dijo:

—Mi tía quiere que me case con Rosario.

35 —Ella contesta aceptando con gozo mi idea—dijo el padre
muy conmovido—. Porque la idea fue mía..., sí; hace tiempo,
hace tiempo que la concebí... pero no había querido decirte nada antes de conocer el pensamiento de mi hermana. Como ves,
Perfecta acoge con júbilo mi plan; dice que también ha-
40 bía pensado en lo mismo; pero que no se atrevía a manifestárme-
lo, por ser tú... ¿no ves lo que dice? «por ser tú un joven de
singularísimo mérito, y su hija una joven aldeana, educada sin

brillantez ni mundanales atractivos...» Así mismo lo dice...
¡Pobre hermana mía! ¡Qué buena es!... Veo que 'no te enfadas;°   *you are not angry*
veo que no te parece absurdo este proyecto mío, algo parecido a
la previsión oficiosa de los padres de antaño, que casaban a sus
5   hijos sin consultárselo, y las más veces haciendo uniones
disparatadas y prematuras... Dios quiera que ésta sea o prometa
ser de las más felices. Es verdad que no conoces a mi sobrina;
pero tú y yo tenemos noticias de su virtud, de su discreción, de
su modestia y noble sencillez. Para que nada le falte, hasta es
10 bonita... Mi opinión—añadió festivamente—, es que te pongas en
camino y pises el suelo de esa recóndita ciudad episcopal, de esa
Urbs augusta, y allí, en presencia de mi hermana y de su
graciosa Rosarito, resuelvas° si ésta ha de ser algo más que mi   *you decide*
sobrina.
15   Pepe volvió a tomar la carta y la leyó con cuidado. Su
semblante no expresaba alegría ni pesadumbre.° Parecía estar   *sorrow*
examinando un proyecto de empalme de dos vías férreas.[6]
    —Por cierto—decía D. Juan—, que en esa remota Orbajosa,
donde, entre paréntesis, tienes fincas que puedes examinar
20 ahora, se pasa la vida con la tranquilidad y dulzura de un idilio.
¡Qué patriarcales costumbres! ¡Qué nobleza en aquella sencillez!
¡Qué rústica paz° virgiliana![7] Si en vez de ser matemático fueras   *peace*
latinista, repetirías al entrar allí el *ergo tua rura manebunt.*[8]
¡Qué admirable lugar para dedicarse a la contemplación de
25 nuestra propia alma y prepararse a las buenas obras! Allí todo
es bondad, honradez;° allí no se conocen la mentira° y la farsa   *honestly, decep-*
como en nuestras grandes ciudades; allí renacen las santas   *tion*
inclinaciones que el bullicio° de la moderna vida ahoga;° allí   *hustle and bustle,*
despierta la dormida fe,° y se siente vivo impulso indefinible   *drowns; faith*
30 dentro del pecho, al modo de pueril impaciencia que en el fondo
de nuestra alma grita: «quiero vivir».
    Pocos días después de esta conferencia, Pepe salió de Puerto
Real. Había rehusado° meses antes una comisión del Gobierno   *declined*
para examinar, bajo el punto de vista minero,° la cuenca del río   *mining*
35 Nahara en el valle de Orbajosa; pero los proyectos a que dio
lugar la conferencia referida, le hicieron decir: «Conviene

[6] **empalme de...** *junction between two railways*
[7] This adjective refers to the Latin poet Virgil (70-19 B.C.) whose
works present an idealized view of nature and rural life.
[8] This quote is from the first of Virgil's ten *Eclogues* (pastoral
poems), line 46: *so these lands will still be yours.*

aprovechar° el tiempo. Sabe Dios lo que durará ese noviazgo° y   take advantage of,
el aburrimiento que traerá consigo.» Dirigióse a Madrid, solicitó   courtship
la comisión de explorar la cuenca del Nahara, se la dieron sin
dificultad, a pesar de no pertenecer° oficialmente al cuerpo de   belonging
5   minas; púsose luego en marcha, y después de trasbordar un par
de veces, el tren mixto núm. 65 le llevó, como se ha visto, a los
amorosos brazos del tío Licurgo.

     Frisaba° la edad de este excelente joven en los treinta y   approaching
cuatro años. Era de complexión° fuerte y un tanto hercúlea, con   physique
10   rara perfección formado, y tan arrogante, que si llevara uniforme
militar ofrecería el más guerrero° aspecto y talle que puede   warrior-like
imaginarse. Rubios el cabello y la barba, no tenía en su rostro la
flemática imperturbabilidad de los sajones, sino por el contrarío,
una viveza tal que sus ojos parecían negros sin serlo. Su persona
15   bien podía pasar por un hermoso y acabado símbolo, y si fuera
estatua, el escultor habría grabado° en el pedestal estas pala-   engraved
bras: *inteligencia, fuerza.* Si no en caracteres visibles, llevábalas
él expresadas vagamente en la luz de su mirar, en el poderoso
atractivo que era don° propio de su persona, y en las simpatías   talent
20   a que su trato cariñosamente convidaba.

     No era de los más habladores; sólo los entendimientos de
ideas inseguras y de movedizo criterio propenden a la verbosidad. El profundo sentido moral de aquel insigne joven, le hacía
muy sobrio de palabras en las disputas que constantemente
25   traban sobre diversos asuntos los hombres del día; pero en la
conversación urbana sabía mostrar una elocuencia picante y
discreta, emanada siempre del buen sentido y de la apreciación
mesurada y justa de las cosas del mundo. 'No admitía° falseda-   he didn't accept
des y mixtificaciones, ni esos retruécanos del pensamiento con
30   que se divierten algunas inteligencias impregnadas del gongoris-
mo[9]; y para volver por los fueros de la realidad, Pepe Rey solía
emplear a veces, no siempre con comedimiento, las armas de la
burla.° Esto casi era un defecto° a los ojos de gran número de   ridicule, flaw
personas que le estimaban, porque aparecía un poco irrespetuoso
35   en presencia de multitud de hechos comunes en el mundo y
admitidos por todos. Fuerza es decirlo, aunque su prestigio se
amengüe:° Rey no conocía la dulce tolerancia del condescen-   diminishes

---

[9] Also known as *culteranismo,* this Baroque literary style employs
elaborate metaphors, erudite allusions, and stylized diction influenced
by Latin syntax. The term refers to its major proponent, the Spanish
poet Luis de Góngora (1561-1627).

diente siglo que ha inventado singulares velos de lenguaje y de hechos para cubrir lo que a los vulgares ojos pudiera ser desagradable.

Así, y no de otra manera, por más que digan calumniadoras° lenguas, era el hombre a quien el tío Licurgo introdujo en Orbajosa en la hora y punto en que la campana de la catedral tocaba a misa mayor. Luego que uno y otro, atisbando por encima de los bardales, vieron a la niña y al Penitenciario, y la veloz corrida de aquélla hacia la casa, picaron sus caballerías para entrar en la calle Real, donde gran número de vagos° se detenían para mirar al viajero como extraño huésped° intruso de la patriarcal ciudad. Torciendo luego a la derecha, en dirección a la catedral, cuya corpulenta fábrica dominaba todo el pueblo, tomaron la calle del Condestable, en la cual, por ser estrecha y empedrada, retumbaban con estridente sonsonete las herraduras,° alarmando al vecindario,° que por las ventanas y balcones se mostraba para satisfacer su curiosidad. Abríanse con singular chasquido las celosías,° y caras diversas, casi todas de hembra,° asomaban arriba y abajo. Cuando Pepe Rey llegó al arquitectónico umbral° de la casa de Polentinos, ya se habían hecho multitud de comentarios diversos sobre su figura.

slandering

vagrants
house guest

horseshoes, towns-
people
shutters, female

threshold

La llegada del primo

EL SEÑOR PENITENCIADO, CUANDO Rosarito se separó bruscamente de él, miró a los bardales, y viendo las cabezas del tío Licurgo y de su compañero de viaje, dijo para si:

—Vamos, ya está ahí ese prodigio.

Quedóse un rato meditabundo, sosteniendo el manteo° con ambas manos cruzadas sobre el abdomen, fija la vista en el suelo, los anteojos de oro deslizándose suavemente hacia la punta de la nariz, saliente y húmedo el labio inferior, y un poco fruncidas° las blanquinegras cejas.° Era un santo varón piadoso° y de no común saber, de intachables° costumbres clericales, algo más de sexagenario, de afable trato, fino y comedido, gran repartidor de consejos y advertencias a hombres y mujeres. Desde luengos años era maestro de latinidad y retórica en el Instituto, cuya noble profesión diole gran caudal de citas° horacianas[1] y de floridos tropos, que empleaba con gracia y oportunidad. Nada más conviene añadir acerca de este persona‑je, sino que cuando sintió el trote largo de las cabalgaduras que corrían hacia la calle del Condestable, se arregló el manteo, enderezó el sombrero, que no estaba del todo bien ajustado en la venerable cabeza, y marchando hacia la casa, murmuró:

—Vamos a conocer a ese prodigio.

En tanto, Pepe bajaba de la jaca, y en el mismo portal le recibía en sus amantes brazos doña Perfecta, anegado en lágrimas° el rostro, y sin poder pronunciar sino palabras breves y balbucientes, expresión sincera de su cariño.

—¡Pepe... pero qué grande estás!... y con barbas. Me parece que fue ayer cuando te ponía sobre mis rodillas... Ya estás hecho un hombre, todo un hombre... ¡Cómo pasan los años!... ¡Jesús! Aquí tienes a mi hija Rosario.

Diciendo esto habían llegado a la sala baja, ordinariamente destinada a recibir, y doña Perfecta presentóle su hija.

Era Rosarito una muchacha de apariencia delicada y débil, que anunciaba inclinaciones a lo que los portugueses llaman

priest's long robe

knitted together, eyebrows, devout; irreproachable

quotations

tears

[1] This adjective refers to the Roman poet Horace (65‑8 B.C.).

saudades.[2] En su rostro fino y puro se observaba la pastosidad° [pallor]
nacarada que la mayor parte de los poetas atribuyen a sus
heroínas, y sin cuyo barniz sentimental parece que ninguna
Enriqueta y ninguna Julia[3] pueden ser interesantes. Tenía
Rosario tal expresión de dulzura y modestia, que al verla 'no se
echaban de menos° las perfecciones de que carecía.° No es esto [were not missed, she lacked]
decir que era fea; mas también es cierto que habría pasado por
hiperbólico el que la llamara hermosa, dando a esta palabra su
riguroso sentido. La hermosura real de la niña de doña Perfecta
consistía en una especie de transparencia, prescindiendo del
nácar,° del alabastro, del marfil° y demás materias usadas en la [mother-of-pearl, ivory]
composición descriptiva de los rostros humanos; una transparen-
cia, digo, por la cual todas las honduras de su alma se veían
claramente; honduras no cavernosas y horribles como las del
mar, sino como las de un manso y claro río. Pero allí faltaba
materia para que la persona fuese completa: faltaba° cauce, [was lacking]
faltaban orillas. El vasto caudal de su espíritu se desbordaba,
amenazando° devorar las estrechas riberas. Al ser saludada por [threatening]
su primo se puso como la grana, y sólo pronunció algunas
palabras torpes.° [clumsy]

—Estarás desmayado—dijo doña Perfecta a su sobrino—.
Ahora mismo te daremos de almorzar.

—Con permiso de usted—repuso el viajero—, voy a quitarme
el polvo del camino.

—Muy bien pensado. Rosario, lleva a tu primo al cuarto que
le hemos dispuesto. Despáchate pronto, sobrino. Voy a dar mis
órdenes.

Rosario llevó a su primo a una hermosa habitación situada
en el piso bajo. Desde que puso el pie dentro de ella, Pepe
reconoció en todos los detalles° de la vivienda la mano diligente [details]
y cariñosa de una mujer. Todo estaba puesto con arte singular,
y el aseo° y frescura de cuanto allí había convidaban a reposar [cleanliness]
en tan hermoso nido.° El huésped reparó° minuciosidades que le [nest, noticed]
hicieron reír.

—Aquí tienes la campanilla—dijo Rosarito tomando el
cordón° de ella, cuya borla° caía sobre la cabecera del lecho—. [cord, tassle]

[2] An untranslatable word referring to a feeling that combines
tender memories with a sense of regret and a vague longing for the
past. The closest equivalent in English is melancholy.

[3] Enriqueta and Julia were conventional names for heroines of
nineteenth-century popular romantic novels.

No tienes más que alargar la mano. La mesa de escribir está puesta de modo que recibas la luz por la izquierda... Mira, en esta cesta echarás los papeles rotos... ¿Fumas?

—Tengo esa desgracia—, repuso Pepe Rey.

5 —Pues aquí puedes echar las puntas° de cigarro—dijo ella, butts tocando con la punta del pie un mueble de latón dorado lleno de arena—. No hay cosa más fea que ver el suelo lleno de colillas de cigarro... Mira el lavabo...° Para la ropa tienes un ropero y una wash basin cómoda... Creo que la relojera está mal aquí y se te debe poner

10 junto a la cama... Si te molesta la luz no tienes más que correr el transparente° tirando de la cuerda... ¿Ves?... risch... window shade

El ingeniero estaba encantado.° delighted

Rosarito abrió una ventana.

—Mira—dijo—, esta ventana da a la huerta. Por aquí entra

15 el sol de tarde. Aquí tenemos colgada la jaula° de un canario, que cage canta como un loco. Si te molesta la quitaremos.

Abrió otra ventana del testero opuesto.

—Esta otra ventana—añadió—da a la calle. Mira, de aquí se ve la catedral, que es muy hermosa y está llena de preciosidades.

20 Vienen muchos ingleses a verla. No abras las dos ventanas a un tiempo, porque las corrientes de aire son muy malas.

—Querida prima—dijo Pepe, con el alma inundada de inexplicable gozo—. En todo lo que está delante de mis ojos veo una mano de ángel que no puede ser sino la tuya. ¡Qué hermoso

25 cuarto es éste! Me parece que he vivido en él toda mi vida. Está convidando a la paz.

Rosarito no contestó nada a estas cariñosas expresiones, y sonriendo salió.

—No tardes—dijo desde la puerta—; el comedor está

30 también abajo..., en el centro de esta galería.

Entró el tío Licurgo con el equipaje. Pepe le recompensó con una largueza a que el labriego no estaba acostumbrado, y éste, después de dar las gracias con humildad, llevóse la mano a la cabeza como quien ni se pone ni se quita el sombrero, y en tono

35 embarazoso, mascando° las palabras, como quien no dice ni deja chewing de decir las cosas, se expresó de este modo:

—¿Cuándo será la mejor hora para hablar al Sr. D. José de un... de un asuntillo?

—¿De un asuntillo? Ahora mismo—repuso Pepe abriendo su

40 baúl.° trunk

—No es oportunidad—dijo el labriego—. Descanse el Sr. D.

José, que tiempo tenemos. Más días hay que longanizas,[4] como dijo el otro; y un día viene tras otro día...[5] Que usted descanse, Sr. D. José... Cuando quiera dar un paseo... la jaca no es mala... Conque buenos días, Sr. D. José. Que viva usted mil años... ¡Ah! se me olvidaba—añadió, volviendo a entrar después de algunos segundos de ausencia—. Si quiere usted algo para el señor juez° municipal... Ahora voy allá a hablarle de nuestro asuntillo...

—Dele usted expresiones°—, dijo festivamente, no encontrando mejor fórmula para sacudirse° de encima al legislador espartano.

—Pues quede con Dios el Sr. D. José.

—Abur.°

El ingeniero no había sacado su ropa, cuando aparecieron por tercera vez en la puerta los sagaces ojuelos y la marrullera fisonomía del tío Licurgo.

—Perdone el Sr. D. José—dijo, mostrando en afectada risa sus blanquísimos dientes—. Pero... quería decirle que si usted desea que esto se arregle por amigables componedores...° Aunque, como dijo el otro, pon lo tuyo en consejo, y unos dirán que es blanco y otros que es negro...[6]

—Hombre, ¿quiere usted irse de aquí?

—Dígolo porque a mí me carga la justicia.° No quiero nada con justicia. Del lobo un pelo, y ese de la frente.[7] Conque... con Dios, Sr. D. José. Dios le conserve sus días para favorecer a los pobres...

—Adiós, hombre, adiós.

Pepe echó la llave a la puerta, y dijo para sí:

—La gente de este pueblo parece muy pleitista.°

judge

my regards
shake himself

good-bye

arbitrators

court of law

litigious

[4] **Más días...** *There's more time than food*
[5] **un día...** *one day follows the other*
[6] **pon lo tuyo...** *if you ask for advice about your own affairs, everyone will tell you something different*
[7] **Del lobo...** *The less of it the better*

V

¿Habrá desavenencia°? discord

POCO DESPUÉS PEPE SE presentaba en el comedor.

—Si almuerzas fuerte—le dijo doña Perfecta con cariñoso acento—, se te quitará la gana de comer.[1] Aquí comemos a la una. Las modas del campo no te gustarán.

—Me encantan, señora tía.

—Pues di lo que prefieres: ¿almorzar fuerte ahora, o tomar una cosita ligera para que resistas hasta la hora de comer?

—Escojo° la cosa ligera para tener el gusto de comer con I choose
ustedes; y si en Villahorrenda hubiera encontrado algún alimento, nada tomaría a esta hora.

—Por supuesto, no necesito decirte que nos trates con toda franqueza. Aquí puedes mandar como si estuvieras en tu casa.

—Gracias, tía.

—¡Pero cómo te pareces a tu padre!—añadió la señora, contemplando con verdadero arrobamiento al joven mientras éste comía—. Me parece que estoy mirando a mi querido hermano Juan. Se sentaba como te sientas tú, y comía lo mismo que tú. En el modo de mirar, sobre todo, sois como dos gotas de agua.

Pepe la emprendió con el frugal desayuno. Las expresiones, así como la actitud y las miradas de su tía y prima, le infundían tal confianza,° que se creía ya en su propia casa. trust

—¿Sabes lo que me decía Rosario esta mañana?—indicó doña Perfecta, fija la vista en su sobrino—. Pues me decía que tú, como hombre hecho a las pompas y etiquetas de la corte y a las modas 'del extranjero,° no podrás soportar esta sencillez un poco foreign
rústica en que vivimos, y esta falta de buen tono, pues aquí todo es 'a la pata la llana.° plain and simple

—¡Qué error!—repuso Pepe, mirando a su prima—. Nadie aborrece° más que yo las falsedades y comedias de lo que lla- detests
man alta sociedad. Crean ustedes que hace tiempo deseo darme, como decía no sé quién, un baño de cuerpo entero en la Natu-

[1] Here the verb **comer** is being used to refer to eating the major meal of the day.

raleza;° vivir lejos del bullicio, en la soledad y sosiego del campo. nature
Anhelo° la tranquilidad de una vida sin luchas,° sin afanes, ni I yearn for, strug-
envidioso ni envidiado, como dijo el poeta.² Durante mucho gles
tiempo, mis estudios primero y mis trabajos después, me han
5 impedido° el descanso que necesito y que reclaman mi espíritu hindered
y mi cuerpo; pero desde que entré en esta casa, querida tía,
querida prima, me he sentido rodeado° de la atmósfera de paz surrounded
que deseo. No hay que hablarme, pues, de sociedades altas ni
bajas, ni de mundos grandes ni chicos, porque de buen grado los
10 cambio° todos por este rincón. exchange
   Esto decía, cuando los cristales de la puerta que comunicaba
el comedor con la huerta 'se oscurecieron° por la superposición darkened
de una larga opacidad negra. Los vidrios de unas gafas despidieron, heridos por la luz del sol, fugitivo rayo; rechinó° el picapor- creaked
15 te, abrióse la puerta, y el señor Penitenciario penetró con
gravedad en la estancia. Saludó y se inclinó,° quitándose la teja bowed
hasta tocar con el ala de ella al suelo.
   —Es el señor Penitenciario de esta Santa Catedral—dijo
doña Perfecta—, persona a quien estimamos mucho y de quien
20 espero serás amigo. Siéntese usted, Sr. D. Inocencio.
   Pepe estrechó la mano del venerable canónigo,° y ambos se canon
sentaron.
   —Pepe, si acostumbras fumar después de comer, no dejes de
hacerlo—manifestó benévolamente doña Perfecta—, ni el señor
25 Penitenciario tampoco.
   A la sazón el buen D. Inocencio sacaba de debajo de la sotana
una gran petaca de cuero, marcada con irrecusables señales de
antiquísimo uso, y la abrió, desenvainando de ella dos largos
pitillos,° uno de los cuales ofreció a nuestro amigo. De un cigarettes
30 cartoncejo que irónicamente llaman los españoles *wagón,* sacó
Rosario un fósforo,° y bien pronto ingeniero y presbítero° match, priest
echaban su humo° el uno sobre el otro. smoke
   —¿Y qué le parece al Sr. D. José nuestra querida ciudad de
Orbajosa?—preguntó el canónigo, cerrando fuertemente el ojo
35 izquierdo, según su costumbre mientras fumaba.
   —Todavía no he podido formar idea de este pueblo—dijo
Pepe—. Por lo poco que he visto, me parece que no le vendrían
mal a Orbajosa media docena de grandes capitales dispuestos a
emplearse aquí, un par de cabezas inteligentes que dirigieran la

² This quote is from the poem "Al salir de la cárcel" by Fray Luis de
León (1527-91).

renovación de este país, y algunos miles de manos activas. Desde
la entrada del pueblo hasta la puerta de esta casa he visto más
de cien mendigos. La mayor parte son hombres sanos y aun
robustos. Es un ejército lastimoso, cuya vista oprime el corazón.

5   —Para eso está la caridad°—afirmó D. Inocencio—. Por lo   charity
demás, Orbajosa no es un pueblo miserable. Ya sabe usted que
aquí se producen los primeros ajos° de toda España. Pasan de   garlic
veinte las familias ricas que viven entre nosotros.

    —Verdad es—indicó doña Perfecta—que los últimos años
10 han sido detestables a causa de la seca:° pero aun así las   drought
paneras no están vacias, y se han llevado últimamente al
mercado muchos miles de ristras de ajos.

    —En tantos años que llevo de residencia en Orbajosa—dijo
el clérigo, 'frunciendo el ceño°—he visto llegar aquí innumera-   frowning
15 bles personajes de la Corte, traídos unos por la gresca electoral,
otros por visitar algún abandonado terruno, o ver las antigüeda-
des de la catedral, y todos entran hablándonos de arados
ingleses, de 'trilladoras mecánicas,° de 'saltos de aguas,° de   threshing ma-
bancos y qué sé yo cuantas majaderías. El estribillo es que esto   chines, water
20 es muy malo y que podía ser mejor. Váyanse con mil demonios,   power
que aquí estamos muy bien sin que los señores de la Corte nos
visiten, mucho mejor sin oír ese continuo clamoreo de nuestra
pobreza y de las grandezas y maravillas de otras partes. Más
sabe el loco en su casa que el cuerdo en la ajena,[3] ¿no es verdad,
25 Sr. D. José? Por supuesto, no se crea ni remotamente que lo digo
por usted. De ninguna manera. Pues no faltaba más. Ya sé que
tenemos delante a uno de los jóvenes más eminentes de la
España moderna, a un hombre que sería capaz de transformar
en riquísimas comarcas nuestras áridas estepas... Ni me
30 incomodo porque usted me cante la vieja canción de los arados
ingleses y la arboricultura y la selvicultura...° Nada de eso; a   forestry
hombres de tanto, de tantísimo talento, se les puede dispensar
el desprecio que muestran hacia nuestra humildad. Nada, amigo
mío, nada, Sr. D. José está usted autorizado para todo, incluso
35 para decirnos que somos poco menos que cafres.°   barbarians
    Esta filípica,[4] terminada con marcado tono de ironía y harto
impertinente toda ella, no agradó al joven; pero se abstuvo° de   he refrained

---

[3] **Más sabe...** *The madman knows more in his own house than the
wise man in that of another*

[4] *diatribe* [a bitter and abusive criticism or denunciation].

manifestar el más ligero disgusto, y siguió la conversación, procurando° en lo posible huir de los puntos en que el susceptible patriotismo del señor canónigo hallase fácil motivo° de discordia. Éste se levantó en el momento en que la señora hablaba con su 5 sobrino de asuntos de familia, y dio algunos pasos por la estancia.

Era ésta vasta y clara, cubierta de antiguo papel, cuyas flores y ramos, aunque descoloridos, conservaban su primitivo dibujo, gracias al aseo que reinaba en todas y cada una de las 10 partes de la vivienda. El reloj, de cuya caja colgaban al descubierto, al parecer, las inmóviles pesas° y el voluble péndulo, diciendo perpetuamente que *no,* ocupaba con su abigarrada muestra el lugar preeminente entre los sólidos muebles del comedor, completando el ornato de las paredes una serie de 15 láminas° francesas que representaban las hazañas del conquistador de Méjico, con prolijas explicaciones al pie,[5] en las cuales se hablaba de un *Ferdinand Cortez* y de una *Donna Marine*[6] tan inverosímiles como las figuras dibujadas° por el ignorante artista. Entre las dos puertas vidrieras que comunicaban con la 20 huerta había un aparato de latón, que no es preciso describir desde que se diga que servía de sustentáculo a un loro,° el cual se mantenía allí con la seriedad y circunspección propias de estos animalejos, observándolo todo. La fisonomía irónica y dura de los loros, su casaca verde, su gorrete encarnado, sus botas 25 amarillas, y, por último, las roncas° palabras burlescas que pronuncian, les dan un aspecto extraño entre serio y ridículo. Tienen no sé qué rígido empaque de diplomáticos. A veces parecen bufones, y siempre se asemejan a ciertos finchados° sujetos, que por querer parecer muy superiores, tiran a la 30 caricatura.

Era el Penitenciario muy amigo del loro. Cuando dejó a la señora y a Rosario en coloquio con el viajero, llegóse a él, y dejándose morder° con la mayor complacencia el dedo índice, le dijo:

35 —Tunante,° bribón,° ¿por qué no hablas? Poco valdrías si no fueras charlatán.° De charlatanes está lleno el mundo de los hombres y el de los pájaros.

Luego cogió con su propia venerable mano algunos garban-

trying
reason

weights

illustrations

sketched

parrot

hoarse

conceited

bite

rascal, loafer
chatterbox

---

[5] **al pie** *at the bottom of the page*
[6] The reference here is to Hernán Cortes, the conqueror of Mexico, and Doña Marina, his companion and interpreter.

zos del cercano cazuelillo y se los dio a comer. El animal empezó
a llamar a la criada pidiéndole chocolate; sus palabras distraje-
ron a las dos damas y al caballero de una conversación que no
debía de ser muy importante.

VI

Dónde se ve que puede surgir° la arise
desavenencia cuando menos se espera

D

E SÚBITO SE PRESENTÓ el Sr. D. Cayetano Polentinos,
'hermano político° de Doña Perfecta, el cual entró con los brother-in-law
brazos abiertos, gritando:
—Venga acá, Sr. D. José de mi alma.
Y se abrazaron° cordialmente. D. Cayetano y Pepe se embraced
conocían, porque el distinguido erudito y bibliófilo solía hacer
excursiones a Madrid cuando se anunciaba almoneda° de libros, public auction
procedentes de la testamentaría de algún *buquinista*. Era D.
Cayetano alto y flaco, de edad mediana, si bien el continuo
estudio o los padecimientos le habían desmejorado mucho;
expresábase con una corrección alambicada que le sentaba a las
mil maravillas, y era cariñoso y amable, a veces con exageración.
Respecto de su vasto saber, ¿qué puede decirse sino que era un
verdadero prodigio? En Madrid su nombre no se pronunciaba sin
respeto, y si D. Cayetano residiera en la capital, no se escapara
sin pertenecer, a pesar de su modestia, a todas las academias
existentes y por existir. Pero él gustaba del tranquilo aislamiento, y el lugar que en el alma de otros tiene la vanidad, teníalo en
el suyo la pasión bibliómana, el amor al estudio solitario, sin
otra ulterior mira y aliciente que los propios libros y el estudio
mismo.

Había formado en Orbajosa una de las más ricas bibliotecas
que en toda la redondez de España se encuentran, y dentro de
ella pasaba largas horas del día y de la noche, compilando,
clasificando, tomando apuntes° y entresacando diversas suertes notes
de noticias preciosísimas, o realizando quizás algún inaudito y
jamás soñado trabajo, digno de tan gran cabeza. Sus costumbres
eran patriarcales: comía poco, bebía menos, y sus únicas
calaveradas consistían en alguna merienda en los Alamillos en
días muy sonados, y paseos diarios a un lugar llamado Mundogrande, donde a menudo eran desenterradas del fango de veinte

siglos medallas romanas y pedazos de arquitrabe,[1] extraños
plintos[2] de desconocida arquitectura, y tal cual ánfora[3] o
cubicularia[4] de inestimable precio.

Vivían D. Cayetano y Doña Perfecta en una armonía tal, que
la paz del Paraíso no se le igualara. Jamás riñeron.° Es verdad   quarreled
que él no 'se mezclaba° para nada en los asuntos de la casa, ni   meddled
ella en los de la biblioteca más que para hacerla barrer° y   swept
limpiar todos los sábados, respetando con religiosa admiración
los libros y papeles que sobre la mesa y en diversos parajes
estaban de servicio.

Después de las preguntas y respuestas propias del caso, D.
Cayetano dijo:

—Ya he visto la caja. Siento mucho que no me trajeras la
edición de 1527. Tendré que hacer yo mismo un viaje a Madrid...
¿Vas a estar aquí mucho tiempo? Mientras más, mejor, querido
Pepe. ¡Cuánto me alegro de tenerte aquí! Entre los dos vamos a
arreglar parte de mi biblioteca y a hacer un índice de escritores
de la Jineta.[5] No siempre se encuentra a mano un hombre de
tanto talento como tú... Verás mi biblioteca... Podrás darte en
ella buenos atracones de lectura...° Todo lo que quieras... Verás   reading
maravillas, verdaderas maravillas, tesoros° inapreciables,   treasures
rarezas que sólo yo poseo,° sólo yo... Pero, en fin, me parece que   possess
ya es hora de comer, ¿no es verdad, José? ¿No es verdad,
Perfecta? ¿No es verdad, Rosarito? ¿No es verdad, Sr. D.
Inocencio?... Hoy es usted dos veces Penitenciario; dígolo porque
nos acompañará usted a hacer penitencia.

El canónigo se inclinó, y sonriendo mostraba simpáticamente
su aquiescencia. La comida fue cordial, y en todos los manjares
se advertía la abundancia desproporcionada de los banquetes de
pueblo, realizada a costa de la variedad. Había para atracarse
doble número de personas que las allí reunidas. La conversación
recayó en asuntos diversos.

—Es preciso que visite usted 'cuanto antes° nuestra cate-   as soon as possible

[1] The lowermost part of an entablature, resting directly on top of
a column in classical arquitecture.

[2] A block or slab upon which a pedestal, column, or statue is placed.

[3] A two-handled jar with a narrow neck, used by the Ancient
Greeks and Romans to carry wine or oil.

[4] A type of Roman lamp.

[5] A style of riding with stirrups short and legs bent.

dral—dijo el canónigo—. ¡Como ésta hay pocas, Sr. D. José!...
Verdad que usted, que tantas maravillas ha visto en el extranjero, no encontrará nada notable en nuestra vieja iglesia...
Nosotros, los pobres patanes de Orbajosa, la encontramos divina.
El maestro López de Berganza, racionero de ella, la llamaba en
el siglo XVI *pulchra augustiana...*[6] Sin embargo, para hombres
de tanto saber como usted, quizás no tenga ningún mérito, y
cualquier mercado de hierro será más bello.

Cada vez disgustaba más a Pepe Rey el lenguaje irónico del
sagaz canónigo; pero resuelto a contener y disimular° su enfado,°   disguise / anger
no contestó sino con expresiones vagas. Doña Perfecta tomó en
seguida la palabra, y jovialmente se expresó así:

—Cuidado, Pepito; te advierto° que si hablas mal de nuestra   I warn
santa iglesia, perderemos las amistades. Tú sabes mucho y eres
un hombre eminente que de todo entiendes; pero si has de
descubrir que esa gran fábrica no es la octava maravilla,
guárdate en buen hora tu sabiduría y no nos saques de bobos...

—Lejos de creer que este edificio no es bello—repuso Pepe—,
lo poco que de su exterior he visto me ha parecido de imponente
hermosura. De modo, señora tía, que no hay para qué asustarse;° ni yo soy sabio ni mucho menos.   to be afraid

—Poco a poco—dijo el canónigo, extendiendo la mano y
dando paz a la boca por breve rato para que, hablando, descansa-
se del mascar—. 'Alto allá:° no venga usted aquí haciéndose el   stop right there
modesto, Sr. D. José, que hartos estamos de saber lo muchísimo
que usted vale, la gran fama de que goza y el papel° importantí-   role
simo que desempeñará dondequiera que se presente. No se ven
hombres así todos los días. Pero ya que de este modo ensalzo los
méritos de usted...

Detúvose para seguir comiendo, y luego que la sin hueso[7]
quedó libre, continuó así:

—Ya que de este modo ensalzo los méritos de usted, permítaseme expresar otra opinión con la franqueza que es propia
de mi carácter. Sí, Sr. D. José; sí, Sr. D. Cayetano; sí, señora
y niña mías; la ciencia, tal como la estudian y la propagan los
modernos, es la muerte del sentimiento y de las dulces ilusiones. Con ella la vida del espíritu se amengua; todo se reduce a reglas° fijas, y los mismos encantos sublimes de la Natu-   rules
raleza desaparecen. Con la ciencia destrúyese° lo maravillo-   is destroyed

[6] *majestically beautiful* (Latin).
[7] The term **la sin hueso** refers to his tongue.

so en las artes, así como la fe en el alma. La ciencia dice que todo
es mentira, y todo quiere ponerlo en guarismos y rayas, no sólo
maria ac terras,[8] donde estamos nosotros, sino también *caelum-
que profundum,*[9] donde está Dios... Los admirables sueños del
5   alma, su arrobamiento místico, la inspiración misma de los
poetas, mentira. El corazón es una esponja,° el cerebro° una   sponge, brain
gusanera.

    Todos rompieron a reír, mientras él daba paso a un trago de
vino.

10   —Vamos, ¿me negará° el Sr. D. José—añadió el sacerdote—,   will deny
que la ciencia, tal como se enseña y se propaga hoy, va derecha
a hacer del mundo y del género humano una gran máquina?°   machine

    —Eso según y conforme—dijo D. Cayetano—. Todas las
cosas tienen su pro y su contra.

15   —Tome usted más ensalada, señor Penitenciario—dijo doña
Perfecta—. Está cargadita de mostaza, como a usted le gusta.

    Pepe Rey no gustaba de entablar vanas disputas, ni era
pedante, ni alardeaba° de erudito, mucho menos ante mujeres y   boasted
en reuniones de confianza; pero la importuna verbosidad
20   agresiva del canónigo necesitaba, según él, un correctivo. Para
dárselo le pareció mal sistema exponer ideas que, concordando
con las del canónigo, halagasen° a éste, y decidió manifestar las   would flatter
opiniones que más contrariaran° y más acerbamente mortifica-   would oppose
sen° al mordaz Penitenciario.   would annoy

25   —Quieres divertirte conmigo—dijo para sí—. Verás qué mal
rato te voy a dar.

    Y luego añadió en voz alta:

    —Cierto es todo lo que el señor Penitenciario ha dicho en
tono de broma. Pero no es culpa° nuestra que la ciencia esté   fault
30   derribando° a martillazos, un día y otro, tanto ídolo vano, la   demolishing
superstición, el sofisma,[10] las mil mentiras de lo pasado, bellas
las unas, ridículas las otras, pues de todo hay en la viña del
Señor.° El mundo de las ilusiones, que es, como si dijéramos, un   Lord
segundo mundo, se viene abajo con estrépito. El misticismo en
35   religión, la rutina en la ciencia, el amaneramiento en las artes,

    [8] This is a quotation from Virgil's *Aeneid* (1.58): *seas and lands*
(Latin).

    [9] This quotation is a continuation of the same line from the *Aeneid:*
the vault of heaven (Latin).

    [10] A subtle, deceptive, superficially plausible but generally
fallacious method of reasoning.

caen como cayeron los dioses paganos: entre burlas. Adiós,
sueños torpes; el género humano despierta, y sus ojos ven la
claridad. El sentimentalismo vano, el misticismo, la fiebre,° la   fever
alucinación, el delirio, desaparecen, y el que antes era enfermo,
5   hoy está sano, y se goza con placer indecible en la justa apreciación de las cosas. La fantasía, la terrible loca, que era el ama de
la casa, pasa a ser criada... Dirija usted la vista a todos lados,
señor Penitenciario, y verá el admirable conjunto de realidad
que ha sustituido° a la fábula. El cielo no es una bóveda, las   replaced
10 estrellas no son farolillos, la luna no es una cazadora traviesa,[11]
sino un pedrusco opaco; el sol no es un cochero emperejilado y
vagabundo,[12] sino un incendio fijo. Las sirtes[13] no son ninfas,
sino dos escollos; las sirenas[14] son focas;° en el orden de las   seals
personas, Mercurio[15] es Manzanedo;[16] Marte[17] es un viejo
15 barbilampiño, el conde de Moltke;[18] Néstor[19] puede ser un señor de gabán que se llama monsieur Thiers;[20] Orfeo[21] es

[11] **una cazadora traviesa** refers to Diana, the Goddess of the Hunt,
who represented the moon in ancient Roman mythology.

[12] **un cochero...** refers to Helios, the ancient mythological Sun-God,
who rode through the Heavens in his chariot giving light to the world.

[13] The Syrtes are the Gulfs of Sidra and of Gabes in North Africa.

[14] The mythological Sirens lived on an island in the sea. They had
enchanting voices, and their singling lured sailors to their death.

[15] The ancient Roman God of Commerce.

[16] A banker of the Madrid firm of the same name.

[17] The ancient Roman God of War.

[18] Count von Moltke was Field Marshall of the Prussian army in
1866 and 1870-71.

[19] In Homer's *Iliad* Nestor was the oldest Greek warrior at Troy.
The wisdom and experience he derived from age was a valuable asset
in the council, and despite his inability to fight any longer, he remained
at the front line of every battle commanding his troops.

[20] Historian and politician who in 1871 became the first President
of France's Third Republic.

[21] In Greek and Roman mythology Orpheus was a mortal who was
able to charm the Gods with his great ability to sing and play the lyre.

Verdi;[22] Vulcano[23] es Krupp;[24] Apolo[25] es cualquier poeta. ¿Quiere usted más? Pues Júpiter,[26] un Dios digno de ir a presidio si viviera aún, no descarga el rayo, sino que el rayo cae cuando a la electricidad le da la gana. No hay Parnaso,[27] no hay Olimpo,[28] no
5 hay laguna Estigia,[29] ni otros Campos Elíseos[30] que los de París.[31] No hay ya más bajada al Infierno que las de la geología, y este viajero, siempre que vuelve, dice que no hay condenados en el centro de la tierra. No hay más subidas al cielo que las de la astronomía, y ésta, a su regreso, asegura no haber visto los
10 seis o siete pisos de que hablan el Dante[32] y los místicos y soñadores de la Edad Media. No encuentra sino astros y distancias, líneas, enormidades de espacio, y nada más. Ya no hay falsos cómputos de la edad del mundo, porque la paleontología y la prehistoria han contado los dientes de esta calavera° en   skull
15 que vivimos y averiguado° su verdadera edad. La fábula, llámese   found out paganismo o idealismo cristiano, ya no existe, y la

---

[22] The great nineteenth-century Italian opera composer.

[23] The ancient Roman God of Fire.

[24] The nineteenth-century German industrialist who founded a steel and gun-works factory.

[25] The ancient Greek and Roman God of Poetry.

[26] The Supreme God and King of Olympus in ancient Roman mythology. As Lord of the Sky he wielded thunderbolts.

[27] Residence of the nine mythological Muses (of history, astronomy, tragedy, comedy, dance, epic poetry, love poetry, lyric poetry, and songs to the gods).

[28] Residence of the divine family of ancient Greek and Roman Gods: Zeus/Jupiter; Poseiden/Neptune; Hades/Pluto; Hestia/Vesta; Hera/Juno; Ares/Mars; Athena/Minerva; Aphrodite/Venus; Hermes/Mercury; Artemis/Diana; Hephaestus/Vulcan; and Apollo.

[29] In ancient mythology the souls of the dead crossed the River Styx en route to the underworld.

[30] In ancient mythology the Elysian Fields are a place of blessedness where the souls of the good are sent.

[31] This is a reference to the famous Champs Élysées boulevard.

[32] The *Divine Comedy* by Dante Alighieri (1265-1312) is a poem that depicts the journey through the world after death, which involves an assent through the concentric spheres of the planets and on through the stars. Each of the three departments of the afterlife (Hell, Purgatory, and Heaven) consists of seven parallel divisions.

imagínación está de cuerpo presente.[33] Todos los milagros°   miracles
posibles se reducen a los que yo hago en mi gabinete, cuando se
me antoja, con una pila de Bunsen, un hilo inductor y una aguja
imantada. Ya no hay más multiplicaciones de panes y peces que
5 las que hace la industria con sus moldes y máquinas, y las de la
imprenta,° que imita a la Naturaleza, sacando de un solo tipo   printing press
millones de ejemplares. En suma, señor canónigo del alma, se
han corrido las órdenes para dejar cesantes a todos los absurdos,
falsedades, ilusiones, ensueños,° sensiblerías y preocupaciones   daydreams
10 que ofuscan el entendimiento del hombre. Celebremos el suceso.°

Cuando concluyó de hablar, en los labios del canónigo   event
retozaba una sonrisilla, y sus ojos habían tomado animación
extraordmaria. D. Cayetano se ocupaba en dar diversas formas;
ora[34] romboidales, ora prismáticas, a una bolita de pan. Pero
15 Doña Perfecta estaba pálida, y fijaba sus ojos en el canónigo con
insistencia observadora. Rosarito contemplaba con estupor a su
primo. Éste se inclinó hacia ella, y al oído le dijo disimuladamente en voz muy baja:

—No me hagas caso, primita. Digo estos disparates° para   nonsense
20 sulfurar° al señor canónigo.   infuriate

---

[33] **está de cuerpo presente** *is lying in state*
[34] **ora = ahora**

La desavenencia crece° increases

PUEDE QUE CREAS—INDICÓ doña Perfecta con ligero acento de vanidad—, que el Sr. D. Inocencio se va a quedar callado° sin contestarte a todos y cada uno de esos puntos. silent

—¡Oh, no!—exclamó el canónigo, arqueando° las cejas—. No arching
mediré yo mis escasas fuerzas con adalid tan valiente° y al brave
mismo tiempo tan bien armado. El Sr. D. José lo sabe todo, es decir, tiene a su disposición todo el arsenal de las ciencias exactas. Bien sé que la doctrina que sustenta° es falsa; pero yo he supports
no tengo talento ni elocuencia para combatirla. Emplearía yo las armas del sentimiento; emplearía argumentos teológicos, sacados de la revelación, de la fe, de la palabra divina; pero ¡ay! el Sr. D. José, que es un sabio eminente, se reiría de la teología, de la fe, de la revelación, de los santos profetas, del Evangelio...° gospel
Un pobre clérigo ignorante, un desdichado que no sabe matemá-ticas, ni filosofía alemana en que hay aquello de *yo y no yo*,[1] un pobre dómine que no sabe más que la ciencia de Dios y algo de poetas latinos, no puede entrar en combate con estos bravos corifeos.° leaders

Pepe Rey prorrumpió en francas risas.

—Veo que el Sr. D. Inocencio—indicó—ha tomado por lo serio estas majaderías que he dicho... Vaya, señor canónigo, vuélvanse cañas las lanzas,[2] y todo se acabó. Seguro estoy de que mis verdaderas ideas y las de usted no están en desacuerdo. Usted es un varón piadoso e instruido. Aquí el ignorante soy yo. Si he querido bromear,° dispénsenme todos: yo soy así. to joke around

—Gracias—repuso el presbítero visiblemente contrariado—. ¿Ahora salimos con esa? Bien sé yo, bien sabemos todos que las ideas que usted ha sustentado son las suyas. No podía ser de otra manera. Usted es el hombre del siglo. No puede negarse

---

[1] This is a reference to the theory of the German philosopher Johann Gottlieb Fichte (1762-1814), who was a disciple of Kant.

[2] Cañas are mock war games played on horseback using canes instead of lances. The English equivalent of **vuélvanse cañas las lanzas** would be *let's bury the hatchet.*

que su entendimiento es prodigioso, a todas luces prodigioso.
Mientras usted hablaba, yo, lo confieso ingenuamente, al mismo
tiempo que en mi interior deploraba error tan grande, no podía
menos de admirar lo sublime de la expresión, la prodigiosa
5 facundia,° el método sorprendente de su raciocinio, la fuerza de   eloquence
los argumentos... ¡Qué cabeza, señora Doña Perfecta, qué cabeza
la de este joven sobrino de usted! Cuando estuve en Madrid y me
llevaron al Ateneo,[3] confieso que me quedé absorto al ver el
asombroso ingenio que Dios ha dado a los ateos° y protestantes.   atheists
10 —Sr. D. Inocencio—dijo Doña Perfecta, mirando alternativa-
mente a su sobrino y a su amigo—, creo que usted, al juzgar a
este chico, traspasa los límites de la benevolencia... No te
enfades, Pepe, ni hagas caso de lo que digo, porque yo ni soy
sabia, ni filósofa, ni teóloga; pero me parece que el Sr. D.
15 Inocencio acaba de dar una prueba de su gran modestia y
caridad cristiana, negándose a apabullarte,° como podía hacerlo   crush you
si hubiese querido...
—¡Señora, por Dios!—murmuró el eclesiástico.
—Él es así—añadió la señora—. Siempre haciéndose la
20 mosquita muerta...[4] Y sabe más que los cuatro doctores. ¡Ay, Sr.
D. Inocencio, qué bien le sienta a usted el nombre que lleva! Pero
no se nos venga acá con humildades importunas. Mi sobrino no
tiene pretensiones... ¡Si él sabe lo que le han enseñado y nada
más!... Si ha aprendido el error, ¿qué más puede desear sino que
25 usted le ilustre° y le saque del infierno de sus falsas doctrinas?   enlighten
—Justamente, no deseo otra cosa sino que el señor Peniten-
ciario me saque...—murmuró Pepe, comprendiendo que sin
quererlo 'se había metido° en un laberinto.   he got himself into
—Yo soy un pobre clérigo que no sabe más que la ciencia
30 antigua—repuso D. Inocencio—. Reconozco el inmenso valor
científico mundano del Sr. D. José, y ante tan brillante oráculo
callo y me postro.
Diciendo esto, el canónigo cruzaba ambas manos sobre el
pecho, inclinando la cabeza. Pepe Rey estaba un si es no es
35 turbado a causa del giro° que su tía quiso dar a una vana   turn
disputa

[3] El Ateneo Científico y Literario de Madrid was an intellectual
center established in 1820, closed in 1823, and reopened in 1835. It
housed debates, conferences, lectures, and classes on progressive ideas.
[4] **haciéndose...** *making himself out to be a nobody*

festiva, en la que tomó parte tan sólo por acalorar° un poco la
conversación. Creyó prudente 'poner punto en° tan peligroso
tratado, y con este fin dirigió una pregunta al Sr. D. Cayetano
cuando éste, despertando del pavoroso letargo que tras los
5　postres le sobrevino, ofrecía a los comensales los indispensables
palillos° clavados en un pavo de porcelana que hacía la rueda.

　　—Ayer he descubierto una mano empuñando el asa° de un
ánfora, en la cual hay varios signos hieráticos. Te la enseñaré—,
dijo D. Cayetano, gozoso de plantear un tema de su predilección.
10　　　—Supongo° que el Sr. de Rey será también muy experto en
cosas de arqueología—, dijo el canónigo, que, siempre implacable, corría tras la víctima, siguiéndola hasta su más escondido
refugio.

　　—Por supuesto—dijo doña Perfecta—. ¿De qué no entende-
15　rán estos despabilados° niños del día? Todas las ciencias las
llevan en las puntas de los dedos. Las universidades y las
academias les instruyen de todo en un periquete,° dándoles
patente de sabiduría.

　　—¡Oh!, eso es injusto—repuso el canónigo, observando la
20　penosa impresión que manifestaba el semblante° del ingeniero.

　　—Mi tía tiene razón—afirmó Pepe—. Hoy aprendemos un
poco de todo, y salimos de las escuelas con rudimentos de
diferentes estudios.

　　—Decía—añadió el canónigo—, que será usted un gran
25　arqueólogo.

　　—No sé una palabra de esa ciencia—repuso el joven—. Las
ruinas son ruinas, y nunca me ha gustado empolvarme en ellas.

　　D. Cayetano hizo una mueca° muy expresiva.

　　—No es esto condenar la arqueología—dijo vivamente el
30　sobrino de Doña Perfecta, advirtiendo con dolor° que no pronunciaba una palabra sin herir a alguien—. Bien sé que del polvo
sale la historia. Esos estudios son preciosos y utilísimos.

　　—Usted—observó el Penitenciario metiéndose el palillo en
la última muela—, se inclinará más a los estudios de controver-
35　sia. Ahora se me ocurre una excelente idea. Sr. D. José, usted
debiera ser abogado.°

　　—La abogacía es una profesión que aborrezco—replicó Pepe
Rey. —Conozco abogados muy respetables, entre ellos a mi
padre, que es el mejor de los hombres. A pesar de tan buen
40　ejemplo, en mi vida me hubiera sometido a ejercer una profesión que consiste en defender lo mismo en pro que en

to hear up
to put a stop to

toothpicks

handle

I assume

clever

jiffy

face

grimace

pain

lawyer

contra de las cuestiones.° No conozco error, ni preocupación, ni ceguera° más grande que el empeño de las familias en inclinar a la mejor parte de la juventud a la abogacía. La primera y más terrible plaga° de España es la turbamulta de jóvenes letrados, para cuya existencia es necesaria una fabulosa cantidad de pleitos.° Las cuestiones se multiplican en proporción de la demanda. Aun así, muchísimos se quedan sin trabajo, y como un señor jurisconsulto no puede tomar el arado ni sentarse al telar, de aquí proviene ese brillante escuadrón de holgazanes,° llenos de pretensiones, que fomentan° la empleomanía,[5] perturban la política, agitan la opinión y engendran° las revoluciones. De alguna parte han de comer. Mayor desgracia° sería que hubiera pleitos para todos.

 —Pepe, por Dios, mira lo que hablas—dijo Doña Perfecta con marcado tono de severidad—. Pero dispénsele usted, Sr. D. Inocencio... porque él ignora° que usted tiene un sobrinito, el cual, aunque recién salido de la Universidad, es un portento° en la abogacía.

 —Yo hablo en términos generales—manifestó Pepe con firmeza—. Siendo como soy hijo de un abogado ilustre, no puedo desconocer que algunas personas ejercen esta noble profesión con verdadera gloria.

 —No... si mi sobrino es un chiquillo todavía —dijo el canónigo afectando° humildad—. Muy lejos de mi ánimo afirmar que es un prodigio de saber, como el Sr. de Rey. Con el tiempo quién sabe... Su talento no es brillante ni seductor. Por supuesto, las ideas de Jacintito son sólidas, su criterio sano; lo que sabe lo sabe a machamartillo. No conoce sofisterías ni palabras huecas...°

 Pepe Rey hallábase cada vez más inquieto. La idea de que, sin quererlo, estaba en contradicción con las ideas de los amigos de su tía, le mortificaba, y resolvió callar por temor a que él y D. Inocencio concluyeran tirándose los platos a la cabeza. Felizmente, el esquilón de la catedral, llamando a los canónigos a la importante tarea del coro, le sacó de situación tan penosa. Levantóse el venerable varón y se despidió de todos, mostrándose con Pepe tan lisonjero,° tan amable, cual si la amistad más íntima desde largo tiempo les uniera. El canónigo, después de ofrecerse para servirle en todo, le prometió presentarle a su sobrino, a fin de que éste le acompañase a ver la población, y le

[5] *Mania for holding public office*

Marginal glosses:

disputes
blindness

plague

lawsuits

idlers
promote
generate
misfortune

doesn't know
prodigy

feigning

hollow

flattering

dijo expresiones muy cariñosas dignándose agraciarle al salir
con una palmadita° en el hombro. Pepe Rey, aceptando con gozo   pat
aquellas fórmulas de concordia, vio, sin embargo, el cielo abierto
cuando el sacerdote salió del comedor y de la casa.

VIII

A toda prisa

Poco DESPUÉS HABÍA CAMBIADO la escena D. Cayetano, encontrando descanso a sus sublimes tareas en un dulce sueño que de él se amparó,° dormía blandamente en un sillón del comedor. Doña Perfecta andaba por la casa tras sus quehaceres.° Rosarito, sentándose junto a una de las vidrieras° que a la huerta se abrían, miró a su primo, diciéndole con la muda° oratoria de los ojos:

—Primo, siéntate aquí junto a mí, y dime todo eso que tienes que decirme.

Pepe, aunque matemático, lo comprendió.

—Querida prima—dijo—, ¡cuánto te habrás aburrido hoy con nuestras disputas! Bien sabe Dios que por mi gusto no habría pedanteado como viste; pero el señor canónigo tiene la culpa... ¿Sabes que me parece singular ese señor sacerdote?...

—¡Es una persona excelente!—repuso Rosarito, demostrando el gozo que sentía por verse en disposición de dar a su primo todos los datos y noticias que necesitase.

—¡Oh! sí, una excelente persona. ¡Bien se conoce!

—Cuando le sigas tratando, conocerás...

—Que no tiene precio. En fin, basta° que sea amigo de tu mamá y tuyo para que también lo sea mío—afirmó el joven—. ¿Y viene mucho acá?

—Toditos los días. ¡Qué bueno y qué amable es!. ¡Y cómo me quiere!

—Vamos, ya me va gustando ese señor.

—Viene también por las noches a jugar al tresillo[1]—añadió la joven—, porque a 'prima noche° se reúnen aquí algunas personas: el juez 'de primera instancia,° el promotor fiscal, el deán, el secretario del obispo,° el alcalde, el recaudador de contribuciones, el sobrino de D. Inocencio...

—¡Ah! Jacintito, el abogado.

—Ese. Es un pobre chico, más bueno que el pan. Su tío le adora.° Desde que vino de la Universidad con su borla de

[1]*Ombre* (a card game).

doctor... porque es doctor de un par de facultades, y sacó nota°   grade
de sobresaliente[2]... ¿qué crees tú? ¡vaya!... pues desde que vino,
su tío le trae aquí muy a menudo. Mamá también le quiere
mucho... Es estudioso y formalito. Se retira temprano con su tío;
5 no va nunca al Casino[3] por las noches, no juega° ni derrocha, y   gamble
trabaja en el bufete de D. Lorenzo Ruiz, que es el primer
abogado de Orbajosa. Dicen que Jacinto será un gran defensor
de pleitos.

—Su tío no exageraba al elogiarle—dijo Pepe—. Siento
10 mucho haber dicho aquellas tonterías° sobre los abogados...   foolish remarks
Querida prima, ¿no es verdad que estuve inconveniente?

—Calla, si a mí me parece que tienes mucha razón.

—¿Pero 'de veras,° no estuve un poco...?   truly

—Nada, nada.

15 —¡Qué peso° me quitas de encima! La verdad es que me   weight
encontré, sin saber cómo, en una contradicción constante y
penosa con ese venerable sacerdote. Lo siento de veras.

—Lo que yo creo—dijo Rosarito clavando en él sus ojos con
expresión cariñosa—, es que tú no eres para nosotros.

20 —¿Qué significa° eso?   means

—No sé si me explico bien, primo. Quiero decir que no es
fácil te acostumbres a la conversación ni a las ideas de la gente
de Orbajosa. Se me figura... es una suposición.

—¡Oh! no; yo creo que 'te equivocas.°   you are mistaken

25 —Tú vienes de otra parte, de otro mundo donde las personas
son muy listas, muy sabias, y tienen unas maneras finas y un
modo de hablar ingenioso, y una figura... puede ser que no me
explique bien. Quiero decir que estás habituado a vivir entre una
sociedad escogida; sabes mucho... Aquí no hay lo que tú necesi-
30 tas; aquí no hay gente sabia, ni grandes finuras.° Todo es   refined manners
sencillez, Pepe. Se me figura que te aburrirás, que te aburrirás
mucho, y al fin tendrás que marcharte.

La tristeza, que era normal en el semblante de Rosarito, se
mostró con tintas y rasgos° tan notorios, que Pepe Rey sintió una   traits
35 emoción profunda.

—Estás en un error, querida prima. Ni yo traigo aquí la idea
que supones, ni mi carácter ni mi entendimiento están en
disonancia con los caracteres y las ideas de aquí. Pero suponga-

---

[2] *Outstanding*, the highest grade awarded.

[3] *Casinos* were men's clubs, primarily for the middle class, where
members played cards, read newspapers, conversed, and relaxed.

mos por un momento que lo estuvieran.

—Vamos a suponerlo...

—En ese caso, tengo la firme convicción de que entre tú y yo, entre nosotros dos, querida Rosario, se establecerá una armonía perfecta. Sobre esto no puedo engañarme. El corazón me dice que no me engaño.

Rosarito se ruborizó;° pero esforzándose en hacer huir su sonrojo con sonrisas y miradas dirigidas aquí y allí, dijo: *blushed*

—No vengas ahora con artificios. Si lo dices porque yo he de encontrar siempre bien todo lo que piensas, tienes razón.

Rosario—exclamó el joven—, desde que te vi, mi alma se sintió llena de una alegría muy viva... he sentido al mismo tiempo un pesar:° el de no haber venido antes a Orbajosa.   *sorrow*

—Eso sí que no he de creerlo—dijo ella, afectando jovialidad para encubrir° medianamente su emoción—. ¿Tan pronto?... No   *conceal*
vengas ahora con palabrotas... Mira, Pepe, yo soy una lugareña;°   *country girl*
yo no sé hablar más que cosas vulgares; yo no sé francés; yo no me visto con elegancia; yo apenas sé tocar el piano; yo...

—¡Oh, Rosario!—exclamó con ardor el caballero—. Dudaba que fueses perfecta; ahora ya sé que lo eres.

Entró de súbito la madre. Rosarito, que nada tenía que contestar a las últimas palabras de su primo, conoció, sin embargo, la necesidad de decir algo, y mirando a su madre, habló así:

—¡Ah! se me había olvidado poner la comida al loro.

—No te ocupes de eso ahora. ¿Para qué os estáis ahí? Lleva a tu primo a dar un paseo por la huerta.

La señora se sonreía con bondad maternal, señalando a su sobrino la frondosa arboleda° que tras los cristales aparecía.   *grove*

—Vamos allá—, dijo Pepe levantándose.

Rosarito se lanzó como un pájaro puesto en libertad hacia la vidriera.

—Pepe, que sabe tanto y ha de entender de árboles—afirmó Doña Perfecta, —te enseñará cómo se hacen los injertos.° A ver   *grafts*
qué opina él de esos peralitos que se van a trasplantar.

—Ven, ven—, dijo Rosarito desde fuera.

Llamaba a su primo con impaciencia. Ambos desaparecieron entre el follaje. Doña Perfecta les vio alejarse, y después se ocupó del loro. Mientras le renovaba la comida, dijo en voz muy baja con ademán pensativo:

—¡Qué despegado° es! Ni siquiera le 'ha hecho una caricia°   *unaffectionate,*
al pobre animalito.   *petted*

Luego, en voz alta añadió, creyendo en la posibilidad de ser oída por su cuñado:° — brother-in-law

—Cayetano, ¿qué te parece el sobrino?... ¡Cayetano!

Sordo gruñido indicó que el anticuario° volvía al conocimien- — antiquarian
to de este miserable mundo.

—Cayetano...

—Eso es... eso es...—murmuró con torpe voz el sabio—, ese caballerito sostendrá como todos la opinión errónea de que las estatuas de Mundogrande proceden de la primera inmigración fenicia[4]. Yo le convenceré...

—Pero Cayetano...

—Pero Perfecta... ¡Bah! ¿También ahora sostendrás que he dormido?

—No, hombre, ¡qué he de sostener yo tal disparate!... ¿Pero ¿no me dices qué te parece ese chico?

D. Cayetano se puso la palma de la mano ante la boca para bostezar más a gusto, y después entabló una larga conversación con la señora. Los que nos han transmitido las noticias necesarias a la composición de esta historia 'pasan por alto° aquel — omitted
diálogo, sin duda porque fue demasiado secreto. En cuanto a lo que hablaron el ingeniero y Rosarito en la huerta aquella tarde, parece evidente que no es digno de mención.

En la tarde del siguiente día ocurrieron, sí, cosas que no deben pasarse en silencio, por ser de la mayor gravedad. Hallábanse solos ambos primos a hora bastante avanzada de la tarde, después de haber discurrido por distintos parajes de la huerta, atentos el uno al otro y sin tener alma ni sentidos más que para verse y oírse.

—Pepe—decía Rosario—, todo lo que me has dicho es una fantasía, una cantinela° de ésas que tan bien sabéis hacer los — same old tune
hombres de chispa. Tú piensas que, como soy lugareña, creo cuanto me dicen.

—Si me conocieras, como yo creo conocerte a ti, sabrías que jamás digo sino lo que siento. Pero dejémonos de sutilezas° — subtleties
tontas y de argucias de amantes,° que no conducen sino a falsear — lovers
los sentimientos. Yo no hablaré contigo más lenguaje que el de la verdad. ¿Eres acaso una señorita a quien he conocido en el paseo o en la tertulia,[5] y con la cual pienso pasar un

---

[4] The Phoenicians first arrived on the Peninsula around 1100 B.C..

[5] An informal social gathering taking place on a regular basis among the same group of people.

rato divertido? No. Eres mi prima. Eres algo más... Rosario,
pongamos de una vez las cosas en su verdadero lugar. Fuera
rodeos. Yo he venido aquí a casarme contigo.

Rosario sintió que su rostro se abrasaba° y que el corazón no *was burning*
5 le cabía° en el pecho. *fit*

—Mira, querida prima—añadió el joven—, te juro° que si no *I swear*
me hubieras gustado, ya estaría lejos de aquí. Aunque la cortesía
y la delicadeza me habrían obligado a hacer esfuerzos, no me
hubiera sido fácil disimular mi desengaño.[6] Yo soy así.

10 —Primo, casi acabas de llegar—dijo lacónicamente° Rosari- *succinctly*
to, esforzándose en reír.

—Acabo de llegar y ya sé todo lo que tenía que saber:
sé que te quiero;° que eres la mujer que desde hace tiempo me *I love*
está anunciando el corazón, diciéndome noche y día... «ya viene;
15 ya está cerca; que te quemas».[7]

Esta frase sirvió de pretexto a Rosario para soltar la risa que
en sus labios retozaba. Su espíritu se desvanecía° alborozado en
una atmósfera de júbilo. *vanished*

—Tú 'te empeñas° en que no vales nada—continuó Pepe—, *insist*
20 y eres una maravilla. Tienes la cualidad admirable de estar a
todas horas proyectando sobre cuanto te rodea la divina luz de
tu alma. Desde que se te ve, desde que se te mira, los nobles
sentimientos y la pureza de tu corazón se manifiestan. Viéndote,
se ve una vida celeste que por descuido de Dios está en la tierra;
25 eres un ángel, y yo te quiero como un tonto.

Al decir esto parecía haber desempeñado una grave misión.
Rosarito viose de súbito dominada por tan viva sensibilidad, que
la escasa energía de su cuerpo no pudo corresponder a la
excitación de su espíritu, y desfalleciendo,° dejóse caer sobre un *becoming weak*
30 sillar que hacía las veces de banco en aquellos amenos lugares.
Pepe se inclinó hacia ella. Notó que cerraba los ojos, apoyando° *supporting*
la frente en la palma de la mano. Poco después, la hija de Doña
Perfecta Polentinos dirigía a su primo, entre dulces lágrimas,
una mirada tierna, seguida de estas palabras:

35 —Te quiero desde antes de conocerte.

Apoyadas sus manos en las del joven, se levantó, y sus
cuerpos desaparecieron entre las frondosas ramas de un paseo
de adelfas.° Caía la tarde, y una dulce sombra se extendía por la *oleander*

[6] *realization of the truth*

[7] **que te quemas** *she's so close she's burning you.* In the children's
game of hide and seek, hot and cold indicate being near or far.

parte baja de la huerta, mientras el último rayo del sol poniente°   setting
coronaba de resplandores las cimas de los árboles. La ruidosa
república de pajarillos armaba espantosa algarabía en las ramas
superiores. Era la hora en que después de corretear por la alegre
5 inmensidad de los cielos, iban todos a acostarse, y se disputaban
unos a otros la rama que escogían por alcoba. Su charla parecía
a veces recriminación y disputa, a veces burla y gracejo. Con su
parlero trinar° se decían aquellos tunantes las mayores insolen-   warble
cias, dándose de picotazos y agitando las alas, así como los
10 oradores agitan los brazos cuando quieren hacer creer las
mentiras que pronuncian. Pero también sonaban por allí
palabras de amor, que a ello convidaban la apacible hora y el
hermoso lugar. Un oído experto hubiera podido distinguir las
siguientes:
15   —Desde antes de conocerte te quería, y si no hubieras venido
me habría muerto de pena. Mamá me daba a leer las cartas de
tu padre, y como en ellas hacía tantas alabanzas° de ti, yo decía: words of praise
«este debiera ser mi marido.» Durante mucho tiempo, tu padre
no habló de que tú y yo nos casáramos, lo cual me parecía un
20 descuido muy grande. Yo no sabía qué pensar de semejante
negligencia... Mi tío Cayetano, siempre que te nombraba, decía:
«Como ése hay pocos en el mundo. La mujer que le pesque, ya se
puede tener por dichosa...»° Por fin tu papá dijo lo que no podía   fortunate
menos de decir... Sí, no podía menos de decirlo: yo lo esperaba
25 todos los días...
    Poco después de estas palabras, la misma voz añadió con
zozobra:°   anxiety
    —Alguien viene tras de nosotros.
    Saliendo de entre las adelfas, Pepe vio a dos personas que se
30 acercaban, y tocando las hojas de un tierno arbolito que allí cerca
había, dijo en alta voz a su compañera:
    —No es conveniente aplicar la primera poda° a los árboles   pruning
jóvenes como éste hasta su completo arraigo. Los árboles recién
plantados no tienen vigor para soportar dicha operación. Tú bien
35 sabes que las raíces no pueden formarse sino por el influjo de las
hojas: así es que si le quitas las hojas...
    —¡Ah! Sr. D. José—exclamó el Penitenciario con franca risa,
acercándose a los dos jóvenes y haciéndoles una reverencia°—.   bow
¿Está usted dando lecciones de horticultura? *Insere nunc*
40 *Meliboee*

pyros, pone ordene vites,[8] que dijo el gran cantor de los trabajos
del campo. Injerta los perales, caro Melibeo; arregla las parras...
Conque ¿cómo estamos de salud, Sr. D. José?

El ingeniero y el canónigo se dieron las manos. Luego éste[9]
5   volvióse,° y señalando a un jovenzuelo que tras él venía, dijo   turned around
sonriendo:

—Tengo el gusto de presentar a usted a mi querido Jacinti-
llo... una buena pieza... un tarambana,° Sr. D. José.   scatterbrained

---

[8] This is a quote from Virgil's *Eclogues* (1.73): *Now Meliboeus graft
your pears, plant your vines in a row.*

[9] *the latter* (i.e. D. Inocencio).

La desavenencia sigue creciendo
y amenaza convertirse en discordia

JUNTO A LA NEGRA SOTANA se destacó un sonrosado y fresco rostro. Jacintito saludó a nuestro joven, no sin cierto embarazo.

Era uno de esos chiquillos precoces a quienes la indulgente Universidad lanza antes de tiempo a las arduas luchas del mundo, haciéndoles creer que son hombres porque son doctores. Tenía Jacintito semblante agraciado y carilleno, con mejillas de rosa como una muchacha, y era rechoncho° de cuerpo, de **chubby** estatura pequeña, tirando un poco a pequeñísima, y sin más pelo de barba que el suave bozo que lo anunciaba. Su edad excedía poco de los veinte años. Habíase educado desde la niñez bajo la dirección de su excelente y discreto tío, con lo cual dicho se está que el tierno arbolito no se torció al crecer. Una moral severa le mantenía constantemente derecho, y en el cumplimiento de sus deberes escolásticos apenas flaqueaba. Concluidos los estudios universitarios con aprovechamiento asombroso, pues no hubo clase en que no ganase° las más eminentes notas, empezó a **earned** trabajar, prometiendo con su aplicación y buen tino para la abogacía, perpetuar en el foro° el lozano verdor de los laureles **courtroom** del aula.° **classroom**

A veces era travieso niño, a veces hombre formal. En verdad, en verdad, que si a Jacintito no le gustaran un poco y aun un mucho las lindas muchachas, su buen tío le creería perfecto. No dejaba de sermonearle a todas horas, apresurándose a cortarle los vuelos audaces;° pero ni aun esta inclinación mundana del **daring** jovenzuelo lograba enfriar el amor que nuestro buen canónigo tenía al encantador retoño° de su cara° sobrina María Remedios. **off-spring, dear** En tratándose del abogadillo, todo cedía.° Hasta las graves y **yielded** rutinarias prácticas del buen sacerdote se alteraban siempre que se tratase de algún asunto referente a su precoz pupilo. Aquel método riguroso y fijo como un sistema planetario, solía perder su equilibrio cuando Jacintito estaba enfermo o tenía que hacer

un viaje. ¡Inútil celibato° el de los clérigos! Si el Concilio de   celibacy
Trento[1] les prohibe tener hijos, Dios, no el demonio, les da
sobrinos para que conozcan los dulces afanes de la paternidad.

    Examinadas imparcialmente las cualidades de aquel
5   aprovechado niño, era imposible desconocer su mérito. Su
carácter era por lo común inclinado a la honradez, y las acciones
nobles despertaban franca admiración en su alma. Respecto a
sus dotes° intelectuales y a su saber social, tenia todo lo necesa-   talents
rio para ser con el tiempo una notabilidad de éstas que tanto
10 abundan en España; podía ser lo que a todas horas nos compla-
cemos en llamar hiperbólicamente un *distinguido patricio*,[2] o *un
eminente hombre público*, especies que por su mucha abundancia apenas son apreciadas en su justo valor. En aquella tierna
edad en que el grado universitario sirve de soldadura entre la
15 puericia y la virilidad, pocos jóvenes, mayormente si han sido
mimados° por sus maestros, están libres de una pedantería   spoiled
fastidiosa, que si les da gran prestigio al lado de sus mamás, es
muy risible° entre hombres hechos y formales. Jacintito tenía   laughable
este defecto, disculpable° no sólo por sus pocos años, sino porque   forgivable
20 su buen tío fomentaba aquella vanidad pueril con imprudentes
aplausos.

    Luego que los cuatro se reunieron, continuaron paseando.
Jacinto callaba. El canónigo, volviendo al interrumpido tema de
los *pyros* que se habían de injertar y de las *vites* que se debían
25 poner en orden, dijo:

    —Ya sé que D. José es un insigne agrónomo.

    —Nada de eso; no sé una palabra—, repuso el joven viendo
con mucho disgusto aquella manía de suponerle instruido en
todas las ciencias.

30   —¡Oh! sí: un gran agrónomo—añadió el Penitenciario;—
pero en asuntos de agronomía no me citen tratados novísimos.
Para mí toda esa ciencia, Sr. de Rey, está condensada en lo que
yo llamo la *Biblia del campo*, en las *Geórgicas* del inmortal latino.[3] Todo es admirable, desde aquella gran sen-

---

[1] Convoked by Pope Paul III, the Council of Trent met periodically
from 1545-63. It reaffirmed many of the teachings and practices of
Catholicism, including the celibacy of priests.

[2] A patrician was a member of the original senatorial aristocracy
of ancient Rome. Here the term is being used in an exaggerated
manner to refers to someone belonging to a high social rank.

[3] This reference is to Virgil.

tencia *Neo vero terrae ferre omnes omnia possunt,*[4] es decir, que
no todas las tierras sirven para todos los árboles, Sr. D. José,
hasta el minucioso tratado de las abejas,° en que el poeta   bees
explana lo concerniente a estos doctos animalitos, y define al
zángano° diciendo: drone

> *Ille horridus alter*
> *desidia, lactamque trahens inglorius alvum,*[5]

de figura horrible y perezosa, arrastrando el innoble vientre
pesado Sr. D. José...

—Hace usted bien en traducírmelo—dijo Pepe—, porque
entiendo muy poco el latín.

—¡Oh! los hombres del día, ¿para qué habían de entretener-
se° en estudiar antiguallas?—añadió el canónigo con ironía—.   entertain them-
Además, en latín sólo han escrito los calzonazos como Virgilio,   selves
Cicerón[6] y Tito Livio[7]. Yo, sin embargo, estoy por lo contrario, y
sea testigo mi sobrino, a quien he enseñado la sublime lengua.
El tunante sabe más que yo. Lo malo es que con las lecturas
modernas lo va olvidando, y el mejor día se encontrará que es un
ignorante, sin sospecharlo. Porque, Sr. D. José, a mi sobrino le
ha dado por entretenerse con libros novísimos y teorías extravagantes, y todo es Flammarion[8] arriba y abajo, y nada más sino
que las estrellas están llenas de gente. Vamos, se me figura que
ustedes dos van a 'hacer buenas migas.° Jacinto, ruégale° a este   get along well, ask
caballero que te enseñe las matemáticas sublimes, que te
instruya en lo concerniente a los filósofos alemanes, y ya eres un
hombre.

El buen clérigo se reía de sus propias ocurrencias, mientras
Jacinto, gozoso de ver la conversación en terreno tan de su gusto,
se excusó con Pepe Rey, y 'de buenas a primeras° le descargó   suddenly
esta pregunta:

---

[4] *Georgics* (2.109): *Nor yet can all soils bear fruit.*

[5] *Georgics* (4.93-94): *squalid from sloth, and trailing ignobly a broad paunch.*

[6] Marcos Tullius Cicero (106-43 B.C.) was a Roman statesman, orator, and writer.

[7] Titus Livius (59 B.C.-A.D. 17) was a Roman historian.

[8] Camille Flammarion (1842-1925) was a French astronomer and author of popular books on science.

—Dígame el Sr. D. José, ¿qué piensa del Darwinismo[9]?

Sonrió el ingeniero al oír pedantería tan fuera de sazón, y 'de buena gana° excitara al joven a seguir por aquella senda de infantil vanidad; pero creyendo más prudente no intimar mucho con el sobrino ni con el tío, contestó sencillamente:

willingly

—No puedo pensar nada de las doctrinas de Darwin, porque apenas las conozco. Los trabajos de mi profesión no me han permitido dedicarme a esos estudios.

—Ya—dijo el canónigo riendo—. Todo se reduce a que descendemos de los monos...° Si lo dijera sólo por ciertas pesonas que yo conozco, tendría razón.

monkeys

—La teoría de la selección natural—añadió enfáticamente Jacinto—, parece que tiene muchos partidarios en Alemania.

—No lo dudo—dijo el clérigo—. En Alemania no debe sentirse que esa teoría sea verdadera, por lo que toca a Bismarck.[10]

Doña Perfecta y el Sr. D. Cayetano aparecieron frente a los cuatro.

—¡Qué hermosa está la tarde!—dijo la señora—. ¿Qué tal, sobrino, te aburres mucho?...

—Nada de eso—repuso el joven.

—No me lo niegues. De eso veníamos hablando Cayetano y yo. Tú estás aburrido, y te empeñas en disimularlo. No todos los jóvenes de estos tiempos tienen la abnegación° de pasar su juventud, como Jacinto, en un pueblo donde no hay Teatro Real, ni Bufos,[11] ni bailarinas, ni filósofos, ni Ateneos, ni papeluchos, ni Congresos, ni otras diversiones y pasatiempos.

self-sacrifice

—Yo estoy aquí muy bien—replicó Pepe—. Ahora le estaba diciendo a Rosario que esta ciudad y esta casa me son tan agradables, que me gustaría vivir y morir aquí.

Rosario 'se puso muy encendida,° y los demás callaron.

blushed

[9] This reference is to the theory, proposed by Charles Darwin in 1858, that the origin of the species is derived by descent, with variation, from parent forms through the natural selection of those best adapted to survive in the struggle for existence.

[10] Otto von Bismarck (1815-98) was premier of Prussia from 1862 and first Chancellor of the new German Empire created in 1871. In that capacity he closed down Catholic churches and imprisoned bishops.

[11] Popular musical entertainment featuring stock characters and farcical situations.

Sentáronse todos en una glorieta,° apresurándose Jacinto a   gazebo
ocupar el lugar a la izquierda de la señorita.

    —Mira, sobrino, tengo que advertirte una cosa—dijo doña
Perfecta, con aquella risueña expresión de bondad que emanaba
5   de su alma, como de la flor el aroma—. Pero no vayas a creer que
te reprendo,° ni que te doy lecciones: tú no eres niño, y fácilmen-   I'm scolding
te comprenderás mis ideas.

    —Ríñame° usted, querida tía, que sin duda lo mereceré°—,   scold me, I will
réplicó Pepe, que ya empezaba a acostumbrarse a las bondades   deserve
10 de hermana de su padre.

    —No, no es más que una advertencia. Estos señores verán
cómo tengo razón.

    Rosarito oía con toda su alma.

    —Pues no es más—añadió la señora—, sino que cuando
15 vuelvas a visitar nuestra hermosa catedral, procures estar en
ella con un poco más de recogimiento.°   spiritual devotion

    —Pero ¿qué he hecho yo?

    —No extraño[12] que tú mismo no conozcas tu falta°—indicó   mistake
la señora, con aparente jovialidad—. Es natural: acostumbrado
20 a entrar con la mayor desenvoltura° en los ateneos, clubs,   boldness
academias y congresos, crees que de la misma manera se puede
entrar en un templo donde está la Divina Majestad.

    —Pero, señora, dispénseme usted—dijo Pepe con grave-
dad—. Yo he entrado en la catedral con la mayor compostura.°   sedateness
25   —Si no te riño, hombre, si no te riño. No lo tomes así, porque
tendré que callarme. Señores, disculpen° ustedes a mi sobrino.   forgive
No es de extrañar un descuidillo, una distracción... ¿Cuántos
años hace que no pones los pies en lugar sagrado?°   sacred

    —Señora, yo juro a usted... Pero en fin, mis ideas religiosas
30 podrán ser lo que se quiera; pero acostumbro guardar compostura dentro de la iglesia.

    —Lo que yo aseguro... vamos, si te has de ofender no sigo...
lo que aseguro es que muchas personas lo advirtieron esta
mañana. Notáronlo los señores de González, Doña Robustiana,
35 Serafinita, en fin... con decirte que llamaste la atención del señor
Obispo... Su Ilustrísima me dio las quejas° esta tarde en casa de   complaints
mis primas. Díjome que no te mandó plantar° en la calle porque   throw
le dijeron que eras sobrino mío.

    Rosario contemplaba con angustia el rostro de su primo,
40 procurando adivinar sus contestaciones antes que las diera.

---

[12] **No extraño** *I'm not surprised*

—Sin duda me han tomado por otro.

—No..., no... Fuiste tú... Pero no vayas a ofenderte, que aquí estamos entre amigos y personas de confianza. Fuiste tú, yo misma te vi.

—¡Usted!

—Justamente. ¿Negarás que te pusiste a examinar las pinturas, pasando por un grupo de fieles° que estaban oyendo misa?... Te juro que me distraje de tal modo con tus idas y venidas, que... Vamos... es preciso que no vuelvas a hacerlo. Luego entraste en la capilla° de San Gregorio; alzaron en el altar mayor y ni siquiera te volviste para hacer una demostración de religiosidad. Después atravesaste° de largo a largo la iglesia, te acercaste al sepulcro del Adelantado, pusiste las manos sobre el altar, pasaste en seguida otra vez por entre el grupo de los fieles, llamando la atención. Todas las muchachas te miraban, y tú parecías satisfecho de perturbar tan lindamente la devoción y ejemplaridad de aquella buena gente.

—¡Dios mío! ¡Cuántas abominaciones!...—exclamó Pepe, entre enojado° y risueño—. Soy un monstruo y ni siquiera lo sospechaba.

—No, bien sé que eres un buen muchacho—dijo doña Perfecta, observando el semblante afectadamente serio e inmutable del canónigo, que parecía tener por cara una máscara de cartón°—. Pero, hijo, de pensar las cosas a manifestarlas así con cierto desparpajo, hay una distancia que el hombre prudente y comedido no debe salvar nunca. Bien sé que tus ideas son... no te enfades; si te enfadas me callo... digo que una cosa es tener ideas religiosas y otras manifestarlas... Me guardaré muy bien de vituperarte° porque creas que no nos crió Dios a su imagen y semejanza, sino que descendemos de los micos;° ni porque niegues la existencia del alma, asegurando que ésta es una droga como los papelillos de magnesia o de ruibarbo que se venden en la botica...°

—¡Señora, por Dios!...—exclamó Pepe con disgusto—. Veo que tengo muy mala reputación en Orbajosa.

Los demás seguían guardando silencio.

—Pues decía que no te vituperaré por esas ideas... Además de que no tengo derecho a ello; si me pusiera a disputar contigo, tú, con tu talentazo descomunal, me confundirías mil veces... no, nada de eso. Lo que digo es que estos pobres y menguados habitantes de Orbajosa son piadosos y buenos cristianos, si bien ninguno de ellos sabe filosofía alemana; por lo tanto, no debes despreciar° públicamente sus creencias.°   disdain, beliefs

—Querida tía—dijo el ingeniero con gravedad—. Ni yo he despreciado las creencias de nadie, ni tengo las ideas que usted me atribuye. Quizás haya estado un poco irrespetuoso en la
5   iglesia: soy algo distraído. Mi entendimiento y mi atención estaban fijos en la obra arquitectónica y, francamente, no advertí... Pero no era esto motivo para que el señor Obispo intentase echarme a la calle, ni para que usted me supusiera capaz de atribuir a un papelillo de la botica las funciones del
10 alma. Puedo tolerar eso como broma, nada más que como broma.

Pepe Rey sentía en su espíritu excitación tan viva, que a pesar de su mucha prudencia y mesura° no pudo disimularla.   moderation

—Vamos, veo que te has enfadado—dijo doña Perfecta, bajando los ojos y cruzando las manos—. ¡Todo sea por Dios! Si
15 hubiera sabido que lo tomabas así, no te habría dicho nada. Pepe, te ruego que me perdones.

Al oír esto y al ver la actitud sumisa de su bondadosa tía, Pepe se sintió avergonzado de la dureza de sus anteriores palabras, y procuró serenarse. Sacóle de su embarazosa
20 situación el venerable Penitenciario, que, sonriendo con su habitual benevolencia, habló de este modo:

—Señora Doña Perfecta: es preciso tener tolerancia con los artistas... ¡oh! yo he conocido muchos. Estos señores, como vean delante de sí una estatua, una armadura mohosa, un cuadro
25 podrido, o una pared vieja, se olvidan de todo. El Sr. D. José es artista, y ha visitado nuestra catedral como la visitan los ingleses, los cuales de buena gana se llevarían a sus museos hasta la última baldosa de ella... Que estaban los fieles rezando; que el sacerdote alzó la Sagrada Hostia;[13] que llegó el instante
30 de la mayor piedad° y recogimiento: pues bien..., ¿qué le importa   piety nada de esto a un artista? Es verdad que yo no sé lo que vale el arte, cuando se le disgrega de los sentimientos que expresa... pero, en fin, hoy es costumbre adorar la forma, no la idea... Líbreme Dios de meterme a discutir este tema con el Sr. D. José,
35 que sabe tanto, y argumentando con la primorosa sutileza de los modernos, confundiría al punto mi espíritu, en el cual no hay más que fe.

—El empeño de ustedes de considerarme como hombre más sabio de la tierra me mortifica bastante—dijo Pepe, recobrando

---

[13] The Host is the consecrated bread or wafer of the Eucharist.

la dureza de su acento—. Ténganme por tonto, que prefiero la
fama de necio° a poseer esa ciencia de Satanás que aquí me   idiot
atribuyen.

Rosarito se echó a reír, y Jacinto creyó llegado el momento
5   más oportuno para hacer ostentación de su erudita personalidad.

—El panteísmo[14] o panenteísmo[15] están condenados por la
Iglesia, así como las doctrinas de Schopenhauer[16] y del moderno
Hartmann.[17]

—Señores y señoras—manifestó gravemente el canónigo—,
10   los hómbres que consagran culto tan fervoroso al arte, aunque
sólo sea atendiendo a la forma, merecen el mayor respeto. Más
vale ser artista y deleitarse ante la belleza, aunque sólo esté
representada en las ninfas desnudas, que ser indiferente y
descreído° en todo. En espíritu que se consagra a la contempla-
15   ción de la belleza no entrará completamente el mal. *Est Deus in*   disbelieving
nobis...Deus,[18] entiéndase bien. Siga, pues, el Sr. D. José
admirando los prodigios de nuestra iglesia, que por mi parte le
perdonaré de buen grado las irreverencias, salva la opinión del
señor Prelado.

20   —Gracias, Sr. D. Inocencio—dijo Pepe, sintiendo en sí
punzante y revoltoso el sentimiento de hostilidad hacia el astuto
canónigo, y no pudiendo dominar el deseo de mortificarle—. Por
lo demás, no crean ustedes que absorbían mi atención las
bellezas artísticas de que suponen lleno el templo. Esas be-
25   llezas, fuera de la imponente arquitectura de una parte del
edificio y de los tres sepulcros que hay en las capillas del ábside y de algunas tallas del coro, yo no las veo en ninguna parte. Lo que ocupaba mi entendimiento era el considerar la

---

[14] The doctrine that God is the transcendent reality of which the
material universe and man are only manifestations. This term also
refers to any religious belief that identifies God with the universe.

[15] A philosophy of Karl Christian Friedrich Krause (1781-1832) that
the world is not outside of God nor is it God himself, but it is in God
and through God. Krause's ideas were very influential among liberal
intellectuals in Spain.

[16] A German philosopher (1788-1860).

[17] A German philosopher (1842-1906).

[18] This quote referring to poets is from the *Ars amatoria* (3.549) by
the Roman poet Ovid (43 B.C.-A.D. 17 or 18): *There is God in us*, to
which D. Inocencio adds a second mention of God.

deplorable decadencia de las artes religiosas, y no me causaban
asombro, sino cólera,° las innumerables monstruosidades   anger
artísticas de que está llena la catedral.

El estupor de los circunstantes fue extraordinario.

5   —No puedo resistir°—añadió Pepe—, aquellas imágenes   endure
charoladas y bermellonadas,[19] tan semejantes, perdóneme Dios
la comparación, a las muñecas° con que juegan las niñas   dolls
grandecitas. ¿Qué puedo decir de los vestidos de teatro con que
las cubren? Vi un San José con manto, cuya facha no quiero
10   calificar por respeto al Santo Patriarca y a la Iglesia que le
adora. En los altares se acumulan las imágenes del más deplorable gusto artístico, y la multitud de coronas, ramos, estrellas,
lunas y demás adornos de metal o papel dorado forman un
aspecto de quincallería que ofende el sentimiento religioso y hace
15   desmayar nuestro espíritu. Lejos de elevarse a la contemplación
religiosa, se abate, y la idea de lo cómico le perturba. Las
grandes obras del arte, dando formas sensibles a las ideas, a los
dogmas, a la fe, a la exaltación mística, realizan° misión muy   fulfill
noble. Los mamarrachos° y las aberraciones del gusto, las obras   junk
20   grotescas con que una piedad mal entendida llena las iglesias,
también cumplen su objeto; pero éste es bastante triste: fomen-
tan la superstición, enfrían el entusiasmo, obligan a los ojos del
creyente a apartarse de los altares, y con los ojos se apartan las
almas que no tienen fe muy profunda ni muy segura.

25   —La doctrina de los iconoclastas[20]—dijo Jacintito—, también
parece que está muy extendida en Alemania.

—Yo no soy iconoclasta, aunque prefiero la destrucción de
todas las imágenes a estas chocarrerías de que me ocu-
po—continuó el joven—. Al ver esto, es lícito defender que el
30   culto debe recobrar la sencillez augusta de los antiguos tiempos;
pero no: no se renuncie al auxilio admirable que las artes todas,
empezando por la poesía y acabando por la música, prestan a las
relaciones entre el hombre y Dios. Vivan las artes, despliéguese
la mayor pompa en los ritos religiosos. Yo soy partidario de la
35   pompa...

—¡Artista, artista y nada más que artista!—exclamó el

---

[19] **charoladas y bermellonadas** *varnished and reddish orange*
[20] A person who attacks cherished beliefs and traditional institu-
tions as being based on error or superstition. Also, one who destroys
images of religious veneration.

canónigo, moviendo la cabeza con expresión de lástima—.
Buenas pinturas, buenas estatuas, bonita música... Gala de los
sentidos, y el alma que se la lleve el Demonio.

—Y a propósito de música—dijo Pepe Rey, sin advertir el
deplorable efecto que sus palabras producían en la madre y la
hija:—figúrense ustedes qué dispuesto estaría mi espíritu a la
contemplación religiosa al visitar la catedral, cuando de buenas
a primeras, y al llegar al ofertorio[21] en la misa mayor, el señor
organista tocó un pasaje de *La Traviata*.[22]

—En eso tiene razón el Sr. de Rey—dijo el abogadillo
enfáticamente—. El señor organista tocó el otro día el brindis y
el vals de la misma ópera, y después un rondó de *La Gran
Duquesa*.[23]

—Pero cuando se me cayeron las alas del corazón—continuó el
ingeniero implacablemente—fue cuando vi una imagen de la
Virgen, que parece estar en gran veneración, según la mucha gente
que ante ella había y la multitud de velas° que la alumbraban. La   candles
han vestido con ahuecado ropón de terciopelo bordado° de oro, de   embroidered
tan extraña forma, que supera a las modas más extravagantes del
día. Desaparece su cara entre un follaje espeso, compuesto de mil
suertes de encajes° rizados con tenacillas; y la corona, de media   lace
vara[24] de alto, rodeada de rayos de oro, es un disforme catafalco
que le han armado sobre la cabeza. De la misma tela° y con los   cloth
mismos bordados son los pantalones del Niño Jesús... No quiero
seguir, porque la descripción de cómo están la Madre y el Hijo me
llevaría quizás a cometer alguna irreverencia. No diré más, sino
que me fue imposible tener la risa, y que por breve rato contemplé
la profanada imagen, exclamando: «¡Madre y Señora mía, cómo te
han puesto!»

Concluidas estas palabras, Pepe observó a sus oyentes, y   twilight
aunque la sombra crepuscular° no permitía distinguir bien los   bitter
semblantes, creyó ver en alguno de ellos señales de amarga°
consternación.

—Pues, Sr. D. José—exclamó vivamente el canónigo, riendo

---

[21] One of the principal parts of the Eucharistic liturgy at which
bread and wine are offered to God by the celebrant.

[22] An opera by Giuseppe Verdi, first performed in 1853, about a
courtesan who is dying of tuberculosis.

[23] A comic opera by Jacques Offenbach that was extremely popular
in Europe for several years after its 1867 debut.

[24] Spanish linear measure (.84 meters).

y con expresión de triunfo°—, esa imagen que a la filosofla y
panteísmo de usted parece tan ridícula, es Nuestra Señora del
Socorro,° patrona y abogada de Orbajosa, cuyos habitantes la
veneran de tal modo que serían capaces de arrastrar por las
5 calles al que hablase mal de ella. Las crónicas y la historia, señor
mío, están llenas de los milagros que ha hecho, y aún hoy día
vemos constantemente pruebas irrecusables de su protección. Ha
de saber usted también que su señora tía Doña Perfecta es
camarera° de la Santísima Virgen del Socorro, y que ese vestido
10 que a usted le parece tan grotesco... pues... digo que ese vestido
tan grotesco a los impíos° ojos de usted, salió de esta casa, y que
los pantalones del Niño, obra son juntamente de la maravillosa
aguja y de la acendrada piedad de su prima de usted, Rosarito,
que nos está oyendo.
15   Pepe Rey se quedó bastante desconcertado. En el mismo
instante levantóse bruscamente Doña Perfecta, y sin decir una
palabra se dirigió hacia la casa, seguida por el señor Penitenciario. Levantáronse también los restantes. Disponíase el aturdido°
joven a pedir perdón a su prima por la irreverencia, cuando
20 observó que Rosarito lloraba. Clavando en su primo una mirada
de amistosa y dulce represión,° exclamó:
    —¡Pero qué cosas tienes!...
    Oyóse la voz de Doña Perfecta, que con alterado acento
gritaba: «¡Rosario, Rosario!»
25   Ésta corrió hacia la casa.

triumph

assistance

caretaker

irreverent

stunned

reprimand

La existencia de la discordia es evidente

PEPE REY SE ENCONTRABA turbado y confuso, furioso contra los demás y contra sí mismo, procurando indagar° la causa   to ascertain
de aquella pugna, entablada a pesar suyo entre su pensamiento y el pensamiento de los amigos de su tía. Caviloso y triste, augurando discordias, permaneció breve rato sentado en el banco de la glorieta, con la barba apoyada en el pecho, el ceño fruncido, cruzadas las manos. Se creía solo.

De repente sintió una alegre voz que modulaba entre dientes el estribillo de una canción de zarzuela.[1] Miró y vio a D. Jacinto en el rincón opuesto de la glorieta.

—¡Ah! Sr. de Rey—dijo de improviso el rapaz,°—no se   boy
lastiman° impunemente los sentimientos religiosos de la   injure
inmensa mayoría de una nación... Si no, considere usted lo que pasó en la primera revolución francesa...

Cuando Pepe oyó el zumbidillo de aquel insecto, su irritación creció. Sin embargo, no había odio° en su alma contra el mozal-   hatred
bete doctor. Éste le mortificaba como mortifican las moscas;°   flies
pero nada más. Rey sintió la molestia que inspiran todos los seres importunos, y como quien ahuyenta un zángano, contestó de este modo:

—¿Qué tiene que ver la revolución francesa con el manto de la Virgen María?

Levantóse para marchar hacia la casa; pero no había dado cuatro pasos cuando oyó de nuevo el zumbar° del mosquito, que   buzz
decía:

—Sr. D. José, tengo que hablar a usted de un asunto que le interesa mucho, y que puede traerle algún conflicto...

—¿Un asunto?—preguntó el joven retrocediendo—. Veamos qué es eso.

—Usted lo sospechará tal vez—dijo el mozuelo acercándose a Pepe y sonriendo con expresión parecida a la de los hombres de negocios cuando se ocupan de alguno muy grave—. Quiero

[1] Light opera, of Spanish origin, featuring songs alternating with spoken dialog.

hablar a usted del pleito...

—¿Qué pleito?... Amigo mío, usted, como buen abogado, sueña con litigios y ve papel sellado por todas partes.

—Pero ¿cómo?... ¿No tiene usted noticia de su pleito?—preguntó con asombro el niño.

—¡De mi pleito!... Cabalmente yo no he pleiteado nunca.

—Pues si no tiene usted noticia, más me alegro de habérselo advertido para que se ponga en guardia... Sí, señor, usted pleiteará.

—Y ¿con quién?

—Con el tío Licurgo y otros colindantes del predio° llamado Los Alamillos.   property

Pepe Rey se quedó estupefacto.

—Sí, señor—añadió el abogadillo—. Hoy hemos celebrado el Sr. Licurgo y yo una larga conferencia. Como soy tan amigo de esta casa no he querido dejar de advertírselo a usted, para que, si lo cree conveniente, se apresure a arreglarlo todo.

—Pero ¿yo qué tengo que arreglar? ¿Qué pretende° de mí esa   trying to get
canalla?

—Parece que unas aguas que nacen en el predio de usted han variado de curso y caen sobre unos tejares° del susodicho   tile works
Licurgo y un molino° de otro, ocasionando daños° de considera   mill, damages
ción. Mi cliente... porque se ha empeñado en que le he de sacar de este mal paso... mi cliente, digo, pretende que usted restablezca el antiguo cauce de las aguas, para evitar° nuevos desperfec   avoid
tos, y que le indemnice° de los perjuicios que por indolencia del   compensate
propietario superior ha sufrido.

—¡Y el propietario superior soy yo!.... Si entro en un litigio, ese será el primer fruto que en toda mi vida me han dado los célebres Alamillos, que fueron míos y que ahora, según entiendo, son de todo el mundo, porque lo mismo Licurgo que otros labradores de la comarca me han ido cercenando poco a poco, año tras año, pedazos de terreno, y costará mucho restablecer los linderos de mi propiedad.

—Esa es cuestión aparte.

—Esa no es cuestión aparte. Lo que hay—dijo el ingeniero, sin poder contener su cólera—, es que el verdadero pleito será el que yo entable contra tal gentuza, que se propone sin duda aburrirme y desesperarme° para que abandone todo y les deje   discourage me
continuar en posesión de sus latrocinios. Veremos si hay abogados y jueces que apadrinen los torpes manejos de esos aldeanos legistas, que viven pleiteando y son la polilla de la

propiedad ajena. Caballerito, doy a usted las gracias por haberme advertido los ruines° propósitos de esos palurdos, más malos que Caco.[2] Con decirle a usted que ese mismo tejar y ese mismo molino en que Licurgo apoya sus derechos, son míos...

despicable

5 —Debe hacerse una revisión° de los títulos de propiedad y ver si ha podido haber prescripción[3] en esto—, dijo Jacintito.

inspection

—¡Qué prescripción ni qué...! Esos infames no se reirán de mí. Supongo que la Administración de Justicia sea honrada y leal en la ciudad de Orbajosa...

10 —¡Oh, lo que es eso!—exclamó el letradillo con expresión de alabanza—. El juez es persona excelente. Viene aquí todas las noches... Pero es extraño que usted no tuviera noticias de las pretensiones del Sr. Licurgo. ¿No le han citado aún para el juicio de conciliación?[4]

15 —No.

—Será mañana... En fin, yo siento mucho que el apresuramiento del Sr. Licurgo me haya privado° del gusto y de la honra de defenderle a usted; pero cómo ha de ser... Licurgo se ha empeñado en que yo he de sacarle de penas. Estudiaré la 20 materia con mayor detenimiento. Estas pícaras servidumbres son lo más engorroso que hay en la Jurisprudencia.

deprived

Pepe entró en el comedor en un estado moral muy lamentable. Vio a Doña Perfecta hablando con el Penitenciario, y a Rosarito sola, con los ojos fijos en la puerta. Esperaba, sin duda, 25 a su primo.

—Ven acá, buena pieza—dijo la señora, sonriendo con muy poca espontaneidad—. Nos has insultado, gran ateo; pero te perdonamos. Ya sé que mi hija y yo somos dos palurdas incapaces de remontarnos a las regiones de las matemáticas, donde tú 30 vives; pero, en fin... todavía es posible que algún día te pongas de rodillas ante nosotros, rogándonos que te enseñemos la doctrina.

Pepe contestó con frases vagas y fórmulas de cortesía y

[2] Cacus was a giant in ancient mythology who stole some cattle by dragging them backward by their tails to his cave in order to avoid detection. The trick was discovered, however, and he was killed by Hercules.

[3] Acquisition of title to property through uninterrupted possession for 20 years.

[4] **juicio de conciliación** *pre-trial arbitration hearing* (required by Spanish law).

arrepentimiento.° regret

—Por mi parte—dijo D. Inocencio, poniendo en sus ojos expresión de modestia y dulzura—, si en el curso de estas vanas disputas he dicho algo que pueda ofender al Sr. D. José, le ruego
5 que me perdone. Aquí todos somos amigos.

—Gracias. No vale la pena...

—A pesar de todo—indicó Doña Perfecta, sonriendo ya con más naturalidad—, yo soy siempre la misma para mi querido sobrino, a pesar de sus ideas extravagantes y antirreligiosas...
10 ¿De qué creerás que pienso ocuparme esta noche? Pues de quitarle de la cabeza al tío Licurgo esas terquedades° con que te stubborn ideas molesta. Le he mandado venir, y en la galería me está esperando. Descuida, que yo lo arreglaré, pues aunque conozco que no le falta razón....

15 —Gracias, querida tía—repuso el joven, sintiéndose invadido por la onda° de generosidad que tan fácilmente nacía en su alma. wave

Pepe Rey dirigió la vista hacia su prima, con intención de unirse a ella; pero algunas preguntas sagaces del canónigo le retuvieron al lado de Doña Perfecta. Rosario estaba triste,
20 oyendo con indiferencia melancólica las palabras del abogadillo, que, instalándose junto a ella, había comenzado una retahíla de conceptos empalagosos, con importunos chistes sazonada, y fatuidades del peor gusto.

—Lo peor para ti—dijo Doña Perfecta a su sobrino cuando le
25 sorprendió observando la desacorde pareja que formaban Rosario y Jacinto—, es que has ofendido a la pobre Rosario. Debes hacer todo lo posible por desenojarla. ¡La pobrecita es tan buena!...

—¡Oh!, sí, tan buena—añadió el canónigo—, que no dudo perdonará a su primo.

30 —Creo que Rosario me ha perdonado ya—afirmó Rey.

—Claro, en corazones angelicales no dura mucho el resentimiento—dijo D. Inocencio melifluamente—. Yo tengo algún ascendiente° sobre esa niña, y procuraré disipar en su alma generosa toda prevención contra usted. En cuanto yo le
35 diga dos palabras... influence

Pepe Rey, sintiendo que por su pensamiento pasaba una nube, dijo con intención:

—Tal vez no sea preciso.

—No le hablo ahora—añadió el capitular—porque está
40 embelesada° oyendo las tonterías de Jacintillo... ¡Demonches de

fascinated

chicos! Cuando pegan la hebra hay que dejarles.

De pronto se presentaron en la tertulia el juez de primera instancia, la señora del alcalde y el deán de la catedral. Saludaron todos al ingeniero, demostrando en sus palabras y actitudes que satisfacían, al verle, la más viva curiosidad. El juez era un mozalbete despabilado, de éstos que todos los días aparecen en los criaderos de eminencias, aspirando recién empollados,° a los   hatched primeros puestos de la administración y de la política. Dábase no poca importancia, y hablando de sí mismo y de su juvenil toga, parecía manifestar enojo porque no le hubieran hecho de golpe y porrazo presidente del Tribunal Supremo. En aquellas manos inexpertas, en aquel cerebro henchido° de viento, en aquella   swollen presunción° ridícula, había puesto el Estado las funciones más   conceit delicadas y más difíciles de la humana justicia. Sus maneras eran de perfecto cortesano, y revelaban escrupuloso esmero° en   meticulousness todo lo concerniente a su persona. Más que costumbre era en él fea manía el estarse quitando y poniendo a cada instante los lentes de oro, y en su conversación frecuentemente indicaba el empeño de ser trasladado pronto a *Madriz*,[5] para prestar sus imprescindibles° servicios en la Secretaría de Gracia y Justicia..   indispensable

La señora del alcalde era una dama bonachona, sin otra flaqueza que suponerse muy relacionada en la Corte. Dirigió a Pepe Rey diversas preguntas sobre modas, citando establecimientos industriales donde le habían hecho una manteleta o una falda en su último viaje, coetáneo de la guerra de África,[6] y también nombró a una docena de duquesas y marquesas,[7] tratándolas con tanta familiaridad como a sus amiguitas de escuela. Dijo también que la condesa° de M. (por sus tertulias   countess famosas) era amiga suya, y que el 60 estuvo a visitarla, y la condesa la convidó a su palco en el Real,[8] donde vio a Muley-Abbas[9] en traje de moro, acompañado de toda su morería. La

---

[5] This spelling mimics the judge's provincial pronunciation of Madrid.

[6] The war between Spain and Morocco (1859-60).

[7] **duquesas y...** *duchesses and marchionesses*. Titles of nobility in descending rank are: King and Queen; Prince and Princess; Duke and Duchess; Marquis and Marchioness; Count and Countess; Viscount and Viscountess; Baron and Baroness; Baronet; Knight.

[8] Royal Theater of Madrid.

[9] Brother of the Emperor of Morocco.

alcaldesa 'hablaba por los codos,° como suele decirse, y no   *chattered on*
carecía de chiste.

El señor deán era un viejo de edad avanzada, corpulento y
encendido, pletórico, apoplético; un hombre que se salía fuera de
5 sí mismo por no caber en su propio pellejo, según estaba de gordo
y morcilludo. Procedía de la exclaustración;[10] no hablaba más
que de asuntos religiosos, y desde el principio mostró hacia Pepe
Rey el desdén más vivo. Éste se mostraba cada vez más inepto
para acomodarse a sociedad tan poco de su gusto. Era su
10 carácter nada maleable, duro y de muy escasa flexibilidad, y   *rejected, treachery*
rechazaba° las perfidias° y acomodamientos de lenguaje para
simular la concordia cuando no existía. Mantúvose, pues,
bastante grave durante el curso de la fastidiosa tertulia,
obligado a resistir el ímpetu oratorio de la alcaldesa, que, sin ser
15 la Fama,[11] tenía el privilegio de fatigar con cien lenguas el oído
humano. Si en el breve respiro que esta señora daba a sus
oyentes, Pepe Rey quería acercarse a su prima, pegábasele el
Penitenciario como el molusco a la roca, y llevándole aparte con
ademán misterioso, le proponía un paseo a Mundogrande con el
20 Sr. D. Cayetano, o una partida de pesca en las claras aguas del
Nahara.

Por fin esto concluyó, porque todo concluye de tejas abajo.
Retiróse el señor deán, dejando la casa vacía, y bien pronto no
quedó de la señora alcaldesa más que un eco, semejante al
25 zumbido que recuerda en la humana oreja el reciente paso de
una tempestad.° El juez privó también a la tertulia de su   *storm*
presencia, y por fin D. Inocencio dio a su sobrino la señal de
partida.

—Vamos, niño, vámonos, que es tarde—le dijo, sonriendo—.
30 ¡Cuánto has mareado a la pobre Rosarito! ¿Verdad, niña? Anda,
buena pieza; a casa pronto.

—Es hora de acostarse—dijo Doña Perfecta.

—Hora de trabajar—, repuso el abogadillo.

—Por más que le digo que despache de día los nego-
35 cios—añadió el canónigo—, no hace caso.

—¡Son tantos los negocios..., pero tantos...!

—No: di más bien que esa endiablada obra en que te has

---

[10] In 1837 all religious orders, except those dedicated to teaching
poor children or serving the sick in hospitals, were suppressed by the
government.

[11] Pheme, the mythological voice of rumor.

metido... Él no lo quiere decir, Sr. D. José; pero sepa usted que se ha puesto a escribir una obra sobre *La influencia de la mujer en la sociedad cristiana,* y además una *Ojeada° sobre el movi-* *miento católico en...* no sé dónde. ¿Qué entiendes tú de *ojeadas* ni de *influencias?...* Estos rapaces del día se atreven a todo. ¡Uf... qué chicos!... Conque vámonos a casa. Buenas noches, señora Doña Perfecta..., buenas noches, Sr. D. José..., Rosarito...

glance

—Yo esperaré al Sr. D. Cayetano—dijo Jacinto—, para que me dé el *Augusto Nicolás.*[12]

—¡Siempre cargando libros.. hombre!... A veces entras en casa que pareces un burro. Pues bien, esperemos.

—El Sr. D. Jacinto—dijo Pepe Rey—, no escribe a la ligera, y se prepara bien para que sus obras sean un tesoro de erudición.

—Pero ese niño va a enfermar de la cabeza, Sr. D. Inocencio—objetó Doña Perfecta—. Por Dios, mucho cuidado. Yo le pondría tasa en sus lecturas.

—Ya que esperamos—indicó el doctorcillo con notorio acento de presunción—, me llevaré también el tercer tomo de *Concilios.*[13] ¿No le parece a usted, tío?...

—Hombre, sí; no dejes eso de la mano. Pues no faltaba más.

Felizmente, llegó pronto el Sr. D. Cayetano (que tertuliaba de ordinario en casa de D. Lorenzo Ruiz) y, entregados los libros, marcháronse tío y sobrino.

Rey leyó en el triste semblante de su prima deseo muy vivo de hablarle. Acercóse a ella mientras Doña Perfecta y D. Cayetano trataban a solas de un negocio doméstico.

—Has ofendido a mamá—le dijo Rosario.

Sus facciones° indicaban terror.

facial features

—Es verdad—repuso el joven—. He ofendido a tu mamá: te he ofendido a ti...

—No; a mí no. Ya se me figuraba a mí que el Niño Jesús no debe gastar calzones.

—Pero espero que una y otra me perdonarán. Tu mamá me ha manifestado hace poco tanta bondad...

La voz de Doña Perfecta vibró de súbito en el ámbito del comedor con tan discorde acento que el sobrino estremeció°

trembled

[12]Reference to the writings of French lawyer Jean Jacques Auguste Nicolas (1807-88).

[13] This is a reference to the multi-volume work *Historia de los Concilios de la Iglesia.*

cual si oyese un grito de alarma. La voz dijo imperiosamente:

—¡Rosario, vete a acostar!

Turbada y llena de congoja,° la muchacha dio vueltas por la   anguish
habitación, haciendo como que buscaba alguna cosa. Con todo
5   disimulo pronunció al pasar por junto a su primo estas vagas
palabras:

—Mamá está enojada...

—Pero...

—Está enojada... 'no te fíes,° no te fíes.   be distrustful

10   Y se marchó. Siguióle después Doña Perfecta, a quien
aguardaba el tío Licurgo, y durante un rato, las voces de la
señora y del aldeano oyéronse confundidas en familiar conferencia. Quedóse solo Pepe con D. Cayetano, el cual, tomando una
luz, habló así:

15   —Buenas noches, Pepe. No crea usted que voy a dormir; voy
a trabajar... Pero ¿por qué está usted tan meditabundo? ¿Qué
tiene usted?... Pues, sí, a trabajar. Estoy sacando apuntes para un
Discurso-Memoria sobre los *Linajes° de Orbajosa...* He encontrado   ancestries
datos y noticias de grandísimo precio. No hay que darle vueltas.
20   En todas las épocas de nuestra historia los orbajosenses se han
distinguido por su hidalguía,° por su nobleza,° por su valor,° por   chivalry, nobility,
su entendimiento. Díganlo si no la conquista de Méjico, las   courage
guerras° del Emperador,[14] las de Felipe[15] contra herejes...° Pero   wars, heretics
¿está usted malo? ¿Qué le pasa a usted?... Pues sí, teólogos
25   eminentes, bravos guerreros, conquistadores, santos, obispos,
poetas, políticos, toda suerte de hombres esclarecidos florecieron°   blossomed
en esta humilde tierra del ajo... No, no hay en la cristian-
dad pueblo más ilustre que el nuestro. Sus virtudes y sus glorias
llenan toda la historia patria y aún sobra algo... Vamos, veo que
30   lo que usted tiene es sueño. Buenas noches... Pues sí, no cambia-
ría la gloria de ser hijo de esta noble tierra por todo el oro del
mundo. *Augusta* llamáronla los antiguos, *augustísima* la llamó yo ahora, porque ahora, como entonces, la hidalguía,
la generosidad, el valor, la nobleza, son patrimonio de ella...
35   Conque buenas noches, querido Pepe... Se me figura que usted
no está bueno. ¿Le ha hecho daño la cena?... Razón tiene

---

[14] King Carlos I of Spain also became Emperor Carlos V of the Holy
Roman Empire in 1519.

[15] King Felipe II, son of Carlos I/V, fought wars against both
Muslims and Protestants.

Alonso González de Bustamante[16] en su *Floresta amena* al decir
que los habitantes de Orbajosa bastan por sí solos para dar
grandeza y honor a un reino.° ¿No lo cree usted así?   kingdom
    —¡Oh! sí, señor, sin duda ninguna—repuso Pepe Rey,
5 dirigiéndose bruscamente a su cuarto.

---

[16] A fictitious author invented by Galdós.

XI

La discordia crece

EN LOS DÍAS SUCESIVOS hizo Rey conocimiento con varias personas de la población y visitó el Casino, trabando amistades con algunos individuos de los que pasaban la vida en las salas de aquella corporación.

Pero la juventud de Orbajosa no vivía constantemente allí, como podrá suponer la malevolencia. Veíanse por las tardes en la esquina de la catedral y en la plazoleta formada por el cruce de las calles del Condestable y la Tripería, algunos caballeros que, gallardamente° envueltos en sus capas, estaban como de centinela viendo pasar la gente. Si el tiempo era bueno, aquellas eminentes lumbreras de la cultura *urbsaugustana* se dirigían, siempre con la indispensable capita, al titulado paseo de las Descalzas, el cual se componía de dos hileras de tísicos olmos y algunas retamas descoloridas. Allí la brillante pléyade atisbaba a las niñas de D. Fulano o de D. Perencejo,[1] que también habían ido a paseo, y la tarde se pasaba regularmente. Entrada la noche, el Casino se llenaba de nuevo, y mientras una parte de los socios° entregaba su alto entendimiento a las delicias del monte, los otros leían periódicos, y los más discutían en la sala del café sobre asuntos de diversa índole, como política, caballos, toros, o bien sobre chismes locales. El resumen de todos los debates era siempre la supremacía de Orbajosa y de sus habitantes sobre los demás pueblos y gentes de la tierra.

Eran aquellos varones insignes lo más granado de la ilustre ciudad, propietarios ricos los unos, pobrísimos los otros, pero libres de altas aspiraciones todos. Tenían la imperturbable serenidad del mendigo que nada apetece° mientras no le falta un mendrugo para engañar el hambre, y buen sol para calentarse. Lo que principalmente distinguía a los orbajosenses del Casino era un sentimiento de viva hostilidad hacia todo lo que de fuera viniese. Y siempre que algún forastero° de viso se presentaba en las augustas salas, creíanle venido a poner en duda la superioridad de la patria del ajo, o a disputarle por

elegantly

members

craves

outsider

[1] **de D. Fulano...** *of Mr. So-and-so or of Mr. What's-his-name*

envidia las preeminencias incontrovertibles que Natura le concediera.

Cuando Pepe Rey se presentó, recibiéronle con cierto recelo, y como en el Casino abundaba la gente graciosa, al cuarto de hora de estar allí el nuevo socio ya se habían dicho acerca de él toda suerte de cuchufletas.° Cuando a las reiteradas preguntas de los socios contestó que había venido a Orbajosa con encargo° de explorar la cuenca hullera del Nahara y estudiar un camino, todos convinieron en que el Sr. D. José era un fatuo, que quería 'darse tono° inventando criaderos de carbón° y vías férreas. Alguno añadió:

—Pero en buena parte se ha metido.[2] Estos señores sabios creen que aquí somos tontos y que se nos engaña con palabrotas... Ha venido a casarse con la niña de Doña Perfecta, y cuanto diga de cuencas hulleras es para echar facha.

—Pues esta mañana—indicó otro, que era un comerciante quebrado—, me dijeron en casa de las de Domínguez que ese señor no tiene una peseta,[3] y viene a que su tía le mantenga y a ver si puede pescar a Rosarito.

—Parece que ni es tal ingeniero ni cosa que lo valga—añadió un propietario de olivos, que tenía empeñadas° sus fincas por el doble de lo que valían—. Pero ya se ve... Estos hambrientos de Madrid se gozan en engañar a los pobres provincianos, y como creen que aquí andamos con taparrabo,° amigo...

—Bien se le conoce que tiene hambre.

—Pues entre bromas y veras nos dijo anoche que somos unos bárbaros holgazanes.

—Que vivimos como los beduinos,[4] tomando el sol.

—Que vivimos con la imaginación.

—Eso es: que vivimos con la imaginación.

—Y que esta ciudad es lo mismito que las de Marruecos.

—Hombre, no hay paciencia para oír eso. ¿Dónde habrá visto él (como no sea en París) una calle semejante a la del Adelantado, que presenta un frente de siete casas alineadas, todas magníficas, desde la de Doña Perfecta a la de Nicolasita Hernández?... Se figuran estos canallas que uno no ha visto

jests
assignment

put on airs, coal

pawned

loincloth

---

[2] **Pero en buena...** *He's come to the wrong place*

[3] The **peseta** was the monetary unit of Spain from October 19, 1868 to March 1, 2002.

[4] Bedouins are nomadic Arabs of the desert, in Asia or Africa.

nada, ni ha estado en París...

—También dijo con mucha delicadeza que Orbajosa es un pueblo de mendigos, y dio a entender que aquí vivimos en la mayor miseria sin 'darnos cuenta de° ello. realizing

5 —¡Válgame Dios! Si me lo llega a decir a mí, hay un escándalo en el Casino—exclamó el recaudador de contribuciones—. ¿Por qué no le dijeron la cantidad de arrobas[5] de aceite que produjo Orbajosa el año pasado? ¿No sabe ese estúpido que en años buenos Orbajosa da pan para toda España y aun para toda

10 Europa? Verdad que ya llevamos no sé cuántos años de mala cosecha; pero eso no es ley. Pues ¿y la cosecha° del ajo? ¿A que no harvest sabe ese señor que los ajos de Orbajosa 'dejaron bizcos° a los amazed señores del Jurado en la Exposición de Londres?

Estos y otros diálogos se oían en las salas del Casino por

15 aquellos días. A pesar de estas hablillas,° tan comunes en los rumors pueblos pequeños, que por lo mismo que son enanos suelen ser soberbios, Rey no dejó de encontrar amigos sinceros en la docta corporación, pues ni todos eran maldicientes,° ni faltaban allí slanderers personas de buen sentido. Pero tenía el ingeniero la desgracia,

20 si desgracia puede llamarse, de manifestar sus impresiones con inusitada franqueza, y esto le atrajo algunas antipatías.

Iban pasando días. Además del natural disgusto que las costumbres de la sociedad episcopal le producían, diversas causas, todas desagradables, empezaban a desarrollar en su

25 ánimo honda tristeza, siendo de notar principalmente, entre aquellas causas, la turba de pleiteantes que, cual enjambre° swarm of bees voraz, se arrojó sobre él. No era sólo el tío Licurgo, sino otros muchos colindantes, los que le reclamaban daños y perjuicios, o bien le pedían cuentas de tierras administradas por su abuelo.

30 También le presentaron una demanda por no sé qué contrato de aparcería que celebró su madre y no fue al parecer cumplido, y asimismo le exigieron° el reconocimiento de una hipoteca° sobre demanded, mort- las tierras de *Alamillos,* hecha en extraño documento por su tío. gage Era una inmunda gusanera de pleitos. Había hecho propósito de

35 renunciar a la propiedad de sus fincas; pero entretanto su dignidad le obligaba a no ceder ante las marrullerías de los sagaces palurdos; y como el Ayuntamiento le reclamó también por supuesta confusión de su finca con un inmediato monte de Propios, viose el desgraciado joven en el caso de tener

[5] The **arroba** is a Spanish liquid measure varying from 2.6 to 3.6 gallons.

que disipar las dudas que acerca de su derecho surgían a cada paso. Su honra° estaba comprometida, y no había otro remedio que pleitear o morir.　　　　　　　　　　　　　　　　　honor

　　Habíale prometido Doña Perfecta, en su magnanimidad,
5　ayudarle a salir de tan torpes líos° por medio de un arreglo　troubles
amistoso; pero pasaban días, y los buenos oficios de la ejemplar señora no daban resultado alguno. Crecían los pleitos con la amenazadora presteza de una enfermedad fulminante. Pasaba el joven largas horas del día en el Juzgado dando declaraciones,
10　contestando a preguntas y a repreguntas, y cuando a su casa se retiraba, fatigado y colérico, veía aparecer la afilada y grotesca carátula del escribano,° que le traía regular porción de papel　notary sellado lleno de horribles fórmulas... para que fuese estudiando la cuestión.
15　　Se comprende que aquél no era hombre a propósito para sufrir tales reveses, pudiendo evitarlos con la ausencia. Representábase en su imaginación a la noble ciudad de su madre como una horrible bestia° que en él clavaba sus feroces uñas y le bebía　beast la sangre. Para librarse de ella bastábale, según su creencia, la
20　fuga;° pero un interés profundo, como interés del corazón, le　flight detenía, atándole° a la peña de su martirio con lazos muy　tying him fuertes. No obstante, llegó a sentirse tan fuera de su centro, llegó a verse tan extranjero, digámoslo así, en aquella tenebrosa° ciudad de pleitos, de antiguallas, de envidia y de maledicencia,　gloomy
25　que hizo propósito de abandonarla sin dilación, insistiendo al mismo tiempo en el proyecto que a ella le condujera. Una mañana, encontrando ocasión a propósito, formuló su plan ante°　in the presence of Doña Perfecta.
　　—Sobrino mío—repuso la señora, con su acostumbrada
30　dulzura:—no seas arrebatado.° Vaya, que pareces de fuego. Lo　impetuous mismo era tu padre, ¡qué hombre! Eres una centella... Ya te he dicho que con muchísimo gusto te llamaré hijo mío. Aunque no tuvieras las buenas cualidades y el talento que te distinguen (salvo los defectillos, que también los hay); aunque no fueras un
35　excelente joven, basta que esta unión haya sido propuesta por tu padre, a quien tanto debemos° mi hija y yo, para que la acepte.　owe Rosario, 'no se opondrá° tampoco, queriéndolo yo. ¿Qué falta,　will not oppose pues? Nada; no falta nada más que un poco tiempo. Nadie se casa con la precipitación que tú deseas, y que daría lugar a
40　interpretaciones quizás desfavorables a la honra de mi querida hija... Vaya, que tú, como no piensas más que en máquinas, todo lo quieres hacer al vapor. Espera, hombre,

espera... ¿qué prisa tienes? Ese aborrecimiento que le has cogido
a nuestra pobre Orbajosa es un capricho.° Ya se ve: no puedes   whim
vivir sino entre condes y marqueses, entre oradores y diplomáticos... ¡Quieres casarte y separame de mi hija para siem-
5   pre!—añadió enjugándose° una lágrima—. Ya que así es,   wiping away
inconsiderado joven, ten al menos la caridad de retardar algún
tiempo esa boda° que tanto deseas... ¡Qué impaciencia! ¡Qué   wedding
amor tan fuerte! No creí que una pobre lugareña como mi hija
inspirase pasión tan volcánica

10   No convencieron a Pepe Rey los razonamientos de su tía;
pero no quiso contrariarla. Resolvió, pues, esperar cuanto le
fuese posible. Una nueva causa de disgustos unióse bien pronto
a los que ya amargaban su existencia. Hacía dos semanas que
estaba en Orbajosa, y durante este tiempo no había recibido
15   ninguna carta de su padre. No podía achacar° esto a descuidos   attribute
de la Administración de Correos de Orbajosa, porque siendo el
funcionario encargado° de aquel servicio amigo y protegido de   in charge
Doña Perfecta, ésta le recomendaba diariamente el mayor
cuidado para que las cartas dirigidas a su sobrino no se extravia-
20   sen.° También iba a la casa del conductor de la correspondencia,   become misplaced
llamado Cristóbal Ramos, por apodo° *Caballuco*, personaje a   nickname
quien ya conocimos, y a éste solía dirigir Doña Perfecta amones-
taciones y reprimendas tan enérgicas como la siguiente:

—¡Bonito servicio de correos tenéis!... ¿Cómo es que mi
25   sobrino no ha recibido una sola carta desde que está en Orbajosa?... Cuando la conducción de la correspondencia corre a cargo
de semejante tarambana, ¡cómo han de andar las cosas! Yo le
hablaré al señor Gobernador de la provincia para que mire bien
qué clase de gente pone en la Administración.

30   Caballuco, alzando los hombros, miraba a Rey con expresión
de completa indiferencia. Un día entró con un pliego° en la   sealed envelope
mano.

—¡Gracias a Dios!—dijo Doña Perfecta a su sobrino—. Ahí
tienes cartas de tu padre. Regocíjate,° hombre. Buen susto nos   rejoice
35   hemos llevado por la pereza° de mi señor hermano en escribir...   laziness
¿Qué dice? Está bueno sin duda—añadió al ver que Pepe Rey
abría el pliego con febril impaciencia.

El ingeniero se puso pálido° al recorrer las primeras lineas.   pale

—¡Jesús, Pepe!... ¿Qué tienes?—exclamó la señora, levantán-
40   dose con zozobra—. ¿Está malo tu papá?

—Esta carta no es de mi padre—, repuso Pepe, revelando en
su semblante la mayor consternación.

—Pues ¿qué es eso?

—Una orden del Ministerio de Fomento, en que se me releva del cargo que me confiaron...°   they entrusted

—¿Cómo?... ¿es posible?

5   —Una destitución° pura y simple, redactada en términos   dismissal
muy poco lisonjeros para mí.

—¿Hase visto mayor picardía?—exclamó la señora volviendo de su estupor.

—¡Qué humillación!—murmuró el joven—. Es la primera vez
10 en mi vida que recibo un desaire semejante.

—¡Pero ese Gobierno no tiene perdón de Dios! ¡Desairarte a ti! ¿Quieres que yo escriba a Madrid? Tengo allí buenas relaciones y podré conseguir que el Gobierno repare esa falta brutal y te dé una satisfacción.

15 —Gracias, señora, no quiero recomendaciones—, replicó el joven con displicencia.

—¡Es que se ven unas injusticias, unos atropellos!... ¡Destituir así a un joven de tanto mérito, a una eminencia científica... Vamos, si no puedo contener la cólera!

20 —Yo averiguaré—dijo Pepe con la mayor energía—quién se ocupa de hacerme daño...

—Ese señor Ministro... Pero de estos politiquejos infames ¿qué puede esperarse?

—Aquí hay alguien que se ha propuesto hacerme morir de
25 desesperación—afirmó el joven, visiblemente alterado—. Esto no es obra del Ministro; ésta y otras contrariedades que experimento° son resultado de un plan de venganza,° de un cálculo   I'm experiencing,
desconocido, de una enemistad irreconciliable; y este plan, este   revenge
cálculo, esta enemistad, no lo dude usted, querida tía, están
30 aquí, en Orbajosa.

—Tú te has vuelto loco—replicó Doña Perfecta, demostrando un sentimiento semejante a la compasión—. ¿Que tienes enemigos en Orbajosa? ¿Que alguien quiere vengarse de ti? Vamos, Pepe, tú has perdido el juicio. Las lecturas de esos
35 libracos en que se dice que tenemos por abuelos a los monos o a las cotorras, te han trastornado° la cabeza.   turned up-side
                                                                    down
Sonrió con dulzura al decir la última frase, y después, tomando un tono de familiar y cariñosa amonestación, añadió:

—Hijo mío, los habitantes de Orbajosa seremos palurdos y
40 toscos labriegos sin instrucción, sin finura ni buen tono; pero a lealtad° y buena fe no nos gana nadie, nadie, pero nadie.   loyalty

—No crea usted—dijo Rey—, que acuso a las personas de

esta casa. Pero sostengo que en la ciudad está mi implacable y fiero enemigo.

—Deseo que me enseñes ese traidor° de melodrama⁶—repuso   traitor
la señora, sonriendo de nuevo—. Supongo que no acusarás a
5 Licurgo ni a los demás que litigan, porque los pobrecitos creen
defender su derecho. Y entre paréntesis, no les falta razón en el
caso presente. Además, el tío Lucas te quiere mucho. Así mismo
me lo ha dicho. Desde que te conoció, le entraste por el ojo
derecho,⁷ y el pobre viejo te ha tomado un cariño...

10 —¡Sí... profundo cariño!—murmuró Pepe.

—No seas tonto—añadió la señora poniéndole la mano en el
hombro y mirándole de cerca—. No pienses disparates, y
convéncete de que tu enemigo, si existe, está en Madrid, en
aquel centro de corrupción, de envidia y rivalidades; no en este
15 pacífico y sosegado° rincón, donde todo es buena voluntad y   calm
concordia... Sin duda algún envidioso de tu mérito... Te advierto
una cosa, y es que si quieres ir allá para averiguar la causa de
este desaire y pedir explicaciones al Gobierno, no dejes de
hacerlo por nosotras:

20 Pepe Rey fijó los ojos en el semblante de su tía, cual si
escudriñarla° quisiera hasta lo más escondido de su alma.   to scrutinize it

—Digo que si quieres ir, no dejes de hacerlo—repitió la
señora con calma admirable, confundiéndose en la expresión de
su semblante la naturalidad con la honradez más pura.

25 —No, señora. No pienso ir allá.

—Mejor, esa es también mi opinión. Aquí estás más tranquilo, a pesar de las cavilaciones con que te atormentas. ¡Pobre
Pepe! Tu entendimiento, tu descomunal entendimiento, es la
causa de tu desgracia. Nosotros, los de Orbajosa, pobres rústicos,
30 vivimos felices en nuestra ignorancia. Me disgusta que no estés
contento. Pero ¿es culpa mía que te aburras y desesperes sin
motivo? ¿No te trato como a un hijo? ¿No te he recibido como la
esperanza de mi casa? ¿Puedo hacer más por ti? Si, a pesar de
eso no nos quieres, si nos muestras tanto despego, si te burlas
35 de nuestra religiosidad, si haces desprecios a nuestros

---

⁶Melodramas were plays with very sensational, exaggerated, and sentimental plots depicting the conflict of despicable evil and magnani-mous virtue, as personified by the villain and hero, respectively.

⁷ **le entraste...** *he's taken a real shine to you*

amigos, ¿es acaso porque no te tratemos bien?

Los ojos de Doña Perfecta se humedecieron.°   b

—Querida tía—dijo Rey, sintiendo que se disipaba su encono—. También yo he cometido algunas faltas desde que soy
5   huésped de esta casa.

—No seas tonto... ¡Qué faltas ni faltas! Entre personas de la misma familia todo se perdona.

—Pero Rosario ¿dónde está?—preguntó el joven levantándose—. ¿Tampoco la veré hoy?

10   —Está mejor. ¿Sabes que no ha querido bajar?

—Subiré yo.

—Hombre, no. Esa niña tiene unas terquedades... Hoy se ha empeñado en no salir de su cuarto. Se ha encerrado por dentro.

—¡Qué rareza!

15   —Se le pasará. Seguramente se le pasará. Veremos si esta noche le quitamos de la cabeza sus ideas melancólicas. Organizaremos una tertulia que la divierta. ¿Por qué no te vas a casa del Sr. D. Inocencio, y le dices que venga por acá esta noche y que traiga a Jacintillo?

20   —¡A Jacintillo!

—Sí; cuando a Rosario le dan estos accesos de melancolía, ese jovencito es el único que la distrae...

—Pero yo subiré...

—Hombre, no.

25   —Veo que no faltan etiquetas en esta casa.

—Te burlas de nosotros. Haz lo que te digo.

—Pues quiero verla.

—Pues no. ¡Qué mal conoces a la niña!

—Yo creí conocerla bien... Bueno, me quedaré... Pero esta
30   soledad es horrible.

—Ahí tienes al señor escribano.

—Maldito sea mil veces.

—Y me parece que ha entrado también el señor procurador...° es un excelente sujeto.   public prosecutor
35   —Así le ahorcaran.°   they hang

—Hombre, los asuntos de intereses, cuando son propios, sirven de distracción. Alguien llega... Me parece que es el perito°   expert
agrónomo. Ya tienes para un rato.

—¡Para un rato de infierno!

40   —Hola, hola; si no me engaño, el tío Licurgo y el tío Pasolargo acaban de entrar. Puede que vengan a proponerte un arreglo.

—Me arrojaré al estanque.

—¡Qué descastado eres! ¡Pues todos ellos te quieren tanto!... Vamos, para que nada falte, ahí está también el alguacil.° Viene a citarte.　　　　　　　　　　　　　　　　　　　　　　　　constable

5　　—A crucificarme.

Todos los personajes nombrados fueron entrando en la sala.

—Adiós, Pepe, que te diviertas—dijo Doña Perfecta.

—¡Trágame,° tierra!—exclamó el joven con desesperación.　　swallow me up

—Sr. D. José...

10　—Mi querido Sr. D. José...

—Estimable Sr. D. José...

—Sr. D. José de mi alma...

—Mi respetable amigo Sr. D. José...

Al oir estas almibaradas° insinuaciones, Pepe Rey exhaló un　　syrupy
15　hondo suspiro y se entregó. Entregó su cuerpo y su alma a los sayones, que esgrimieron° horribles hojas de papel sellado, mien-　　wielded tras la víctima, elevando los ojos al cielo, decía para si con cristiana mansedumbre:

—Padre mío, ¿por qué me has abandonado?[8]

---

[8] Christ's words on the cross.

XII

Aquí fue Troya[1]

AMOR, AMISTAD, AIRE SANO para la respiración moral, luz para el alma, simpatía, fácil comercio de ideas y de sensaciones era lo que Pepe Rey necesitaba de una manera imperiosa. No teniéndolo, aumentaban° las sombras que envolvían su espíritu, y la lobreguez interior daba a su trato displicencia y amargura. Al día siguiente de las escenas referidas en el capítulo anterior, mortificóle más que nada el ya demasiado largo y misterioso encierro° de su prima, motivado, al parecer, primero por una enfermedad sin importancia; después por caprichos y nerviosidades de difícil explicación.

Extrañaba Rey conducta tan contraria a la idea que había formado de Rosarito. Habían transcurrido° cuatro días sin verla, no ciertamente porque a él le faltasen deseos de estar a su lado; y tal situación comenzaba a ser desairada y ridícula, si con un acto de firme iniciativa no ponía rermedio en ello.

—¿Tampoco hoy veré a mi prima?—preguntó de mal talante a su tía, cuando concluyeron de comer.

—Tampoco. ¡Sabe Dios cuánto lo siento!... Bastante le he predicado° hoy. A la tarde veremos...

La sospecha° de que en tan injustificado encierro su adorable prima era más bien víctima sin defensa que autora resuelta con actividad propia e iniciativa, le indujo° a contenerse y esperar. Sin esta sospecha, hubiera partido aquel mismo día. No tenía duda alguna de ser amado por Rosario; mas era evidente que una presión desconocida actuaba entre los dos para separarles, y parecía propio de varón honrado averiguar de quién procedía aquella fuerza maligna y contrarrestarla° hasta donde alcanzara la voluntad humana.

—Espero que la obstinación de Rosario no durará mucho—dijo a Doña Perfecta, disimulando sus verdaderos sentimientos.

increased

confinement

passed

scolded
suspicion

induced

counterattack it

[1] This phrase is used in Spanish to indicate a disaster. It refers to the fall (c. 1184 B.C.) of the horse-rearing and textile-manufacturing city of Troy.

Aquel día tuvo una carta de su padre, en la cual éste se quejaba de no haber recibido ninguna de Orbajosa, circunstancia que aumentó las inquietudes del ingeniero, confundiéndole más. Por último, después de vagar° largo rato solo por la huerta de la   wander
5 casa, salió y fue al Casino. Entró en él como un desesperado que se arroja al mar.

Encontró en las principales salas a varias personas que charlaban y discutían. En un grupo desentrañaban con lógica sutil difíciles problemas de toros, en otro disertaban sobre cuáles
10 eran los mejores burros entre las castas de Orbajosa y Villaho-rrenda. Hastiado° hasta lo sumo, Pepe Rey abandonó estos   bored
debates y se dirigió a la sala de periódicos, donde hojeó° varias   leafed through
revistas, sin encontrar deleite en la lectura; y poco después, pasando de sala en sala, fue a parar sin saber cómo, a la del
15 juego. Cerca de dos horas estuvo en las garras del horrible demonio amarillo, cuyos resplandecientes ojos de oro producen tormento y fascinación. Ni aun las emociones del juego alteraron el sombrío estado de su alma, y el tedio que antes le empujara°   pushed, gaming
hacia el 'verde tapete,° apartóle también de él. Huyendo del   table
20 bullicio, dio con su cuerpo en una estancia destinada a tertulia, en la cual a la sazón no había alma viviente, y con indolencia se sentó junto a la ventana de ella, mirando a la calle.

Era ésta angostísima y con más ángulos y recodos que casas, sombreada toda por la pavorosa catedral, que al extremo alzaba
25 su negro muro carcomido. Pepe Rey miró a todos lados, arriba y abajo, y observó un plácido silencio de sepulcro: ni un paso, ni una voz, ni una mirada. De pronto hirieron su oído rumores°   sounds
extraños, como cuchicheo° de femeniles labios, y después el   whispers
chirrido de cortinajes que se corrían, algunas palabras y, por fin,
30 el tararear° suave de una canción, el ladrido de un falderillo, y   humming
otras señales de existencia social, que parecían muy singulares en tal sitio. Observando bien, Pepe Rey vio que tales rumores procedían de un enorme balcón con celosías, que frente por frente a la ventana mostraba su corpulenta fábrica. No había
35 concluido sus observaciones cuando un socio del Casino apareció de súbito a su lado, y riendo le interpeló de este modo:

—¡Ah! Sr. D. Pepe, ¡picarón! ¿Se ha encerrado usted aquí para 'hacer cocos° a las niñas?   flirt with

El que esto decía era D. Juan Tafetán, un sujeto amabilísi-
40 mo, y de los pocos que habían manifestado a Rey en el Casino cordial amistad y verdadera admiración. Con su carilla berme-

llonada, su bigotejo° teñido° de negro, sus ojuelos vivarachos, su   mustache, dyed
estatura mezquina, su pelo con gran estudio peinado para
ocultar° la calvicie,° D. Juan Tafetán² presentaba una figura   hide, baldness
bastante diferente de la de Antinóo;³ pero era muy simpático,
5 tenía mucho gracejo y felicísimo ingenio para contar aventuras
graciosas. Reía mucho, y al hacerlo, su cara se cubría toda, desde
la frente a la barba, de grotescas arrugas.° A pesar de estas   wrinkles
cualidades y del aplauso que debía estimular su disposición a las
picantes burlas, no era maldiciente. Queríanle todos, y Pepe Rey
10 pasaba con él ratos agradables. El pobre Tafetán, empleado
antaño en la Administración civil de la capital de la provincia,
vivía modestamente de su sueldo° en la Secretaría de Beneficen-   salary
cia, y completaba su pasar tocando gallardamente el clarinete en
las procesiones, en las solemnidades de la catedral y en el teatro,
15 cuando alguna traílla de desesperados cómicos aparecía por
aquellos países con el alevoso propósito de dar funciones en
Orbajosa.

     Pero lo más singular en D. Juan Tafetán era su afición a las
muchachas guapas. Él mismo, cuando no ocultaba su calvicie con
20 seis pelos llenos de pomada, cuando no se teñía el bigote, cuando
andaba derechito y espigado° por la poca pesadumbre de los   slim
años, había sido un Tenorio⁴ formidable. Oírle contar sus
conquistas era cosa de morirse de risa, porque hay Tenorios de
Tenorios, aquél fue de los más originales.
25   —¿Qué niñas? Yo no veo niñas en ninguna parte—repuso
Pepe Rey.
    —Hágase usted el anacoreta.°   hermit
    Una de las celosías del balcón se abrió, dejando ver un rostro
juvenil, encantador y risueño, que desapareció al instante como
30 luz apagada por el viento.
    —Ya, ya veo.
    —¿No las conoce usted?
    —Por mi vida que no.
    —Son las Troyas, las niñas de Troya. Pues no conoce usted
35 nada bueno... Tres chicas preciosísimas, hijas de un coronel de

---

² *Taffeta* (a smooth, crisp, lustrous fabric).

³Antinous (A.D. 117-138) was considered the artistic ideal of
masculine beauty.

⁴Don Juan, the archetypal seducer of women, is the protagonist of
Tirso de Molina's *El burlador de Sevilla* (1630), W.A. Mozart's *Don
Giovanni* (1787), and José Zorrilla's *Don Juan Tenorio* (1844).

Estado Mayor de plaza, que murió en las calles de Madrid el 54.[5]

La celosía se abrió de nuevo y comparecieron dos caras.

—Se están burlando de nosotros—dijo Tafetán, haciendo una seña amistosa a las niñas.

—¿Las conoce usted?

—¿Pues no las he de conocer? Las pobres están en la miseria. Yo no sé cómo viven. Cuando murió D. Francisco Troya, se hizo una suscripción[6] para mantenerlas; pero esto duró poco.

—¡Pobres muchachas! Me figuro que no serán un modelo de honradez...

—¿Por qué no?... Yo no creo lo que en el pueblo se dice de ellas.

Funcionó de nuevo la celosía.

—Buenas tardes, niñas—gritó D. Juan Tafetán dirigiéndose a las tres, que artísticamente agrupadas aparecieron—. Este caballero dice que lo bueno no debe esconderse, y que abran ustedes toda la celosía.

Pero la celosía se cerró, y alegre concierto de risas difundió una extraña alegría por la triste calle. Creeríase que pasaba una bandada de pájaros.

—¿Quiere usted que vayamos allá?—dijo de súbito Tafetán.

Sus ojos brillaban, y una sonrisa picaresca retozaba en sus amoratados labios.

—Pero ¿qué clase de gente es ésa?

—Ande usted, Sr. de Rey... Las pobrecitas son honradas. ¡Bah! Si se alimentan del aire, como los camaleones. Diga usted: el que no come, ¿puede pecar?° Bastante virtuosas son las sin infelices. Y si pecaran, limpiarían su conciencia con el gran ayuno que hacen.

—Pues vamos.

Un momento después, D. Juan Tafetán y Pepe Rey entraron en la sala. El aspecto de la miseria, que con horribles esfuerzos pugnaba° por no serlo, afligió al joven. Las tres muchachas eran struggled muy lindas, principalmente las dos más pequeñas, morenas, pálidas, de negros ojos y sutil talle. Bien vestidas y bien calzadas

[5] In July 1854 popular revolts against the government occurred in Madrid, resulting in attacks on the homes of such prominent individuals as the Queen Mother María Cristina and the financier Marqués de Salamanca.

[6] Money collected through individual pledges.

habrían parecido retoños de duquesa en candidatura para entroncar con príncipes.

Cuando la visita entró, las tres se quedaron muy cortadas; pero bien pronto mostraron la índole de su genial frívolo y
5 alegre. Vivían en la miseria, como los pájaros en la prisión, sin dejar de cantar tras los hierros lo mismo que en la opulencia del bosque. Pasaban el día cosiendo,° lo cual indicaba por lo menos   sewing
un principio de honradez; pero en Orbajosa ninguna persona de su posición se trataba con ellas. Estaban hasta cierto punto
10 proscritas,° degradadas, acordonadas, lo cual indicaba también   exiled
algún motivo de escándalo. Pero en honor de la verdad, debe decirse que la mala reputación de las Troyas consistía, más que nada, en su fama de chismosas,° enredadoras, traviesas y   gossipers
despreocupadas. Dirigían anónimos a graves personas; ponían
15 motes° a todo viviente de Orbajosa, desde el obispo al último   nicknames
zascandil; tiraban piedrecitas a los transeúntes;° chicheaban   passers-by
escondidas tras las rejas° para reírse con la confusión y azora-   railings
miento del que pasaba; sabían todos los sucesos de la vecindad, para lo cual tenían en constante uso los tragaluces° y agujeros   transoms
20 de la parte alta de la casa; cantaban de noche en el balcón; se vestían de máscara en Carnaval para meterse en las casas más alcurniadas, con otras majaderías y libertades propias de los pueblos pequeños. Pero cualquiera que fuese la razón, ello es que el agraciado triunvirato troyano tenía sobre sí un estigma de
25 esos que, una vez puestos por susceptible vecindario, acompañan implacablemente hasta más allá de la tumba.

—¿Este es el caballero que dicen ha venido a sacar minas de oro?—preguntó una.

—¿Y a derribar la catedral para hacer con las piedras de ella
30 una fábrica° de zapatos?—añadió otra.   factory

—¿Y a quitar de Orbajosa la siembra del ajo para poner algodón° o el árbol de la canela?°   cotton, cinnamon

Pepe no pudo reprimir la risa ante tales despropósitos.

—No viene sino a hacer una recolección de niñas bonitas
35 para llevárselas a Madrid—dijo Tafetán.

—¡Ay! ¡De buena gana me iría!—exclamó una.

—A las tres, a las tres me las llevo—afirmó Pepe—. Pero sepamos una cosa: ¿por qué se reían ustedes de mí cuando estaba en la ventana del Casino?

40 Tales palabras fueron la señal de nuevas risas.

—Éstas son unas tontas—dijo la mayor.

—Fue porque dijimos que usted se merece algo más que la

niña de Doña Perfecta.

—Fue porque ésta dijo que usted está perdiendo el tiempo, y que Rosarito no quiere sino gente de iglesia.

—¡Qué cosas tienes! Yo no he dicho tal cosa. Tú dijiste que este caballero es ateo luterano y entra en la catedral fumando y con el sombrero puesto.

—Pues yo no lo inventé—manifestó la menor—, que eso me lo dijo ayer Suspiritos.[7]

—¿Y quién es esa Suspiritos que dice de mí tales tontenas?

—Suspiritos es... Suspiritos.

—Niñas mías—dijo Tafetán con semblante almibarado—. Por ahí va el naranjero. Llamadle, que os quiero convidar a naranjas.

Una de las tres llamó al vendedor.

La conversación entablada por las niñas desagradó bastante a Pepe Rey, disipando su impresión de contento entre aquella chusma alegre y comunicativa. No pudo, sin embargo, contener la risa cuando vio a D. Juan Tafetán descolgar un guitarrillo y rasguearlo° con la gracia y destreza de los años juveniles.   strum it

—Me han dicho que cantan ustedes a las mil maravillas—manifestó Rey.

—Que cante D. Juan Tafetán.

—Yo no canto.

—Ni yo,—dijo la segunda, ofreciendo al ingeniero algunos cascos de la naranja que acababa de mondar.°   peeled

—María Juana, no abandones la costura°—dijo la Troya   sewing mayor—. Es tarde y hay que acabar la sotana[8] esta noche.

—Hoy no se trabaja. Al demonio las agujas—gritó Tafetán; y en seguida entonó una canción.

—La gente se para en la calle—dijo la Troya segunda, asomándose al balcón—. Los gritos de D. Juan Tafetán se oyen desde la plaza... ¡Juana, Juana!

—¿Qué?

—Por la calle va Suspiritos.

La más pequeña voló al balcón.

—Tírale una cáscara° de naranja.   peel

Pepe Rey se asomó también; vio que por la calle pasaba una señora, y que, con diestra puntería, la menor de las Troyas le

---

[7] *Little Sighs*

[8] *Cassock* (a long, close-fitting garment worn by clergymen or laymen participating in church services).

asestó un cascarazo en el moño. Después cerraron con precipitación, y las tres se esforzaban en sofocar convulsamente su risa
para que no se oyera desde la vía pública.

—Hoy no se trabaja—gritó una, volcando de un puntapié° la   kick
5 cesta de la costura.

—Es lo mismo que decir: «mañana no se come»—añadió la
mayor, recogiendo los enseres.

Pepe Rey se echó instintivamente mano al bolsillo. De buena
gana les hubiera dado una limosna. El espectáculo de aquellas
10 infelices huérfanas,° condenadas por el mundo a causa de su   orphans
frivolidad, le entristecía sobremanera. Si el único pecado° de las   sin
Troyas, si el único desahogo° con que compensaban su soledad,   relief
su pobreza y abandono, era tirar cortezas de naranja al transeúnte, bien se las podía disculpar. Quizás las austeras costum-
15 bres del poblachón en que vivían las había preservado del vicio;°   vice
pero las desgraciadas carecían de compostura y comedimiento,   chastity
fórmula común y más visible del pudor,° y bien podía suponerse
que habían echado por la ventana algo más que cáscaras. Pepe
Rey sentía hacia ellas una lástima profunda. Observó sus
20 miserables vestidos, compuestos, arreglados y remendados de
mil modos para que pareciesen nuevos; observó sus zapatos
rotos... y otra vez se llevó la mano al bolsillo.

—Podrá el vicio reinar aquí—dijo para sí—; pero las fisono-
mías, los muebles, todo me indica que éstos son los infelices
25 restos de una familia honrada. Si estas pobres muchachas
fueran tan malas como dicen, no vivirían tan pobremente ni
trabajarían. ¡En Orbajosa hay hombres ricos!

Las tres niñas se le acercaban sucesivamente. Iban de él al
balcón, del balcón a él, sosteniendo conversación picante y ligera,
30 que indicaba, fuerza es decirlo, una especie de inocencia en
medio de tanta frivolidad y despreocupación.

—Sr. D. José, ¡qué excelente señora es Doña Perfecta!

—Es la única persona de Orbajosa que no tiene apodo; la
única de que no se habla mal en Orbajosa.

35 —Todos la respetan.

—Todos la adoran.

A estas frases el joven respondió con alabanzas de su tía;
pero se le pasaban ganas de sacar dinero del bolsillo y decir
«María Juana, tome usted para unas botas. Pepa, tome para que
40 se compre un vestido. Florentina, tome para que coman una
semana...» Estuvo a punto de hacerlo como lo pensaba. En un
momento en que las tres corrieron al balcón para ver quién

pasaba, D. Juan Tafetán se acercó a él y en voz baja le dijo:

—¡Qué monas° son? ¿No es verdad?... ¡Pobres criaturas?   cute
Parece mentira que sean tan alegres, cuando... bien puede
asegurarse que hoy no han comido.

5 —¡D. Juan, D. Juan—gritó Pepilla—. Por ahí viene su amigo
de usted, Nicolasito Hernández, o sea *Cirio Pascual,*[9] con su
sombrero de tres pisos. Viene rezando° en voz baja, sin duda por   praying
las almas de los que ha mandado al hoyo con sus usuras.[10]   nickname

—¿A que no le dicen ustedes el remoquete?°

10 —¿A que sí?

—Juana, cierra las celosías. Dejémosle que pase, y cuando
vaya por la esquina, yo gritaré: *¡Cirio, Cirio Pascual!...*

D. Juan Tafetán corrió al balcón.

—Venga usted, D. José, para que conozca este tipo.

15 Pepe Rey aprovechó el momento en que las tres muchachas
y D. Juan se regocijaban en el balcón, llamando a Nicolasito
Hernández con el apodo que tanto 'le hacia rabiar,° y acercándo-   infuriated him
se con toda cautela° a uno de los costureros que en la sala había,   caution
colocó dentro de él media onza[11] que le quedaba del juego.

20 Despúes corrió al balcón, a punto que las dos más pequeñas
gritaban entre locas risas: «*¡Cirio Pascual, Cirio Pascual!*»

---

[9] *Easter Candle*
[10] *usury* (the lending of money at exorbitant interest rates).
[11] A Spanish coin.

XIII

Un *casus belli*[1]

DESPUÉS DE ESTA TRAVESURA,° las tres entablaron con los
caballeros una conversación tirada sobre asuntos y
personas de la ciudad. El ingeniero, recelando que su
fechoría se descubriese estando él presente, quiso marcharse, lo
cual disgustó mucho a las Troyas. Una de éstas, que había salido
fuera de la sala, regresó diciendo:

—Ya está Suspiritos en campaña colgando la ropa.

—D. José querrá verla,—indicó otra.

—Es una señora muy guapa. Y ahora se peina a estilo de
Madrid. Vengan ustedes.

Lleváronles al comedor de la casa (pieza de rarísimo uso), del
cual se salía a un terrado, donde había algunos tiestos de flores
y no pocos trastos abandonados y hechos añicos. Desde allí
veíase el hondo patio de una casa colindante, con una galería
llena de verdes enredaderas y hermosas macetas esmeradamente cuidadas. Todo indicaba allí una vivienda de gente modesta,
pulcra° y hacendosa.

Acercándose al borde de la azotea,° las de Troya miraron
atentamente a la casa vecina, e imponiendo silencio a los
galanes, se retiraron luego a la parte del terrado desde donde
nada se veía ni había peligro de ser visto.

—Ahora sale de la despensa con un cazuelo de garban-
zos—dijo María Juana estirando el cuello para ver un poco.

—¡Zas!—exclamó otra, arrojando una piedrecilla.

Oyóse el ruido del proyectil al chocar° contra los cristales de
la galería, y luego una colérica voz que gritaba:

—Ya nos han roto otro cristal esas...

Ocultas las tres en el rincón del terrado, junto a los dos
caballeros, sofocaban la risa.

—La señora Suspiritos está muy incomodada—dijo Rey—.
¿Por qué la llaman así?

—Porque siempre que habla suspira entre palabra y palabra,

Margin glosses: prank · tidy · terraced roof · crash

---

[1] *A misfortune of war* (Latin).

y aunque de nada carece, siempre se está lamentando.

Hubo un momento de silencio en la casa de abajo. Pepita Troya atisbó con cautela.

—Allá viene otra vez—murmuró en voz baja, imponiendo
5　silencio—. María, dame una china.° A ver... ¡zas!... allá va.　　pebble

—No le has acertado. Dio en el suelo.

—A ver... si puedo yo... Esperaremos a que salga otra vez de la despensa.

—Ya, ya sale. En guardia, Florentina.

10　—¡A la una, a las dos, a las tres!... ¡Paf!...

Oyóse abajo un grito de dolor, un voto, una exclamación varonil, pues era un hombre el que la daba. Pepe Rey pudo distinguir claramente estas palabras:

—¡Demonche! Me han agujereado° la cabeza esas... ¡Jacinto,　　put a hole in
15　Jacinto! Pero ¿qué canalla de vecindad es ésta?...

—¡Jesús, María y José, lo que he hecho!—exclamó llena de consternación Florentina—: le di en la cabeza al Sr. D. Inocencio.

—¿Al Penitenciario?—dijo Pepe Rey.

—Sí.

20　—¿Vive en esa casa?

—¿Pues dónde ha de vivir?

—Esa señora de los suspiros...

—Es su sobrina, su ama o no sé qué. Nos divertimos con ella porque es muy cargante;° pero con el señor Penitenciario no
25　solemos gastar bromas.　　annoying

Mientras rápidamente se pronunciaban las palabras de este diálogo, Pepe Rey vio que frente al terrado, y muy cerca de él, se abrían los cristales de una ventana perteneciente a la misma casa bombardeada; vio que aparecía una cara risueña, una cara
30　conocida, una cara cuya vista le aturdió y le consternó y le puso pálido y trémulo. Era Jacintito, que, interrumpido en sus graves estudios, abrió la ventana de su despacho, presentándose en ella con la pluma en la oreja. Su rostro púdico, fresco y sonrosado, daba a tal aparición aspecto semejante al de una aurora.°
35　—Buenas tardes, Sr. D. José—dijo festivamente.　　dawn

La voz de abajo gritaba de nuevo:

—¡Jacinto, pero Jacinto!

—Allá voy. Estaba saludando a un amigo...

—Vámonos, vámonos—gritó Florentina con zozobra—. El

señor Penitenciario va a subir al cuarto de *Don Nominavito*[2] y nos echará un responso.

—Vámonos, sí; cerremos la puerta del comedor.

Abandonaron en tropel el terrado.

⁵ —Debieron ustedes prever° que Jacinto las vería desde su   anticipated
templo del saber,—dijo Tafetán.

—*Don Nominavito* es amigo nuestro—repuso una de ellas—. Desde su templo de la ciencia nos dice a la calladita mil ternezas, y también nos echa besos volados.

¹⁰ —¿Jacinto?—preguntó el ingeniero—. Pero ¿qué endiablado nombre le han puesto ustedes?

—*Don Nominavito...*

Las tres rompieron a reír.

—Lo llamamos así porque es muy sabio.

¹⁵ —No: porque cuando nosotras éramos chicas, él era chico también; pues... sí. Salíamos al terrado a jugar, y le sentíamos estudiando en voz alta sus lecciones.

—Sí, y todo el santo día estaba cantando.

—Declinando, mujer. Eso es: se ponía de este modo *Nomina-* ²⁰ *vito rosa, Genivito, Davito, Acusavito.*

—Supongo que yo también tendré mi nombre postizo,—dijo Pepe Rey.

—Que se lo diga a usted María Juana—replicó Florentina ocultándose.

²⁵ —¿Yo?... diselo tú, Pepa.

—Usted no tiene nombre todavía, D. José.

—Pero lo tendré. Prometo que vendré a saberlo, a recibir la confirmación—indicó el joven, con intención de retirarse.

—Pero ¿se va usted?

³⁰ —Sí. Ya han perdido ustedes bastante tiempo. Niñas, a trabajar. Esto de arrojar piedras a los vecinos y a los transeúntes no es la ocupación más a propósito para unas jóvenes tan lindas y de tanto mérito... Conque abur...

Y sin esperar más razones ni hacer caso de los cumplidos de ³⁵ las muchachas, salió a toda prisa de la casa, dejando en ella a D. Juan Tafetán.

La escena que había presenciado, la vejación sufrida por el canónigo, la inopinada presencia del doctorcillo, aumen-

---

[2] Nominative, genitive, dative, and accusative are cases in declension (in Latin and other languages) showing different grammatical functions (subject, direct object, etc.).

taron las confusiones, recelos y presentimientos desagradables
que turbaban el alma del pobre ingeniero. Deploró con toda su
alma haber entrado en casa de las Troyas, y resuleto a emplear
mejor el tiempo mientras su hipocondría le durase, recorrió las
5 calles de la población.

    Visitó el mercado, la calle de la Tripería, donde estaban las
principales tiendas; observó los diversos aspectos que ofrecían la
industria y comercio de la gran Orbajosa, y como no hallara sino
nuevos motivos de aburrimiento, encaminóse al paseo de las
10 Descalzas; pero no vio en él más que algunos perros vagabundos,
porque con motivo del viento molestísimo que reinaba, caballeros
y señoras se habían quedado en sus casas. Fue a la botica, donde
hacían tertulia diversas especies de progresistas[3] rumiantes, que
estaban perpetuamente masticando un tema sin fin; pero allí se
15 aburrió más. Pasaba al fin junto a la catedral, cuando sintió el
órgano y los hermosos cantos de coro. Entró, arrodillóse° delante   kneel down
del altar mayor, recordando las advertencias que acerca de la
compostura dentro de la iglesia le hiciera su tía; visitó luego una
capilla, y disponíase a entrar en otra, cuando un acólito,° celador
20 o perrero[4] se le acercó, y con modales muy descorteses y descom-   altar boy
puesto lenguaje, le habló así:

    —Su Ilustrísima dice que se plante usted en la calle.

    El ingeniero sintió que la sangre se agolpaba en su cerebro.
Sin decir una palabra, obedeció.° Arrojado de todas partes por   he obeyed
25 fuerza superior o por su propio hastío, no tenía más recurso que
ir a casa de su tía, donde le esperaban:

    1. El tío Licurgo, para anunciarle un segundo pleito. 2. El Sr.
D. Cayetano, para leerle un nuevo trozo de su discurso sobre los
linajes de Orbajosa. 3. Caballuco, para un asunto que no había
30 manifestado. 4. Doña Perfecta y su sonrisa bondadosa, para lo
que se verá en el capítulo siguiente.

---

[3] The progressives were the more radical wing of the liberal
movement. Their main popular support came from the lower middle
classes of the provincial towns, especially in the south and east.

[4] The job of the **perrero** was to chase dogs out of the church.

XIV

La discordia sigue creciendo

UNA NUEVA TENTATIVA DE ver a su prima Rosario fracasó° al caer de la tarde. Pepe Rey se encerró en su cuarto para escribir varias cartas, y no podía apartar de su mente una idea fija.

—Esta noche o mañana—decía—se acabará esto de una manera o de otra.

Cuando le llamaron para la cena, Doña Perfecta se dirigió a él en el comedor, diciéndole de buenas a primeras:

—Querido Pepe, no te apures;° yo aplacaré al Sr. D. Inocencio... Ya estoy enterada.° María Remedios, que acaba de salir de aquí, me lo ha contado todo.

El semblante de la señora irradiaba satisfacción, semejante a la de un artista orgulloso de su obra.

—¿Qué?

—Yo te disculparé, hombre. Tomarías algunas copas en el Casino, ¿no es esto? He aquí el resultado de las malas compañías. ¡D. Juan Tafetán, las Troyas!... Esto es horrible, espantoso. ¿Has meditado bien...?

—Todo lo he meditado, señora—repuso Pepe, decidido a no entrar en discusiones con su tía.

—Me guardaré muy bien de escribirle a tu padre lo que has hecho.

—Puede usted escribirle lo que guste.

—Vamos: te defenderás desmintiéndome.°

—Yo no desmiento.

—Luego confiesas que estuviste en casa de esas...

—Estuve.

—Y que le diste media onza, porque, según me ha dicho María Remedios, esta tarde bajó Florentina a la tienda del extremeño[1] a que le cambiaran media onza. Ellas no podían haberla ganado con su costura. Tú estuviste hoy en casa de ellas: luego...

—Luego yo se la di. Perfectamente.

[1] A person from Extremadura, in the west of Spain.

—¿No lo niegas?

—¡Qué he de negarlo! Creo que puedo hacer de mi dinero lo que mejor me convenga.

—Pero de seguro sostendrás que no apedreaste al señor
5 Penitenciario.

—Yo no apedreo.

—Quiero decir que ellas en presencia tuya...

—Eso es otra cosa.

—E insultaron a la pobre María Remedios.

10 —Tampoco lo niego.

—¿Y cómo justificarás tu conducta? Pepe..., por Dios. No
dices nada; no te arrepientes,° no protestas... no...   regret

—Nada, absolutamente nada, señora.

—Ni siquiera procuras desagraviarme.

15 —Yo no he agraviado° a usted...   wronged

—Vamos, ya no te falta más que... Hombre, coge ese palo y
pégame.°   beat me

—Yo no pego.

—¡Qué falta de respeto! ¡qué...! ¿No cenas?

20 —Cenaré.

Hubo una pausa de más de un cuarto de hora. D. Cayetano,
Doña Perfecta y Pepe Rey comían en silencio. Éste se interrum-
pió cuando D. Inocencio entró en el comedor.

—¡Cuánto lo he sentido, Sr. D. José de mi alma!... Créame
25 usted que lo he sentido de veras—dijo estrechando la mano al
joven y mirándole con expresión de lástima.

El ingeniero no supo qué contestar: tanta era su confusión.

—Me refiero al suceso de esta tarde.

—¡Ah!... ya.

30 —A la expulsión de usted del sagrado recinto de la iglesia
catedral.

—El señor obispo—dijo Pepe Rey—debía pensarlo mucho
antes de arrojar a un cristiano de la iglesia.

—Y es verdad; yo no sé quién le ha metido en la cabeza a Su
35 Ilustrísima que usted es hombre de malísimas costumbres; yo no
sé quién le ha dicho que usted 'hace alarde de° ateísmo en todas   show off about
partes; que se burla de cosas y personas sagradas, y aun que
proyecta derribar la catedral para edificar con sus piedras una
gran fábrica de alquitrán; yo he procurado disuadirle; pero Su
40 Ilustrísima es un poco terco.

—Gracias por tanta bondad.

—Y eso que el señor Penitenciario no tiene motivos para

guardarte tales consideraciones. Por poco más le dejan en el sitio² esta tarde.

—¡Bah!... ¿pues qué?—dijo el sacerdote riendo—. ¿Ya se tiene aquí noticia de la travesurilla?... Apuesto a que María
5 Remedios vino con el cuento. Pues se lo prohibí, se lo prohibí de un modo terminante. La cosa en sí no vale la pena: ¿no es verdad, Sr. de Rey?

—Puesto que usted así lo juzga...

—Ese es mi parecer. Cosas de muchachos... La juventud,
10 digan lo que quieran los modernos, se inclina al vicio y a las acciones viciosas. Sr. D. José, persona de grandes prendas, no podía ser perfecto... ¿qué tiene de particular que esas graciosas niñas le sedujeran, y después de sacarle el dinero le hicieran cómplice° de sus desvergonzados y criminales insultos a la   accomplice
15 vecindad? Querido amigo mío, por la dolorosa parte que me cupo en los juegos de esta tarde—añadió, llevándose la mano a la región lastimada—, no me doy por ofendido, ni siquiera mortificaré a usted con recuerdos de tan desagradable incidente. He sentido verdadera pena al saber que María Remedios había
20 venido a contarlo todo... ¡Es tan chismosa mi sobrina...! ¿Apostamos a que también contó lo de la media onza, y los retozos de usted con las niñas en el tejado, y las carreras y pellizcos, y el bailoteo de D. Juan Tafetán?... ¡Bah! estas cosas debieran quedar en secreto.
25 Pepe Rey no sabía lo que le mortificaba más, si la severidad de su tia o las hipócritas condescendencias del canónigo.

—¿Por qué no se han de decir?—indicó la señora—. Él mismo no parece avergonzado de su conducta. Sépanlo todos. Unicamente se guardará secreto de esto a mi querida hija, porque en
30 su estado nervioso son temibles los accesos de cólera.

—Vamos, que 'no es para tanto,° señora—añadió el   it's not that bad
Penitenciario—. Mi opinión es que no se vuelva a hablar del asunto, y cuando esto lo dice el que recibió la pedrada, los demás pueden darse por satisfechos... Y no fue broma lo del trastazo,
35 Sr. D. José, pues creí que me abrían un boquete en el casco y que se me salían por él los sesos...

—¡Cuánto siento este incidente!...—balbució° Pepe Rey—.   stammered
Me causa verdadera pena, a pesar de no haber tomado parte...

—La visita de usted a esas señoras Troyas llamará la
40 atención en el pueblo—dijo el canónigo—. Aquí no estamos en

² **Por poco más...** *They almost killed him*

Madrid, señores; aquí no estamos en ese centro de corrupción, de escándalo...

—Allá puedes visitar los lugares más inmundos—manifestó Doña Perfecta—, sin que nadie lo sepa.

5　　—Aquí nos miramos mucho—prosiguió D. Inocencio—. Reparamos todo lo que hacen los vecinos, y con tal sistema de vigilancia, la moral pública se sostiene a conveniente altura... Créame usted, amigo mío, créame usted, y no digo esto por mortificarle: usted ha sido el primer caballero de su posición que 10　a la luz del día... el primero, sí señor... *Trojoe qui primus ab oris.*[3]

Después se echó a reír, dando algunas palmadas en la espalda al ingeniero en señal de amistad y benevolencia.

—¡Cuán grato es para mí—dijo el joven, encubriendo su 15　cólera con las palabras que creyó más aportunas para contestar a la solapada° ironía de sus interlocutores—ver tanta generosi‐　concealed dad y tolerancia, cuando yo merecía, por mi criminal proceder...!°

—¿Pues qué? A un individuo que es de nuestra propia sangre　behavior y que lleva nuestro nombre—dijo Doña Perfecta—, ¿se le puede 20　tratar como a un cualquiera? Eres mi sobrino, eres hijo del mejor y más santo de los hombres, mi querido hermano Juan, y esto basta. Ayer tarda estuvo aquí el secretario del señor Obispo a manifestarme que Su Ilustrísima está muy disgustado porque te tengo en mi casa.

25　　—¿También eso?—murmuró el canónigo.

—También eso. Yo respondí que, salvo el respeto que el señor Obispo me merece y lo mucho que le quiero y reverencio, mi sobrino es mi sobrino y no puedo echarle de mi casa.

—Es una nueva singularidad que encuentro en este 30　país—dijo Pepe Rey, pálido de ira°—. Por lo visto, aquí el Obispo gobierna las casas ajenas.　　　　　　　　　　　anger

Es un bendito. Me quiere tanto, que se le figura... se le figura que nos vas a comunicar tu ateísmo, tu despreocupación, tus raras ideas... Repetidas veces le he dicho que tienes un fondo 35　excelente.

—Al talento superior debe siempre concedérsele al‐ go,—manifestó D. Inocencio.

—Y esta mañana, cuando estuve en casa de las de Cirujeda,

---

[3] This quote is from the opening line of Virgil's *Aeneid: Who first came from the coasts of Troy* (Latin).

¡ay! tú no puedes figurarte cómo me pusieron la cabeza... Que si
habías venido a derribar la catedral; que si eras comisionado de
los protestantes ingleses para ir predicando° la herejía° por   preaching, heresy
España; que pasabas la noche entera jugando en el Casino; que
salías borracho... «Pero señoras—les dije—, ¿quieren ustedes que
yo envíe a mi sobrino a la posada?» Además, en lo de las embria-
gueces° no tienen razón, y en cuanto al juego, no sé que jugaras   intoxications
hasta hoy.

    Pepe Rey se hallaba en esa situación de ánimo en que el
hombre más prudente siente dentro de sí violentos ardores y una
fuerza ciega y brutal que tiende a estrangular, abofetear,°   to slap
romper cráneos y machacar huesos. Pero Doña Perfecta era
señora y además su tía; D. Inocencio era anciano y sacerdote.
Además de esto, las violencias de obra son de mal gusto,
impropias de personas cristianas y 'bien educadas.° Quedaba el   well-mannerd
recurso de dar libertad a su comprimido encono por medio de la
palabra, manifestada decorosamente y sin faltarse a sí mismo;
pero aún le pareció prematuro este postrer recurso, que no debía
emplear, según su juicio, hasta el instante de salir definitiva-
mente de aquella casa de Orbajosa. Resistiendo, pues, el
furibundo ataque, aguardó.

    Jacinto llegó cuando la cena concluía.

    —Buenas noches, Sr. D. José...—dijo, estrechando la mano
del caballero—. Usted y sus amigas no me han dejado trabajar
esta tarde. No he podido escribir una línea. ¡Y tenía que hacer!...

    —¡Cuánto lo siento, Jacinto! Pues, según me dijeron, usted
las acompaña algunas veces en sus juegos y retozos.

    —¡Yo!—exclamó el rapaz, poniéndose como la grana—. ¡Bah!
bien sabe usted que Tafetán no dice nunca palabra de verdad...
Pero ¿es cierto, Sr. de Rey, que se marcha usted?

    —¿Lo dicen por ahí?...

    —Sí: lo he oído en el Casino, en casa de D. Lorenzo Ruiz.

    Rey contempló durante un rato las frescas facciones de *D.
Nominavito*. Después dijo:

    —Pues no es cierto. Mi tía está muy contenta de mí; despre-
cia las calumnias° con que me obsequian los orbajosenses... y no   slanderous re
me arrojará de su casa aunque en ello se empeñe el señor   marks
Obispo.

    —Lo que es arrojarte... jamás. ¡Qué diría tu padre!...

    —A pesar de sus bondades, queridísima tía, a pesar de la
amistad cordial del señor canónigo, quizás decida yo marcharme...

—¡Marcharte!

—¡Marcharse usted!

En los ojos de Doña Perfecta brilló° una luz singular. El   shone
canónigo, a pesar de ser hombre muy experto en el disimulo, no
5 pudo ocultar su alegría.

—Sí; y tal vez esta misma noche.

—¡Pero hombre, qué arrebatado eres!... ¿Por qué no esperas
siquiera a mañana temprano?... A ver... Juan, que vayan a
llamar al tío Licurgo para que prepare la jaca... Supongo que
10 llevarás algún fiambre...° ¡Nicolasa!... ese pedazo de ternera que   cold meat
está en el aparador... Librada, la ropa del señorito...

—No, no puedo creer que usted tome determinación tan
brusca—dijo D. Cayetano, creyéndose obligado a tomar alguna
parte en aquella cuestión.

15 —¿Pero volverá usted... no es eso?—preguntó el canónigo.

—¿A qué hora pasa el tren de la mañana?—preguntó Doña
Perfecta, por cuyos ojos asomaba la febril impaciencia de su
alma.

—Sí, me marcho esta misma noche.

20 —Pero, hombre, si no hay luna.

En el alma de Doña Perfecta, en el alma del Penitenciario,
en la juvenil alma del doctorcillo, retumbaron como una armonía
celeste estas palabras: «Esta misma noche.»

—Por supuesto, querido Pepe, tú volverás... Yo he escrito hoy
25 a tu padre, a tu excelente padre...—indicó Doña Perfecta con
todos los síntomas fisiognómicos que aparecen cuando se va a
derramar una lágrima.

—Molestaré a usted con algunos encargos,—manifestó el
sabio.

30 —Buena ocasión para pedir el cuaderno que me falta de la
obra del abate Gaume[4]—indicó el abogadejo.

—Vamos, Pepe, que tienes unos arrebatos y unas sali-
das!—murmuró la señora sonriendo, con la vista fija en la puerta
del comedor—. Pero se me olvidaba decirte que Caballuco está
35 esperando: desea hablarte.

---

[4] The Abbé Jean-Joseph Gaume (1802-79) was a French writer of
the extreme Catholic party.

Sigue creciendo hasta que
se declara la guerra

TODOS MIRARON HACIA LA puerta, donde apareció la imponente figura del Centauro, serio, cejijunto,° confuso al   scowling
querer saludar con amabilidad, hermosamente salvaje,
pero desfigurado por la violencia que hacía para sonreír urbanamente, y pisar quedo y tener en correcta postura los hercúleos
brazos.

—Adelante, Sr. Ramos,—dijo Pepe Rey.

—No, no—objetó Doña Perfecta—. Si es una tontería lo que
tiene que decirte.

—Que lo diga.

—Yo no debo consentir que en mi casa se ventilen estas
cuestiones ridículas...

—¿Qué quiere de mí el Sr. Ramos?

Caballuco pronunció algunas palabras.

—Basta, basta...—dijo Doña Perfecta riendo—. No molestes
más a mi sobrino. Pepe, no hagas caso de ese majadero... ¿Quieren ustedes que les diga en qué consiste el enojo del gran
Caballuco?

—¿Enojo? Ya me lo figuro—indicó el Penitenciario, recostán-
dose en el sillón y riendo expansivamente y con estrépito.

—Yo quería decirle al Sr. D. José...—gruñó° el formidable   growled
jinete.

—Hombre, calla, por Dios, no nos aporrees los oídos.

—Sr. Caballuco—apuntó el canónigo—, no es mucho que los
señores de la corte desbanquen[1] a los rudos caballistas de estas
salvajes tierras...

—En dos palabras, Pepe, la cuestión es ésta: Caballuco es no
sé qué...

La risa le impidió continuar.

—No sé qué—añadió D. Inocencio—de una de las niñas de
Troya, de Mariquita Juana, si no estoy equivocado.

[1] *replace in one's affections*

—¡Y está celoso!° Después de su caballo, lo primero de la jealous creación es Mariquilla Troya.

—¡Dios me valga!—exclamó la señora—. ¡Pobre Cristóbal! ¿Has creído que una persona como mi sobrino?... Vamos a ver,
5 ¿qué ibas a decirle? Habla.

—Ya hablaremos el Sr. D. José y yo—repuso bruscamente el bravo de la localidad.

Y sin decir más se retiró.

Poco después Pepe Rey salió del comedor para ir a su cuarto.
10 En la galería hallóse frente a frente con su troyano antagonista, y no pudo reprimir la risa al ver la torva seriedad del ofendido cortejo.

—Una palabra—dijo éste, plantándose descaradamente ante el ingeniero—. ¿Usted sabe quién soy yo?
15 Diciendo esto puso la pesada mano en el hombro del joven con tan insolente franqueza, que éste no pudo menos de recha-zarle enérgicamente.

—No es preciso aplastar° para eso. to crush

El valentón, ligeramente desconcertado, se repuso al
20 instante, y mirando a Rey con audacia provocativa, repitió su estribillo:

—¿Sabe usted quién soy yo?

—Sí: ya sé que es usted un animal.

Apartóle a un lado bruscamente y entró en su cuarto. Según
25 el estado del cerebro de nuestro desgraciado amigo en aquel instante, sus acciones debían sintetizarse en el siguiente brevísimo y definitivo plan: romperle la cabeza a Caballuco sin pérdida de tiempo; despedirse en seguida de su tía con razones severas, aunque corteses, que le llegaran al alma; dar un filo
30 adiós al canónigo y un abrazo al inofensivo D. Cayetano; administrar, por fin de fiesta, una paliza° al tío Licurgo; partir beating de Orbajosa aquella misma noche, y sacudirse el polvo de los zapatos a la salida de la ciudad.

Pero los pensamientos del perseguido joven no podían
35 apartarse, en medio de tantas amarguras, de otro desgraciado ser a quien suponía en situación más aflictiva y angustiosa que la suya propia. Tras el ingeniero entró en la estancia una criada.

—¿Le diste mi recado?°—preguntó él. message

—Sí, señor, y me dio esto.
40 Rey tomó de las manos de la muchacha un pedacito de periódico, en cuya margen leyó estas palabras:

«Dicen que te vas. Yo me muero.»

Cuando volvió al comedor, el tío Licurgo se asomaba a la puerta preguntando:

—¿A qué hora 'hace falta° la jaca?   is needed

—A ninguna—contestó vivamente Rey.

5   —¿Luego no te vas esta noche?—dijo Doña Perfecta—. Mejor es que lo dejes para mañana.

—Tampoco.

—Pues ¿cuando?

—Ya veremos—dijo fríamente el joven, mirando a su tía con

10 imperturbable calma—. Por ahora no pienso marcharme.

Sus ojos lanzaban enérgico reto.° Doña Perfecta se puso   challenge primero encendida, pálida después. Miró al canónigo, que se había quitado las gafas de oro para limpiarlas, y luego clavó sucesivamente la vista en los demás que ocupaban la estancia,

15 incluso Caballuco, que, entrando poco antes, se sentara en el borde de una silla. Doña Perfecta les miró como mira un general a sus queridos cuerpos de ejército. Después examinó el semblan-te meditabundo y sereno de Pepe Rey, de aquel estratégico enemigo que se presentaba inopinadamente cuando se le creía

20 en vergonzosa fuga.

¡Ay! ¡Sangre, ruina y desolación!... Una gran batalla se preparaba.

XVI

Noche

ORBAJOSA DORMÍA. LOS MUSTIOS farolillos del público alumbrado despedían en encrucijadas y callejones su postrer fulgor, como cansados ojos que no pueden vencer° conquer el sueño. A la débil luz se escurrían envueltos en sus capas, los vagabundos, los rondadores, los jugadores. Sólo el graznar del borracho o el canto del enamorado° turbaban la callada paz de someone in love la ciudad histórica. De pronto, el *Ave Maria Pusísima* de vinoso sereno° sonaba como un quejido enfermizo del durmiente night-watchman poblachón.

En la casa de Doña Perfecta también había silencio. Turbábalo tan sólo un diálogo que en la biblioteca del Sr. D. Cayetano sostenían éste y Pepe Rey. Sentábase el erudito reposadamente en el sillón de su mesa de estudio, la cual aparecía cubierta por innúmeros papeles, conteniendo notas, apuntes y referencias. Rey fijaba los ojos en el copioso montón; pero sus pensamientos volaban sin duda en regiones distantes de aquella sabiduría.

—Perfecta—dijo el anticuario—es mujer excelente; pero tiene el defecto de escandalizarse por cualquier acción insignificante. Amigo, en estos pueblos de provincia el menor desliz° se false step paga caro. Nada encuentro de particular en que usted fuese a casa de las Troyas. Se me figura que D. Inocencio, bajo su capita de hombre de bien, es algo cizañoso.° ¿A él qué le importa?... trouble-maker

—Hemos llegado a un punto, Sr. D. Cayetano, en que urge tomar una determinación enérgica. Yo necesito ver y hablar a Rosario.

—Pues véala usted.

—Es que no me dejan—respondió el ingenieró, dando un puñetazo en la mesa—. Rosario está secuestrada...° abducted

—¡Secuestrada!—exclamó el sabio con incredulidad—. La verdad, no me gusta su cara, ni su aspecto, ni menos el estupor que se pinta en sus bellos ojos. Está triste, habla poco, llora... Amigo D. José, me temo mucho que esa niña se vea atacada de la terrible enfermedad que ha hecho tantas víctimas en mi familia.

—¡Una terrible enfermedad! ¿Cuál?

—La locura... mejor dicho, manías. En la familia no ha habido uno solo que se librara de ellas. Yo, yo soy el único que he logrado° escapar.   succeeded

5   —¡Usted!... Dejando a un lado las manías—dijo Rey con impaciencia—, yo quiero ver a Rosario.

—Nada más natural. Pero el aislamiento en que su madre la tiene es un sistema higiénico, querido Pepe; el único empleado con éxito en todos los individuos de mi familia. Considere usted
10 que la persona cuya presencia y voz debe de hacer más impresión en el delicado sistema nervioso de Rosarillo, es el elegido de su corazón.

—A pesar de todo—insistió Pepe—, yo quiero verla.

—Quizás Perfecta no se oponga a ello—dijo el sabio, fijando
15 la atención en sus notas y papeles—. No quiero meterme en camisa de once varas.[1]

El ingeniero, viendo que no podía sacar partido del buen Polentinos, se retiró para marcharse.

—Usted va a trabajar, y no quiero estorbarle.°   be in your way
20 —No; aún tengo tiempo. Vea usted el cúmulo de preciosos datos que he reunido hoy. Atienda usted... «En 1537 un vecino de Orbajosa, llamado Bartolomé del Hoyo, fue a Civitta-Vecchia en las galeras del Marqués de Castel-Rodrigo.» Otra: «En el mismo año, dos hermanos, hijos también de Orbajosa, y llamados Juan
25 y Rodrigo González del Arco, se embarcaron en los seis navíos°   ships
que salieron de Maestrique el 20 de febrero, y que a la altura de Calais toparon con un navío inglés y los flamencos que mandaba Van Owen...» En fin, fue aquello una importante hazaña de nuestra Marina.° He descubierto que un orbajo-   navy
30 sense, un tal Mateo Díaz Coronel, alférez de la Guardia, fue el que escribió en 1709, y dio a la estampa en Valencia, el *Métrico encomio, fúnebre canto, lírico elogio, descripción numérica, gloriosas fatigas, angustiadas glorias de la Reina de los Angeles.* Poseo un preciosísimo ejemplar de esta obra, que 'vale un
35 Perú...° Otro orbajosense es autor de aquel famoso *Tractado de   is worth a fortune las diversas suertes de la Gineta,* que enseñé a usted ayer; y, en resumen, no doy un paso por el laberinto de la historia inédita°   unpublished sin tropezar con algún paisano ilustre. Yo pienso sacar todos esos nombres de la injusta oscuridad y olvido en que yacen. ¡Qué
40 goce tan puro, querido Pepe, es devolver todo su lustre a

---

[1] **meterme en...** *to stick my nose in other people's business*

las glorias, ora épicas, ora literarias, del país en que hemos
nacido! Ni qué mejor empleo puede dar un hombre al escaso
entendimiento que del cielo recibiera, a la fortuna heredada y al
tiempo breve con que puede contar en el mundo la existencia
5   más dilatada... Gracias a mi, se verá que Orbajosa es ilustre
cuna° del genio español. Pero ¿qué digo? ¿No se conoce bien su   cradle
prosapia ilustre en la nobleza, en la hidalguía de la actual
generación *urbsaugustana?* Pocas localidades conocemos en que
crezcan con más lozanía las plantas y arbustos de todas las
10   virtudes, libres de la hierba maléfica de los vicios. Aquí todo es
paz, mutuo respeto, humildad cristiana. La caridad se practica
aquí como en los tiempos evangélicos; aquí no se conoce la
envidia; aquí no se conocen las pasiones criminales; y si oye
usted hablar de ladrones y asesinos,° tenga por seguro que no   murderers
15   son hijos de esta noble tierra, o que pertenecen al número de los
infelices pervertidos por las predicaciones demagógicas. Aquí
verá usted el carácter nacional en toda su pureza, recto, hidalgo,
incorruptible, puro, sencillo, patriarcal, hospitalario, generoso...
Por eso gusto tanto de vivir en esta pacífica soledad, lejos del
20   laberinto de las ciudades, donde reinan ¡ay! la falsedad y el vicio.
Por eso no han podido sacarme de aquí los muchos amigos que
tengo en Madrid; por eso vivo en la dulce compañía de mis leales
paisanos y de mis libros, respirando sin cesar esta salutífera°   wholesome
atmósfera de honradez, que se va poco a poco reduciendo en
25   nuestra España, y sólo existe en las humildes, en las cristianas
ciudades que con las emanaciones de sus virtudes saben
conservarla. Y no crea usted: este sosegado aislamiento ha
contribuido mucho, queridísimo Pepe, a librarme de la terrible
enfermedad connaturalizada en mi familia. En mi juventud, yo,
30   lo mismo que mis hermanos y padre, padecía° lamentable   suffered from
propensión a las más absurdas manías; pero aquí me tiene usted
tan pasmosamente curado,° que no conozco tal enfermedad, sino   cured
cuando la veo en los demás. Por eso mi sobrinilla me tiene tan
inquieto.
35   —Celebro que los aires de Orbajosa le hayan preservado a
usted—dijo Rey, no pudiendo reprimir un sentimiento de burlas
que, por ley extraña, nació en medio de su tristeza—. A mí me
han probado tan mal, que creo he de ser maniático dentro de
poco tiempo si sigo aquí. Conque buenas noches, y que trabaje
40   usted mucho.
        —Buenas noches.
        Dirigióse a su habitación; mas no sintiendo sueño ni necesi-

daa de reposo fisico, sino, por el contrario, fuerte excitación que
le impulsaba° a agitarse y divagar, cavilando y moviéndose, se   impelled
paseó de un ángulo a otro de la pieza. Después abrió la ventana
que a la huerta daba, y poniendo los codos° en el antepecho°   elbows, sill
5   contempló la inmensa negrura de la noche. No se veía nada. Pero
el hombre ensimismado° lo ve todo, y Rey, fijos los ojos en la   lost in thought
oscuridad, miraba cómo se iba desarrollando sobre ella el
abigarrado paisaje de sus desgracias. La sombra no le permitía
ver las flores de la tierra ni las del cielo, que son las estrellas. La
10   misma falta casi absoluta de claridad producía el efecto de un
ilusorio movimiento en las masas de árboles, que se extendían
al parecer; iban perezosamente y regresaban enroscándose, cómo
el oleaje de un mar de sombras. Formidable flujo y reflujo, una
lucha entre fuerzas no bien manifiestas, agitaban la silenciosa
15   esfera. Contemplando aquella extraña proyección de su alma
sobre la noche, el matemático decía:
—La batalla será terrible. Veremos quién sale triunfante.
Los insectos de la noche hablaron a su oído, diciéndole
misteriosas palabras. Aquí un chirrido áspero; allí un chasquido
20   semejante al que hacemos con la lengua; allá lastimeros murmu-
llos; más lejos un son vibrante parecido al de la esquila supendi-
da al cuello de la res vagabunda. De súbito sintió Rey una
consonante extraña, una rápida nota, propia tan sólo de la
lengua y de los labios humanos, exhalación que cruzó por su
25   cerebro como un relámpago.° Sintió culebrear° dentro de sí   lightning bolt,
aquella S fugaz, que se repitió una y otra vez, aumentando de   slithering
intensidad. Miró a todos lados, hacia la parte alta de la casa, y
en una ventana creyó distinguir un objeto semejante a un ave°   bird
blanca que movía las alas. Por la mente excitada de Pepe Rey
30   cruzó en un instante la idea del fénix,[2] de la paloma,° de la garza   dove
real... y, sin embargo, aquella ave no era más que un pañuelo.
Saltó el ingeniero por la ventana a la huerta. Observando
bien, vio la mano y el rostro de su prima. Creyó distinguir el tan
usual movimiento de imponer silencio llevando el dedo a los
35   labios. Después, la simpática sombra alargó el brazo hacia abajo
y desapareció. Pepe Rey entró de nuevo en su cuarto rápidamen-

---

[2] The phœnix was a mythical bird of great beauty, the only one of
its kind, fabled to live 500 or 600 years in the Arabian wilderness, to
burn itself on a funeral pyre, and to rise from its ashes in the freshness
of youth in order to live through another cycle of years.

te, y procurando no hacer ruido pasó a la galería, avanzando
después lentamente por ella. Sentía el palpitar° de su corazón, · throbbing
como si hachazos° recibiera dentro del pecho. Esperó un rato... · ax blows
al fin oyó distintamente tenues golpes en los peldaños° de la · steps
5 escalera. Uno, dos, tres... Producían aquel rumor unos zapatitos.

    Dirigióse hacia allá en medio de una oscuridad casi profun-
da, y alargó los brazos para prestar apoyo a quien descendía. En
su alma reinaba una ternura exaltada y profunda. Pero ¿a qué
negarlo? tras aquel dulce sentimiento surgió de repente, como
10 infernal inspiración, otro que era un terrible deseo de venganza.
Los pasos se acercaban descendiendo. Pepe Rey avanzó, y unas
manos que tanteaban° en el vacío chocaron con las suyas. Las · were groping a-
cuatro ¡ay! se unieron en estrecho apretón.° · bout; grip

XVII

Luz a oscuras

L A GALERÍA ERA LARGA y ancha. A un extremo estaba la
puerta del cuarto donde moraba° el ingeniero; en el centro   lived
la del comedor; al otro extremo la escalera y una puerta
grande y cerrada, con un peldaño en el umbral.° Aquella puerta   threshold
era la de una capilla, donde los Polentinos tenían los santos de
su devoción doméstica. Alguna vez se celebraba en ella el santo
sacrificio de la misa.

Rosario dirigió a su primo hacia la puerta de la capilla, y se
dejó caer en el escalón.

—¿Aquí?...—murmuró Pepe Rey.

Por los movimientos de la mano derecha de Rosario comprendió que ésta se santiguaba.[1]

—Prima querida, Rosario... ¡gracias por haberte dejado
ver!—exclamó estrechándola con ardor entre sus brazos.

Sintió los dedos fríos de la joven sobre sus labios, imponién-
dole silencio. Los besó con frenesí.

—Estás helada...° Rosario... ¿por qué tiemblas° así?   frozen, tremble

Daba diente con diente,[2] y su cuerpo todo se estremecía con
febril convulsión. Rey sintió en su cara el abrasador fuego del
rostro de su prima, y alarmado, exclamó:

—Tu frente es un volcán. Tienes fiebre.

—Mucha.

—¿Estás enferma realmente?

—Sí...

—Y has salido...

—Por verte.

El ingeniero la estrechó entre sus brazos para darle abrigo;
pero no bastaba.

—Aguarda—dijo vivamente, levantándose—. Voy a mi
cuarto a traer mi manta de viaje.

—Apaga la luz, Pepe.

Rey había dejado encendida la luz dentro de su cuarto, y por

---

[1] *was making the sign of the cross*

[2] **Daba diente...** *Her teeth were chattering*

la puerta de éste salía una tenue claridad, iluminando la galería.
Volvió al instante. La oscuridad era ya profunda. Tentando las
paredes pudo llegar hasta donde estaba su prima. Reuniéronse
y la arropó° cuidadosamente de los pies a la cabeza.   wrapped up

5   —¡Qué bien estás ahora, niña mía!

—Sí, ¡qué bien!... Contigo.

—Conmigo... y para siempre—exclamó con exaltación el
joven.

Pero observó que se desasía de sus brazos y se levantaba.

10   —¿Qué haces?

Sintió el ruido de un hierrecillo. Rosario introducía una llave
en la invisible cerradura,° y abría cuidadosamente la puerta en   lock
cuyo umbral se habían sentado. Leve olor° de humedad, inheren-   smell
te a toda pieza cerrada por mucho tiempo, salía de aquel recinto

15 oscuro como una tumba. Pepe Rey, se sintió llevado de la mano,
y la voz de su prima dijo muy débilmente:

—Entra.

Dieron algunos pasos. Creíase él conducido a ignotos°   unknown
lugares Elíseos por el ángel de la noche. Ella tanteaba. Por fin

20 volvió a sonar su dulce voz, murmurando:

—Siéntate.

Estaban junto a un banco de madera. Los dos se sentaron.
Pepe Rey la abrazó de nuevo. En el mismo instante su cabeza
chocó° con un cuerpo muy duro.   collided

25   —¿Qué es esto?

—Los pies.

—Rosario... ¿qué dices?

—Los pies del divino Jesús, de la imagen° de Cristo Crucifi-   statue
cado, que adoramos en mi casa.

30   Pepe Rey sintió como una fría lanzada que le traspasó° el   pierced
corazón.

—Bésalos—dijo imperiosamente la joven.

El matemático besó los helados pies de la santa imagen.

—Pepe—preguntó después la señorita, estrechando ardiente-

35 mente la mano de su primo—. ¿Tú crees en Dios?

—¡Rosario!... ¿qué dices ahí? ¡Qué locuras piensas! —repuso
con perplejidad el primo.

—Contéstame.

Pepe Rey sintió humedad en sus manos.

40   —¿Por qué lloras?—dijo lleno de turbación.— Rosario, me
estás matando° con tus dudas absurdas. ¡Que si creo en Dios!   killing
¿Lo dudas tú?

—Yo no; pero todos dicen que eres ateo.

—Desmerecerías a mis ojos, te despojarías de[3] tu aureola de pureza, si dieras crédito a tal necedad.°   *foolishness*

—Oyéndote calificar de ateo, y sin poder convencerme de lo contrario por ninguna razón, he protestado desde el fondo de mi alma contra tal calumnia. Tú no puedes ser ateo. Dentro de mí tengo yo vivo y fuerte el sentimiento de tu religiosidad, como el de la mía propia.

—¡Qué bien has hablado! Entonces, ¿por qué me preguntas si creo en Dios?

—Porque quería escucharlo de tu misma boca y recrearme°   *take delight in* oyéndotelo decir. ¡Hace tanto tiempo que no oigo tu voz!... ¿Qué mayor gusto que oírla de nuevo, después de tan gran silencio, diciendo: «Creo en Dios»?

—Rosario, hasta los malvados° creen en El. Si existen ateos,   *wicked* que no lo dudo, son los calumniadores, los intrigantes° de que   *schemers* está infestado el mundo... Por mi parte, me importan poco las intrigas y las calumnias, y si tú te sobrepones a ellas y cierras tu corazón a los sentimientos de discordia que una mano aleve°   *treacherous* quiere introducir en él, nada se opondrá a nuestra felicidad.

—Pero ¿qué nos pasa? Pepe, querido Pepe... ¿tú crees en el Diablo?°   *devil*

El ingeniero calló. La oscuridad de la capilla no permitía a Rosario ver la sonrisa con que su primo acogiera tan extraña pregunta.

—Será preciso creer en él—dijo al fin.

—¿Qué nos pasa? Mamá me prohibe verte; pero fuera de lo del ateísmo, no habla mal de ti. Díceme que espere; que tú decidirás; que te vas, que vuelves... Háblame con franqueza... ¿Has formado mala idea de mi madre?

—De ninguna manera—, replicó Rey, apremiado por su delicadeza.

—¿No crees, como yo, que me quiere mucho, que nos quiere a los dos, que sólo desea nuestro bien, y que al fin hemos de alcanzar de ella el consentimiento que deseamos?

—Si tú lo crees así, yo también... Tu mamá nos adora a entrambos... Pero, querida Rosario, es preciso reconocer que el Demonio ha entrado en esta casa.

—No te burles...—repuso ella con cariño—. ¡Ay!, mamá es muy buena. Ni una sola vez me ha dicho que no fueras digno

---

[3] **Desmerecerías...** *I would think less of you, you would relinquish*

de ser mi marido. No insiste más que en lo del ateísmo. Dicen
que tengo manías, y que ahora me ha entrado la de quererte con
toda mi alma. En nuestra familia es ley no contrariar de frente
las manías congénitas que tenemos, porque atacándolas se
5 agravan más.

—Pues yo creo que a tu lado hay buenos médicos que se han
propuesto curarte, y que al *fin,* adorada niña mía, lo consegui-
rán.

—¡No, no, no mil veces!—exclamó Rosario, apoyando su
10 frente en el pecho de su novio—. Quiero volverme loca contigo.
Por ti estoy padeciendo; por ti estoy enferma; por ti desprecio la
vida y me expongo a morir... Ya lo preveo; mañana estaré peor,
me agravaré... Moriré: ¡qué me importa!

—Tú no estás enferma—repuso él con energía—; tú no tienes
15 sino una perturbación moral que, naturalmente, trae ligeras
afecciones nerviosas; tú no tienes más que la pena ocasionada
por esta horrible violencia que están ejerciendo sobre ti. Tu alma
sencilla y generosa no lo comprende. Cedes; perdonas a los que
te hacen daño; te afliges, atribuyendo tu desgracia a funestas°   fatal
20 influencias sobrenaturales; padeces en silencio; entregas tu
inocente cuello al verdugo;° te dejas matar, y el mismo cuchillo   executioner
hundido en tu garganta, te parece la espina° de una flor que se   thorn
te clavó al pasar. Rosario, desecha esas ideas; considera nuestra
verdadera situación, que es grave; mira la causa de ella donde
25 verdaderamente está, y no te acobardes, no cedas a la mortifica-
ción que se te impone, enfermando tu alma y tu cuerpo. El valor
de que careces te devolverá la salud, porque tú no estás realmente enferma, querida niña mía: tú estás... ¿quieres que lo diga?
estás asustada, aterrada.° Te pasa lo que los antiguos no sabían   terrified
30 definir y llamaban maleficio.[4] ¡Rosario, ánimo, confía en mí!
Levántate y sígueme. No te digo más.

—¡Ay, Pepe..., primo mío!..., se me figura que tienes razón—exclamó Rosarito anegada en llanto—. Tus palabras
resuenan en mi corazón como golpes violentos que, estremecién-
35 dome, me dan nueva vida. Aquí en esta oscuridad donde no
podemos vernos las caras, una luz inefable sale de ti y me
inunda el alma. ¿Qué tienes tú, que así me transformas? Cuando
te conocí, de repente fui otra. En los días en que he dejado de
verte, me he visto volver a mi antiguo estado insignificante,

---

[4] *a spell cast by witchcraft*

a mi cobardía primera. Sin ti vivo en el Limbo,[5] Pepe mío... Haré
lo que me dices: me levanto y te sigo. Iremos juntos a donde
quieras. ¿Sabes que me siento bien? ¿Sabes que no tengo ya
fiebre, que recobro las fuerzas, que quiero correr y gritar, que
todo mi ser se renueva, y se aumenta y se centuplica[6] para
adorarte? Pepe, tienes razón. Yo no estoy enferma, yo no estoy
sino acobardada; mejor dicho, fascinada.°   bewitched
   —Eso es, fascinada.
   —Fascinada. Terribles ojos me miran y me dejan muda y
trémula. Tengo miedo; ¿pero a qué?... Tú solo posees el extraño
poder de devolverme la vida. Oyéndote, resucito. Yo creo que si
me muriera y fueras a pasear junto a mi sepultura,° desde lo   grave
hondo de la tierra sentiría tus pasos. ¡Oh, si pudiera verte
ahora!... Pero estás aquí, a mi lado, y no dudo que eres tú...
¡Tanto tiempo sin verte!... Yo estaba loca. Cada día de soledad
me parecía un siglo... Me decían que mañana, que mañana, y
vuelta con mañana. Yo me asomaba a la ventana por las noches,
y la claridad de la luz de tu cuarto me servía de consuelo. A
veces tu sombra en los cristales era para mí una aparición
divina. Yo extendía los brazos hacia fuera, derramaba lágrimas
y gritaba con el pensamiento, sin atreverme a hacerlo con la voz.
Cuando recibí tu recado por conducto de la criada; cuando me dio
tu carta diciéndome que te marchabas, me puse muy triste, creí
que se me iba saliendo el alma del cuerpo y que me moría por
grados. Yo caja, caía como el pájaro herido 'cuando vuela,° que   while flying
va cayendo y muriéndose, todo al mismo tiempo... Esta noche,
cuando te vi despierto tan tarde, no pude resistir el anhelo de
hablar contigo, y bajé. Creo que todo el atrevimiento que puedo
tener en mi vida lo he consumido y empleado en una sola acción,
en ésta, y que ya no podré dejar de ser cobarde...° Pero tú me   coward
darás aliento; tú me darás fuerzas; tú me ayudarás, ¿no es verdad?... Pepe, primo mío querido, dime que sí; dime que tengo
fuerzas, y las tendré; dime que no estoy enferma, y no lo estaré.
Ya no lo estoy. Me encuentro tan bien, que me río de mis males
ridículos.
   Al decir esto, Rosarito se sintió frenéticamente enlazada por
los brazos de su primo. Oyóse un ¡ay!, pero no salió de los labios

[5] A region on the border of Hell and the abode of souls barred from
Heaven through no fault of their own (such as those of unbaptized
infants and the righteous who died before the coming of Christ).
   [6] *increase a hundredfold*

de ella, sino de los de él, porque habiendo inclinado la cabeza, tropezó° violentamente con los pies del Cristo. En la oscuridad es donde se ven las estrellas.   bumped

En el estado de su ánimo y en la natural alucinación que producen los sitios oscuros, a Rey le parecía, no que su cabeza había topado con el santo pie, sino que éste se había movido, amonestándole de la manera más breve y más elocuente. Entre serio y festivo alzó la cabeza, y dijo así:

—Señor, no me pegues,° que no haré nada malo.   hit

En el mismo instante Rosario tomó la mano del ingeniero, oprimiéndola contra su corazón. Oyóse una voz pura, grave, angelical, conmovida, que habló de este modo:

—Señor que adoro, Señor Dios del mundo y tutelar° de mi   guardian
casa y de mi familia; Señor a quien Pepe también adora; Santo Cristo bendito que moriste en la Cruz por nuestros pecados: ante Ti, ante tu cuerpo herido, ante tu frente coronada de espinas, digo que éste es mi esposo, y que después de Ti es el que más ama mi corazón; digo que le declaro mío, y que antes moriré que pertenecer a otro. Mi corazón y mi alma son suyos. Haz que el mundo no se oponga a nuestra felicidad, y concédeme el favor de esta unión, que ha de ser buena ante el mundo como lo es en mi conciencia.

—Rosario, eres mía—exclamó Pepe con exaltación—. Ni tu madre ni nadie lo impedirá.

La prima inclinó su hermoso busto inerte sobre el pecho del primo. Temblaba en los amantes brazos varoniles, como la paloma en las garras del águila.°   eagle

Por la mente del ingeniero pasó como un rayo la idea de que existía el Demonio; pero entonces el Demonio era él. Rosario hizo ligero movimiento de miedo: tuvo como el temblor de sorpresa que anuncia el peligro.

—Júrame que 'no desistirás°—, dijo turbadamente Rey,   will not give up
atajando aquel movimiento.

—Te lo juro por las cenizas° de mi padre, que están...   ashes

—¿Dónde?

—Bajo nuestros pies.

El matemático sintió que se levantaba bajo sus pies la losa...;° pero no, no se levantaba: es que él creyó notarlo así, a   tombstone
pesar de ser matemático.

—Te lo juro—repitió Rosario—, por las cenizas de mi padre, y por Dios que nos está mirando... Que nuestros cuerpos, unidos como están, reposen bajo estas losas cuando Dios quiera llevarnos de este mundo.

—Sí—repitió Pepe Rey—, con emoción profunda, sintiendo en su alma una turbación inexplicable.

Ambos permanecieron en silencio durante breve rato. Rosario se había levantado.

—¿Ya?

Volvió a sentarse.

—Tiemblas otra vez—dijo Pepe—. Rosario, tú estás mala; tu frente abrasa.

—Parece que me muero—murmuró la joven con desalien-to—. No sé qué tengo.

Cayó 'sin sentido° en brazos de su primo. Agasajándola, notó que el rostro de la joven se cubría de helado sudor.° unconscious / sweat

—Está realmente enferma—dijo para sí—. Esta salida es una verdadera calaverada.

Levantóla en sus brazos, tratando de reanimarla; pero ni el temblor de ella ni el desmayo° cesaban, por lo cual resolvió fainting spell sacarla de la capilla, a fin de que el aire fresco la reanimase. Así fue, en efecto. Recobrado el sentido, manifestó Rosario mucha inquietud por hallarse a tal hora fuera de su habitación. El reloj de la catedral dio las cuatro.

—¡Qué tarde!—exclamó la joven—. Suéltame, primo. Me parece que puedo andar. Verdaderamente estoy muy mala.

—Subiré contigo.

—Eso de ninguna manera. Antes iré arrastrándome hasta mi cuarto... ¿No te parece que se oye un ruido...?

Ambos callaron. La ansiedad de su atención determinó un silencio absoluto.

—¿No oyes nada, Pepe?

—Absolutamente nada.

—Pon atención... Ahora, ahora vuelve a sonar. Es un rumor que no sé si suena lejos, muy lejos, o cerca, muy cerca. Lo mismo podría ser la respiración de mi madre, que el chirrido de la veleta que está en la torre de la catedral. ¡Ah! Tengo un oído muy fino.

—Demasiado fino... Conque, querida prima, te subiré en brazos.

—Bueno, súbeme hasta lo alto de la escalera. Después iré yo sola. En cuanto descanse un poco, me quedaré como si tal cosa... ¿Pero no oyes?

Detuviéronse en el primer peldaño.

—Es un sonido metálico.

—¿La respiración de tu mamá?

—No, no es eso. El rumor viene de muy lejos. ¿Será el canto de un gallo?

—Podrá ser.

—Parece que suenan dos palabras, diciendo: *allá voy, allá voy.*

—Ya, ya oigo—murmuró Pepe Rey.

—Es un grito.

—Es una corneta.°   horn

—¡Una corneta!

—Sí. Sube pronto. Orbajosa va a despertar... Ya se oye con claridad. No es trompeta, sino clarín.° La tropa° se acerca.   bugle, soldiers

—¡Tropa!

—No sé por qué me figuro que esta invasión militar ha de ser provechosa° para mí... Estoy alegre, Rosario arriba pronto.   advantageous

—También yo estoy alegre. Arriba.

En un instante la subió, y los dos amantes se despidieron, hablándose al oído tan quedamente que apenas se oían.

—Me asomaré por la ventana que da a la huerta, para decirte que he llegado a mi cuarto sin novedad. Adiós.

—Adiós, Rosario. Ten cuidado de no tropezar con los muebles.

—Por aquí navego bien, primo. Ya nos veremos otra vez. Asómate a la ventana de tu aposento si quieres recibir mi parte telegráfico.

Pepe Rey hizo lo que se le mandaba; pero aguardó largo rato y Rosario no apareció en la ventana. El ingeniero creía sentir agitadas voces en el piso alto.

XVIII

Tropa

Los habitantes de Orbajosa oían en la crepuscular vaguedad de su último sueño aquel clarín sonoro, y abrían los ojos diciendo:

—¡Tropa!

Unos, hablando consigo mismos, mitad dormidos, mitad despiertos, murmuraban:

—Por fin nos han mandado esa canalla.

Otros se levantaban a toda prisa, gruñendo así:

—Vamos a ver a esos condenados.

Alguno apostrofaba de este modo:

—Anticipo° forzoso tenemos... Ellos dicen quintas, contribu- ciones; nosotros diremos palos y más palos.

En otra casa se oyeron estas palabras, pronunciadas con alegría:

—¡Si vendrá mi hijo!... ¡Si vendrá mi hermano!...

Todo era saltar° del lecho, vestirse a prisa, abrir las ventanas para ver el alborotador regimiento que entraba con las primeras luces del día. La ciudad era tristeza, silencio, vejez; el ejército alegría, estrépito, juventud. Entrando el uno en la otra, parecía que la momia recibía por arte maravillosa el don° de la vida, y bulliciosa saltaba fuera del húmedo sarcófago para bailar en torno de él. ¡Qué movimiento, qué algazara, qué risas, qué joviali- dad! No existe nada tan interesante como un ejército. Es la patria en su aspecto juvenil y vigoroso. Lo que en el concepto individual tiene o puede tener esa misma patria de inepta, de levantisca, de supersticiosa unas veces, de blasfema otras, desaparece bajo la presión férrea de la disciplina, que de tantas figurillas insignifi- cantes hace un conjunto prodigioso. El soldado, o sea el corpús- culo, al desprenderse, después de un *rompan filas,*° de la masa en que ha tenido vida regular y a veces sublime, suele conser- var algunas de las cualidades peculiares del ejército. Pero esto no es lo más común. A la separación suele acompañar sú- bito encanallamiento,° de lo cual resulta que si un ejército es gloria y honor, una reunión de soldados puede ser

° payment in advance

° jumping

° gift

° break ranks

° degenracy

calamidad insoportable, y los pueblos que lloran de júbilo y entusiasmo al ver entrar en su recinto un batallón victorioso, gimen de espanto y tiemblan de recelo cuando ven libres y sueltos° a los señores soldados.   loose

5 Esto último sucedió en Orbajosa, porque en aquellos días no había glorias que cantar, ni motivo alguno para tejer coronas ni trazar letreros° triunfales, ni mentar siquiera hazañas de placards nuestros bravos, por cuya razón todo fue miedo y desconfianza° suspicion en la episcopal ciudad, que si bien pobre, no carecía de tesoros en 10 gallinas, frutas, dinero y doncellez,° los cuales corrían gran virginity riesgo desde que entraron los consabidos alumnos de Marte. Además de esto, la patria de los Polentinos, como ciudad muy apartada del movimiento y bullicio que han traído el tráfico, los periódicos, los ferrocarriles° y otros agentes que no hay para qué railroads 15 analizar ahora, no gustaba que la molestasen en su sosegada existencia.

Siempre que se ofrecía coyuntura propia, mostraba viva repulsión a someterse a la autoridad central, que mal o bien nos gobierna; y recordando sus fueros[1] de antaño y masculládolos 20 de nuevo, como rumia el camello la hierba que ha comido el día antes, alardeaba de cierta independencia levantisca, deplorables resabios de behetría que a veces daban no pocos quebraderos de cabeza al gobernador de la provincia.

Otrosí:° debe 'tenerse en cuenta° que Orbajosa tenía furthermore, keep 25 antecedentes, o mejor dicho, abolengo faccioso.[2] Sin duda in mind conservaba en su seno° algunas fibras enérgicas de aquellas que bosom en edad remota, según la entusiasta opinión de D. Cayetano, la impulsaron a inauditas acciones épicas; y aunque en decadencia, sentía 'de vez en cuando° violento afán de hacer grandes cosas, every once in a 30 aunque fueran barbaridades y desatinos. Como dio al mundo while tantos egregios hijos, quería sin duda que sus actuales° vásta- current gos, los Caballucos, Merengues y Pelosmalos, renovasen las *Gestas* gloriosas de los de antaño.

Siempre que hubo facciones en España, aquel pueblo dio a 35 entender que no existía en vano sobre la faz de la tierra, si bien nunca sirvió de teatro a una verdadera campaña. Su genio,° su temperament

---

[1] These were traditional privileges (such as exemption from taxes or military service) enjoyed by many towns and districts in Spain. They were largely abolished by 1830 in areas other than the Basque provinces and Navarre.

[2] **Faccioso** is the adjective referring to rebel factions.

situación, su historia, la reducían al papel secundario de
levantar partidas. Obsequió al país con esta fruta nacional en
tiempo de los Apostólicos[3] (1827); durante la guerra de los siete
años,[4] en 1848,[5] y en otras épocas° de menos eco en la historia   time periods
5   patria. Las partidas y los partidarios fueron siempre populares,
circunstancia funesta que procedía de la guerra de la Independencia,[6] una de esas cosas buenas que han sido origen de
infinitas cosas detestables. *Corruptio optimi pessima.*[7] Y con la
popularidad de las partidas y de los partidarios coincidía,
10 siempre creciente, la impopularidad de todo lo que entraba en
Orbajosa con visos de Delegación o instrumento del poder
central. Los soldados fueron siempre tan mal vistos allí, que
siempre que los ancianos narraban un crimen, robo, asesinato,
violación,° o cualquier otro espantable desafuero,° añadían: *esto*   rape, outrage
15 *sucedió° cuando vino la tropa.*   happened
Y ya que se ha dicho esto tan importante, bueno será añadir
que los batallones enviados allá en los días de la historia que
referimos, no iban a pasearse por las calles, llevaban un objeto
que clara y detalladamente se verá más adelante. Como dato de
20 no escaso interés, apuntaremos que lo que aquí se va contando
ocurrió en un año que no está muy cerca del presente, ni
tampoco muy lejos, así como también puede decirse que Orbajosa
(entre los romanos *urbs augusta,* si bien algunos eruditos
modernos, examinando el *ajosa,*[8] opinan que este rabillo lo tiene
25 por ser patria de los mejores ajos del mundo) no está muy lejos
ni tampoco muy cerca de Madrid, no debiendo tampoco asegurarse que enclave sus gloriosos cimientos al Norte ni al Sur, ni al
Este ni al Oeste, sino que es posible esté en todas partes y por
doquiera que los españoles revuelvan sus ojos y sientan el picar
30 de sus ajos.
Repartidas por el Municipio las 'cédulas de alojamiento,°   billeting orders

[3] A federation of the most reactionary elements in Spain, who in
1827 fomented revolt in certain provinces.
[4] The First Carlist War (1833-40).
[5] A year in which liberal uprisings occurred against the rule of
General Ramón Narváes, which was constitutional in appearance but
dictatorial in nature.
[6] The Peninsular War (1808-13), during which the Spanish people
used guerrilla warfare to fight against Napoleon's occupation of Spain.
[7] *The corruption of the best is the worst corruption* (Latin).
[8] The adjective pertaining to **ajo** [garlic].

cada cual se fue en busca de su hogar prestado. Les recibían de
muy mal talante, dándoles acomodo° en los lugares más atroz-   lodging
mente inhabitables de cada casa. Las muchachas del pueblo no
eran, en verdad, las más descontentas; pero se ejercía sobre ellas
5 una gran vigilancia, y no era decente mostrar alegría por la
visita de tal canalla. Los pocos soldados hijos de la comarca eran
los únicos que 'estaban a cuerpo de rey.° Los demás eran   lived like a king
considerados como extranjeros.

A las ocho de la mañana, un teniente coronel de caballería[9]
10 entró con su cédula en casa de Doña Perfecta Polentinos.
Recibiéronle los criados por encargo de la señora, que, hallándo-
se en deplorable situación de ánimo, no quiso bajar al encuentro
del militarote, y señaláronle para vivienda la única habitación
al parecer disponible° de la casa, el cuarto que ocupaba Pepe   available
15 Rey.

—Que se acomoden como puedan—dijo Doña Perfecta con
expresión de hiel° y vinagre—. Y si no caben, que se vayan a la   gall
calle.

¿Era su intención molestar de este modo al infame sobrino,
20 o realmente no había en el edificio otra pieza disponible? No lo
sabemos, ni las crónicas° de donde esta verídica° historia ha   chronicles, true
salido dicen una palabra acerca de tan importante cuestión. Lo
que sabemos de un modo incontrovertible es que, lejos de
mortificar a los dos huéspedes el verse enjaulados juntos,
25 causóles sumo gusto por ser amigos antiguos. Grande y alegre
sorpresa tuvieron uno y otro cuando se encontraron, y no
cesaban de hacerse preguntas y lanzar exclamaciones, ponderan-
do la extraña casualidad° que los unía en tal sitio y ocasión.   coincidence

—Pinzón... ¡tú por aquí!... Pero ¿qué es esto? No sospechaba
30 que estuvieras tan cerca...

Oí decir que andabas por estas tierras, Pepe Rey; pero nunca
creí encontrarte en la horrible, en la salvaje Orbajosa.

—¡Casualidad feliz!... porque esta casualidad es felicísima,
providencial... Pinzón, entre tú y yo vamos a hacer algo grande
35 en este poblacho.

—Y tendremos tiempo de meditarlo—repuso el otro, sentándose en el lecho donde el ingeniero yacía—, porque, según
parece, viviremos los dos en esta pieza. ¿Qué demonios de casa
es ésta?

40   —Hombre, la de mi tía. Habla con más respeto. ¿No conoces

[9] *lieutenant colonel of the cavalry*

a mi tía?... Pero voy a levantarme.

—Me alegro, porque con eso me acostaré yo, que bastante lo necesito... ¡Qué camino, amigo Pepe; qué camino y qué pueblo!

—Dime, ¿venís a 'pegar fuego° a Orbajosa?　　　　　set fire

—¡Fuego!

—Dígolo porque yo tal vez os ayudaría.

—¡Qué pueblo! ¡Pero qué pueblo!—exclamó el militar, tirando el chacó, poniendo a un lado espada° y tahalí, cartera de　　sword viaje y capote—. Es la segunda vez que nos mandan aquí. Te juro que a la tercera pido la 'licencia absoluta.°　　　discharge

—No hables mal de esta buena gente. ¡Pero qué a tiempo has venido! Parece que te manda Dios en mi ayuda, Pinzón... Tengo un proyecto terrible, una aventura, si quieres llamarla así; un plan, amigo mío... y me hubiera sido muy difícil salir adelante sin ti. Hace un momento me volvía loco cavilando, y dije lleno de ansiedad: «Si yo tuviera aquí un amigo, un buen amigo...»

—Proyecto, plan, aventura... Una de dos, señor matemático: o es dar la dirección a los globos, o algo de amores...

Es formal, muy formal. Acuéstate, duerme un poco, y después hablaremos.

—Me acostaré, pero no dormiré. Puedes contarme todo lo que quieras. Sólo te pido que hables lo menos posible de Orbajosa.

—Precisamente de Orbajosa quiero hablarte. Pero ¿tú también tienes antipatía a esa cuna de tantos varones insignes?

—Estos ajeros...° los llamamos los ajeros... pues digo que serán todo lo insignes que tú quieras; pero a mí me pican como　garlic vendors los frutos del país. He aquí un pueblo dominado por gentes que enseñan la desconfianza, la superstición y el aborrecimiento a todo el género humano. Cuando estemos despacio te contaré un sucedido... un lance, mitad gracioso, mitad terrible, que me ocurrió aquí el año pasado... Cuando te lo cuente tú te reirás y yo echaré chispas de cólera... Pero, en fin, lo pasado, pasado.

—Lo que a mí me pasa no tiene nada de gracioso.

—Pero los motivos de mi aborrecimiento a este poblachón son diversos. Has de saber que aquí asesinaron a mi padre, el 48, unos desalmados partidarios. Era brigadier[10] y estaba fuera de servicio. Llamóle el Gobierno, y pasaba por Villahorrenda para

---

[10] A rank between colonel and major general.

ir a Madrid, cuando fue cogido por media docena de tunantes...
Aquí hay varias dinastías de guerrilleros. Los Aceros, los
Caballucos, los Pelosmalos...; un presidio suelto, como dijo quien
sabía muy bien lo que decía.

—¿Supongo que la venida de dos regimientos con alguna
caballería, no será por gusto de visitar estos amenos vergeles?

—¡Qué ha de ser! Venimos a recorrer el país. Hay muchos
depósitos de armas. El Gobierno no se atreve a destituir a la
mayor parte de los Ayuntamientos sin desparramar° algunas   scattering
compañías por estos pueblos. Como hay tanta agitación facciosa
en esta tierra; como dos provincias cercanas están ya infestadas,
y como además este distrito municipal de Orbajosa tiene una
historia tan brillante en todas las guerras civiles, hay temores
de que los bravos de por aquí se echen a los caminos a saquear
lo que encuentren.

—¡Buena precaución! Pero creo que mientras esta gente no
perezca° y vuelva a nacer; mientras hasta las piedras no muden°   die, change
de forma, no habrá paz en Orbajosa.

—Ésa es también mi opinión—dijo el militar, encendiendo
un cigarrillo—. ¿No ves que los partidarios son la gente mimada
en este país? A todos los que asolaron° la comarca en 1848 y en   devastated
otras épocas, o a falta de ellos, a sus hijos, les encuentras
colocados en los fielatos, en puertas, en el Ayuntamiento, en la
conducción del correo; los hay que son alguaciles, sacristanes,
comisionados de apremios. Algunos se han hecho temibles
caciques, y son los que amasan las elecciones y tienen influjo en
Madrid, reparten destinos...° En fin, esto da grima.   jobs

—Dime, ¿y no se podrá esperar que los partidarios hagan
una fechoría en estos días? Si así fuera, arrasarían ustedes el
pueblo, y yo les ayudaría.

—¡Si en mí consistiera...![11] Ellos harán de las suyas[12]—dijo
Pinzón—, porque las facciones de las dos provincias cercanas
crecen como una maldición° de Dios. Y acá para entre los dos,   curse
amigo Rey, yo creo que esto va largo. Algunos se ríen y aseguran
que no puede haber otra guerra civil como la pasada. No conocen
el país, no conocen a Orbajosa y sus habitantes. Yo sostengo que
esto que ahora empieza lleva larga cola, y que tendremos una
nueva lucha cruel y sangrienta° que durará lo que Dios quiera.   bloody
¿Qué opinas tú?

---

[11] **¡Si en mí...** *If it were up to me!*
[12] **Ellos harán...** *They'll be up to their old tricks*

—Amigo, en Madrid me reía yo de todos los que hablaban de la posibilidad de una guerra civil tan larga y terrible como la de siete años; pero ahora, después que estoy aquí...

—Es preciso engolfarse en estos países encantadores, ver de cerca esta gente y oírle dos palabras, para saber de qué pie cojea.[13]

—Pues sí... sin poder explicarme en qué fundo mis ideas, ello es que desde aquí veo las cosas de otra manera, y pienso en la posibilidad de largas y feroces guerras.

—Exactamente.

—Pero ahora, más que la guerra pública, me preocupa una privada en que estoy metido y que he declarado hace poco.

—¿Dijiste que ésta es la casa de tu tía? ¿Cómo se llama?

—Doña Perfecta Rey de Polentinos.

—¡Ah! La conozco de nombre. Es una persona excelente y la única de quien no he oído hablar mal a los *ajeros.* Cuando estuve aquí la otra vez, en todas partes oía ponderar° su bondad, su caridad, sus virtudes.   highly praise

—Sí, mi tía es muy bondadosa, muy amable—murmuró Rey. Después quedó pensativo breve rato.

—Pero ahora recuerdo...—exclamó de súbito Pinzón—. ¡Cómo se van atando cabos...![14] Sí, en Madrid me dijeron que te casabas con una prima. Todo está descubierto. ¿Es aquella linda y celestial Rosarito?

—Pinzón, hablaremos detenidamente.

—Se me figura que hay contrariedades.°   obstacles

—Hay algo más. Hay luchas terribles. Se necesitan amigos poderosos, listos, de iniciativa, de gran experiencia en los lances difíciles, de gran astucia y valor.

—Hombre, eso es todavía más grave que un desafío.°   challenge

—Mucho más grave. Se bate uno fácilmente con otro hombre. Con mujeres, con invisibles enemigos que trabajan en la sombra, es imposible.

—Vamos, ya soy todo oídos.

El teniente coronel Pinzón descansaba cuan largo era sobre el lecho. Pepe Rey acercó una silla, y apoyando en el mismo lecho el codo y en la mano la cabeza, empezó su conferencia, consulta, exposición de plan o lo que fuera, y habló larguísimo rato. Oíale Pinzón con curiosidad profunda, y sin decir nada,

---

[13] **saber de qué...** *to know their weaknesses*
[14] **atando cabos** *putting two and two together*

salvo algunas preguntillas sueltas para pedir nuevos datos o la aclaración de alguna oscuridad. Cuando Rey concluyó, Pinzón estaba serio. Estiróse en la cama, desperezándose con la placentera convulsión de quien no ha dormido en tres noches, y después dijo así:

—Tu plan es arriesgado° y difícil.   risky

—Pero no imposible.

—¡Oh! no, que nada hay imposible en este mundo. Piénsalo bien.

—Ya lo he pensado.

—¿Y estás resuelto a 'llevarlo adelante?° Mira que esas   go through with it
cosas ya no se estilan. Suelen 'salir mal,° y no dejan bien parado   turn out badly
a quien las hace.

—Estoy resuelto.

—Pues aunque el asunto es arriesgado y grave, muy grave, aquí me tienes dispuesto a ayudarte en todo y por todo.

—¿Cuento contigo?°   can I count on
                                                                      you?
—Hasta morir.

XIX

Combate terrible— Estrategia

LOS PRIMEROS FUEGOS NO podían tardar. A la hora de la comida, después de ponerse de acuerdo con Pinzón respecto al plan convenido, cuya primera condición era que ambos amigos fingirían° no conocerse, Pepe Rey fue al comedor. Allí encontró a su tía, que acababa de llegar de la catedral, donde pasaba, según su costumbre, toda la mañana. Estaba sola y parecía hondamente preocupada. El ingeniero observó que sobre aquel semblante pálido y marmóreo, no exento de cierta hermosura, se proyectaba la misteriosa sombra de un celaje.° Al mirar recobraba la claridad siniestra; pero miraba poco, y después de una rápida observación del rostro de su sobrino, el de la bondadosa dama se ponía otra vez en su estudiada penumbra.°

Aguardaban en silencio la comida. No esperaron a D. Cayetano, porque éste había ido a Mundogrande. Cuando empezaron a comer, Doña Perfecta dijo:

—Y ese militarote que nos ha regalado hoy el Gobierno, ¿no viene a comer?

—Parece tener más sueño que hambre—, repuso el ingeniero sin mirar a su tía.

—¿Le conoces tú?

—No le he visto en mi vida.

—Pues estamos divertidos con los huéspedes que nos manda el Gobierno. Aquí tenemos nuestras camas y nuestra comida para cuando a esos perdidos de Madrid se les antoje disponer de ellas.

—Es que hay temores de que se levanten partidas—dijo Pepe Rey, sintiendo que una centella corría por todos sus miembros—, y el Gobierno está decidido a aplastar a los orbajosenses, a exterminarlos, a hacerlos polvo.

—Hombre, para, para, por Dios, no nos pulverices—exclamó la señora con sarcasmo—. ¡Pobrecitos de nosotros! Ten piedad,° hombre, y deja vivir a estas infelices criaturas. Y qué, ¿serás tú de los que ayuden a la tropa en la grandiosa obra de nuestro

would pretend

cloud

gloom

pity

aplastamiento?

—Yo no soy militar. No haré más que aplaudir cuando vea extirpados para siempre los gérmenes de guerra civil, de insubordinación, de discordia, de behetría, de bandolerismo° y de barbarie° que existen aquí para vergüenza° de nuestra época y de nuestra patria.   *banditry / barbarism, shame*

—Todo sea por Dios.

—Orbajosa, querida tía, casi no tiene más que ajos y bandidos, porque bandidos son los que en nombre de una idea política o religiosa se lanzan a correr aventuras cada cuatro o cinco años.

—Gracias, gracias, querido sobrino—dijo Doña Perfecta palideciendo°—. ¿Conque Orbajosa no tiene más que eso? Algo más habrá aquí, algo más que tú no tienes y que has venido a buscar entre nosotros.   *turning pale*

Rey sintió el bofetón.° Su alma se quemaba. Erale muy difícil guardar a su tía las consideraciones que por sexo, estado y posición merecía. Hallábase en el disparadero° de la violencia, y un ímpetu irresistible le empujaba, lanzándole contra su interlocutora.   *slap in the face / trigger*

—Yo he venido a Orbajosa—dijo—, porque usted me mandó llamar; usted concertó° con mi padre...   *arranged*

—Sí, sí, es verdad—repuso la señora, interrumpiéndole vivamente y procurando recobrar su habitual dulzura—. No lo niego. Aquí el verdadero culpable he sido yo. Yo tengo la culpa de tu aburrimiento, de los desaires que nos haces, de todo lo desagradable que en mi casa ocurre con motivo de tu venida.

—Me alegro de que usted lo conozca.

—En cambio, tú eres un santo. ¿Será preciso también que me ponga de rodillas ante tu graciosidad, y te pida perdón?...

—Señora—dijo Pepe Rey gravemente, dejando de comer—, ruego a usted que no se burle de mí de una manera tan despiada-da.° Yo no puedo ponerme en ese terreno... No he dicho más sino que vine a Orbajosa llamado por usted.   *merciless*

—Y es cierto. Tu padre y yo concertamos que te casaras con Rosario. Viniste a conocerla. Yo te acepté, desde luego, como hijo... Tú aparentaste° amar a Rosario...   *pretended*

—Perdóneme usted—objetó Pepe—. Yo amaba y amo a Rosario; usted aparentó aceptarme por hijo; usted, recibiéndome con engañosa cordialidad, empleó desde el primer momento todas las artes de la astucia para contrariarme y estorbar el cumplimiento de las promesas hechas a mi padre; usted se

propuso desde el primer día desesperarme, aburrirme, y con los
labios llenos de sonrisas y de palabras cariñosas, me ha estado
matando, achicharrándome° a fuego lento; usted ha lanzado   broiling me
contra mí en la oscuridad y a mansalva, un enjambre de pleitos;
5 usted me ha destituido del cargo oficial que traje a Orbajosa;
usted me ha desprestigiado[1] en la ciudad; usted me ha expulsado
de la catedral; usted me ha tenido en constante ausencia de la
escogida de mi corazón; usted ha mortificado° a su hija con un   subjected
encierro inquisitorial[2] que le hará perder la vida, si Dios no pone
10 su mano en ello.
      Doña Perfecta se puso como la grana. Pero aquella viva
llamarada de su orgullo° ofendido y de su pensamiento descu-   pride
bierto, pasó rápidamente, dejándola pálida y verdosa. Sus labios
temblaban. Arrojando el cubierto° con que comía, se levantó de   place setting
15 súbito. El sobrino se levantó también.
      —¡Dios mío, Santa Virgen del Socorro!—exclamó la señora,
llevándose ambas manos a la cabeza y comprimiéndosela con el
ademán propio de la desesperación—. ¿Es posible que yo
merezca tan atroces insultos? Pepe, hijo mío, ¿eres tú el que
20 habla?... Si he hecho lo que dices, en verdad que soy muy
pecadora.°   sinner
      Dejóse caer en el sofá y se cubrió el rostro con las manos.
Pepe, acercándose lentamente a ella, observó su angustioso
sollozar° y las lágrimas que abundantemente derramaba. A   sobbing
25 pesar de su convicción, no pudo vencer la ternura que 'se
apoderó de° él, y acobardándose, sintió cierta pena por lo mucho seized
y fuerte que había dicho.
      —Querida tía—indicó, poniéndole la mano en el hombro—.
Si me contesta usted con lágrimas y suspiros, me conmoverá,
30 pero no me convencerá. Razones y no sentimientos me hacen
falta. Hábleme usted, dígame que me equivoco al pensar lo que
pienso, pruébemelo después, y reconoceré mi error.
      —Déjame. Tú no eres hijo de mi hermano. Si lo fueras, no
me insultarías como me has insultado. ¿Conque yo soy una
35 intrigante, una comedianta,° una harpía[3] hipócrita, una   actress

[1] **usted me ha desprestigiado** *you have spoken ill of me*
[2] Pertaining to the Inquisition, an ecclesiastical tribunal that
punished crimes committed against the Catholic faith.
[3] A ravenous, filthy monster of classical mythology, usually
represented as having a woman's head and body, and a bird's wings,
tail, legs, and claws.

diplomática de enredos° caseros?...   plots

Al decir esto la señora había descubierto su rostro y contemplaba a su sobrino con expresión beatífica. Pepe estaba perplejo.
Las lágrimas, así como la dulce voz de la hermana de su padre,
5   no podían ser fenómenos insignificantes para el alma del
ingeniero. Las palabras le retozaban en la boca para pedir
perdón. Hombre de gran energía por lo común, cualquier
accidente de sensibilidad, cualquier agente que obrase sobre su
corazón, le trocaba de súbito en niño. Achaques° de matemático.   weaknesses
10 Dicen que Newton[4] era también así.

—Yo quiero darte las razones que pides—dijo Doña Perfecta,
indicándole que se sentase junto a ella—. Yo quiero desagraviar-
te. ¡Para que veas si soy buena, si soy indulgente, si soy humilde...! ¿Crees que te contradiré, que negaré en absoluto los hechos
15 de que me has acusado?... Pues no, no los niego.

El ingeniero no volvía de su asombro.

—No los niego—prosiguió la señora—. Lo que niego es la
dañada° intención que les atribuyes. ¿Con qué derecho te metes   bad
a juzgar lo que no conoces sino por indicios y conjeturas? ¿Tienes
20 tú la suprema inteligencia que se necesita para juzgar de plano
las acciones de los demás y dar sentencia sobre ellas? ¿Eres Dios
para conocer las intenciones?

Pepe se asombró más.

—¿No es lícito emplear alguna vez en la vida medios
25 indirectos para conseguir un fin bueno y honrado? ¿Con qué
derecho juzgas acciones mías que no comprendes bien? Yo,
querido sobrino, ostentando una sinceridad que tú no mereces,
te confieso que sí, que efectivamente 'me he valido° de subterfu-   I've made use
gios para conseguir un fin bueno, para conseguir lo que al mismo
30 tiempo era beneficioso para ti y para mi hija... ¿No comprendes?
Parece que estas lelo...° ¡Ah! Tu gran entendimiento de matemá-   simple-minded
tico y de filósofo alemán no es capaz de penetrar estas sutilezas
de una madre prudente.

—Es que me asombro más y más cada vez—dijo Pepe Rey.

35 —Asómbrate todo lo que quieras; pero confiesa tu barbaridad—manifestó la dama, aumentando en bríos—; reconoce tu
ligereza y brutal comportamiento conmigo, al acusarme como lo
has hecho. Eres un mozalbete sin experiencia ni otro saber que
el de los libros, que nada enseñan del mundo ni del

---

[4] Sir Isaac Newton (1642-1727), the English natural philosopher
who discovered the law of gravity.

corazón. Tú de nada entiendes más que de hacer caminos y mue-
lles.° ¡Ay, señorito mío! En el corazón humano no se entra por los   piers
túneles de los ferrocarriles, ni se baja a sus hondos abismos por
los 'pozos de las minas.° No se lee en la conciencia ajena con los   mine shafts
5   microscopios de los naturalistas, ni se decide la culpabilidad del
prójimo° nivelando las ideas con teodolito.   one's fellow man
     —¡Por Dios, querida tía!...
     —¿Para qué nombras a Dios si no crees en Él?—dijo Doña
Perfecta con solemne acento—. Si creyeras en Él, si fueras buen
10 cristiano, no aventurarías pérfidos° juicios sobre mi conducta. Yo   disloyal
soy una mujer piadosa, ¿entiendes? Yo tengo mi conciencia
tranquila, ¿entiendes? Yo sé lo que hago y por qué lo hago,
¿entiendes?
     —Entiendo, entiendo, entiendo.
15   —Dios, en quien tú no crees, ve lo que tú no ves ni puedes
ver: el intento. Y no te digo más; no quiero entrar en explicaciones largas, porque no lo necesito. Tampoco me entenderías si te
dijera que deseaba alcanzar mi objeto sin escándalo, sin ofender
a tu padre, sin ofenderte a ti, sin dar que hablar a las gentes con
20 una negativa° explícita... Nada de esto te diré, porque tampoco   refusal
lo entenderás, Pepe. Eres matemático. Ves lo que tienes delante
y nada más: la naturaleza brutal y nada más; rayas, ángulos,
pesos y nada más. Ves el efecto y no la causa. El que no cree en
Dios no ve causas. Dios es la suprema intención del mundo. El
25 que le desconoce, necesariamente ha de juzgar de todo como
juzgas tú, a lo tonto. Por ejemplo, en la tempestad no ve más que
destrucción; en el incendio estragos; en la sequía° miseria; en los   drought
terremotos° desolación, y sin embargo, orgulloso señorito, en   earthquakes
todas esas aparentes calamidades hay que buscar la bondad de
30 la intención... si, señor, la intención siempre buena de quien no
puede hacer nada malo.
     Esta embrollada,° sutil y mística dialéctica no convenció a   muddled
Rey; pero no quiso seguir a su tía por la áspera senda de tales
argumentaciones, y sencillamente le dijo:
35   —Bueno: yo respeto las intenciones...
     —Ahora que pareces reconocer tu error—prosiguió la
piadosa señora, cada vez más valiente—, te haré otra confesión,
y es que voy comprendiendo que hice mal en adoptar tal sistema,
aunque mi objeto era inmejorable.° Dado tu carácter arrebatado,   excellent
40 dada tu incapacidad para comprenderme, debí abordar° la   approach
cuestión de frente y decirte: «Sobrino mío: no quiero que seas
esposo de mi hija.»

—Ese es el lenguaje que debió emplear usted conmigo desde el primer día—repuso el ingeniero, respirando° con desahogo, como quien se ve libre de enorme peso—. Agradezco° mucho a usted esas palabras. Después de ser acuchillado° en las tinie‐ blas,° ese bofetón a la luz del día me complace mucho.

breathing
I thank
stabbed
darkness

—Pues te repito el bofetón, sobrino—afirmó la señora con tanta energía como displicencia—. Ya lo sabes. No quiero que te cases con Rosario.

Pepe calló. Hubo una larga pausa, durante la cual los dos estuvieron mirándose atentamente, cual si la cara de cada uno fuese para el contrario la más perfecta obra del arte.

—¿No entiendes lo que te he dicho?—repitió ella—. Que se acabó todo, que no hay boda.

—Permítame usted, querida tía—dijo el joven con entere‐ za—, que no me aterre con la intimación. En el estado a que han llegado las cosas, la negativa de usted es de escaso valor para mí.

—¿Qué dices?—gritó fulminante° Doña Perfecta.

explosively

—Lo que usted oye. Me casaré con Rosario.

Doña Perfecta se levantó indignada, majestuosa, terrible. Su actitud era la del anatema[5] hecho mujer. Rey permaneció sentado, sereno, valiente, con el valor pasivo de una creencia profunda y de una resolución inquebrantable.° El desplome de toda la iracundia de su tía, que le amenazaba, no le hizo pesta‐ ñear.° Él era así.

unbreakable

blink

—Eres un loco. ¡Casarte tú con mi hija, casarte tú con ella, no queriendo yo!...

Los labios trémulos de la señora articularon estas palabras con verdadero acento trágico.

—¡No queriendo usted!... Ella opina de distinto modo.

—¡No queriendo yo!...—repitió la dama—. Sí, y lo digo y lo repito: no quiero, no quiero.

—Ella y yo lo deseamos.

—Menguado, ¿acaso no hay en el mundo más que ella y tú? ¿No hay padres, no hay sociedad, no hay conciencia, no hay Dios?

—Porque hay sociedad, porque hay conciencia, porque hay Dios—afirmó gravemente Rey, levantándose y alzando el brazo y señalando al cielo—, digo y repito que me casaré con ella.

[5] A formal ecclesiastical curse involving excommunication.

—¡Miserable, orgulloso! Y si todo lo atropellaras,[6] ¿crees que no hay leyes para impedir tu violencia?

—Porque hay leyes digo y repito que me casaré con ella.

—Nada respetas.

5 —Nada que sea indigno de respeto.

—Y mi autoridad, y mi voluntad, yo... ¿yo no soy nada?

—Para mí su hija de usted es todo: lo demás nada.

La entereza de Pepe Rey era como los alardes de una fuerza incontrastable,° con perfecta conciencia de sí misma. Daba   insurmountable
10 golpes secos, contundentes, sin atenuación de ningún género. Sus palabras parecían, si es permitida la comparación, una artillería despiadada. Doña Perfecta cayó de nuevo en el sofá; pero no lloraba, y una convulsión nerviosa agitaba sus miembros.

15 —¡De modo que para este ateo infame—exclamó con franca rabia—, no hay conveniencias sociales, no hay nada más que un capricho! Eso es una avaricia° indigna. Mi hija es rica.   greed

—Si piensa usted herirme con ese arma sutil, tergiversando°   distorting
la cuestión e interpretando torcidamente mis sentimientos, para
20 lastimar mi dignidad, se equivoca, querida tía. Llámeme usted avaro. Dios sabe lo que soy.

—No tienes dignidad.

—Esa es una opinión como otra cualquiera. El mundo podrá tenerla a usted en olor de infalibilidad: yo no. Estoy muy lejos de
25 creer que las sentencias de usted no tengan apelación ante Dios.

—Pero ¿es cierto lo que dices?... Pero ¿insistes después de mi negativa?... Tú lo atropellas todo; eres un monstruo, un bandido.

—Soy un hombre.

—¡Un miserable! Acabemos: yo te niego a mi hija, yo te la
30 niego.

—¡Pues yo la tomaré! No tomo más que lo que es mío.

—Quítate de mi presencia—gritó la señora, levantándose de súbito—. Fatuo, ¿crees que mi hija 'se acuerda de ti?°   remembers you

—Me ama, lo mismo que yo a ella.

35 —¡Mentira, mentira!

—Ella misma me lo ha dicho. Dispénseme usted si en esta ocasión doy más fe a la opinión de ella que a la de su mamá.

—¿Cuándo te lo ha dicho, si no la has visto en muchos

---

[6] **todo lo atropellaras** *you trample everything under foot*

días?

—La he visto anoche, y me ha jurado ante el Cristo de la capilla que sería mi mujer.

—¡Oh escándalo y libertinaje!...° Pero ¿qué es esto? ¡Dios mío, qué deshonra!—exclamó Doña Perfecta, comprimiéndose otra vez con ambas manos la cabeza y dando algunos pasos por la habitación—. ¿Rosario salió anoche de su cuarto?

—Salió para verme. Ya era tiempo.

—¡Qué vil conducta la tuya! Has procedido como los ladrones; has procedido como los seductores adocenados.°

—He procedido según la escuela de usted. Mi intención era buena.

—¡Y ella bajó!... ¡Ah! lo sospechaba. Esta mañana, al amanecer, la sorprendí vestida en su cuarto. Díjome que había salido no sé a qué... El verdadero criminal eres tú, tú... Esto es una deshonra. Pepe, esperaba todo de ti, menos tan grande ultraje...° Todo acabó. Márchate. No existes para mí. Te perdono, con tal de que te vayas... No diré una palabra de esto a tu padre... ¡Qué horrible egoísmo!° No, no hay amor en ti. ¡Tú no amas a mi hija!

—Dios sabe que la adoro, y esto me basta.

—No pongas a Dios en tus labios, blasfemo, y calla—exclamó Doña Perfecta—. En nombre de Dios, a quien puedo invocar, porque creo en Él, te digo que mi hija no será jamás tu mujer.° Mi hija se salvará, Pepe; mi hija no puede ser condenada en vida al infierno, porque infierno es la unión contigo.

—Rosario será mi esposa—repitió el matemático con patética calma.

Irritábase más la piadosa señora con la energía serena de su sobrino. Con voz entrecortada habló así:

—No creas que me amedrentan° tus amenazas. Sé lo que digo. Pues qué, ¿se puede atropellar un hogar, una familia; se puede atropellar la autoridad humana y divina?

—Yo atropellaré todo—dijo el ingeniero, empezando a perder su calma y expresándose con alguna agitación.

—¡Lo atropellarás todo! ¡Ah! bien se ve que eres un bárbaro, un salvaje, un hombre que vive de la violencia.

—No, querida tía. Soy manso, recto, honrado y enemigo de violencias; pero entre usted y yo; entre usted, que es la ley, y yo, que soy el destinado a acatarla, está una pobre criatura atormentada, un ángel de Dios sujeto a inicuos° martirios. Este espec-

Margin glosses:
immorality
common
outrage
selfishness
wife
intimidate
unfair

táculo, esta injusticia, esta violencia inaudita es la que convierte mi rectitud en barbarie, mi razón en fuerza, mi honradez en violencia parecida a la de los asesinos y ladrones; este espectácu-lo, señora mía, es lo que me impulsa a no respetar la ley de usted; lo que me impulsa a pasar sobre ella, atropellándolo todo. Esto que parece desatino, es una ley ineludible. Hago lo que hacen las sociedades cuando una brutalidad tan ilógica como irritante se opone a su marcha. Pasan por encima, y todo lo destrozan° con feroz acometida. Tal soy yo en este momento: yo mismo no me conozco. Era razonable, y soy un bruto; era respetuoso, y soy insolente; era culto, y me encuentro salvaje. Usted me ha traído a este horrible extremo, irritándome y apartándome del camino del bien, por donde tranquilamente iba. ¿De quién es la culpa, mía o de usted?

—¡Tuya, tuya!

—Ni usted ni yo podemos resolverlo. Creo que ambos carecemos de razón. En usted violencia e injusticia; en mí injusticia y violencia. Hemos venido a ser tan bárbaro el uno como el otro, y luchamos° y nos herimos sin compasión. Dios lo permite así. Mi sangre caerá sobre la conciencia de usted; la de usted caerá sobre la mía. Basta ya, señora. No quiero molestar a usted con palabras inútiles. Ahora entraremos en los hechos.°

—¡En los hechos, bien!—dijo Doña Perfecta más bien rugien-do° que hablando—. No creas que en Orbajosa falta Guardia Civil.

—Adiós, señora. Me retiro de esta casa. Creo que volveremos a vernos.

—Vete, vete, vete ya—, gritó ella señalando la puerta con enérgico ademán.

Pepe Rey salió. Doña Perfecta, después de pronunciar algunas palabras incoherentes que eran la más clara expresión de su ira, cayó en un sillón con muestras de cansancio o de ataque nervioso. Acudieron las criadas.

—¡Que vayan a llamar al Sr. D. Inocencio!—gritó—. ¡Al instante!... ¡pronto!... ¡que venga!...

Después mordió el pañuelo.

XX

Rumores—Temores

AL DÍA SIGUIENTE DE esta disputa lamentable corrieron por toda Orbajosa, de casa en casa, de círculo en círculo, desde el Casino a la botica y desde el paseo de las Descalzas a la puerta de Baidejos, rumores varios sobre Pepe Rey y su conducta. Todo el mundo los repetía, y los comentarios iban siendo tantos, que si D. Cayetano los recogiese y compilase, formaría con ellos un rico *Thesaurum* de la benevolencia orbajosense. En medio de la diversidad de especies que corrían, había conformidad en algunos puntos culminantes, uno de los cuales era el siguiente:

Que el ingeniero, enfurecido porque Doña Perfecta se negaba a casar a Rosarito con un ateo, había *alzado la mano* a su tía.

Estaba viviendo el joven en la posada de la viuda de Cuzco, establecimiento *montado,* como ahora se dice, no a la altura, sino a la bajeza de los más primorosos atrasos del país. Visitábale con frecuencia el teniente coronel Pinzón, a fin de ponerse de acuerdo en la intriga que tramaban,[1] y para cuyo eficaz desempeño mostraba el soldado felices disposiciones. Ideaba° a cada instante nuevas travesuras y artimañas,° apresurándose a llevarlas del pensamiento a la obra con excelente humor, si bien solía decir a su amigo:

—El papel que estoy haciendo, querido Pepe, no se debe contar entre los más airosos; pero por dar un disgusto a Orbajosa y su gente, andaría yo a cuatro pies.

No sabemos qué sutiles trazas empleó el ladino° militar, maestro en ardides del mundo; pero lo cierto es que a los tres días de alojamiento había logrado hacerse muy simpático en la casa. Agradaba su trato a Doña Perfecta, que no podía oír sin emoción sus zalameras° alabanzas de la grandeza, piedad y magnificencia augusta de la señora. Con D. Inocencio estaba a partir un confite. Ni la madre ni el Penitenciario le estorbaban

thought up

tricks

crafty

flattering

---

[1] **ponerse de acuerdo...** *to come to an agreement on the scheme they were hatching*

que hablase a Rosario (a quien se dio libertad después de la ausencia del feroz primo); y con sus cortesanías alambicadas, su hábil lisonja y destreza suma, adquirió en la casa de Polentinos auge° y hasta familiaridad. Pero el objeto de todas sus artes era *popularity*
5   una doncella, que tenía por nombre Librada, a quien sedujo (castamente° hablando) para que transportase recados y cartitas *chastely* a Rosario, fingiéndose enamorado de ésta.² No resistió la muchacha al soborno,° realizado con bonitas palabras y mucho *bribe* dinero, porque ignoraba la procedencia° de las esquelas° y el *origin, notes*
10 verdadero sentido de tales líos,° pues si llegara a entender que *intrigues* todo era una nueva diablura de D. José, aunque éste le gustaba mucho, no hiciera traición° a su señora por todo el dinero del *betrayal* mundo.

Estaban un día en la huerta Doña Perfecta, D. Inocencio,
15 Jacinto y Pinzón. Hablóse de la tropa y de la misión que a Orbajosa traía, hallando coyuntura el señor Penitenciario de condenar la tiránica conducta del Gobierno, y sin saber cómo nombraron a Pepe Rey.

—Todavía está en la posada—dijo el abogadillo—. Le he
20 visto ayer, y me ha dado memorias° para usted, Doña Perfecta. *greetings*

—¿Hase visto mayor insolencia?... ¡Ah!, Sr. Pinzón, no extrañe usted que emplee este lenguaje, tratándose de un sobrino carnal...° ya sabe usted... aquel caballerito que se *related by blood* aposentaba en el cuarto que usted ocupa.

25 —¡Sí, ya lo sé! No le trato; pero le conozco de vista y de fama. Es amigo íntimo de nuestro brigadier.

—¿Amigo íntimo del brigadier?

—Sí, señora; del que manda la brigada que ha venido a este país, y que se ha repartido entre diferentes pueblos.

30 —¿Y dónde está?—preguntó la dama.

—En Orbajosa.

—Creo que se aposenta en casa de Polavieja—, indicó Jacinto.

—Su sobrino de usted—continuó Pinzón—, y el brigadier
35 Batalla son íntimos amigos; se quieren entrañablemente, y a todas horas se les ve juntos por las calles del pueblo.

—Pues, amiguito, mala idea formo de ese señor jefe—, repuso Doña Perfecta.

—Es un... es un infeliz—, dijo Pinzón, en el tono propio de
40 quien por respeto no se atreve a aplicar una calificación dura.

---

² *the latter* (i.e. Rosario).

—Mejorando lo presente, Sr. Pinzón, y haciendo una salvedad° honrosísima en honor de usted—afirmó la señora—,   exception
no puede negarse que en el ejército español hay cada tipo...

—Nuestro brigadier era un excelente militar antes de darse
5   al espiritismo...°   spiritualism

—¡Al espiritismo!

—¡Esa secta que llama a los fantasmas° y duendes° por   ghosts, spirits
medio de las patas de las mesas!—exclamó el canónigo riendo.

—Por curiosidad, sólo por curiosidad—dijo Jacintito con
10 énfasis—, he encargado a Madrid la obra de Allan Kardec.[3]
Bueno es enterarse de todo.

—¿Pero es posible que tales disparates...? ¡Jesús! Dígame
usted, Pinzón, ¿mi sobrino también es de esa secta de pie de
banco?

15 —Me parece que él fue quien catequizó° a nuestro bravo   initiated
brigadier Batalla.

—¡Pero Jesús!

—Eso es; y cuando se le antoje—observó D. Inocencio sin
poder contener la risa—, hablará con Sócrates,[4] San Pablo,[5]
20 Cervantes[6] y Descartes,[7] como hablo yo ahora con Librada para
pedirle un fosforito. ¡Pobre Sr. de Rey! Bien dije yo que aquella
cabeza no estaba buena.

—Por lo demás—continuó Pinzón—, nuestro brigadier es un
buen militar. Si de algo peca, es de excesivamente duro. Toma
25 tan 'al pie de la letra° las órdenes del Gobierno, que si le   literally
contrarian mucho aquí, será capaz de no dejar piedra sobre
piedra en Orbajosa. Sí, les prevengo° a ustedes que estén con   I warn
cuidado.

—Pero ese monstruo nos va a cortar la cabeza a todos. ¡Ay!
30 Sr. D. Inocencio; estas visitas de la tropa me recuerdan lo que he
leído en la vida de los mártires, cuando se presentaba un
procónsul romano en un pueblo de cristianos...

—No deja de ser exacta la comparación—, dijo el Penitenciario, mirando al militar por encima de las gafas.

---

[3]   Pseudonym of Hippolyte-Léon Denizard Rivail (1803-69), the
French author of books on spiritualism.

[4] Athenian philosopher (469-399 B.C.).

[5] One of the apostles.

[6] Miguel de Cervantes Saavedra (1547-1616), the Spanish author
of *Don Quijote*.

[7] René Descartes, the French philosopher and mathematician.

—Es un poco triste; pero siendo verdad, debe decirse—manifestó Pinzón con benevolencia—. Ahora, señores míos,
están ustedes a merced° de nosotros.   mercy
    —Las autoridades del país—objetó Jacinto—, funcionan aún
5 perfectamente.
    —Creo que se equivoca usted—repuso el soldado, cuya
fisonomía observaban con profundo interés la señora y el
Penitenciario—. Hace una hora ha sido destituido el alcalde de
Orbajosa.
10 —¿Por el gobernador de la provincia?
    —El gobernador ha sido sustituido por un delegado del
Gobierno que debió llegar esta mañana. Los Ayuntamientos
todos cesarán hoy. Así lo ha mandado el Ministro, porque temía,
no sé con qué motivo, que no prestaban apoyo a la autoridad
15 central.
    —Bien, bien estamos—murmuró el canónigo, frunciendo el
ceño y echando adelante el labio inferior.°   lower
Doña Perfecta meditaba.
    —También han sido quitados algunos jueces de primera
20 instancia, entre ellos el de Orbajosa.
    —¡El juez! ¡Periquito!... ¿Ya no es juez Periquito?—exclamó
Doña Perfecta con voz y gesto semejantes a los de las personas
que tienen la desgracia de ser picadas por una víbora.°   viper
    —Ya no es juez de Orbajosa el que lo era—dijo Pinzón—.
25 Mañana vendrá el nuevo.
    —¡Un desconocido!
    —¡Un desconocido!
    —Un tunante quizás... ¡El otro era tan honrado!...—dijo la
señora con zozobra—. Jamás le pedí cosa alguna que 'al punto°   immediately
30 no me concediera. ¿Sabe usted quién será el alcalde nuevo?
    —Dicen que viene un corregidor.[8]
    —Vamos, diga usted de una vez que viene el Diluvio,[9] y
acabaremos—, manifestó el canónigo levantándose.
    —¿De modo que estamos a merced del señor brigadier?
35 —Por algunos días, ni más ni menos. No se enfaden ustedes
conmigo. A pesar de mi uniforme, me desagrada el militarismo;
pero nos mandan pegar... y pegamos. No puede haber oficio más
canalla que el nuestro.
    —Sí que lo es, sí que lo es—dijo la señora disimulando mal

[8] A magistrate appointed by the King.
[9] The Biblical Flood.

su furor°—. Ya que usted lo ha confesado... Con que ni alcalde,   rage
ni juez...

—Ni Gobernador de la provincia.

—Que nos quiten también al señor Obispo y nos manden un
5 monaguillo° en su lugar.   altar boy

—Es lo que falta... Si aquí les dejan—murmuró D. Inocencio,
bajando los ojos—, no se pararán en pelillos.

—Y todo es porque se teme el levantamiento de partidas en
Orbajosa—indicó la señora, cruzando las manos y agitándolas de
10 arriba abajo, desde la barba a las rodillas—. Francamente,
Pinzón, no sé cómo no se levantan hasta las piedras. No le deseo
mal ninguno a ustedes; pero lo justo sería que el agua que beben
se les convirtiera en lodo...° ¿Dijo usted que mi sobrino es íntimo   mud
amigo del brigadier?

15 —Tan intimo que no se separan en todo el día; fueron
compañeros de colegio. Batalla[10] le quiere como un hermano y le
complace en todo. En su lugar de usted, señora, yo no estaría
tranquilo.

—¡Oh! ¡Dios mío! ¡Temo un atropello!...—exclamó ella muy
20 desasosegada.°   upset

—Señora—afirmó el canónigo con energía—. Antes que
consentir un atropello en esta honrada casa; antes que consentir
que se hiciera el menor vejamen° a esta nobilísima familia, yo...   affront
mi sobrino.. los vecinos todos de Orbajosa...

25 D. Inocencio no concluyó. Su cólera era tan viva, que se le
trababan las palabras en la boca. Dio algunos pasos marciales,
y después se volvió a sentar.

—Me parece que no son vanos° esos temores—dijo Pinzón—.   foolish
En caso necesario, yo...

30 —Y yo...—repitió Jacinto.

Doña Perfecta había fijado los ojos en la puerta vidriera del
comedor, tras la cual dejóse ver una graciosa figura. Mirándola,
parecía que en el semblante de la señora se ennegrecían° más   darkened
las sombrías nubes del temor.

35 —Rosario, pasa aquí, Rosario—dijo, saliendo a su encuentro—. Se me figura que tienes hoy mejor cara y estás más alegre,
sí... ¿No les parece a ustedes que Rosario tiene mejor cara? ¡Si
parece otra!

Todos convinieron en que tenía retratada° en su semblante   portrayed
40 la más viva felicidad.

---

[10] **Batalla** is the name of the brigadier.

XXI

Desperta, ferro[1]

Por aquellos días publicaron los periódicos de Madrid las
siguientes noticias:
5   «No es cierto que en los alrededores de Orbajosa se
haya levantado partida alguna. Nos escriben de aquella localidad que el país está tan poco dispuesto a aventuras, que se
considera inútil en aquel punto la presencia de la brigada
Batalla.»
10   «Dícese que la brigada Batalla saldrá de Orbajosa, porque no
hacen falta allí fuerzas del ejército, e irá a Villajuán de Nahara,
donde han aparecido algunas partidas.»
        «Ya es seguro que los Aceros recorren con algunos jinetes el
término de Villajuán, próximo al distrito judicial de Orbajosa. El
15   gobernador de la provincia de X... ha telegrafiado al Gobierno
diciendo que Francisco Acero entró en las Roquetas, donde cobró
un semestre[2] y pidió raciones. Domingo Acero (Faltriquera)
vagaba por la sierra del Jubileo, activamente perseguido por la
Guardia Civil, que le mató un hombre y aprehendió a otro.
20   Bartolomé Acero fue el que quemó el registro civil de Lugarno-
ble, 'llevándose en rehenes° al alcalde y a dos de los principales   taking hostages
propietarios.»
        «En Orbajosa reina tranquilidad completa, según carta que
tenemos a la vista, y allí no piensan más que en trabajar el
25   campo para la próxima cosecha de ajos, que promete ser
magnífica. Los distritos inmediatos sí están infestados de
partidas; pero la brigada Batalla 'dará buena cuenta de ellas.»°   will finish them
        En efecto: Orbajosa estaba tranquila. Los Aceros, aquella   off
dinastía guerrera, merecedora, según algunas gentes, de figurar
30   en el *Romancero*,[3] había 'tomado por su cuenta° la provincia   taken control of
cercana; pero la insurrección no cundía° en el término de la   spread
ciudad episcopal. Creeríase que la cultura moderna había al fin

---

[1] *Awake, sword* (Provençal).

[2] **cobró un semestre** *collected semi-annual (six-month) taxes*

[3] The name given to the collection of historic Spanish ballads.

vencido en su lucha con las levantiscas costumbres de la gran
behetría, y que ésta[4] saboreaba° las delicias de una paz durade-   was savoring
ra. Y esto es tan cierto, que el mismo Caballuco, una de las
figuras más caracterizadas de la rebeldía histórica de Orbajosa,
5   decía claramente a todo el mundo que él no quería *reñir con el
Gobierno* ni *meterse en danzas*[5] que podían costarle caras.
　　Dígase lo que se quiera, el arrebatado carácter de Ramos
había tomado asiento con los años, enfriándose un poco la
fogosidad° que con la existencia recibiera de los Caballucos   fieriness
10 padres y abuelos, la mejor casta de cabecillas que ha asolado la
tierra. Cuéntase, además, que por aquellos días el nuevo
gobernador de la provincia *celebró una conferencia* con este
importante personaje, *oyendo de sus labios las mayores segurida-
des°* de contribuir al reposo público y evitar toda ocasión de   assurances
15 disturbios. Aseguran fieles testigos que se le veía en amor y
compaña con los militares, partiendo un piñón con éste o el otro
sargento en la taberna, y hasta se dijo que le iban a dar un buen
destino en el Ayuntamiento de la capital de la provincia. ¡Oh!
¡cuán difícil es para el historiador, que presume de imparcial,
20 depurar la verdad en esto de las opiniones y pensamientos de los
insignes personajes que han llenado el mundo con su nombre! No
sabe uno a qué atenerse,° y la falta de datos ciertos da origen a   to rely on
lamentables equivocaciones. En presencia de hechos tan
culminantes como la jornada de Brumario,[6] como el saco de
25 Roma por Borbón,[7] como la ruina de Jerusalén,[8] ¿qué psi-
cólogo, ni qué historiador podrá determinar los pensamientos
que les precedieron o les siguieron en la cabeza de Bonaparte,
Carlos V y Tito? ¡Responsabilidad inmensa la nuestra! Para

---

[4] Refers to **la cultura moderna**.

[5] **meterse en danzas** *to stick his nose into things*

[6] The French Revolution instituted a new calendar, naming the
founding of the Republic on September 21, 1792 as Day 1 of Year I. The
names of the new months corresponded to the changing seasons.
Brumaire was the second month, running from October 22 through
November 20. On 18 Brumaire VIII (November 9, 1799) Napoleon
staged a coup that resulted in him becoming First Consul, then First
Consul for life, and eventually Emperor of France.

[7] On May 6, 1527 the Imperial army of Carlos V, led by the Duque
de Borbón, sacked Rome, resulting in the capitulation of Pope Clement
VII.

[8] By the Roman Titus Flavius Sabinus Vespasianus in A.D. 70.

librarnos en parte de ella, refiramos palabras, frases y aun discursos del mismo emperador orbajosense, y de este modo cada cual formará la opinión que juzgue más acertada.°   accurate

No cabe duda alguna[9] de que Cristóbal Ramos salió, 'ya
5 anochecido,° de su casa, y atravesando por la calle del Condesta-   after nightfall
ble, vio tres labriegos que 'en sendas mulas° venían en dirección   each on a mule
contraria a la suya; y preguntándoles que a do[10] caminaban,
repusieron que a la casa de la señora Doña Perfecta a llevarle
varias primicias de frutos de las huertas y algún dinero de las
10 rentas vencidas. Eran el Sr. Pasolargo, un mozo a quien llamaban Frasquito González, y el tercero, de mediana edad y recia
complexión, recibía el nombre de Vejarruco, aunque el suyo
verdadero era José Esteban Romero. Volvió atrás Caballuco,
solicitado por la buena compañía de aquella gente, con quien
15 tenía franca y antigua amistad, y entró con ellos en casa de la
señora. Esto ocurría, según los más verosímiles° datos, al   credible
anochecer, y dos días después de aquel en que Doña Perfecta y
Pinzón hablaron lo que en el anterior capítulo ha podido ver
quien lo ha leído. Entretúvose el gran Ramos dando a Librada
20 ciertos recados de poca importancia que una vecina confiara a su
buena memoria; y cuando entró en el comedor, ya los tres
labriegos antes mencionados y el Sr. Licurgo, que asimismo, por
singular coincidencia, estaba presente, habían entablado
conversación sobre asuntos de la cosecha y de la casa. La señora
25 tenía un humor endiablado; a todo ponía faltas, y reprendíales
ásperamente por la sequía del cielo y la infecundidad de la
tierra, fenómenos de que ellos los pobrecitos no tenían culpa.
Presenciaba la escena el Sr. Penitenciario. Cuando entró
Caballuco, saludóle afectuosamente el buen canónigo, señalándo-
30 le un asiento a su lado.

—Aquí está el personaje—dijo la señora con desdén—.
¡Parece mentira que se hable tanto de un hombre de tan poco
valer! Dime, Caballuco: ¿es verdad que te han dado de bofetadas
unos soldados esta mañana?
35 —¡A mí! ¡A mí!—dijo el Centauro levantándose indignado,
cual si recibiera el más grosero insulto.

—Así lo han dicho—añadió la señora—. ¿No es verdad? Yo
lo creí, porque quien en tan poco se tiene... 'Te escupirán,° y tú   they'll spit on you
te creerás honrado con la saliva de los militares.

[9] **No cabe duda alguna** *There is no doubt at all*
[10] **a do = adónde**

—¡Señora!—vociferó° Ramos con energía—. Salvo el respeto   shouted
que debo a usted, que es mi madre, más que mi madre, mi
señora, mi reina... pues digo que salvo el respeto que debo a la
persona que me ha dado todo lo que tengo... salvo el respeto...

5   —¿Qué?... Parece que vas a decir mucho y no dices nada.

—Pues digo que, salvo el respeto, eso de la bofetada es una
calumnia—añadió, expresándose con extraordinaria dificultad—.
Todos hablan de mí, que si entro o salgo, que si voy, que si
vengo... Y todo ¿por qué? Porque quieren tomarme por figurón

10 para que revuelva el país. Bien está Pedro en su casa, señoras y
caballeros. ¿Que ha venido la tropa?... malo es; pero ¿qué le
vamos a hacer?... ¿Que han quitado al alcalde y al secretario y al
juez?... malo es: yo quisiera que se levantaran contra ellos las
piedras de Orbajosa; pero di mi palabra al Gobernador, y hasta

15 ahora yo...

Rascóse la cabeza, frunció el adusto ceño, y con lengua cada
vez más torpe, prosiguió así:

—Yo seré bruto, pesado, ignorante, querencioso, testarudo°   stubborn
y todo lo que quieran; pero a caballero no me gana nadie.

20   —Lástima de Cid Campeador[11]—dijo con el mayor desprecio
Doña Perfecta—. ¿No cree usted, como yo, señor Penitenciario,
que en Orbajosa no hay ya un solo hombre que tenga vergüenza?

—Grave opinión es esa—repuso el capitular, sin mirar a su
amiga ni apartar de su barba la mano en que apoyaba el

25 meditabundo rostro—. Pero se me figura que este vecindario ha
aceptado con excesiva sumisión el pesado yugo del militarismo.

Licurgo y los tres labradores reían con toda su alma.

—Cuando los soldados y las autoridades nuevas—dijo la
señora—nos hayan llevado el último real,[12] después de deshonra-

30 do el pueblo, enviaremos a Madrid, en una urna cristalina, a
todos los valientes de Orbajosa para que los pongan en el Museo,
o los enseñen por las calles.

—¡Viva la señora!—exclamó con vivo ademán el que llamaban Vejarruco—. Lo que ha parlado es como el oro. No se

---

[11] This is a reference to Rodrigo Díaz de Vivar c. 1043-99), the
national hero of Spain's War of Reconquest and the protagonist of the
epic poem *El Cantar de Mío Cid* c. 1140). The name **Cid** is derived from
the Arabic title Sidi, meaning Lord. He is called **Campeador** [champion]
due to his bravery and prowess in battle.

[12] A Spanish coin worth one-fourth of a peseta.

dirá que por mí no hay valientes, pues no estoy con los Aceros
por aquello de que tiene uno tres hijos y mujer y puede suceder
cualquier estropicio; que si no...

—¿Pero tú no has dado tu palabra al gobernador?—le
preguntó la señora.

—¿Al gobernador?—exclamó el nombrado Frasquito González—. No hay en todo el país tunante que más merezca un tiro.
Gobernador y Gobierno, todos son lo mismo. El cura nos predicó
el domingo tantas cosas altisonantes sobre las herejías y ofensas
a la religión que hacen en Madrid... ¡Oh! había que oírle... Al fin
dio muchos gritos en el púlpito, diciendo que la religión ya no
tenía defensores.

—Aquí está el gran Cristóbal Ramos—dijo la señora dando
fuerte palmada en el hombro del Centauro—. Monta a caballo;
se pasea en la plaza y en el camino real, para llamar la atención
de los soldados; venle éstos, se espantan° de la fiera catadura del   they get frightened
héroe, y echan todos a correr muertos de miedo.

La señora terminó su frase con una risa exagerada, que se
hacía más chocante por el profundo silencio de los que la oían.
Caballuco estaba pálido.

—Sr. Pasolargo—continuó la dama, poniéndose seria—, esta
noche mándeme acá a su hijo Bartolomé para que se quede aquí.
Necesito tener buena gente en casa; y aun así, bien podrá
suceder que el mejor día amanezcamos mi hija y yo asesinadas.

—¡Señora!—exclamaron todos.

—¡Señora!—gritó Caballuco levantándose—. ¿Eso es broma,
o qué es?

—Sr. Vejarruco, Sr. Pasolargo—continuó la señora, sin mirar
al bravo de la localidad—, no estoy segura en mi casa. Ningún
vecino de Orbajosa lo está, y menos yo. Vivo con el alma en un
hilo.° No puedo 'pegar los ojos° en toda la noche.   thread, sleep a
                                                                               wink
—Pero ¿quién, quién se atreverá...?

—Vamos—dijo Licurgo con ardor—, que yo, viejo y enfermo,
seré capaz de batirme con todo el ejército español si tocan el pelo
de la ropa a la señora...

—Con el Sr. Caballuco—observó Frasquito González—basta
y sobra.

—¡Oh! no—repuso Doña Perfecta con cruel sarcasmo—. No
ven ustedes que Ramos ha dado su palabra al gobernador...

Caballuco volvió a sentarse, y poniendo una pierna sobre la
otra, cruzó las manos sobre ellas.

—Me basta un cobarde—añadió implacablemente el ama—,

con tal que no haya dado palabras. Quizás pase yo por el trance
de ver asaltada mi casa, de ver que 'me arrancan° de los brazos   they tear me away
a mi querida hija, de verme atropellada e insultada del modo
más infame...

5   No pudo continuar. La voz se ahogó en su garganta y rompió
a llorar desconsoladamente.

—¡Señora, por Dios, cálmese usted!... Vamos... no hay motivo
todavía...—dijo precipitadamente y con semblante y voz de
aflicción suma D. Inocencio—. También es preciso un poquito de
10   resignación para soportar las calamidades que Dios nos envía.

—Pero ¿quién... señora? ¿Quién se atreverá a tales vitupe-
rios?°—preguntó uno de los cuatro.   abuses

—Orbajosa entera se pondría sobre un pie para defender a
la señora.

15   —Pero ¿quién, quién?...—repitieron todos.

—Vaya, no la molesten ustedes con preguntas importunas—dijo con oficiosidad el Penitenciario—. Pueden retirarse.

—No, no, que se queden—manifestó vivamente la señora,
secando sus lágrimas—. La compañía de mis buenos servidores
20   es para mí un gran consuelo.

—Maldita sea mi casta—dijo el tío Lucas, dándose un
puñetazo en la rodilla—, si todos estos gatuperios° no son obra   nasty tricks
del mismísimo sobrino de la señora.

—¿Del hijo de D. Juan Rey?

25   —Desde que le vi en la estación de Villahorrenda y me habló
con su voz melosilla y sus mimos de hombre cortesa-
no—manifestó Licurgo—le tuve por un grandísimo... no quiero
acabar por respeto a la señora... Pero yo le conocí... le señalé
desde aquel día, y no me equivoco, no. Sé muy bien, como dijo el
30   otro, que por el hilo se saca el ovillo, por la muestra se conoce el
paño, y por la uña el león.[13]

—No se hable mal en mi presencia de ese desdichado
joven—dijo la de Polentinos severamente—. Por grandes que
sean sus faltas, la caridad nos prohíbe hablar de ellas y darles
35   publicidad.

—Pero la caridad—manifestó D. Inocencio con cierta
energía—, no nos impide precavernos° contra los malos; y de eso   to take precautions
se trata. Ya que han decaído tanto los caracteres y el valor

---

[13] **por el hilo...** *you can tell the yarn by the thread, the cloth by the
sample, and the lion by its claw*

en la desdichada Orbajosa; ya que este pueblo parece dispuesto
a poner la cara para que escupan en ella cuatro soldados y un
cabo,° busquemos alguna defensa uniéndonos.   corporal

    —Yo me defenderé como pueda—dijo con resignación y
5 cruzando las manos Doña Perfecta—. ¡Hágase la voluntad del
Señor!

    —Tanto ruido para nada... ¡Por vida de...! ¡En esta casa son
de la piel del miedo!...—exclamó Caballuco, entre serio y
festivo—. No parece sino que el tal D. Pepito es una *región* (léase
10 legión) de demonios. No se asuste usted, señora mía. Mi sobrini-
llo Juan, que tiene trece años, guardará la casa, y veremos,
sobrino por sobrino, quién puede más.

    —Ya sabemos todos lo que significan tus guapezas y valen-
tías°—replicó la dama—. ¡Pobre Ramos, quieres echártela de   bragging
15 bravucón, cuando ya se ha visto que no vales para nada!

    Ramos palideció ligeramente, fijando en la señora una
mirada singular en que se confundían el espanto y el respeto.

    —Sí, hombre, no me mires así. Ya sabes que no me asusto de
fantasmones.° ¿Quieres que te hable de una vez con claridad?   conceited people
20 Pues eres un cobarde.

    Ramos, moviéndose como el que siente en diversas partes de
su cuerpo molestas picazones,° demostraba gran desasosiego.°   itching, restless-
Su nariz expelía y recobraba el aire como la de un caballo.   ness
Dentro de aquel corpachón combatía consigo misma por echarse
25 fuera, rugiendo y destrozando, una tormenta,° una pasión, una   storm
barbaridad. Después de modular a medias algunas palabras,
mascando otras, levantóse y bramó° de esta manera: bellowed

    —¡Le cortaré la cabeza al Sr. Rey!

    —¡Qué desatino! Eres tan bruto como cobarde—dijo
30 palideciendo—. ¿Qué hablas ahí de matar, si yo no quiero que
maten a nadie, y mucho menos a mi sobrino, persona a quien
amo a pesar de sus maldades?

    —¡El homicidio! ¡Qué atrocidad!—exclamó el Sr. D. Inocencio
escandalizado—. Ese hombre está loco.

35   —¡Matar!... La idea tan sólo de un homicidio me horroriza,
Caballuco—dijo la señora cerrando los dulces ojos—. ¡Pobre
hombre! Desde que has querido mostrar valentía, has aullado°   howled
como un lobo carnicero. Vete de aquí, Ramos; me causas espanto.

    —¿No dice la señora que tiene miedo? ¿No dice que atropella-
40 rán la casa, que robarán a la niña?

    —Sí, lo temo.

—Y eso ha de hacerlo un solo hombre—indicó Ramos con desprecio, volviendo a sentarse—. Eso lo ha de hacer D. Pepe Poquita Cosa con sus matemáticas. Hice mal en decir que le rebanaría° el pescuezo. A un muñeco de ese estambre, se le coge   I would slit
5 de una oreja y se le echa de remojo en el río.

—Sí, ríete ahora, bestia. No es mi sobrino solo quien ha de cometer todos esos desafueros que has mencionado y que yo temo, pues si fuese él solo no le temería. Con mandar a Librada que se ponga en la puerta con una escoba...° bastaría... No es él   broom
10 solo, no.

—¿Pues quién...?

—Hazte el borrico. ¿No sabes tú que mi sobrino y el briga‑ dier que manda esa condenada tropa se han confabulado...?[14]

—¡Confabulado!—exclamó Caballuco demostrando no
15 entender la palabra.

—Que están de compinche—apuntó Licurgo—. Fabulearse[15] quiere decir estar de compinche. Ya me barruntaba° yo lo que   guessed dice la señora.

—Todo se reduce a que el brigadier y los oficiales son 'uña
20 y carne° de D. José, y lo que él quiera lo quieren esos soldadotes, y esos soldadotes harán toda clase de atropellos y barbaridades,   very close friends porque ese es su oficio.

—Y no tenemos alcalde que nos ampare.°   protect

—Ni juez.

25 —Ni gobernador. Es decir, que estamos a merced de esa infame gentuza.

—Ayer—dijo Vejarruco—unos soldados se llevaron engañada a la hija más chica del tío Julián, y la pobre no se atrevió a volver a su casa; mas la encontraron llorando y descalza junto a
30 la fuentecilla vieja, recogiendo los pedazos de la cántara° rota.   pitcher

—¡Pobre D. Gregorio Palomeque, el escribano de Naharilla Alta!—dijo Frasquito—. Estos pillos le robaron todo el dinero que tenía en su casa. Pero el brigadier, cuando se lo contaron, contestó que era mentira.

35 —Tiranos más tiranos no nacieron de madre—manifestó el otro—. ¡Cuando digo que por punto no estoy con los Aceros...!

—¿Y qué se sabe de Francisco Acero?—preguntó mansamen‑ te Doña Perfecta—. Sentiría que le ocurriera algún percance.°   misfortune

[14] **se han confabulado** *have been in collusion*
[15] **Fabulearse** is a mispronunciation of **confabularse**.

Dígame usted, D. Inocencio: ¿Francisco Acero no nació en Orbajosa?

—No: él y su hermano son de Villajuán.

—Lo siento por Orbajosa—dijo Doña Perfecta—. Esta pobre
5 ciudad ha entrado en desgracia. ¿Sabe usted si Francisco Acero dio palabra al gobernador de no molestar a los pobres soldaditos en sus robos de doncellas, en sus sacrilegios, en sus infames felonías?

Caballuco dio un salto. Ya no se sentía punzado,° sino herido   pricked
10 por atroz sablazo. Encendido el rostro y con los ojos llenos de fuego, gritó de este modo:

—Yo di mi palabra al gobernador porque el gobernador me dijo que venían con buen fin.

—Bárbaro, no grites. Habla como la gente, y te escucharemos.
15 mos.

—Le prometí que ni yo ni ninguno de mis amigos levantaríamos partidas en tierra de Orbajosa... A todo el que ha querido salir porque le retozaba la guerra en el cuerpo, le he dicho: *Vete con los Aceros, que aquí no nos movemos...* Pero tengo mucha
20 gente honrada, sí, señora; y buena, sí, señora; y valiente, si,   scattered
señora, que está desperdigada° por los caseríos y las aldeas, por arrabales y montes, cada uno en su casa, ¿eh? Y en cuanto yo les diga la mitad de media palabra, ¿eh? ya están todos descolgando las escopetas,° ¿eh? y echando a correr a caballo o a pie para ir   shotguns
25 a donde yo les mande... Y no me anden con gramáticas, que si yo di mi palabra, fue porque la di, y si no salgo es porque no quiero salir, y si quiero que haya partidas, las habrá, y si no quiero, no; porque yo soy quien soy, el mismo hombre de siempre, bien lo saben todos... Y digo otra vez que no vengan con gra-
30 máticas, ¿estamos...? y que no me digan las cosas al revés, ¿estamos...? y si quieren que salga, me lo declaren con toda la boca abierta, ¿estamos? porque para eso nos ha dado Dios la lengua: para decir esto y aquello. Bien sabe la señora quién soy, así como bien sé yo que le debo la camisa que me pongo, y el pan
35 que como hoy, y el primer garbanzo que chupé cuando me despecharon,° y la caja en que enterraron a mi padre cuando   they weaned me
murió, y las medicinas y el médico que me sanaron cuando estuve enfermo, y bien sabe la señora que si ella me dice: «Caballuco, rómpete la cabeza», voy a aquel rincón y contra la
40 pared me la rompo; bien sabe la señora que si ahora dice ella que es de día, yo, aunque vea la noche, creeré que me equivoco y que es claro día; bien sabe la señora que ella y su

hacienda son antes que mi vida, y que si delante de mí la pica un mosquito, le perdono porque es mosquito; bien sabe la señora que la quiero más que a cuanto hay debajo del sol... A un hombre de tanto corazón se le dice: «Caballuco, 'so animal,° haz esto o lo   you brute
otro», y basta de ritólicas, basta de mete y saca de palabrejas y sermoncillos al revés, y pincha por aquí y pellizca por allá.[16]

—Vamos, hombre, sosiégate—dijo Doña Perfecta con bondad—. Te has sofocado como aquellos oradores republicanos que venían a predicar aquí la religión libre, el amor libre y no sé cuántas cosas libres... Que te traigan un vaso de agua.

Caballuco hizo con el pañuelo una especie de rodilla, apretado envoltorio o más bien pelota,° y se lo pasó por la ancha   ball
frente y cogote,° para limpiarse ambas partes, cubiertas de   back of neck
sudor. Trajéronle un vaso de agua, y el señor canónigo, con una mansedumbre que cuadraba° perfectamente a su carácter   matched
sacerdotal, lo tomó de manos de la criada para presentárselo y sostener el plato mientras bebía. El agua se escurría por el gaznate de Caballuco produciendo un claqueteo sonoro.

—Ahora tráeme otro a mí, Libradita—dijo D. Inocencio—. También tengo un poco de fuego dentro.

---

[16] **basta de ritólicas...** *enough already of this fancy talk, and this poking at me with your big words and saying one thing but meaning another, and pricking me here and pinching me there*

XXII

¡Desperta!

RESPECTO A LO DE las partidas—dijo Doña Perfecta cuando concluyeron de beber—, sólo te digo que hagas lo que tu conciencia te dicte.°   dictates

—Yo no entiendo de dictados—gritó Ramos—. Haré lo que sea del gusto de la señora.

—Pues yo no te aconsejaré° nada en asunto tan gra-   will not advise ve—repuso ella, con la circunspección y comedimiento que tan bien le sentaban—. Eso es muy grave, gravísimo, y yo no puedo aconsejarte nada.

—Pero el parecer° de usted...   opinion

—Mi parecer es que abras los ojos y veas, que abras los oídos y oigas... Consulta tu corazón... Yo te concedo que tienes un gran corazón... Consulta a ese juez, a ese consejero que tanto sabe, y haz lo que él te mande.

Caballuco meditó, pensó todo lo que puede pensar una espada.

—Los de Naharilla Alta—dijo Vejarruco—, nos contamos ayer y éramos trece, propios para cualquier cosita mayor... Pero como temíamos que la señora se enfadara, no hicimos nada. Es tiempo ya de trasquilar.°   shearing sheep

—No te preocupes de la trasquila—dijo la señora—. Tiempo hay. No se dejará de hacer por eso.

—Mis dos muchachos—manifestó Licurgo—riñeron ayer el uno con el otro, porque uno quería irse con Francisco Acero y el otro no. Yo les dije: «Despacio, hijos míos, que todo se andará. Esperad, que tan buen pan hacen aquí como en Francia.»[1]

—Anoche me dijo Roque Pelosmalos—manifestó el tío Pasolargo—, que en cuanto el Sr. Ramos dijera tanto así, ya estaban todos con las armas en la mano. ¡Qué lástima que los dos hermanos Burguillos se hayan ido a labrar las tierras de Lugarnoble!

---

[1] **tan buen pan...** *the bread here is as good as in France* [i.e. don't be in such a hurry to leave].

—Vaya usted a buscarlos—dijo el ama vivamente—. Lucas, proporciónale un caballo al tío Pasolargo.

—Yo, si la señora me lo manda y el Sr. Ramos también—dijo Frasquito González—, iré a Villahorrenda a ver si Robustiano, el guarda de montes y su hermano Pedro, quieren también.

—Me parece buena idea. Robustiano no se atreve a venir a Orbajosa, porque me debe un piquillo.° Puedes decirle que le perdono los seis duros[2] y medio... Esta pobre gente, que tan generosamente sabe sacrificarse por una buena idea, se contenta con tan poco... ¿No es verdad, Sr. D. Inocencio?   tiny amount

—Aquí nuestro buen Ramos—repuso el canónigo—, me dice que sus amigos están descontentos con él por su tibieza; pero que en cuanto le vean determinado se pondrán todos la canana° al   cartridge belt
cinto.

—Pero qué, ¿te determinas a echarte a la calle?—dijo a Ramos la señora—. No te he aconsejado yo tal cosa, y si lo haces es por tu voluntad. Tampoco el Sr. D. Inocencio te habrá dicho una palabra en este sentido. Pero cuando tú lo decides así, razones muy poderosas tendrás... Dime, Cristóbal, ¿quieres cenar? ¿quieres tomar algo... con franqueza...?

—En cuanto a que yo aconseje al Sr. Ramos que 'se eche al campo°—dijo D. Inocencio, mirando por encima de los cristales   enter into battle
de sus anteojos—, razón tiene la señora. Yo, como sacerdote, no puedo aconsejar tal cosa. Sé que algunos lo hacen, y aun toman las armas;[3] pero esto me parece impropio, muy impropio, y no seré yo quien les imite. Llevo mis escrúpulos hasta el extremo de no decir una palabra al Sr. Ramos sobre la peliaguda cuestión de su levantamiento en armas. Yo sé que Orbajosa lo desea; sé que le bendecirán todos los habitantes de esta noble ciudad; sé que vamos a tener aquí hazañas dignas de pasar a la historia; pero, sin embargo, permítaseme un discreto silencio.

—Está muy bien dicho—añadió Doña Perfecta—. No me gusta que los sacerdotes se mezclen en tales asuntos. Un clérigo ilustrado debe conducirse° de este modo. Bien sabemos que en   behave
circunstancias solemnes y graves, por ejemplo, cuando peligran°   are in danger
la patria y la fe, están los sacerdotes en su terreno incitando a los hombres a la lucha y aun figurando en ella. Pues que Dios mismo ha tomado parte en célebres batallas, bajo la forma de ángeles o santos, bien pueden sus ministros hacerlo. Durante la

---

[2] A **duro** is equivalent to five pesetas or 20 reales.
[3] Several priests fought in support of the Carlists.

guerra contra los infieles,° ¿cuántos obispos acaudillaron las   infidels
tropas castellanas?

—Muchos, y algunos fueron insignes guerreros. Pero estas
edades no son aquéllas, señora. Verdad es que si vamos a mirar
5 atentamente las cosas, la fe peligra ahora más que antes... ¿Pues
qué representan esos ejércitos que ocupan nuestra ciudad y
pueblos inmediatos? ¿qué representan? ¿Son otra cosa más que
el infame instrumento de que se valen para sus pérfidas°   treacherous
conquistas y el exterminio de las creencias, los ateos y protestan-
10 tes de que está infestado Madrid?... Bien lo sabemos todos. En
aquel centro de corrupción, de escándalo, de irreligiosidad y
descreimiento, unos cuantos hombres malignos, comprados por
el oro extranjero, se emplean en destruir en nuestra España la
semilla° de la fe... ¿Pues qué creen ustedes? Nos dejan a nosotros   seed
15 decir misa y a ustedes oírla por un resto de consideración, por
vergüenza... pero 'el mejor día...° Por mi parte, estoy tranquilo.   some fine day
Soy un hombre que no se apura por ningún interés temporal y
mundano. Bien lo sabe la señora Doña Perfecta, bien lo saben
todos los que me conocen. Estoy tranquilo y no me asusta el
20 triunfo de los malvados. Sé muy bien que nos aguardan días
terribles; que cuantos vestimos el hábito sacerdotal tenemos la
vida pendiente de un cabello, porque España, no lo duden
ustedes, presenciará escenas como aquellas de la Revolución
francesa, en que perecieron miles de sacerdotes piadosísimos en
25 un solo día... Mas no me apuro. Cuando toquen a degollar,°   behead
presentaré mi cuello; ya he vivido bastante. ¿Para qué sirvo yo?
Para nada, para nada.

—Comido de perros me vea yo—gritó Vejarruco mostrando
el puño,° no menos duro y fuerte que un martillo°—, si no   fist, hammer
30 acabamos pronto con toda esa canalla ladrona.

—Dicen que la semana que viene comienza el derribo de la
catedral—, indicó Frasquito.

—Supongo que la derribarán con picos y martillos—dijo el
canónigo sonriendo—. Hay artífices que no tienen esas herra-
35 mientas,° y, sin embargo, adelantan más edificando. Bien saben   tools
ustedes que, según tradición piadosa, nuestra hermosa capilla
del Sagrario fue derribada por los moros en un mes y reedifica-
da° en seguida por los ángeles en una sola noche... Dejarles,
dejarles que destrujan.

40 —En Madrid, según nos contó la otra noche el cura° de   priest
Naharilla—dijo Vejarruco—, ya quedan tan pocas iglesias que
algunos curas dicen misa en medio de la calle, y como les

aporrean y les dicen injurias° y también les escupen, muchos no   insults
quieren decirla.

—Felizmente, aquí, hijos míos—manifestó D. Inocencio—, no
hemos tenido aún escenas de esa naturaleza. ¿Por qué? Porque
5 saben qué clase de gente sois; porque tienen noticia de vuestra
piedad ardiente y de vuestro valor... 'No le arriendo° la ganan-   I don't envy
cia a los primeros que pongan la mano en nuestros sacerdotes
y en nuestro culto... Por supuesto, dicho se está que si no se les
ataja a tiempo, harán diabluras. ¡Pobre España, tan santa y tan
10 humilde y tan buena! ¡Quién había de decir que llegarían a estos
apurados extremos!... Pero yo sostengo que la impiedad no
triunfará, no, señor. Todavía hay gente valerosa, todavía hay
gente de aquella de antaño, ¿no es verdad, Sr. Ramos?

—Todavía la hay, sí, señor—repuso éste.

15 —Yo tengo una fe ciega en el triunfo de la ley de Dios.
Alguno ha de salir en defensa de ella. Si no son unos, serán
otros. La palma de la victoria, y con ella la gloria eterna, alguien
se la ha de llevar. Los malvados perecerán, si no hoy, mañana.
Aquel que va contra la ley de Dios, caerá, no hay remedio. Sea de
20 esta manera, sea de la otra, ello es que ha de caer. No le salvan
ni sus argucias, ni sus escondites, ni sus artimañas. La mano de
Dios está alzada sobre él, y le herirá sin falta. Tengámosle
compasión y deseemos su arrepentimiento... En cuanto a
vosotros, hijos míos, no esperéis que os diga una palabra sobre
25 el paso que seguramente vais a dar. Sé que sois buenos; sé que
vuestra determinación generosa y el noble fin que os guía lavan
toda mancha° pecaminosa ocasionada por el derramamiento de   stain
sangre; sé que Dios os bendice; que vuestra victoria, lo mismo
que vuestra muerte, os sublimarán° a los ojos de los hombres y   will exalt
30 a los de Dios; sé que se os deben palmas y alabanzas y toda
suerte de honores; pero a pesar de esto, hijos míos, mi labio no
os incitará a la pelea. No lo ha hecho nunca ni ahora lo hará.
Obrad° con arreglo al ímpetu de vuestro noble corazón. Si él os   act
manda que os estéis en vuestras casas, permaneced en ellas; si
35 él os manda que salgáis, salid en buen hora.[4] Me resigno a ser
mártir y a inclinar mi cuello ante el verdugo, si esa miserable
tropa continúa aquí. Pero si un impulso hidalgo y ardiente y pío°   pious
de los hijos de Orbajosa contribuye a la grande obra de la
extirpación de las desventuras patrias, me tendré por el más

---

[4] **salid..** *leave with good fortune*

dichoso de los hombres sólo con ser compatricio vuestro, y toda mi vida de estudio, de penitencia, de resignación, no me parecerá tan meritoria para aspirar al cielo como un día solo de vuestro heroísmo.

5 —¡No se puede decir más y mejor!—exclamó Doña Perfecta arrebatada de entusiasmo.

Caballuco se había inclinado hacia adelante en su asiento, poniendo los codos sobre las rodillas. Cuando el canónigo acabó de hablar, tomóle la mano y se la besó con fervor.

10 —Hombre mejor no ha nacido de madre—dijo el tío Licurgo, enjugando o haciendo que enjugaba una lágrima.

—¡Que viva el señor Penitenciario!—gritó Frasquito González, poniéndose en pie y arrojando hacia el techo su gorra.

—Silencio—dijo Doña Perfecta—. Siéntate, Frasquito. Tú
15 eres de los de mucho ruido y pocas nueces.⁵

—¡Bendito sea Dios, que le dio a usted ese pico de oro!—exclamó Cristóbal inflamado de admiración—. ¡Qué dos personas tengo delante! Mientras vivan las dos, ¿para qué se quiere más mundo?... Toda la gente de España debiera ser así...
20 pero ¡cómo ha de ser así, si no hay más que pillería! En Madrid, la Corte de donde vienen leyes y mandarines, todo es latrocinio y farsa. ¡Pobre religión, cómo la han puesto!... No se ven más que pecados... Señora Doña Perfecta, Sr. D. Inocencio, por el alma de mi padre, por el alma de mi abuelo, por la salvación de la mía,
25 juro que deseo morir.

—¡Morir!

—Que me maten esos perros tunantes; y digo que me maten, porque yo no puedo descuartizarlos⁶ a ellos. Soy muy chico.

—Ramos, eres grande—, dijo la señora.

30 —¿Grande, grande?... Grandísimo por el corazón; pero ¿tengo yo plazas fuertes, tengo caballería, tengo artillería?

—Esa es una cosa, Ramos—dijo Doña Perfecta sonriendo—, de que yo no me ocuparía. ¿No tiene el enemigo lo que a ti te hace falta?

35 —Sí.

—Pues quítaselo...

⁵ **Tú eres de los...** *You're all bark and no bite*

⁶ *draw and quarter them.* This form of execution, typically for treason, divides the body into four parts by cutting it and having it pulled apart by horses tied to its extremities.

—Se lo quitaremos, sí, señora. Cuando digo que se lo quitaremos...

—Querido Ramos—declaró D. Inocencio—. Envidiable posición es la de usted... ¡Destacarse, elevarse sobre la vil
5 muchedumbre,° ponerse al igual de los mayores héroes del mun‑   crowd
do... poder decir que la mano de Dios guía su mano!... ¡Oh, qué grandeza y honor! Amigo mío, no es lisonja. ¡Qué apostura, qué gentileza, qué gallardía!... No: hombres de tal temple no pueden morir. El Señor va con ellos, y la bala° y hierro enemigos   bullet
10 detiénense... no se atreven... ¿qué se han de atrever, viniendo de cañón y de manos de herejes?... Querido Caballuco, al ver a usted, al ver su bizarría y caballerosidad, vienen a mi memoria, sin poderlo remediar, los versos de aquel romance° de la   ballad
conquista del imperio° de Trapisonda:[7]   empire

> 15 Llegó el valiente Roldán[8]
> de todas armas armado,
> en el fuerte Briador
> su poderoso caballo,
> y la fuerte Durlindana[9]
> 20 muy bien ceñida a su lado,
> la lanza como una entena,
> el fuerte escudo° embrazado...   shield
> Por la visera del yelmo°   helmet
> fuego venía lanzando;
> 25 retemblando con la lanza
> como un junco muy delgado,
> y a toda la hueste junta
> fieramente amenazando.

—Muy bien—chilló Licurgo 'batiendo palmas°—. Y digo   clapping hands
30 yo como D. Reinaldos:

> ¡Nadie en D. Reinaldos[10] toque
> si quiere ser bien librado!
> Quien otra cosa quisiere

[7] On the southern coast of the Black Sea.

[8] Chivalric hero of the French medieval epic poem *Chanson de Roland.*

[9] The name of Roland's sword.

[10] One of the bravest of Charlemagne's paladins.

el será tan bien pagado,
que todo el resto del mundo
no se escape de mi mano
sin quedar pedazos hecho
5   o muy bien escarmentado.°   punished

—Ramos, tú querrás cenar, tú querrás tomar algo, ¿no
es verdad?—dijo la señora.
        —Nada, nada—repuso el Centauro—; déme, si acaso, un
plato de pólvora.°   gunpowder
10   Diciendo esto, soltó estrepitosa carcajada,° dio varios   outburst of laugh-
paseos por la habitación, observado atentamente por todos, y   ter
deteniéndose junto al grupo, fijó los ojos en Doña Perfecta, y con
atronadora° voz profirió estas palabras: thunderous
        —Digo que no hay más que decir. ¡Viva Orbajosa, muera
15   Madrid!
        Descargó la mano sobre la mesa con tal fuerza, que
retembló° el piso de la casa.   shook
        —¡Qué poderoso brío!—murmuró D. Inocencio.
        —Vaya, que tienes unos puños...
20   Todos contemplaban la mesa, que se había partido° en   split
dos pedazos.
        Fijaban luego los ojos en el nunca bastante admirado
Reinaldos o Caballuco. Indudablemente había en su semblante
hermoso, en sus ojos verdes, animados por extraño resplandor
25   felino, en su negra cabellera, en su cuerpo hercúleo, cierta
expresión y aire de grandeza, un resabio o más bien recuerdo de
las grandes razas que dominaron al mundo. Pero su aspecto
general era el de una degeneración lastimosa, y 'costaba trabajo°   it was difficult
encontrar la filiación noble y heroica en la brutalidad presente.
30   Se parecía a los grandes hombres de D. Cayetano, como se
parece el mulo al caballo.

XXIII

Misterio

ESPUÉS DE LO QUE hemos referido, duró mucho la conferencia; pero omitimos lo restante por no ser indispensable
para la buena inteligencia de esta relación. Retiráronse al
fin, quedando para lo último, como de costumbre, el Sr. D.
Inocencio. No habían tenido tiempo aún la señora y el canónigo
de cambiar dos palabras, cuando entró en el comedor una criada
'de edad° y mucha confianza, que era el brazo derecho de Doña   elderly
Perfecta, y como ésta la viera inquieta, y turbada llenóse
también de turbación, sospechando que algo malo en la casa
ocurría.

—No encuentro a la señorita por ninguna parte—, dijo la
criada respondiendo a las preguntas de la señora.

—¡Jesús! ¡Rosario!... ¿Dónde está mi hija?

—¡Válgame la Virgen del Socorro!—gritó el Penitenciario,
tomando el sombrero y disponiéndose a correr tras la señora.

—Buscadla bien... ¿Pero no estaba contigo en su cuarto?

—Sí, señora—repuso temblando la vieja—; pero el demonio
me tentó° y me quedé dormida.   tempted

—¡Maldito sea tu sueño!... ¡Jesús mío!... ¿qué es esto?
¡Rosario, Rosario... Librada!

Subieron, bajaron, tornaron a bajar y a subir, llevando luz y
registrando° todas las piezas. Por último, oyóse en la escalera la   inspecting
voz del Penitenciario, que decía con júbilo:

—Aquí está, aquí está. Ya pareció.

Un instante después, madre e hija se encontraban la una
frente a la otra en la galería.

—¿Dónde estabas?—preguntó con severo acento Doña
Perfecta, examinando el rostro de su hija.

—En la huerta—murmuró la niña, más muerta que viva.

—¿En la huerta a estas horas? ¡Rosario!...

—Tenía calor, me asomé a la ventana, se me cayó el pañuelo
y bajé a buscarlo.

—¿Por qué no dijiste a Librada que te lo alcanzase?... ¡Librada!... ¿Dónde está esa muchacha? ¿Se ha dormido también?

Librada apareció al fin. Su semblante pálido indicaba la consternación y el recelo del delincuente.

—¿Qué es esto? ¿Dónde estabas?—preguntó con terrible enojo la dama.

—Pues, señora... bajé a buscar la ropa que está en el cuarto de la calle... y me quedé dormida.

—Todas duermen aquí esta noche. Me parece que alguna no dormirá en mi casa mañana. Rosario, puedes retirarte.

Comprendiendo que era indispensable proceder con prontitud y energía, la señora y el canónigo emprendieron sin tardanza sus investigaciones. Preguntas, amenazas,° ruegos,° promesas, threats, plans fueron empleadas con habilidad suma para inquirir la verdad de 'lo acontecido.° No resultó ni sombra de culpabilidad en la criada what happened anciana; pero Librada confesó de plano entre lloros y suspiros todas sus bellaquerías, que sintetizamos del modo siguiente:

Poco después de alojarse en la casa, el Sr. Pinzón empezó a hacer cocos a la señorita Rosario. Dio dinero a Librada, según ésta dijo, para tenerla por mensajera de recados y amorosas esquelas. La señorita no se mostró enojada, sino antes bien gozosa, y pasaron algunos días de esta manera. Por último, la sirviente declaró que aquella noche Rosario y el Sr. Pinzón habían concertado verse y hablarse en la ventana de la habitación de este último, que da a la huerta. Confiaron su pensamiento a la doncella, quien ofreció protegerlo mediante una cantidad que se le entregara en el acto. Según lo convenido, el Pinzón debía salir de la casa a la hora de costumbre y volver ocultamente a las nueve, y entrar en su cuarto, del cual y de la casa saldría también clandestinamente más tarde, para volver sin tapujos° secrecy a la hora avanzada de costumbre. De este modo no podría sospecharse de él. La Librada aguardó al Pinzón, el cual entró muy envuelto en su capote sin hablar palabra. Metióse en su cuarto a punto que la señorita bajaba a la huerta. La criada, mientras duró la entrevista, que no presenció, estuvo de centinela en la galería para avisar° a Pinzón cualquier peligro inform que ocurriese; y al cabo de una hora salió éste como antes, muy bien cubierto con su capote y sin hablar una palabra. Concluida la confesión, D. Inocencio preguntó a la desdichada:

—¿Estás segura de que el que entró y salió era el Sr. Pinzón?

La reo no contestó nada, y sus facciones indicaban gran perplejidad. La señora se puso verde de ira.

—¿Tú le viste la cara?

—¿Pero quién podría ser sino él?—repuso la doncella—. Yo tengo la seguridad de que él era. Fue derecho a su cuarto..., conocía muy bien el camino.

—Es raro—dijo el canónigo—. Viviendo en la casa no necesitaba emplear tales tapujos... Podía haber pretextado una enfermedad y quedarse... ¿No es verdad, señora?

—Librada—exclamó ésta con exaltación de ira—, te juro por Dios que irás a presidio.

Después cruzó las manos, clavándose los dedos de la una en la otra con tanta fuerza que casi se hizo sangre.

— Sr. D. Inocencio—agregó—. Muramos... no hay más remedio que morir.

Después rompió a llorar desconsolada.

—Valor, señora mía—dijo el clérigo con voz patética—. Mucho valor... Ahora es preciso tenerlo grande. Esto requiere serenidad y gran corazón.

—El mío es inmenso—, dijo entre sollozos la de Polentinos.

—El mío es pequeñito... pero allá veremos.

XXIV

La confesión

ENTRE TANTO, ROSARIO, EL corazón hecho pedazos, sin poder llorar, sin poder tener calma ni sosiego, traspasada por el frío acero° de un inmenso dolor, con la mente pasando en veloz carrera del mundo a Dios y de Dios al mundo, aturdida y medio loca, estaba a altas horas de la noche en su cuarto, 'de hinojos,° cruzadas las manos, los pies desnudos sobre el suelo, la ardiente sien° apoyada en el borde del lecho, a oscuras, a solas, en silencio. Cuidaba de no hacer el menor ruido, para no llamar la atención de su mamá, que dormía o aparentaba dormir en la habitación inmediata. Elevó al cielo su exaltado pensamiento en esta forma:

    —Señor, Dios mío: ¿por qué antes no sabía mentir° y ahora sé? ¿Por qué antes no sabía disimular y ahora disimulo? ¿Soy una mujer infame...? ¿Esto que siento y que a mí me pasa es la caída de las que no vuelven a levantarse? ¿He dejado de ser buena y honrada...? Yo no me conozco. ¿Soy yo misma, o es otra la que está en este sitio...? ¡Qué de terribles cosas en tan pocos días! ¡Cuántas sensaciones diversas! ¡Mi corazón está consumido de tanto sentir...! Señor, Dios mío: ¿oyes mi voz, o estoy condenada a rezar eternamente sin ser oída...? Yo soy buena, nadie me convencerá de que no soy buena. Amar, amar muchísimo, ¿es acaso maldad...? Pero no, esto es una ilusión, un engaño. Soy más mala que las peores mujeres de la tierra. Dentro de mí una gran culebra me muerde y me envenena° el corazón... ¿Qué es esto que siento? ¿Por qué no me matas, Dios mío? ¿Por qué no me hundes para siempre en el Infierno...? Es espantoso; pero lo confieso, lo confieso a solas a Dios, que me oye, y lo confesaré ante el sacerdote. Aborrezco a mi madre. ¿En qué consiste esto? No puedo explicármelo. Él no me ha dicho una palabra en contra de mi madre. Yo no sé cómo ha venido esto... ¡Qué mala soy! Los demonios se han apoderado de mí. Señor, ven en mi auxilio, porque no puedo con mis propias fuerzas vencerme... Un impulso terrible me arroja de esta casa. Quiero huir, quiero correr fuera de aquí. Si él no me lleva, me

steel

kneeling
temple

lie

poisons

iré tras él arrastrándome por los caminos... ¿Qué divina alegría
es ésta que dentro de mi pecho se confunde con tan amarga
pena...? Señor, Dios padre mío, ilumíname. Quiero amar tan
sólo. Yo no nací para este rencor° que me está devorando. Yo no   ill-will
5 nací para disimular, ni para mentir, ni para engañar. Mañana
saldré a la calle, gritaré en medio de ella, y a todo el que pase le
diré: *amo, aborrezco...* Mi corazón se desahogará° de esta   will unburden
manera... ¡Qué dicha sería poder conciliarlo todo, amar y   itself
respetar a todo el mundo! La Virgen Santísima me favorezca...°   help
10 Otra vez la idea terrible. No lo quiero pensar, y lo pienso. No lo
quiero sentir, y lo siento. ¡Ah! no puedo engañarme sobre este
particular. No puedo ni destruirlo ni atenuarlo... pero puedo
confesarlo y lo confieso, diciéndote: «¡Señor, que aborrezco a mi
madre!»
15   Al fin se aletargó.° En su inseguro sueño, la imaginación le   she became drowsy
reproducía todo lo que había hecho aquella noche, desfigurándo-
lo, sin alterarlo en su esencia. Oía el reloj de la catedral dando
las nueve; veía con júbilo a la criada anciana, durmiendo con
beatífico sueño, y salía del cuarto muy despacito para no hacer
20 ruido; bajaba la escalera tan suavemente, que no movía un pie
hasta no estar segura de poder evitar el más ligero ruido. Salía
a la huerta, dando una vuelta por el cuarto de las criadas y la
cocina; en la huerta deteníase un momento para mirar al cielo,
que estaba tachonado de estrellas. El viento callaba. Ningún
25 ruido interrumpía el hondo sosiego de la noche. Parecía existir
en ella una atención fija y silenciosa, propia de ojos que miran
sin pestañear y oídos que acechan en la expectativa de un gran
suceso... La noche observaba.
    Acercábase después a la puerta vidriera del comedor, y
30 miraba con cautela a cierta distancia, temiendo que la vieran los
de dentro. A la luz de la lámpara del comedor veía de espaldas
a su madre. El Penitenciario estaba a la derecha, y su perfil° se   profile
descomponía de un modo extraño: crecíale la nariz, asemejábase
al pico de un ave inverosímil, y toda su figura se tornaba en una
35 recortada sombra, negra y espesa, con ángulos aquí y allí,
irrisoria, escueta y delgada. Enfrente estaba Caballuco, más
semejante a un dragón que a un hombre. Rosario veía sus ojos
verdes, como dos grandes linternas de convexos cristales. Aquel
fulgor y la imponente figura del animal 'le infundían° miedo. El   filled her with
40 tío Licurgo y los otros tres se le presentaban como figuritas
grotescas. Ella había visto, en alguna parte, sin duda en los
muñecos° de barro de las ferias, aquel reír estúpido, aquellos   puppets

semblantes toscos y aquel mirar lelo. El dragón agitaba sus
brazos, que, en vez de accionar, daban vueltas como aspas de
molino, y revolvía de un lado para otro los globos verdes,[1] tan
semejantes a los fanales de una farmacia. Su mirar cegaba...° La   was blinding
5   conversación parecía interesante. El Penitenciario agitaba las
alas. Era una presumida avecilla que quería volar y no podía. Su
pico se alargaba y se retorcía. Erizábansele° las plumas con   bristled
síntomas de furor, y después, recogiéndose y aplacándose,
escondía la pelada cabeza bajo el ala. Luego, las figurillas de
10 barro se agitaban queriendo ser personas, y Frasquito González
se empeñaba en pasar por hombre.

Rosario sentía un pavor° inexplicable en presencia de aquel   terror
amistoso concurso. Alejábase de la vidriera y seguía adelante
paso a paso, mirando a todos lados por si era observada. Sin ver
15 a nadie, creía que un millón de ojos se fijaban en ella... Pero sus
temores y su vergüenza disipábanse de improviso. En la ventana
del cuarto donde habitaba el Sr. Pinzón aparecía un hombre
azul; brillaban° en su cuerpo los botones como sartas de luceci-   shined
llas. Ella se acercaba. En el mismo instante sentía que unos
20 brazos con galones la suspendían como una pluma, metiéndola
con rápido movimiento dentro de la pieza. Todo cambiaba. De
súbito sonó un estampido, un golpe seco que estremeció la casa.
Ni uno ni otro supieron la causa de tal estrépito. Temblaban y
callaban.

25 Era el momento en que el dragón había roto la mesa del
comedor.

---

[1] **Los globos verdes** refer to Caballuco's eyes.

XXV

Sucesos imprevistos.°— unexpected

Pasajero desconcierto

L A ESCENA CAMBIA, VED una estancia hermosa, clara,
humilde, alegre, cómoda y de un aseo sorprendente. Fina
estera de junco cubre el piso, y las blancas paredes se
adornan con hermosas estampas de santos y algunas esculturas
de dudoso valor artístico. La antigua caoba° de los muebles brilla   mahogany
lustrada por los frotamientos° del sábado, y el altar, donde una   rubbings
pomposa Virgen, de azul y plata vestida, recibe doméstico culto,
se cubre de mil graciosas chucherías, mitad sacras, mitad
profanas. Hay además cuadritos de mostacilla, pilas de 'agua
bendita,° una relojera con *Agnus Dei*,[1] una rizada palma de   holy water
'Domingo de Ramos° y no pocos floreros de inodoras rosas de   Palm Sunday
trapo. Enorme estante de roble° contiene una rica y escogida   oak
biblioteca, y allí está Horacio[2] el epicúreo y sibarita, junto con el
tierno Virgilio, en cuyos versos se ve palpitar y derretirse el
corazón de la inflamada Dido; Ovidio el narigudo, tan sublime
como obsceno y adulador, junto con Marcial,[3] el tunante lenguaraz
y conceptista; Tibulo[4] el apasionado, con Cicerón[5] el grande; el
severo Tito Livio,[6] con el terrible Tácito,[7] verdugo de los Césares;[8]
Lucrecio[9] el panteísta; Juvenal,[10] que con la pluma desollaba;
Plauto,[11] el que imaginó las mejores comedias de la antigüedad

[1] A figure of a lamb as emblematic of Christ.

[2] Horace (65-08 B.C.), Roman poet.

[3] Martial (c. A.D. 40-c. 102), Roman epigrammatist.

[4] Tibullus (c. 54-c. 19 B.C.), Roman elegiac poet.

[5] Cicero (106-43 B.C.), Roman orator, statesman, and author.

[6] Livy (59 B.C.-A.D. 17), Roman historian.

[7] Tacitus (c. A.D. 55-c. 120), Roman historian.

[8] Caesar was the title of the Roman emperors from Augustus (63
B.C.-A.D. 14) to Hadrian (A.D. 76-138).

[9] Lucretius (c. 96-c. 55 B.C.), Roman philosophical poet.

[10] Roman satiric poet (c. A.D. 60-c. 140).

[11] Plautus (c. 254-c. 184 B.C.), Roman dramatist.

dando vueltas a la rueda de un molino; Séneca[12] el filósofo, de quien se dijo que el mejor acto de su vida fue su muerte; Quintiliano[13] el retórico; Salustio,[14] el pícaro, que tan bien habla de la virtud; ambos Plinios,[15] Suetonio[16] y Varrón;[17] en una palabra, todas las letras latinas, desde que balbucieron su primera palabra con Livio Andrónico,[18] hasta que exhalaron su postrer suspiro con Rutilio.[19]

Pero haciendo esta rápida enumeración, no hemos observado que dos mujeres han entrado en el cuarto. Es muy temprano; pero en Orbajosa 'se madruga mucho.° Los pajaritos cantan que se las pelan[20] en sus jaulas; tocan a misa las campanas de las iglesias, y hacen sonar sus alegres esquilas las cabras° que van a dejarse ordeñar a las puertas de las casas.

'one gets up very early
goats

Las dos señoras que vemos en la habitación descrita vienen de oír misa. Visten de negro, y cada cual trae en la mano derecha su librito de devoción y el rosario envuelto en los dedos.

—Tu tío no puede tardar ya—dijo una de ellas—, le dejamos empezando la misa; pero él despacha pronto, y a estas horas estará en la sacristía quitándose la casulla. Yo me hubiera quedado a oírle la misa, pero hoy es día de mucha fatiga para mí.

—Yo no he oído hoy más que la del señor Magistral—dijo la otra—; la del señor Magistral, que las dice en un soplo, y creo que no me ha sido de provecho, porque estaba muy intranquila, sin poder apartar el entendimiento de estas cosas terribles que nos pasan.

—¡Cómo ha de ser!... Es preciso tener paciencia... Veremos lo que nos aconseja tu tío.

---

[12] Roman philosopher and tragedy-writer (c. 4 B.C.-A.D. 65).

[13] Quintilian (c. A.D. 35-c. 95), Roman rhetorician.

[14] Sallust (86-34 B.C.), Roman historian.

[15] Pliny the Elder (A.D. 23-79) was a Roman naturalist and encyclopedist. Pliny the Younger (c. A.D. 62-c. 113) was a Roman author and orator.

[16] Suetonius (c. A.D. 75-c. 160), Roman historian.

[17] Varro (c. 116-c. 27 B.C.), Roman scholar and author.

[18] Livius Andronicus (c. 284-204 B.C.), Roman epic and dramatic poet.

[19] Rutilius (fifth-century A.D.), Roman poet.

[20] **que se las pelan** *with all their might*

—¡Ay!—exclamó la segunda, exhalando un hondo suspiro—.
Yo tengo la sangre abrasada.

—Dios nos amparará.

—¡Pensar que una señora como usted se ve amenazada por
un...! Y él sigue en sus trece... Anoche, señora Doña Perfecta,
conforme usted me lo mandó, volví a la posada de la viuda de
Cuzco, y he pedido nuevos informes. El D. Pepito y el brigadier
Batalla están siempre juntos conferenciando... ¡ay, Jesús, Dios
y Señor mío!.., conferenciando sobre sus infernales planes y
despachando botellas de vino. Son dos perdidos, dos borrachos.
Sin duda discurren alguna maldad muy grande. Como me
intereso tanto por usted, anoche, estando yo en la posada, vi
salir al D. Pepito y le seguí...

—¿Y a dónde fue?

—Al Casino, sí, señora; al Casino—repuso la otra, turbándo-
se ligeramente—. Después volvió a su casa. ¡Ay! cuánto me
reprendió mi tío por haber estado hasta muy tarde ocupada en
este espionaje... pero 'no lo puedo remediar...° ¡Jesús divino,   I can't help it
ampárame! No lo puedo remediar, y mirando a una persona
como usted en trances tan peligrosos, me vuelvo loca... Nada,
nada: señora, estoy viendo que a lo mejor esos tunantes asaltan
la casa y nos llevan a Rosarito...

Doña Perfecta, fijando la vista en el suelo, meditó largo rato.
Estaba pálida y ceñuda.° Por fin dijo: frowning

—Pues no veo el modo de impedirlo.

—Yo sí lo veo—dijo vivamente la otra, que era la sobrina del
Penitenciario y madre de Jacinto—. Veo un medio muy sencillo.
El que he manifestado a usted y no le gusta. ¡Ah! señora mía,
usted es demasiado buena. En ocasiones como ésta conviene ser
un poco menos perfecta... dejar a un ladito los escrúpulos. Pues
qué, ¿se va a ofender Dios por eso?

—María Remedios—replicó la señora con altanería—, no
digas desatinos.

—¡Desatinos!... Usted, con sus sabidurías, no podrá ponerle
las peras a cuarto[21] al sobrinejo. ¿Qué cosa mas sencilla que la
que yo propongo? Puesto que ahora no hay justicia que nos
ampare, hagamos nosotros la gran justiciada. ¿No hay en casa de
usted hombres que sirvan para cualquier cosa? Pues llamarles y
decirles: «Mira Caballuco, Pasolargo o quien sea, esta mis-
ma noche 'te tapujas° bien, de modo que no seas conocido; llevas   cover your face

---

[21] **ponerle las perlas...** *teach a lesson*

contigo a un amiguito de confianza, y te pones en la esquina de
la calle de la Santa Faz. Aguardáis un rato, y cuando D. José
Rey pase por la calle de la Tripería para ir al Casino, porque de
seguro irá al Casino, ¿entendéis bien? cuando pase le salís al
encuentro y le dais un susto...»°   scare

—María Remedios, no seas tonta—indicó con magistral
dignidad la señora.

—Nada más que un susto, señora; atienda usted bien a lo
que digo, un susto. Pues qué, ¿había yo de aconsejar un crimen...? ¡Jesús, Padre y Redentor mío! Sólo la idea me llena de
horror, y parece que veo señales de sangre y fuego delante de
mis ojos. Nada de eso, señora mía... Un susto, y nada más que un
susto, por lo cual comprenda ese bergante que estamos bien
defendidas. El va solo al Casino, señora, enteramente solo, y allí
se junta con sus amigotes los del sable y morrioncete. Figúrese
usted que recibe el susto y que además le quedan algunos huesos
quebrantados, sin nada de heridas° graves, se entiende... Pues   wounds
en tal caso, o se acobarda y huye de Orbajosa, o se tiene que
meter en la cama por quince días. Eso si, hay que recomendarles
que el susto sea bueno. Nada de matar... cuidadito con eso, pero
sentar bien la mano...²²

—María—dijo Doña Perfecta con orgullo—, tú eres incapaz
de una idea elevada, de una resolución grande y salvadora. Eso
que me aconsejas es una indignidad cobarde.

—Bueno, pues me callo... ¡Ay de mí, qué tonta soy!
—refunfuñó° con humildad la sobrina del Penitenciario—. Me   grumbled
guardaré mis tonterías para consolarla a usted después que
haya perdido a su hija.

—¡Mi hija!... ¡perder a mi hija!...—exclamó la señora con
súbito arrebato de ira—. Sólo oírlo me vuelve loca. No, no me la
quitarán. Si Rosario no aborrece a ese perdido, como yo deseo, le
aborrecerá. De algo sirve la autoridad de una madre... Le
arrancaremos su pasión, mejor dicho, su capricho, como se
arranca una hierba tierna que aún no ha tenido tiempo de echar
raíces... No; esto no puede ser, Remedios. ¡Pase lo que pase, no
será! No le valen a ese loco ni los medios más infames. Antes que
verla esposa de mi sobrino, acepto cuanto de malo pueda pasarle,
incluso la muerte.

—Antes muerta, antes enterrada y hecha alimento de gusa-
nos°—afirmó Remedios, cruzando las manos como quien recita   worms

²² **sentar bien la mano** *a good beating*

una plegaria—, que verla en poder de... ¡Ay!, señora, no se
ofenda usted si le digo una cosa, y es que sería gran debilidad
ceder porque Rosarito haya tenido algunas entrevistas secretas
con ese atrevido. El caso de anteanoche,° según lo contó mi tío,   night before last
5   me parece una treta infame de D. José para conseguir su objeto
por el escándalo. Muchos hacen esto... ¡Ay, Jesús Divino, no sé
cómo hay quien le mire la cara a un hombre no siendo sacerdote!
    —Calla, calla—dijo Doña Perfecta con vehemencia—, no me
nombres lo de anteanoche. ¡Qué horrible suceso! María Reme-
10 dios... comprendo que la ira puede perder un alma para siempre.
Yo me abraso... ¡Desdichada de mí, ver estas cosas y no ser hombre!... Pero si he de decir la verdad sobre lo de anteanoche, aún
tengo mis dudas. Librada 'jura y perjura° que fue Pinzón el que   solemnly swears
entró. ¡Mi hija niega todo; mi hija nunca ha mentido!... Yo insisto
15 en mi sospecha. Creo que Pinzón es un bribón encubridor;° pero   go-between
nada más...
    —Volvemos a lo de siempre, a que el autor de todos los males
es el dichoso matemático... ¡Ay! no me engañó el corazón cuando
le vi por primera vez... Pues, señora mía, resígnese usted a
20 presenciar algo más terrible todavía, si no se decide a llamar a
Caballuco y decirle: «Caballuco, espero que...»
    —Vuelta a lo mismo; pero tú eres simple...
    —¡Oh! Si yo soy muy simplota, lo conozco; pero si 'no
alcanzo° más, ¿qué puedo hacer? Digo lo que se me ocurre, sin   I can't understand
25 sabidurías.
    —Lo que tú imaginas, esa vulgaridad tonta de la paliza y del
susto, se le ocurre a cualquiera. Tú no tienes dos dedos de
frente,[23] Remedios; cuando quieres resolver un problema grave,
sales con tales patochadas. Yo imagino un recurso más digno de
30 personas nobles y bien nacidas. ¡Apalear! ¡qué estupidez!   scratch
Además, no quiero que mi sobrino reciba un rasguño° por orden   punishment
mía: eso de ninguna manera. Dios le enviará su castigo° por
cualquiera de los admirables caminos que Él sabe elegir. Sólo
nos corresponde trabajar porque los designios de Dios no hallen
35 obstáculo, María Remedios: es preciso en estos asuntos ir
directamente a las causas de las cosas. Pero tú no entiendes de
causas... tú no ves más que pequeñeces.
    —Será así—dijo humildemente la sobrina del cura—. ¡Para
qué me hará Dios tan necia, que nada de esas sublimidades

---

[23] **Tú no tienes...** *You're not being sensible*

entiendo!

—Es preciso ir al fondo,[24] al fondo, Remedios. ¿Tampoco entiendes ahora?

—Tampoco.

—Mi sobrino, no es mi sobrino, mujer: es la blasfemia, el sacrilegio, el ateísmo, la demagogia...[25] ¿Sabes lo que es la demagogia?

—Algo de esa gente que quemó a París con petróleo y los que derriban las iglesias y fusilan° imágenes... Hasta ahí vamos bien.   shoot

—Pues mi sobrino es todo eso... ¡Ah! ¡Si él estuviera solo en Orbajosa!... Pero no, hija mía. Mi sobrino, por una serie de fatalidades, que son otras tantas pruebas de los males pasajeros que a veces permite Dios para nuestro castigo, equivale° a un   equals
ejército, equivale a la autoridad del Gobierno, equivale al alcalde, equivale al juez; mi sobrino no es mi sobrino: es la nación oficial, Remedios; es esa segunda nación, compuesta de los perdidos que gobiernan en Madrid, y que se ha hecho dueña de la fuerza material; de esa nación aparente, porque la real es la que calla, paga y sufre; de esa nación ficticia que firma° al pie   signs
de los decretos y pronuncia discursos y hace una farsa de gobierno y una farsa de autoridad y una farsa de todo. Eso es hoy mi sobrino; es preciso que te acostumbres a ver lo interno de las cosas. Mi sobrino es el Gobierno, el brigadier, el alcalde nuevo, el juez nuevo, porque todos le favorecen a causa de la unanimidad de sus ideas; porque son uña y carne, lobos de la misma manada...° Entiéndelo bien: hay que defenderse de todos   pack
ellos, porque todos son uno, y uno es todos; hay que atacarles en conjunto, y no con palizas al volver de una esquina, sino como atacaban nuestros abuelos a los moros, a los moros, Remedios... Hija mía, comprende bien esto; abre tu entendimiento y deja entrar en él una idea que no sea vulgar... remóntate; piensa en alto, Remedios.

La sobrina de D. Inocencio estaba atónita° ante tanta   astounded
grandeza. Abrió la boca para decir algo en consonancia con tan maravilloso pensamiento, pero sólo exhaló un suspiro.

—Como a los moros—repitió Doña Perfecta—. Es cuestión

[24] **ir al fondo** *to get to the bottom of things*
[25] The gaining of power by persuasive, emotional appeals to the passions or prejudices of others.

de moros y cristianos. ¡Y creías tú que con asustar° a mi sobrino se   frightening
concluía todo!... ¡Qué necia eres! ¿No ves que le apoyan sus amigos?
¿No ves que estamos a merced de esa canalla? ¿No ves que
cualquier tenientejo es capaz de pegar fuego a mi casa si se le
5   antoja?... ¿Pero tú no alcanzas esto? ¿No comprendes que es
necesario ir al fondo? ¿No comprendes la inmensa grandeza, la
terrible extensión de mi enemigo, que no es un hombre, sino una
secta?... ¿No comprendes que mi sobrino, tal como está hoy
enfrente de mí, no es una calamidad, sino una plaga?... Contra ella,
10 querida Remedios, tendremos aquí un batallón de Dios que   will annihilate
aniquile° la infernal milicia de Madrid. Te digo que esto va a ser
grande y glorioso...

—¡Si al fin fuera...!

—Pero ¿tú lo dudas? Hoy hemos de ver aquí cosas terri-
15 bles...—dijo con gran impaciencia la señora—. Hoy, hoy. ¿Qué
hora es? Las siete. ¡Tan tarde y no ocurre nada!...

—Quizás sepa algo mi tío, que está aquí ya. Le siento subir
la escalera.

—Gracias a Dios...—añadió Doña Perfecta levantándose
20 para salir al encuentro del Penitenciario—. El nos dirá algo
bueno.

D. Inocencio entró apresurado. Su demudado rostro indicaba
que aquella alma, consagrada a la piedad y a los estudios
latinos, no estaba tan tranquila como de ordinario.

25 —Malas noticias—dijo poniendo sobre una silla el sombrero   untying
y desatando° los cordones del manteo.

Doña Perfecta palideció.   arresting

—Están prendiendo° gente—añadió D. Inocencio bajando la
voz, cual si debajo de cada silla estuviera un soldado—. Sospe-   wouldn't put up
30 chan, sin duda, que los de aquí 'no les aguantarían° sus pesadas   with
bromas y han ido de casa en casa echando mano a todos los que
tenían fama de valientes...

La señora se arrojó en un sillón y apretó fuertemente los
dedos contra la madera de los brazos del mueble.

35 —Falta que se hayan dejado prender—indicó Remedios.

—Muchos de ellos.. pero muchos—dijo D. Inocencio con
ademanes encomiásticos, dirigiéndose a la señora—, han tenido
tiempo de huir, y se han ido con armas y caballos a Villahorrenda.

—¿Y Ramos?

40 —En la catedral dijéronme que es el que buscan con más
empeño... ¡Oh, Dios mío! prender así a unos infelices que nada
han hecho todavía... Vamos, no sé cómo los buenos españoles

tienen paciencia. Señora mía Doña Perfecta, refiriendo esto de las prisiones me he olvidado decir a usted que debe marcharse a su casa 'al momento.° — immediately

—Sí, al momento... ¿Registrarán mi casa esos bandidos?

—Quizás. Señora, estamos en un día nefasto°—dijo D. Inocencio con solemne y conmovido acento—. ¡Dios 'se apiade de° nosotros! — ominous — take pity on

—En mi casa tengo media docena de hombres muy bien armados—repuso la dama, vivamente alterada—. ¡Qué iniquidad! ¿Serán capaces de querer llevárselos también?...

—De seguro el Sr. Pinzón no se habrá descuidado en denunciarlos. Señora, repito que estamos en un día nefasto. Pero Dios amparará la inocencia.

—Me voy. No deje usted de pasar por allá.

—Señora, en cuanto despache° la clase... y me figuro que con la alarma que hay en el pueblo, todos los chicos 'harán novillos° hoy; pero haya o no clase, iré después por allá... No quiero que salga usted sola, señora. Andan por las calles esos zánganos de soldados 'con unos humos...° ¡Jacinto, Jacinto! — is dismissed — will play hooky — putting on airs

—No es preciso. Me marcharé sola.

—Que vaya Jacinto—dijo la madre de éste—. Ya debe de estar levantado.

Sintiéronse los precipitados pasos del doctorcillo, que bajaba a toda prisa la escalera del piso alto. Venía con el rostro encendido, 'fatigado el aliento.° — out of breath

—¿Qué hay?—le preguntó su tío.

—En casa de las Troyas—dijo el jovenzuelo—, en casa de esas..., pues...

—Acaba de una vez.[26]

—Está Caballuco.

—¿Allá arriba?... ¿En casa de las Troyas?

—Sí, señor... Me habló desde el terrado; me ha dicho que está temiendo le vayan a coger allí.

—¡Oh, qué bestia!... Ese majadero va a dejarse prender—, exclamó Doña Perfecta, hiriendo el suelo con el inquieto pie.

—Quiere bajar aquí y que le escondamos en casa.

—¿Aquí?

Canónigo y sobrina se miraron.

—¡Que baje!—dijo Doña Perfecta con vehemente frase.

---

[26] **Acaba de una vez** *Out with it*

—¿Aquí?—repitió D. Inocencio, poniendo cara de mal humor.

—Aquí—contestó la señora—. No conozco casa donde pueda estar más seguro.

—Puede saltar fácilmente por la ventana de mi cuarto—, dijo Jacinto.

—Pues si es indispensable...

—María Remedios—dijo la señora—, si nos cogen a este hombre, todo se ha perdido.

—Tonta y simple soy—repuso la sobrina del canónigo, poniéndose la mano en el pecho y ahogando el suspiro que sin duda iba a salir al público—; pero no le cogerán.

Salió la señora rápidamente, y poco después el Centauro se arrellanaba° en la butaca donde el Sr. D. Inocencio solía sentarse a escribir sus sermones.   *was stretched out*

No sabemos cómo llegó a oídos del brigadier Batalla; pero es indudable que este diligente militar tenía noticia de que los orbajosenses habían variado de intenciones, y en la mañana de aquel día dispuso la prisión de los que en nuestro rico lenguaje insurreccional solemos llamar *caracterizados.*[27] Salvóse por milagro el gran Caballuco, refugiándose° en casa de las Troyas;   *by taking refuge* pero no creyéndose allí seguro, bajó, como se ha visto, a la santa y no sospechosa mansión del buen canónigo.

Ocupando diversos puntos del pueblo, la tropa ejercía de noche la mayor vigilancia con los que entraban y salían; pero Ramos logró evadirse, burlando, o quizás sin burlar, las precauciones militares. Esto acabó de encender los ánimos, y multitud de gente se conjuraba en los caseríos cercanos a Villahorrenda, juntándose de noche para dispersarse de día y preparar así el arduo negocio de su levantamiento. Ramos recorrió las cercanías allegando° gente y armas, y como las columnas volantes anda-   *gathering* ban tras los Aceros en tierra de Villajuán de Nahara, nuestro héroe caballeresco adelantó mucho en poco tiempo.

Por las noches arriesgábase° con audacia suma a entrar en   *he risked* Orbajosa, valiéndose de medios de astucia o tal vez de sobornos. Su popularidad y la protección que recibía dentro del pueblo servíanle hasta cierto punto de salvaguardia, y no será aventurado decir que la tropa no desplegaba ante aquel osado campeón el mismo rigor que ante los hombres insignificantes de la

[27] *Key players*

localidad. En España, y principalmente en tiempo de guerras, que son siempre aquí desmoralizadoras, suelen verse esas condescendencias infames con los grandes, mientras se persigue sin piedad a los pequeños. Valido, pues, de su audacia, del soborno, o no sabemos de qué, Caballuco entraba en Orbajosa, reclutaba° más gente, reunía armas y acopiaba° dinero. Para mayor seguridad° de su persona, o para cubrir el expediente, no ponía los pies en su casa, apenas entraba en la de Doña Perfecta para tratar de asuntos importantes, y solía cenar en casa de este o del otro amigo, prefiriendo siempre la respetada vivienda de algún sacerdote, y principalmente la de D. Inocencio, donde recibiera asilo° en la mañana funesta de las prisiones.

En tanto, Batalla había telegrafiado al Gobierno diciéndole que, descubierta una conspiración facciosa,° estaban presos° sus autores, y los pocos que lograron escapar andaban dispersos y fugitivos, *activamente perseguidos por nuestras columnas.*

recruited, collec-
ted; safety

asylum

rebel, under arrest

XXVI

María Remedios

NADA MÁS ENTRETENIDO QUE buscar el origen de los sucesos interesantes que nos asombran o perturban, ni nada más grato que encontrarlo. Cuando vemos arrebatadas pasiones en lucha encubierta o manifiesta, y llevados del natural impulso inductivo que acompaña siempre a la observación humana, logramos descubrir la oculta fuente de donde aquel revuelto río ha traído sus aguas, sentimos un gozo muy parecido al de los geógrafos y buscadores de tierras.

Este gozo nos lo ha concedido Dios ahora, porque explorando los escondrijos de los corazones que laten° en esta historia,   beat
hemos descubierto un hecho que seguramente es el engendrador de los hechos más importantes que aquí se narran: una pasión, que es la primera gota de agua de esta alborotada corriente cuya marcha estamos observando.

Continuemos, pues, la narración. Para ello dejemos a la señora de Polentinos, sin cuidarnos de[1] lo que pudo ocurrirle en la mañana de su diálogo con María Remedios. Penetra llena de zozobra en su vivienda, donde se ve obligada a soportar las excusas y cortesanías del Sr. Pinzón, quien asegura que mientras él existiera, la casa de la señora no sería registrada. Le responde Doña Perfecta de un modo altanero,° sin dignarse fijar   haughty
en él los ojos, por cuya razón él pide urbanamente explicaciones de tal desvío, a lo cual ella contesta rogando al Sr. Pinzón abandone su casa, sin perjuicio de dar oportunamente cuenta de su alevosa conducta dentro de ella. Llega D. Cayetano y se cruzan palabras de caballero a caballero; pero como ahora nos interesa más otro asunto, dejemos a los Polentinos y al teniente coronel que se las compongan como puedan, y pasemos a examinar los manantiales° históricos arriba mencionados.   water sources

Fijemos la atención en María Remedios, mujer estimable, a la cual es urgente consagrar algunas líneas. Era una señora, una verdadera señora, pues a pesar de su origen humildísimo, las virtudes de su tío carnal el Sr. D. Inocencio, también de bajo

[1] **cuidarnos de** *concerning ourselves with*

origen, mas sublimado por el Sacramento, así como por su saber y respetabilidad, habían derramado extraordinario esplendor sobre toda la familia.

El amor de Remedios a Jacinto era una de las más vehe-
5   mentes pasiones que en el corazón maternal pueden caber. Le amaba con delirio; ponía el bienestar de su hijo sobre todas las cosas humanas; creíale el más perfecto tipo de la belleza y del talento creados por Dios, y diera por verle feliz y poderoso todos los días de su vida y aun parte de la eterna gloria. El sentimien-
10 to materno es el único que, por lo muy santo y noble, admite la exageración; el único que no se bastardea con el delirio. Sin embargo, ocurre un fenómeno singular que no deja de ser común en la vida, y es que si esta exaltación del afecto maternal no coincide con la absoluta pureza del corazón y con la honradez
15 perfecta, suele extraviarse° y convertirse en frenesí lamentable,   go astray
que puede contribuir, como otra cualquiera pasión desbordada, a grandes faltas y catástrofes.

En Orbajosa, María Remedios pasaba por un modelo de virtud y de sobrinas; quizás lo era 'en efecto.° Servía cariñosa-   really
20 mente a cuantos la necesitaban; jamás dio motivo a hablillas y murmuraciones° de mal género; jamás se mezcló en intrigas. Era   gossip
piadosa, no sin dejarse llevar a extremos de mojigatería°   sanctimoniousness
chocante; practicaba la caridad; gobernaba la casa de su tío con habilidad suprema; era bien recibida, admirada y obsequiada en
25 todas partes, a pesar del sofoco que producía su continuo afán de suspirar y expresarse siempre en tono quejumbroso.°   whining

Pero en casa de Doña Perfecta, aquella excelente señora sufría una especie de *capitis diminutio.*[2] En tiempos remotos y muy aciagos° para la familia del buen Penitenciario, María   unfortunate
30 Remedios (si es verdad, ¿por qué no se ha decir?) había sido lavandera° en la casa de Polentinos. Y no se crea por esto que   washer-woman
Doña Perfecta la miraba con altanería; nada de eso: tratábala sin orgullo; hacia ella sentía cariño fraternal; comían juntas, rezaban juntas, referíanse sus cuitas, ayudábanse mutuamente
35 en sus caridades y en sus devociones, así como en los negocios de la casa... pero ¡fuerza es decirlo! siempre había algo, siempre había una raya invisible, pero infranqueable,° entre la señora   impassable
improvisada y la señora antigua. Doña Perfecta tuteaba[3] a María, y ésta jamás pudo 'prescindir de° ciertas fórmulas.   dispense with

[2] *loss of civil qualification* (Latin).
[3] **tuteaba...** *used the familiar tú form of address*

Sentíase tan pequeña la sobrina de D. Inocencio en presencia de la amiga de éste, que su humildad nativa tomaba un tinte extraño de tristeza. Veía que el buen canónigo era en la casa una especie de consejero áulico[4] inamovible; veía a su idolatrado Jacintillo en familiaridad casi amorosa con la señorita, y sin embargo, la pobre madre y sobrina frecuentaba la casa lo menos posible. Conviene indicar que María Remedios se deseñoraba[5] bastante (pase la palabra) junto a Doña Perfecta, y esto le era desagradable, porque también en aquel espíritu suspirón había, como en todo lo que vive, un poco de orgullo... ¡Ver a su hijo casado con Rosarito; verle rico y poderoso; verle emparentado° con Doña Perfecta, con la señora!... ¡ay! esto era para María Remedios la tierra y el cielo, esta vida y la otra, el presente y el 'más allá,° la totalidad suprema de la existencia. Años hacía que su pensamiento y su corazón se llenaban de aquella dulce luz de esperanza. Por esto era buena y mala; por esto era religiosa y humilde, o terrible y osada; por esto era todo cuanto hay que ser, porque sin tal idea, María, verdadera encarnación de su proyecto, no existiría.

    En su físico, María Remedios no podía ser más insignificante. Distinguíase por una lozanía sorprendente, que aminoraba° en apariencia el valor numérico de sus años, y vestía siempre 'de luto,° a pesar de que su viudez° era ya cuenta muy larga.

    Habían pasado cinco días desde la entrada de Caballuco en casa del señor Penitenciario. Principiaba la noche. Remedios entró con la lámpara encendida en el cuarto de su tío, y después de dejarla sobre la mesa se sentó frente al anciano, que desde media tarde permanecía inmóvil y meditabundo en su sillón, cual si le hubieran clavado en él. Sus dedos sostenían la barba, arrugando la morena piel, no rapada° en tres días.

    —¿Vendrá Caballuco a cenar aquí esta noche?—preguntó a su sobrina.

    —Si, señor, vendrá. En estas casas respetables es donde el pobrecito está más seguro.

    —Pues yo no las tengo todas conmigo,[6] a pesar de la respetabilidad de mi domicilio—repuso el Penitenciario—. ¡Cómo se expone el valiente Ramos!... Y me han dicho que en Villahorrenda y su campiña hay mucha gente... qué sé yo

---

[4] **consejero áulico...** *supreme royal counselor*
[5] **se deseñoraba...** *was "declassed"*
[6] **Pues yo...** *Well I'm still concerned*

Margin glosses:
- related by marriage
- hereafter
- minimized
- in mourning, widowhood
- shaved

cuánta gente... ¿Qué has oído tú?

—Que la tropa está haciendo barbaridades...

—¡Es milagro que esos caribes no hayan registrado mi casa! Te juro que si veo entrar uno de los de pantalón encarnado, me caigo sin habla.

—¡Buenos, buenos estamos!—dijo Remedios, echando en un suspiro la mitad de su alma—. No puedo apartar de mi mente la tribulación en que se encuentra la señora Doña Perfecta... ¡Ay, tío!, debe usted ir allá.

—¿Allá esta noche?... Andan las tropas por las calles. Figúrate que a un soldado se le antoja... La señora está bien defendida. El otro día registraron la casa y se llevaron los seis hombres armados que allí tenía; pero después se los han devuelto. Nosotros no tenemos quien nos defienda en caso de un atropello.

—Yo he mandado a Jacinto allá para que acompañe un ratito a la señora. Si Caballuco viene, le diremos que vaya también... Nadie me quita de la cabeza que alguna gran fechoría preparan esos pillos contra nuestra amiga. ¡Pobre señora, pobre Rosarito!... Cuando uno piensa que esto podía haberse evitado con lo que propuse a Doña Perfecta hace dos días...

—Querida sobrina—dijo flemáticamente° el Penitenciario—, hemos hecho todo cuanto en lo humano cabía para realizar nuestro santo propósito... Ya no se puede más. Hemos fracasado, Remedios. Convéncete de ello, y no seas terca: Rosarito no puede ser la mujer de nuestro idolatrado Jacintillo. Tu sueño dorado, tu ideal dichoso, que un tiempo nos pareció realizable,° y al cual consagré yo las fuerzas todas de mi entendimiento, como buen tío, se ha trocado ya en una quimera,° se ha disipado como el humo. Entorpecimientos° graves, la maldad de un hombre, la pasión indudable de la niña y otras cosas que callo, han vuelto las cosas del revés. Ibamos venciendo, y de pronto somos vencidos. ¡Ay, sobrina mía! Convéncete de una cosa: 'hoy por hoy,° Jacinto merece mucho más que esa niña loca.

—Caprichos y terquedades—repuso María con displicencia bastante irrespetuosa—. ¡Vaya con lo que sale usted ahora, tío! Pues las grandes cabezas están luciendo... Doña Perfecta con sus sublimidades, y usted con sus cavilaciones, sirven para cualquier cosa. Es lástima que Dios me haya hecho a mí tan tonta, y dádome este entendimiento de ladrillo y argamasa,° como dice la señora, porque si así no fuera, yo resolvería la cuestión.

(gloss, right margin:)

coolly and calmly

feasible

illusion

delays

as things stand now

mortar

—¿Tú?

—Si ella y usted me hubieran dejado, resuelta estaría ya.

—¿Con los palos?

—No asustarse ni abrir tanto los ojos, porque no se trata de
5 matar a nadie... ¡vaya!

—Eso de los palos—dijo el canónigo sonriendo—, es como el
rascar... ya sabes.

—¡Bah!... diga usted también que soy cruel y sanguinana...°   blood-thirsty
me falta valor para matar un gusanito, bien lo sabe usted... Ya
10 se comprende que no había yo de querer la muerte de un
hombre.

—En resumen, hija mía, por más vueltas que le des, el Sr. D.
Pepe Rey se lleva a la niña. Ya no es posible evitarlo. El está
dispuesto a emplear todos los medios, incluso la deshonra. Si la
15 Rosarito... ¡cómo nos engañaba con aquella carita circunspecta
y aquellos ojos celestiales! ¿eh?... si la Rosarito, digo, no le
quisiera... vamos.., todo podría arreglarse; pero ¡ay! le ama como
ama el pecador al demonio, está abrasada en criminal fuego;
cayó, sobrina mía, cayó en la infernal trampa° libidinosa.   trap
20 Seamos honrados y justos; apartemos la vista de la innoble
pareja, y no pensemos más en el uno ni en la otra.

—Usted no entiende de mujeres, tío—dijo Remedios con
lisonjera hipocresía—; usted es un santo varón; usted no
comprende que lo de Rosarito no es más que un caprichillo de
25 esos que pasan, de esos que se curan con un par de refregones en
los morros[7] o media docena de azotes.°   whippings

—Sobrina—dijo D. Inocencio grave y sentenciosamente—,
cuando han pasado cosas mayores, los caprichillos no se llaman
caprichillos, sino de otra manera.

30 —Tío, usted no sabe lo que dice—repuso la sobrina, cuyo
rostro se inflamó súbitamente—. Pues qué, ¿será usted capaz de
suponer en Rosarito...? ¡qué atrocidad! Yo la defiendo, sí, la
defiendo... Es pura como un ángel... Vamos, tío, con esas cosas se
me suben los colores a la cara y 'me pone usted soberbia.°   you make me
35 Al decir esto, el semblante del buen clérigo se cubría de una   angry
sombra de tristeza, que en apariencia 'le envejecía° diez años.   aged him

—Querida Remedios—añadió—. Hemos hecho todo lo
humanamente posible y todo lo que en conciencia podía y debía
hacerse. Nada más natural que nuestro deseo de ver a Jacin-
40 tillo emparentado con esa gran familia, la primera de

---

[7] **refregones en los morros** *good scoldings*

Orbajosa; nada más natural que nuestro deseo de verle dueño de las siete casas del pueblo, de la dehesa de Mundogrande, de las tres huertas del cortijo de Arriba, de la Encomienda y demás predios urbanos y rústicos que posee esa niña. Tu hijo vale
5 mucho, bien lo saben todos. Rosarito gustaba de él y él de Rosarito. Parecía cosa hecha: la misma señora, sin entusiasmarse mucho, a causa sin duda de nuestro origen, parecía bien dispuesta a ello, a causa de lo mucho que me estima y venera, como confesor y amigo... Pero de repente se presenta ese
10 malhadado joven. La señora me dice que tiene un compromiso° con   pledge su hermano y que no se atreve a rechazar la proposición por éste hecha. ¡Conflicto grave! Pero ¿qué hago yo en vista de esto? ¡Ay! no lo sabes tú bien. Yo te soy franco: si hubiera visto en el Sr. de Rey un hombre de buenos principios,° capaz de hacer feliz a Rosario, no   moral scruples
15 habría intervenido en el asunto; pero el tal joven me pareció una calamidad, y como director espiritual de la casa debí 'tomar cartas°   intervene en el asunto, y las tomé. Ya sabes que 'le puse la proa,° como   I opposed him vulgarmente se dice. Desenmascaré sus vicios; descubrí su ateísmo; puse a la vista de todo el mundo la podredumbre de aquel corazón
20 materializado,[8] y la señora se convenció de que entregaba a su hija al vicio... ¡Ay! qué afanes pasé. La señora vacilaba; yo fortalecía° su   strengthened ánimo indeciso; aconsejábale los medios lícitos que debía emplear contra el sobrinejo para alejarle sin escándalo; sugeríale° ideas   I suggested to her ingeniosas; y como ella me mostraba a menudo su pura conciencia
25 llena de alarmas, yo la tranquilizaba demarcando hasta qué punto eran lícitas las batallas que librábamos contra aquel fiero enemigo. Jamás aconsejé medios violentos ni sanguinarios, ni atrocidades de mal género, sino sutiles trazas que no contenían pecado. Estoy tranquilo, querida sobrina. Pero bien sabes tú que he luchado, que
30 he trabajado como un negro. ¡Ay! cuando volvía a casa por las noches y decía: «Mariquilla, vamos bien, vamos muy bien», tú te volvías loca de contento y me besabas las manos cien veces, y decías que era yo el hombre mejor del mundo. ¿Por qué te enfureces ahora, desfigurando tu noble carácter y pacífica condición? ¿Por
35 qué me riñes? ¿Por qué dices que estás soberbia, y me llamas en

---

[8] Pertaining to the philosophical theory of materialism, which regards matter and its motions as constituting the universe, and consequently, focuses on the physical rather than the spiritual aspect of things.

buenas palabras *Juan Lanas*?[9]

—Porque usted—dijo la mujer sin cejar en su irritación—, se ha acobardado de repente.

—Es que todo se nos vuelve en contra, mujer. El maldito ingeniero, favorecido por la tropa, está resuelto a todo. La chiquilla le ama; la chiquilla... no quiero decir más. No puede ser, te digo que no puede ser.

—¡La tropa! Pero usted cree, como Doña Perfecta, que va a haber una guerra, y que para echar de aquí a D. Pepe se necesita que media nación se levante contra la otra media... La señora se ha vuelto loca, y usted allá se le va.

—Creo lo mismo que ella. Dada la intimidad de Rey con los militares, la cuestión personal se agranda... Pero ¡ay! sobrina mía, si hace dos días tuve esperanza de que nuestros valientes echaran de aquí a puntapiés a la tropa, desde que he visto el giro que han tomado las cosas; desde que he visto que la mayor parte son sorprendidos antes de pelear,° y que Caballuco se esconde y que   fighting
esto se lo lleva la trampa,[10] desconfío de todo. Los buenos principios no tienen aún bastante fuerza material para hacer pedazos a los ministros y emisarios del error... ¡Ay!, sobrina mía, resignación, resignación.

Apropiándose° entonces D. Inocencio el medio de expresión   appropriating
que caracterizaba a su sobrina, suspiró dos o tres veces ruidosamente. María, contra todo lo que podía esperarse, guardó profundo silencio. No había en ella, al menos aparentemente, ni cólera, ni tampoco el sentimentalismo superficial de su ordinaria vida; no había sino una aflicción profunda y modesta. Poco después de que el buen tío concluyera su perorata, dos lágrimas rodaron° por las   rolled
sonrosadas mejillas de la sobrina; no tardaron en oírse algunos sollozos mal comprimidos, y poco a poco, así como van creciendo en ruido y forma la hinchazón° y tumulto de un mar que empieza   swelling
a alborotarse, así fue encrespándose aquel oleaje del dolor de María Remedios, hasta que rompió en deshecho llanto.

[9] **Juan Lanas** *Simple Simon*
[10] **esto se lo lleva...** *all of that is falling through*

XXVII

El tormento de un canónigo

¡RESIGNACIÓN, RESIGNACIÓN!—VOLVIÓ A decir D. Inocencio.
—¡Resignación, resignación!—repitió ella, enjugando sus lágrimas—. Puesto que mi querido hijo ha de ser
siempre un pelagatos,° séalo en buen hora. Los pleitos esca- _{penniless person}
sean;° bien pronto llegará el día en que lo mismo será la aboga- _{are becoming}
cía que nada. ¿De qué vale el talento? ¿De qué valen tanto _{scarce}
estudio y romperse la cabeza? ¡Ay! somos pobres. Llegará un día,
Sr. D. Inocencio, en que mi pobre hijo no tendrá una almohada°
sobre que reclinar la cabeza.
—¡Mujer!
—¡Hombre!.... Y si no, dígame: ¿qué herencia piensa usted
dejarle cuando cierre el ojo? Cuatro cuartos, seis libruchos,
miseria y nada más... Van a venir unos tiempos... ¡qué tiempos,
señor tío!... Mi pobre hijo, que se está poniendo muy delicado de
salud, no podrá trabajar... ya se le marea la cabeza desde que lee
un libro, ya le dan bascas° y jaqueca° siempre que estudia de _{nausea, headache}
noche... tendrá que mendigar un destinejo; tendré yo que
ponerme a la costura, y quién sabe, quién sabe... como no
tengamos que pedir limosna.
—¡Mujer!
—Bien sé lo que digo... Buenos tiempos van a venir—añadió
la excelente mujer, forzando más el sonsonete llorón con que
hablaba—. ¡Dios mío! ¿Qué va a ser de nosotros? ¡Ah! Sólo el
corazón de una madre siente estas cosas... Sólo las madres son
capaces de sufrir tantas penas por el bienestar de un hijo. Usted
¿cómo ha de comprender? No: una cosa es tener hijos y pasar
amarguras por ellos, y otra cosa es cantar el *gori gori* en la
catedral y enseñar latín en el Instituto... Vea usted de qué le
vale a mi hijo el ser sobrino de usted y el haber sacado tantas
notas de sobresaliente, y ser 'primor y la gala° de Orbajosa... Se _{pride and joy}
morirá de hambre, porque ya sabemos lo que da la abogacía; o
tendrá que pedir a los diputados un destino en La Habana,[1]

---

[1] Seeking one's fortune in the Americas was not uncommon for
Spaniards at this time, especially in colonies of Spain such as Cuba.

donde le matará la fiebre amarilla...

—¡Pero, mujer!...

—No, si no me apuro; si ya callo, si no le molesto a usted
más. Soy muy impertinente, muy llorona, muy suspirosa, y no se
5　me puede aguantar, porque soy madre cariñosa y miro por el
bien de mi amado hijo. Yo me moriré, sí, señor; me moriré en
silencio y ahogaré mi dolor; me beberé mis lágrimas para no
mortificar al señor canónigo... Pero mi idolatrado hijo me
comprenderá, y 'no se tapará° los oídos como usted hace en este　　**won't cover up**
10　momento... ¡ay de mí! El pobre Jacinto sabe que me dejaría
matar por él, y que le proporcionaría la felicidad a costa de mi
vida. ¡Pobrecito niño de mis entrañas! Tener tanto mérito y vivir
condenado a un pasar mediano,° a una condición humilde;　　**mediocre**
porque no, señor tío, no se ensoberbezca° usted... Por más que　　**get arrogant**
15　echemos humos, siempre será usted el hijo del tío Tinieblas, el
sacristán de San Bernardo... y yo no seré nunca más que la hija
de Ildefonso Tinieblas, su hermano de usted, el que vendía
pucheros,° y mi hijo será el nieto de los Tinieblas... que tenemos　　**cooking pots**
un tenebrario en nuestra cesta, y nunca saldremos de la
20　oscuridad, ni poseeremos un pedazo de terruño donde decir «esto
es mio», ni trasquilaremos una oveja° propia, ni ordeñaremos　　**sheep**
jamás una cabra° nuestra, ni meteré mis manos hasta el codo en　　**goat**
un saco de trigo trillado y aventado en nuestras eras... todo esto
a causa de su poco ánimo de usted, de su bobería y corazón
25　amerengado...

—¡Pero... pero... mujer!

Subía más de tono el canónigo cada vez que repetía esta
frase, y puestas las manos en los oídos, sacudía a un lado y otro
la cabeza con doloroso ademán de desesperación. La chillona
30　cantinela de María Remedios era cada vez más aguda,° y　　**sharp**
penetraba en el cerebro del infeliz y ya aturdido clérigo como una
saeta.° Pero de repente transformóse el rostro de aquella mujer;　　**arrow**
mudáronse los plañideros sollozos en una voz bronca° y dura;　　**harsh**
palideció su rostro; temblaron sus labios; cerráronse sus puños;
35　cayéronle sobre la frente algunas guedejas del desordenado
cabello; secáronse por completo sus ojos al calor de la ira que
bramaba en su pecho; levantóse del asiento, y no como una
mujer, sino como una arpía,[2] gritó de este modo:

—¡Yo me voy de aquí, yo me voy con mi hijo!... Nos iremos a
40　Madrid; no quiero que mi hijo se pudra° en este poblachón.　　**rots**

---

[2] Variation of *harpía*.

Estoy cansada de ver que mi Jacinto, al amparo de la sotana, no
es ni será nunca nada. ¿Lo oye usted, señor tío? ¡Mi hijo y yo nos
vamos! Usted no nos verá nunca más; pero nunca más.

    D. Inocencio había cruzado las manos y recibía los furibun-
5 dos rayos de su sobrina con la consternación de un reo a quien la
presencia del verdugo quita ya toda esperanza.

    —Por Dios, Remedios—murmuró con voz dolorida—; por la
Virgen Santísima...

    Aquellas crisis y horribles erupciones del manso carácter de
10 la sobrina eran tan fuertes como raras, y se pasaban a veces
cinco o seis años sin que D. Inocencio viera a Remedios convertirse en una furia.[3]

    —¡Soy madre!... ¡Soy madre!... y puesto que nadie mira por
mi hijo, miraré yo, yo misma—rugió la improvisada leona.

15   —Por María Santísima, no te arrebates... Mira que estás
pecando... Recemos un Padrenuestro y un Ave María, y verás
cómo se te pasa eso.

    Diciendo esto, el Penitenciario temblaba y sudaba.° ¡Pobre   was sweating
pollo en las garras del buitre!° La mujer transformada, acabó de   vulture
20 estrujarle con estas palabras:

    —Usted no sirve para nada; usted es un mandria...° Mi hijo   useless coward
y yo nos marcharemos de aquí para siempre, para siempre. Yo
le conseguiré una posición a mi hijo, yo le buscaré una buena
conveniencia, ¿entiende usted? Así como estoy dispuesta a barrer
25 las calles con la lengua, si de este modo fuera preciso ganarle la
comida, así también revolveré la tierra para buscar una posición
a mi hijo, para que suba, y sea rico, y personaje, y caballero, y
propietario, y señor, y grande, y todo cuanto hay que ser, todo,
todo.

30   —¡Dios me favorezca!—exclamó D. Inocencio, dejándose caer
en el sillón e inclinando la cabeza sobre el pecho.

    Hubo una pausa, durante la cual se oía el agitado resuello de
la mujer furiosa.

    —Mujer—dijo al fin D. Inocencio—, me has quitado diez
35 años de vida, me has abrasado la sangre, me has vuelto loco...
¡Dios me dé la serenidad que para aguantarte necesito! Señor,
paciencia, paciencia es lo que quiero; y tú, sobrina, hazme el
favor de llorar y lagrimear y estar suspirando a moco y baba diez
años, pues tu maldita maña de los pucheros, que tanto me

---

[3] In classical mythology the Furies were avenging deities in female
form with serpents entwined in their hair.

enfada, es preferible a esas locas iras. ¡Si no supiera que en el fondo eres buena!... Vaya, que para haber confesado y recibido a Dios esta mañana, te estás portando.° behaving

—Sí; pero es por usted, por usted.

5 —¿Porque en el asunto de Rosario y de Jacinto te digo «resignación»?

—Porque cuando todo marcha bien, usted se vuelve atrás y permite que el Sr. Rey se apodere de Rosarito.

—¿Y cómo lo voy a evitar? Bien dice la señora que tienes 10 entendimiento de ladrillo. ¿Quieres que salga por ahí con una espada, y en un quítame allá estas pajas⁴ haga picadillo a toda la tropa, y después 'me encare con° Rey y le diga: «o usted me I confront deja en paz a la niña o le corto el pescuezo»?

—No; pero cuando aconsejé a la señora que diera un susto a 15 su sobrino, usted se ha opuesto, en vez de aconsejarle lo mismo que yo.

—Tú estás loca con eso del susto.

—Porque «muerto el perro, se acabó la rabia»⁵

—Yo no puedo aconsejar eso que llamas susto y que puede 20 ser una cosa tremenda.° terrible

—Sí, porque soy una matona,° ¿no es verdad, tío? bully

—Ya sabes que los juegos de manos son juego de villanos. Además, ¿crees que ese hombre se dejará asustar? ¿Y sus amigos?

—De noche sale solo.

25 —¿Tú qué sabes?

—Lo sé todo, y no da un paso sin que yo me entere, ¿estamos? La viuda de Cuzco me tiene muy al corriente.

—Vamos, no me vuelvas loco. ¿Y quién le va a dar ese susto?... Sepámoslo.

30 —Caballuco.

—¿De modo que él está dispuesto...?

—No; pero lo estará si usted se lo manda.

—Vamos, mujer, déjame en paz. Yo no puedo mandar tal atrocidad. ¡Un susto! ¿Y qué es eso? ¿Tú le has hablado ya?

35 —Sí, señor; pero no me ha hecho caso, mejor dicho, se niega a ello. En Orbajosa no hay más que dos personas que puedan decidirle con una simple orden: usted o Doña Perfecta.

—Pues que se lo mande la señora, si quiere. Jamás aconsejaré que se empleen medios violentos y brutales. ¿Querrás creer

---

⁴ **en una quítame...** *in a jiffy*

⁵ **muerto el perro...** *when the dog dies, so does the rabies*

que cuando Caballuco y algunos de los suyos estaban tratando de levantarse en armas, no pudieron sacarme una sola palabra incitándoles a derramar sangre? No, eso no... Si Doña Perfecta quiere hacerlo...

5 —Tampoco quiere. Esta tarde he estado hablando con ella dos horas, y dice que predicará la guerra favoreciéndola por todos los medios; pero que no mandará a un hombre que hiera por la espalda a otro. Tendría razón en oponerse si se tratara de cosa mayor..., pero yo no quiero que haya heridas; yo no quiero 10 más que un susto.

—Pues si Doña Perfecta no se atreve a ordenar que se den sustos al ingeniero, yo tampoco, ¿entiendes? Antes que nada es mi conciencia.

—Bueno—repuso la sobrina—. Dígale usted a Caballuco que 15 me acompañe esta noche... no le diga usted más que eso.

—¿Vas a salir tarde?

—Voy a salir, sí, señor. Pues qué, ¿no salí también anoche?

—¿Anoche? No lo supe; si lo hubiera sabido, me habría enfadado, sí, señora.

20 —No le diga usted a Caballuco sino lo siguiente: «Querido Ramos: le estimaré mucho que acompañe a mi sobrina a cierta diligencia° que tiene que hacer esta noche, y que la defienda si   errand acaso se ve en algún peligro.»

—Eso si lo puede hacer. Que te acompañe... que te defienda. 25 ¡Ah, picarona! tú quieres engañarme, haciéndome cómplice de alguna majadería.

—Ya... ¿qué cree usted?—dijo irónicamente María Remedios—. Entre Ramos y yo vamos a degollar° mucha gente esta   cut the throats of noche.

30 —No bromees. Te repito que no le aconsejaré a Ramos nada que tenga visos de maldad. Me parece que está ahí...

Oyóse ruido en la puerta de la calle. Luego sonó la voz de Caballuco, que hablaba con el criado, y poco después el héroe de Orbajosa penetró en la estancia.

35 —Noticias, vengan noticias, Sr. Ramos—dijo el clérigo—. Vaya, que si no nos da usted alguna esperanza en cambio de la cena y de la hospitalidad... ¿Qué hay en Villahorrenda?

—Alguna cosa—repuso el valentón sentándose con muestras de cansancio—. Pronto se verá si servimos para algo.

40 Como todas las personas que tienen importancia o quieren dársela, Caballuco mostraba gran reserva.

—Esta noche, amigo mío, se llevará usted, si quiere, el

dinero que me han dado para...

—Buena falta hace... Como lo huelan° los de tropa no me   smell
dejarán pasar—, dijo Ramos riendo brutalmente.

—Calle usted, hombre... Ya sabemos que usted pasa siempre
que se le antoja. ¡Pues no faltaba más! Los militares son 'gente
de manga ancha...° y si se pusieran pesados, con un par de   very lenient
duros, ¿eh? Vamos, veo que no viene usted mal armado... No le
falta más que un cañón de a ocho. Pistolitas, ¿eh?... También
navaja.°   knife

—Por lo que pueda suceder—, dijo Caballuco, sacando el
arma del cinto y mostrando su horrible hoja.

—¡Por Dios y la Virgen!—exclamó María Remedios, cerrando
los ojos y apartando con miedo el rostro—. Guarde usted ese
chisme. Me horrorizo sólo de verlo.

—Si ustedes no lo llevan a mal—dijo Ramos cerrando el
arma—, cenaremos.

María Remedios dispuso todo con precipitación, para que el
héroe no se impacientase.

—Oiga usted una cosa, Sr. Ramos—dijo D. Inocencio a su
huésped cuando se pusieron a cenar—. ¿Tiene usted muchas
ocupaciones esta noche?

—Algo hay que hacer—repuso el bravo—. Esta es la última
noche que vengo a Orbajosa, la última. Tengo que recoger
algunos muchachos que quedan por aquí, y vamos a ver cómo
sacamos el salitre y el azufre[6] que está en casa de Cirujeda.

—Lo decía—añadió bondadosamente el cura, llenando el
plato de su amigo—, porque mi sobrina quiere que la acompañe
usted un momento. Tiene que hacer no se qué diligencia, y es
algo tarde para ir sola.

—¿A casa de Doña Perfecta?—preguntó Ramos—. Allí estuve
hace un momento: no quise detenerme.

—¿Cómo está la señora?

—Miedosilla. Esta noche he sacado los seis mozos que tenía
en la casa.

—Hombre, ¿crees que no hacen falta allí?—dijo Remedios
con zozobra.

—Más falta hacen en Villahorrenda. Entre cuatro paredes se
pudre la gente valerosa, ¿no es verdad, señor canónigo?

—Sr. Ramos, aquella vivienda no debe estar nunca sola—,

[6] Saltpeter (**salitre**) and sulphur (**azufre**) are used in the making of
gunpowder.

dijo el Penitenciario.

—Con los criados basta y sobra. ¿Pero usted cree, Sr. D. Inocencio, que el brigadier se ocupa de asaltar casas ajenas?

—Sí; pero bien sabe usted que ese ingeniero de tres mil
5 docenas de demonios...

—Para eso... en la casa no faltan escobas—manifestó Cristóbal jovialmente—. ¡Si al fin y al cabo no tendrán más remedio que casarlos!... Después de lo que ha pasado...

—Cristóbal—añadió Remedios súbitamente enojada—, se me
10 figura que no entiendes gran cosa en esto de casar a la gente.

—Dígolo porque esta noche, hace un momento, vi que la señora y la niña estaban haciendo al modo de una reconciliación. Doña Perfecta besuqueaba° a Rosarito, y todo era echarse palabrillas tiernas y mimos.   gave lots of kisses

15 —¡Reconciliación! Con eso de los armamentos 'has perdido la chaveta...° Pero, en fin, ¿me acompañas o no?   you've gone crazy

—No es a la casa de la señora donde quiere ir—dijo el clérigo—, sino a la posada de la viuda de Cuzco. Estaba diciendo que no se atreve a ir sola, porque teme ser insultada...
20 —¿Por quién?

—Bien se comprende. Por ese ingeniero de tres mil o cuatro mil docenas de demonios. Anoche mi sobrina le vio allí y le dijo cuatro frescas, por cuya razón no las tiene todas consigo esta noche.[7] El mocito es vengativo y procaz.

25 —No sé si podré ir...—indicó Caballuco—: como ando ahora escondido, no puedo desafiar° al D. José Poquita Cosa.[8] Si yo no   challenge estuviera como estoy, con media cara tapada y la otra medio descubierta, ya le habría roto treinta veces el espinazo. ¿Pero qué sucede si caigo sobre él? Que me descubro; caen sobre mí los
30 soldados, y adiós Caballuco. En cuanto a darle un golpe a traición,[9] es cosa que no sé hacer, ni está en mi natural, ni la señora lo consiente tampoco. Para solfas° con alevosía no sirve   beatings Cristóbal Ramos.

—Pero, hombre, ¿estamos locos?... ¿qué está usted hablan-
35 do?—dijo el Penitenciario con innegables muestras de asom- bro—. Ni por pienso le aconsejo yo a usted que maltrate° a ese   abuse

[7] **le dijo...** *she gave him a piece of her mind, and that's why she's a bit on edge tonight*
[8] **D. José Poquita Cosa** *Mr. Little Pipsqueak*
[9] **darle un golpe de traición** *hitting him from behind*

caballero. Antes me dejaré cortar la lengua que aconsejar una bellaquería. Los malos caerán, es verdad; pero Dios es quien debe fijar el momento, no yo. No se trata tampoco de dar palos. Antes recibiré yo diez docenas de ellos, que recomendar a un cristiano la administración de tales medicinas. Sólo digo a usted una cosa—añadió, mirando al bravo por encima de los espejue-los—, y es que como mi sobrina va allá, como es probable, muy probable, ¿no es eso, Remedios?... que tenga que decir algunas palabritas a ese hombre, recomiendo a usted que no la desampa-re en caso de que se vea insultada...

—Esta noche tengo que hacer—, repuso lacónica y secamen-te Caballuco.

—Ya lo oyes, Remedios. Deja tu diligencia para mañana.

—Eso sí que no puede ser. Iré sola.

—No, no irás, sobrina mía. Tengamos la fiesta en paz. El Sr. Ramos no puede acompañarte. Figúrate que eres injuriada° por   insulted
ese hombre grosero...

—¡Insultada.., insultada una señora por ese!...—exclamó Caballuco—. Vamos, no puede ser.

—Si usted no tuviera ocupaciones... ¡bah, bah! ya estaría yo tranquilo.

—Ocupaciones tengo—dijo el Centauro, levantándose de la mesa—; pero si es empeño° de usted...   obligation

Hubo una pausa. El Penitenciario había cerrado los ojos y meditaba.

—Empeño mío es, Sr. Ramos—dijo al fin.

—Pues no hay más que hablar. Iremos, señora Doña María.

—Ahora, querida sobrina—dijo D. Inocencio entre serio y jovial—, puesto que hemos concluido de cenar, tráeme la jofaina.°   wash basin

Dirigió a su sobrina una mirada penetrante; y acompañándo-las de la acción correspondiente, profirió estas palabras:

—Yo me lavo las manos.[10]

[10] These words echo the actions of Pontius Pilate after agreeing to crucify Christ: "When Pilate saw that he could prevail nothing, but that rather a tumult was made, he took water, and washed his hands before the multitude, saying, I am innocent of the blood of this just person: see ye to it" (Matt. 27.24).

XXVIII

De Pepe Rey a D. Juan Rey

Orbajosa 12 de abril.

«QUERIDO PADRE: PERDÓNEME USTED si por primera vez le desobedezco° no saliendo de aquí ni renunciando a mi propósito. El consejo y ruego de usted son propios de un padre bondadoso y honrado: mi terquedad es propia de un hijo insensato;° pero en mí pasa una cosa singular: terquedad y honor se han juntado y confundido de tal modo, que la idea de disuadirme y ceder me causa vergüenza. He cambiado mucho. Yo no conocía estos furores que me abrasan. Antes me reía de toda obra violenta, de las exageraciones de los hombres impetuosos, como de las brutalidades de los malvados. Ya nada de esto me asombra, porque en mí mismo encuentro a todas horas cierta capacidad terrible para la perversidad. A usted puedo hablarle como se habla a solas con Dios y con la conciencia; a usted puedo decirle que soy un miserable, porque es un miserable quien carece de aquella poderosa fuerza moral contra sí mismo, que castiga las pasiones y somete la vida al duro régimen de la conciencia. He carecido de la entereza cristiana que contiene el espíritu del hombre ofendido en un hermoso estado de elevación sobre las ofensas que recibe y los enemigos que se las hacen; he tenido la debilidad de abandonarme a una ira loca, poniéndome al bajo nivel° de mis detractores, devolviéndoles golpes iguales a los suyos, y tratando de confundirles por medios aprendidos en su propia indigna escuela. ¡Cuánto siento que no estuviera usted a mi lado para apartarme de este camino! Ya es tarde. Las pasiones no tienen espera. Son impacientes, y piden su presa a gritos y con la convulsión de una espantosa sed moral. He sucumbido. No puedo olvidar lo que tantas veces ma ha dicho usted, y es que la ira puede llamarse la peor de las pasiones, porque transformando de improviso nuestro carácter, engendra todas las demás maldades y a todas les presta su infernal llamarada.°

Pero no ha sido sola la ira, sino un fuerte sentimiento

expansivo, lo que me ha traído a tal estado: el amor profundo y entrañable que profeso a mi prima, única circunstancia que me absuelve.° Y si el amor no, la compasión me habría impulsado a   absolves desafiar el furor y las intrigas de su terrible hermana de usted,
5 porque la pobre Rosado, colocada entre un afecto irresistible y su madre, es hoy uno de los seres más desgraciados que existen sobre la tierra. El amor que me tiene y que corresponde al mío, ¿no me da derecho a abrir como pueda las puertas de su casa, y sacarla de allí, empleando la ley hasta donde la ley alcance, y
10 usando la fuerza desde el punto en que la ley me desampare? Creo que los rigurosos escrúpulos morales de usted no darán una respuesta afirmativa a esta proposición; pero yo he dejado de ser aquel carácter metódico y puro, formado en su conciencia con la exactitud de un tratado científico. Ya no soy aquél a quien una
15 educación casi perfecta dio pasmosa regularidad en sus sentimientos; ahora soy un hombre como otro cualquiera; de un solo paso he entrado en el terreno común de lo injusto y de lo malo. Prepárese usted a oír cualquier barbaridad, que será obra mía. Yo cuidaré de notificar a usted las que vaya cometiendo.

20   Pero ni la confesión de mis culpas me quitará la responsabilidad de los sucesos graves que han ocurrido y ocurrirán, ni ésta, por mucho que argumente, recaerá toda entera sobre su hermana de usted. La responsabilidad de Doña Perfecta es inmensa, seguramente. ¿Cuál será la extensión de la mía? ¡Ah, querido
25 padre! No crea usted nada de lo que oiga respecto a mí, y aténgase tan sólo a lo que yo le revele. Si le dicen que he cometido una villanía deliberada, responda que es mentira. Difícil, muy difícil me es juzgarme a mi mismo en el estado de turbación en que me hallo; pero me atrevo a asegurar que no he
30 producido el escándalo deliberadamente. Bien sabe usted a dónde puede llegar la pasión favorecida en su horrible crecimiento invasor por las circunstancias.

     Lo que más amarga mi vida es haber empleado la ficción, el engaño y bajos disimulos. ¡Yo que era la verdad misma! He
35 perdido mi propia hechura...[1] Pero ¿es esto la perversidad mayor en que puede incurrir el alma? ¿Empiezo ahora o acabo? Nada sé. Si Rosario, con su mano celeste, no me saca de este infierno de mi conciencia, deseo que venga usted a sacarme. Mi prima es un ángel, y padeciendo por mí me ha ense-

---

[1] **He perdido...** *I'm no longer who I was*

ñado muchas cosas que antes no sabía.

No extrañe usted la incoherencia de lo que escribo. Diversos sentimientos me inflaman. Me asaltan a ratos ideas dignas verdaderamente de mi alma inmortal; pero a ratos caigo también en desfallecimiento lamentable, y pienso en los hombres débiles y menguados, cuya bajeza me ha pintado usted con vivos colores para que les aborrezca. Tal como hoy me hallo, estoy dispuesto al mal y al bien. Dios tenga piedad de mí. Ya sé lo que es la oración:° una súplica° grave y reflexiva, tan personal, que no se aviene° con fórmulas aprendidas de memoria; una expansión del alma, que se atreve a extenderse hasta buscar su origen; lo contrario del remordimiento,° que es una contracción de la misma alma, envolviéndose y ocultándose, con el ridículo empeño de que nadie la vea. Usted me ha enseñado muy buenas cosas; pero ahora estoy en prácticas, como decimos los ingenieros; hago estudios sobre el terreno, y con esto mis conocimientos se ensanchan° y fijan... Se me está figurando ahora que no soy tan malo como yo mismo creo. ¿Será así?

Concluyo esta carta a toda prisa. Tengo que enviarla con unos soldados que van hacia la estación de Villahorrenda, porque no hay que fiarse del correo de esta gente.»

. . . .

14 de abril.

«Le divertiría a usted, querido padre, si pudiera hacerle comprender cómo piensa la gente de este poblachón. Ya sabrá usted que casi todo este país se ha levantado en armas. Era cosa prevista, y los políticos se equivocan si creen que todo concluirá en un par de días. La hostilidad contra nosotros y contra el Gobierno la tienen los orbajosenses en su espíritu, formando parte de él como la fe religiosa. Concretándome a la cuestión particular con mi tía, diré a usted una cosa singular, la pobre señora, que tiene el feudalismo en la médula° de los huesos, ha imaginado que voy a atacar su casa para robarla su hija, como los señores de la Edad Media embestían un castillo enemigo para consumar cualquier desafuero. No se ría usted, que es verdad: tales son las ideas de esta gente. Excuso decir a usted que me tiene por un monstruo, por una especie de rey moro herejote,° y los militares con quienes hice amistad aquí no le merecen mejor concepto. En la sociedad de Doña Perfecta es cosa corriente que la tropa y yo formamos una coalición

prayer, plea

happen

remorse

expands

marrow

heretic

diabólica y antirreligiosa para quitarle a Orbajosa sus tesoros, su fe y sus muchachas. 'Me consta° que su hermana de usted cree 'a pie juntillas° que yo voy a tomar por asalto su vivienda, y no es dudoso que detrás de la puerta habrá alguna barricada.

°it's obvious to me
°firmly

5 Pero no puede ser de otra manera. Aquí privan° las ideas más anticuadas acerca de la sociedad, de la religión, del Estado, de la propiedad. La exaltación religiosa, que les impulsa a emplear la fuerza contra el Gobierno por defender una fe que ataca y que ellos no tienen tampoco, despierta en su ánimo 10 resabios feudales; y como resolverían sus cuestiones por la fuerza bruta y a fuego y sangre, degollando a todo el que como ellos no piense, creen que no hay en el mundo quien emplee otros medios.

°are in favor

Lejos de intentar yo quijotadas[2] en la casa de esa señora, he 15 procurado evitarle algunas molestias,° de que no se libraron los demás vecinos. Por mi amistad con el brigadier no les han obligado a presentar, como se mandó, una lista de todos los hombres de su servidumbre° que se han marchado con la facción; y si se le registró la casa, me consta que fue por fórmula; y si le 20 desarmaron los seis hombres que allí tenía, después ha puesto otros tantos, y nada se le ha hecho. Vea usted a lo que está reducida mi hostilidad a la señora.

°annoyances

°staff of servants

Verdad es que yo tengo el apoyo de los jefes militares; pero lo utilizo tan sólo para no ser insultado o maltratado por esta 25 gente implacable. Mis probabilidades de éxito consisten en que las autoridades recientemente puestas por el jefe militar son todas amigas. Tomo de ellas mi fuerza moral, e intimido a los contrarios. No sé si me veré en el caso de cometer alguna acción violenta; pero no se asuste usted, que el asalto y toma de la casa 30 es una ridícula preocupación feudal de su hermana de usted. La casualidad me ha puesto en situación ventajosa.° La ira, la pasión que arde° en mí, me impulsarán a aprovecharla. No sé hasta dónde iré.»

°advantageous

°burns

17 de abril.

35 «La carta de usted me ha dado un gran consuelo. Sí: puedo conseguir mi objeto, usando tan sólo los recursos de la ley, de indudable eficacia. He consultado a las autoridades de aquí, y todas me confirman en lo que usted me indica. Estoy

---

[2] Idealistic but impractical actions (like those of the eponymous hero of Cervantes's *Don Quijote*).

contento. Ya que he inculcado° en el ánimo de mi prima la idea   implanted
de la desobediencia, que sea al menos al amparo de las leyes
sociales. Haré lo que usted me manda, es decir, renunciaré a la
colaboración un tanto incorrecta del amigo Pinzón; destruiré la
5   solidaridad aterradora que establecí con los militares; dejaré de
envanecerme con el poder de ellos; pondré fin a las aventuras, y
en el momento oportuno procederé con calma, prudencia y toda
la benignidad° posible. Mejor es así. Mi coalición, mitad seria,   benevolence
mitad burlesca, con el ejército, ha tenido por objeto ponerme al
10 amparo de las brutalidades de los orbajo senses y de los criados
y deudos de mi tía. Por lo demás, siempre he rechazado la idea
de lo que llamamos *intervención armada*.

El amigo que me favorecía ha tenido que salir de la casa;
pero no estoy en completa incomunicación con mi prima. La
15 pobrecita demuestra un valor heroico en medio de sus penas, y
me obedecerá ciegamente.

Viva usted sin cuidado respecto a mi seguridad personal. Por
mi parte, nada temo y estoy muy tranquilo.»

20 de abril.

20 «Hoy no puedo escribir más que dos líneas. Tengo mucho que
hacer. Todo concluirá dentro de unos días. No me escriba usted
más a este lugarón. Pronto tendrá el gusto de abrazarle su hijo

PEPE.»

XXIX

De Pepe Rey a Rosario Polentinos

«DALE A ESTEBANILLO LA llave de la huerta, y encárgale que cuide del perro. El muchacho está vendido a mí en cuerpo y alma. No temas nada. Sentiré mucho que no puedas bajar, como la otra noche. Haz todo lo posible por conseguirlo. Yo estaré allí después de medianoche.° Te diré lo que he resuelto y lo que debes hacer. Tranquilízate, niña mía, porque he abandonado todo recurso imprudente y brutal. Ya te contaré. Esto es largo y debe ser hablado. Me parece que veo tu susto y congoja al considerarme tan cerca de ti. Pero hace ocho días que no nos hemos visto. He jurado que esta ausencia de ti concluirá pronto, y concluirá. El corazón me dice que te veré. Maldito sea yo si no te veo.»

midnight

XXX

El ojeo[1]

UNA MUJER Y UN HOMBRE penetraron después de las diez en la posada de la viuda de Cuzco, y salieron de ella dadas las once y media.

—Ahora, señora Doña María—dijo el hombre—, la llevaré a usted a su casa, porque tengo que hacer.

—Aguárdate, Ramos, por amor de Dios—repuso ella—. ¿Por qué no nos llegamos al Casino a ver si sale? Ya has oído... Esta tarde estuvo hablando con él Estebanillo, el chico de la huerta.

—Pero ¿usted busca a D. José?—preguntó el Centauro de muy mal humor—. ¿Qué nos importa? El noviazgo con Doña Rosario paró donde debía parar, y ahora no tiene la señora más remedio que casarlos. Esa es mi opinión.

—Eres un animal—, dijo Remedios con enfado.

—Señora, yo me voy.

—Pues qué, hombre grosero, ¿me vas a dejar sola en medio de la calle?

—Si usted no se va pronto a su casa, sí, señora.

—Eso es... me dejas sola, expuesta a ser insultada... Oye, Ramos: D. José saldrá ahora del Casino, como de costumbre. Quiero saber si entra en su casa o sigue adelante. Es un capricho, nada más que un capricho.

—Yo lo que sé es que tengo que hacer, y van a dar las doce.

—Silencio—dijo Remedios—: ocultémonos detrás de la esquina... Un hombre viene por la calle de la Tripería Alta. Es él.

—D. José... Le conozco en el modo de andar.

Se ocultaron y el hombre pasó.

—Sigámosle—dijo María Remedios con zozobra—. Sigámosle a corta distancia, Ramos.

—Señora...

—Nada más sino hasta ver si entra en su casa.

—Un minutillo nada más, Doña Remedios. Después me

---

[1] A hunting term: *beating the bushes* (in order to startle the game).

marcharé.

Anduvieron como treinta pasos a regular distancia del hombre que observaban. La sobrina del Penitenciario se detuvo al fin, y pronunció estas palabras:

—No entra en su casa.

—Irá a casa del brigadier.

—El brigadier vive hacia arriba, y D. Pepe va hacia abajo, hacia la casa de la señora.

—¡De la señora!—exclamó Caballuco, andando a prisa.

Pero se engañaban:° el espiado pasó por delante de la casa de Polentinos, y siguió adelante.   **they were mis-taken**

—¿Ve usted cómo no?

—Cristóbal, sigámosle—dijo Remedios oprimiendo convulsa- mente la mano del Centauro—. Tengo una corazonada.°   **hunch**

—Pronto hemos de saberlo, porque el pueblo se acaba.

—No vayamos tan de prisa... puede vernos... Lo que yo pensé, Sr. Ramos: va a entrar por la puerta condenada² de la huerta.

—¡Señora, usted se ha vuelto loca!

—Adelante, y lo veremos.

La noche era oscura, y no pudieron los observadores preci- sar° dónde había entrado el Sr. de Rey; pero cierto ruido de bisagras° mohosas que oyeron, y la circunstancia de no encon- trar al joven en todo lo largo de la tapia, les convencieron de que se había metido dentro de la huerta. Caballuco miró a su interlocutora con estupor. Parecía lelo.   **determine** **hinges**

—¿En qué piensas?... ¿Todavía dudas?

—¿Qué debo hacer?—preguntó el bravo, lleno de confusión—. ¿Le daremos un susto...? No sé lo que pensará la señora. Dígolo, porque esta noche estuve a verla, y me pareció que la madre y la hija se reconciliaban.

—No seas bruto... ¿Por qué no entras?

—Ahora me acuerdo de que los mozos armados ya no están ahí, porque yo les mandé salir esta noche.

—Y aún duda este marmolejo³ lo que ha de hacer. Ramos, no seas cobarde y entra en la huerta.

—¿Por dónde, si han cerrado la puertecilla?

—Salta por encima de la tapia... ¡Qué pelmazo! Si yo fuera

---

² A **puerta condenada** is a door that is no longer in use.

³ Here María Remedios is equating Caballuco with a block of marble, both for his immobility and for his lack of intelligence.

hombre...

—Pues arriba... Aquí hay unos ladrillos gastados por donde suben los chicos a robar fruta.

—Arriba pronto. Yo voy a llamar a la puerta principal para que despierte la señora, si es que duerme.

El Centauro subió, no sin dificultad. 'Montó a caballo° breve   he straddled
instante sobre el muro, y a poco desapareció entre la negra
espesura de los árboles. María Remedios corrió desalada hacia
la calle del Condestable, y cogiendo el aldabón° de la puerta   large door knocker
principal, llamó... llamó tres veces con toda el alma, y la vida.

XXXI
Doña Perfecta

V ED CON CUÁNTA TRANQUILIDAD se consagra a la escritura la señora Doña Perfecta. Penetrad en su cuarto, sin reparar en lo avanzado de la hora, y la sorprenderéis en grave tarea, compartido su espíritu entre la meditación y unas largas y concienzudas° cartas que traza a ratos con segura pluma y correctos perfiles. Dale de lleno en el rostro, busto y manos, la luz del quinqué,° cuya pantalla deja en dulce penumbra el rostro de la persona y la pieza casi toda. Parece una figura luminosa evocada por la imaginación en medio de las vagas sombras del miedo.

Es extraño que hasta ahora no hayamos hecho una afirmación muy importante: allá va. Doña Perfecta era hermosa, mejor dicho, era todavía hermosa, conservando en su semblante rasgos de acabada belleza. La vida del campo, la falta absoluta de presunción, el no vestirse, el no acicalarse,° el odio a las modas, el desprecio de las vanidades cortesanas, eran causa de que su nativa hermosura no brillase o brillase muy poco. También la desmejoraba[1] la intensa amarillez de su rostro, indicando una fuerte constitución biliosa.[2]

Negros y rasgados° los ojos, fina y delicada la nariz, ancha y despejada la frente, todo observador la consideraba como acabado tipo de la humana figura; pero había en aquellas facciones cierta expresión de dureza y soberbia° que era causa de antipatía. Así como otras personas, aun siendo feas, llaman, Doña Perfecta despedía. Su mirar, aun acompañado de bondadosas palabras, ponía entre ella y las personas extrañas la infranqueable distancia de un respeto receloso;° mas para las de

- painstaking
- oil lamp
- sprucing up
- almond-shaped
- arrogance
- distrustful

[1] **la desmejoraba** *detracted from her appearance*
[2] This word pertains to the physiological theory of the four humors (blood, choler or yellow bile, phlegm, and melancholy or black bile) which determine, by their relative proportions in the body, a person's physical and mental disposition. Having a bilious nature signifies an excess amount of choler in the system, resulting in a yellowish complexion and a peevish, testy, or ill-humored disposition.

casa, es decir, para sus deudos, parciales y allegados, tenía una
singular atracción. Era maestra en dominar, y nadie la igualó en
el arte de hablar el lenguaje que mejor cuadraba a cada oreja.

Su hechura biliosa, y el comercio excesivo con personas y
5 cosas devotas, que exaltaban sin fruto ni objeto su imaginación,
habíanla envejecido prematuramente, y siendo joven no lo
parecía. Podría decirse de ella que con sus hábitos y su sistema
de vida se había labrado una corteza, un forro pétreo, insensible,
encerrándose dentro, como el caracol° en su casa portátil. Doña   snail
10 Perfecta salía pocas veces de su concha.°   shell

Sus costumbres intachables, y la bondad pública que hemos
observado en ella desde el momento de su aparición en nuestro
relato, eran causa de su gran prestigio en Orbajosa. Sostenía
además relaciones con excelentes damas de Madrid, y por este
15 medio consiguió la destitución de su sobrino. Ahora, como se ha
dicho, hallámosla sentada junto al pupitre,° que es el confidente   writing desk
único de sus planes y el depositario de sus cuentas numéricas
con los aldeanos, y de sus cuentas morales con Dios y la sociedad. Allí escribió las cartas que trimestralmente recibía su
20 hermano; allí redactaba las esquelitas para incitar al juez y al
escribano a que embrollaran los pleitos de Pepe Rey; allí 'armó
el lazo° en que éste[3] perdiera la confianza del Gobierno; allí   set the trap
conferenciaba largamente con D. Inocencio. Para conocer el
escenario de otras acciones cuyos efectos hemos visto, sería
25 preciso seguirla al palacio episcopal y a varias casas de familias
amigas.

No sabemos cómo hubiera sido Doña Perfecta amando.
Aborreciendo, tenía la inflamada vehemencia de un ángel tutelar
de la discordia entre los hombres. Tal es el resultado producido
30 en un carácter duro y sin bondad nativa por la exaltación
religiosa, cuando ésta,[4] en vez de nutrirse de la conciencia y de
la verdad revelada en principios tan sencillos como hermosos,
busca su savia en fórmulas estrechas que sólo obedecen a
intereses eclesiásticos. Para que la mojigatería sea inofensiva,
35 es preciso que exista en corazones muy puros. Es verdad que aun
en este caso es infecunda para el bien. Pero los corazones que
han nacido sin la seráfica° limpieza que establece en la tierra un   angelic
Limbo prematuro, cuiden bien de no inflamarse

---

[3] *The latter* (i.e. Pepe Rey).
[4] Reference to **la exaltación religiosa**.

mucho con lo que ven en los retablos,[5] en los coros, en los locutorios[6] y en las sacristías,[7] si antes no han elevado en su propia conciencia un altar, un púlpito y un confesonario.

La señora, dejando a ratos la escritura, pasaba a la pieza inmediata donde estaba su hija. A Rosarito se le había mandado que durmiera; pero ella, precipitada ya por el despeñadero de la desobediencia, velaba.°   *stayed awake*

—¿Por qué no duermes?—le preguntó su madre—. Yo no pienso acostarme en toda la noche. Ya sabes que Caballuco se ha llevado los hombres que teníamos aquí. Puede suceder cualquier cosa, y yo vigilo...° Si yo no vigilara, ¿qué sería de ti y de mí?...   *am keeping watch*

—¿Qué hora es?—preguntó la niña.

—Pronto será media noche... Tú no tendrás miedo... yo lo tengo.

Rosarito temblaba; todo indicaba en ella la más negra congoja. Sus ojos se dirigían al cielo como cuando se quiere orar;° miraban luego a su madre, expresando un vivo terror.   *pray*

—¿Pero qué tienes?

—¿Ha dicho usted que era medianoche?

—Sí.

—Pues... ¿Pero es ya medianoche?

Quería Rosario hablar; sacudía la cabeza, encima de la cual se le había puesto un mundo.

—Tú tienes algo... a ti te pasa algo—dijo la madre clavando en ella los sagaces ojos.

—Sí... quería decirle a usted—balbució la señorita—, quería decir... Nada, nada: me dormiré.

—Rosario, Rosario. Tu madre lee en tu corazón como en un libro—dijo Doña Perfecta con severidad—. Tú estás agitada. Ya te he dicho que estoy dispuesta a perdonarte si 'te arrepientes,° si eres niña buena y formal...   *you repent*

—Pues qué, ¿no soy buena yo? ¡Ay, mamá, mamá mía, yo me muero!

[5] A retable is a decorative structure raised above an altar at the back, often forming a frame for a picture, bas-relief or the like, and sometimes including a shelf for ornaments.

[6] A locutory is a room set aside in a church or monastery for conversation.

[7] A sacristy is an area in or connected to a church in which the sacred vessels, vestments, etc. are kept.

Rosario prorrumpió en llanto congojoso y dolorido.

—¿A qué vienen esos lloros?—dijo su madre abrazándola—. Si son lágrimas del arrepentimiento, benditas sean.

—Yo no me arrepiento, yo no puedo arrepentirme—gritó la joven, con arrebato de desesperación que la puso sublime.

Irguió° la cabeza y en su semblante se pintó súbita, inspira-   she raised
da energía. Los cabellos le caían sobre la espalda. No se ha visto imagen más hermosa de un ángel dispuesto a rebelarse.

—¿Pero te vuelves loca, o qué es esto?—dijo Doña Perfecta, poniéndole ambas manos sobre los hombros.

—¡Me voy, me voy!—exclamó la joven con la exaltación del delirio.

Y se lanzó fuera del lecho.

—Rosario, Rosario... Hija mía... ¡Por Dios! ¿Qué es esto?

—¡Ay! mamá, señora—prosiguió la joven, abrazándose a su madre—. Ateme usted.

—En verdad, lo merecías... ¿Qué locura es ésta?

—Ateme usted... Yo me marcho, me marcho con él.

Doña Perfecta sintió borbotones° de fuego que subían de su   bubblings
corazón a sus labios. Se contuvo, y sólo con sus ojos negros, más negros que la noche, contestó a su hija.

—¡Mamá, mamá mía, yo aborrezco todo lo que no sea él!—exclamó Rosario—. Oigame usted en confesión, porque quiero confesarlo a todos, y a usted la primera.

—Me vas a matar, me estás matando.

—Yo quiero confesarlo, para que usted me perdone... Este peso, este peso que tengo encima no me deja vivir...

—¡El peso de un pecado!... Añádele encima la maldición de Dios, y prueba a andar con ese fardo, desgraciada... Sólo yo puedo quitártelo.

—No, usted no, usted no—gritó Rosario con desesperación—. Pero óigame usted, quiero confesarlo todo, todo... Después arrójeme usted de esta casa, donde he nacido.

—¡Arrojarte yo!...

—Pues me marcharé.

—Menos.[8] Yo te enseñaré los deberes de hija que has olvidado.

—Pues huiré; él me llevará consigo.

—¿Te lo ha dicho, te lo ha aconsejado, te lo ha manda-do?—preguntó la madre, lanzando estas palabras como rayos

---

[8] **Menos** *Oh no you won't*

sobre su hija.

—Me lo aconseja... Hemos concertado casarnos. Es preciso, mamá, mamá mía querida. Yo amaré a usted... Conozco que debo amarla... Me condenaré si no la amo.

5 Se retorcía los brazos, y cayendo de rodillas, besó los pies a su madre.

—¡Rosario, Rosario!—exclamó Doña Perfecta con terrible acento—. Levántate.

Hubo una pequeña pausa.

10 —¿Ese hombre te ha escrito?

—Sí.

—¿Has vuelto a verle después de aquella noche?

—Sí.

—¡Y tú...!

15 —Yo también le escribí. ¡Oh! señora. ¿Por qué me mira usted así? Usted no es mi madre.

—Ojalá no. Gózate en el daño que me haces. Me matas, me matas sin remedio—gritó la señora con indecible agitación—. Dices que ese hombre...

20 —Es mi esposo... Yo seré suya, protegida por la ley... Usted no es mujer... ¿Por qué me mira usted de ese modo que me hace temblar? Madre, madre mía, no me condene usted.

—Ya tú te has condenado: basta. Obedéceme y te perdonaré... Responde: ¿cuándo recibiste cartas de ese hombre?

25 —Hoy.

—¡Qué traición! ¡qué infamia!—exclamó la madre, antes bien rugiendo que hablando—. ¿Esperabais veros?

—Sí.

—¿Cuándo?

30 —Esta noche.

—¿Dónde?

—Aquí, aquí. Todo lo confieso, todo. Sé que es un delito...°   crime
Soy una infame; pero usted, que es mi madre, me sacará de este infierno. Consienta usted... Dígame usted una palabra, una sola.

35 —¡Ese hombre aquí, en mi casa!—gritó Doña Perfecta, dando algunos pasos que parecían saltos hacia el centro de la habitación.

Rosario la siguió de rodillas. En el mismo instante oyéronse tres golpes, tres estampidos, tres cañonazos. Era el corazón de
40 María Remedios que tocaba a la puerta, agitando la aldaba. La casa se estremecía con temblor pavoroso. Hija y madre se quedaron como estatuas.

Bajó a abrir un criado, y poco después, en la habitación de
Doña Perfecta, entró María Remedios, que no era mujer, sino un
basilisco[9] envuelto en un mantón. Su rostro, encendido por la
ansiedad, despedía fuego.

5 —¡Ahí está, ahí está!—dijo al entrar—. Se ha metido en la
huerta por la puertecilla condenada...

Tomaba aliento a cada sílaba.

—Ya entiendo—repitió Doña Perfecta con una especie de
bramido.

10 Rosario cayó exánime° al suelo y perdió el conocimiento.   lifeless

—Bajemos—dijo Doña Perfecta, sin hacer caso del desmayo
de su hija.

Las dos mujeres se deslizaron por la escalera como dos
culebras. Las criadas y el criado estaban en la galería sin saber
15 qué hacer. Doña Perfecta pasó por el comedor a la huerta,
seguida de María Remedios.

—Afortunadamente tenemos ahí a Ca... Ca... Caballuco—,
dijo la sobrina del canónigo.

—¿Dónde?

20 —En la huerta también... Sal... sal... saltó la tapia. Exploró
Doña Perfecta la oscuridad con sus ojos llenos de ira. El rencor
les daba la singular videncia de la raza felina.

—Allí veo un bulto°—dijo—. Va hacia las adelfas.   shape

—Es él—gritó Remedios—. Pero allá aparece Ramos...
25 ¡Ramos!

Distinguieron perfectamente la colosal figura del Centauro.

—¡Hacia las adelfas! ¡Ramos, hacia las adelfas!...

Doña Perfecta adelantó algunos pasos. Su voz ronca, que
vibraba con acento terrible, disparó estas palabras:
30 —Cristóbal, Cristóbal... ¡mátale!

Oyóse un tiro. Después otro.

[9] A basilisk is a fabulous creature (serpent, lizard, or dragon) said
by the ancients to kill by its breath or look.

XXXII

FINAL

De D. Cayetano Polentinos
a un su amigo de Madrid

«QUERIDO AMIGO: ENVÍEME USTED sin tardanza la edición de 1562 que dice ha encontrado entre los libros de la testamentaría de Corchuelo. Pago ese ejemplar a cualquier precio. Hace tiempo que lo busco inútilmente, y me tendré por mortal dichosísimo poseyéndolo. Ha de hallar usted en el colophón[1] un casco con emblema sobre la palabra *Tractado*, y la X de la fecha MDLXII ha de tener el rabillo torcido. Si, en efecto, concuerdan estas señas con el ejemplar, póngame usted un parte telegráfico, porque estoy muy inquieto... aunque ahora me acuerdo de que el telégrafo, con motivo de estas importunas y fastidiosas guerras, no funciona. A correo vuelto espero la contestación.

Pronto, amigo mío, pasaré a Madrid con objeto de imprimir° este tan esperado trabajo de los *Linajes de Orbajosa.* Agradezco a usted su benevolencia; pero no puedo admitirla en lo que tiene de lisonja. No merece mi trabajo, en verdad, los pomposos calificativos con que usted lo encarece;° es obra de paciencia y estudio; monumento tosco, pero sólido y grande, que elevo a las grandezas de mi amada patria. Pobre y feo en su hechura, tiene de noble la idea que lo ha engendrado, la cual no es otra que convertir los ojos de esta generación descreída y soberbia hacia los maravillosos hechos y acrisoladas virtudes de nuestros antepasados.° ¡Ojalá que la juventud estudiosa de nuestro país diera este paso a que con todas mis fuerzas la incito! ¡Ojalá fueran puestos en perpetuo olvido los abominables estudios y

publishing

excessively praise

ancestors

[1] An inscription commonly used in former times to terminate a manuscript or book, and often giving the subject, the scribe or printer's name, the date, and the place of production.

hábitos intelectuales introducidos por el desenfreno filosófico y
las erradas doctrinas! ¡Ojalá se emplearan exclusivamente
nuestros sabios en la contemplación de aquellas gloriosas
edades, para que, penetrados de la substancia y benéfica savia
de ellas los modernos tiempos, desapareciera este loco afán de
mudanzas° y esta ridícula manía de apropiarnos ideas extrañas,   changes
que pugnan con nuestro primoroso organismo nacional! Temo
mucho que mis deseos no se vean cumplidos, y que la contemplación de las perfecciones pasadas quede circunscrita al
estrecho círculo en que hoy se halla, entre el torbellino de la
demente juventud que corre detrás de vanas utopías y bárbaras
novedades. ¡Cómo ha de ser, amigo mío! Creo que dentro de
algún tiempo ha de estar nuestra pobre España tan desfigurada,
que no se conocerá ella misma ni aun mirándose en el clarísimo
espejo° de su limpia historia.   mirror

No quiero levantar mano de esta carta sin participar a usted
un suceso desagradable: la desastrosa muerte de un estimable
joven, muy conocido en Madrid, el ingeniero de caminos D. José
de Rey, sobrino de mi cuñada. Acaeció° este triste suceso anoche occurred
en la huerta de nuestra casa, y aún no he formado juicio exacto
sobre las causas que pudieron arrastrar al desgraciado Rey a
esta horrible y criminal determinación. Según me ha referido
Perfecta esta mañana cuando volví de Mundogrande, Pepe Rey,
a eso de las doce de la noche, penetró en la huerta de esta casa
y 'se pegó un tiro° en la sien derecha, quedando muerto en el   he shot himself
acto. Figúrese usted la consternación y alarma que se produci-
rían en esta pacífica y honrada mansión. La pobre Perfecta se
impresionó tan vivamente, que nos dio un susto; pero ya está
mejor, y esta tarde hemos logrado que tome un sopicaldo.°   broth soup
Empleamos todos los medios de consolarla, y como es buena
cristiana, sabe soportar con edificante resignación las mayores
desgracias.

Acá para entre los dos, amigo mío, diré a usted que en el
terrible atentado del joven Rey contra su propia existencia, debió
de influir grandemente una pasión contrariada, tal vez los
remordimientos por su conducta y el estado de hipocondría
amarguísima en que se encontraba su espíritu. Yo le apreciaba
mucho;[2] creo que no carecía de excelentes cualidades; pero aquí
estaba tan mal estimado, que ni una sola vez oí hablar bien de
él. Según dicen, hacía alarde de ideas y opiniones extravagantí-

[2] **Yo le apreciaba mucho** *I held him in high esteem*

simas: burlábase de la religión; entraba en la iglesia fumando y con el sombrero puesto; no respetaba nada, y para él no había en el mundo pudor, ni virtudes, ni alma, ni ideal, ni fe, sino tan sólo teodolitos,[3] escuadras, reglas,° máquinas, niveles, picos y azadas.   rulers

5 ¿Qué tal? En honor de la verdad debo decir que, en sus conversa-ciones conmigo, siempre disimuló tales ideas, sin duda por miedo a ser destrozado por la metralla de mis argumentos; pero de público se refieren de él mil cuentos de herejías y estupendos desafueros.

10 No puedo seguir, querido, porque en este momento siento tiros de fusilería. Como no me entusiasman los combates ni soy guerrero, el pulso me flaquea un tantico. Ya le impondrá a usted de ciertos pormenores° de esta guerra su afectísimo, etc., etc.»   details

22 de abril.

15 «Mi inolvidable amigo: hoy hemos tenido una sangrienta refriega en las inmediaciones de Orbajosa. La gran partida levantada en Villahorrenda ha sido atacada por las tropas con gran coraje. Ha habido muchas bajas° por una y otra parte.   casualties Después se dispersaron los bravos guerrilleros; pero van muy

20 envalentonados,[4] y quizá oiga usted maravillas. Mándalos, a pesar de estar herido en un brazo, no se sabe cómo ni cuándo, Cristóbal Caballuco, hijo de aquel egregio Caballuco que usted conoció en la pasada guerra. Es el caudillo actual hombre de grandes condiciones para el mando, y además honrado y sencillo.

25 Como al fin hemos de presenciar un arreglito amistoso, presumo que Caballuco será general del ejército español, con lo cual uno y otro ganarán mucho.

Yo deploro esta guerra, que va tomando proporciones alarmantes; pero reconozco que nuestros bravos campesinos no

30 son responsables de ella, pues han sido provocados al cruento batallar por la audacia del Gobierno, por la desmoralización de sus sacrílegos delegados, por la saña° sistemática con que los   rage representantes del Estado atacan lo más venerando que existe en la conciencia de los pueblos, la fe religiosa y el acrisolado

35 españolismo, que por fortuna se conservan en lugares no infestados aún de la asoladora pestilencia. Cuando a un pueblo se le quiere quitar su alma para infundirle otra; cuando se le

---

[3] A theodolite is an instrument for measuring horizontal angles.
[4] **van muy envalentonados** *they've plucked up their courage*

quiere descastar,[5] digámoslo así, mudando sus sentimientos, sus costumbres, sus ideas, es natural que ese pueblo se defienda, como el que en mitad de solitario camino se ve asaltado de infames ladrones. Lleven a las esferas del Gobierno el espíritu
5 y la salutífera substancia de mi obra de los *Linajes* (perdóneme usted la inmodestia), y entonces no habrá guerras.

Hoy hemos tenido aquí una cuestión muy desagradable. El clero, amigo mío, se ha negado a enterrar en sepultura sagrada al infeliz Rey.[6] Yo he intervenido en este asunto, impetrando del
10 señor Obispo que levantara anatema[7] de tanto peso; pero nada se ha podido conseguir. Por fin hemos empaquetado el cuerpo del joven en un hoyo que se hizo en el campo de Mundogrande, donde mis pacienzudas exploraciones han descubierto la riqueza arqueológica que usted conoce. He pasado un rato muy triste, y
15 aún me dura la penosísima impresión que recibí. D. Juan Tafetán y yo fuimos los únicos que acompañaron el fúnebre cortejo.[8] Poco después fueron allá (cosa rara) esas que llaman aquí las Troyas, y rezaron largo rato sobre la rústica tumba del matemático. Aunque esto parecía una oficiosidad ridícula, me
20 conmovió.

Respecto de la muerte de Rey, corre por el pueblo el rumor de que fue asesinado. No se sabe por quién. Aseguran que él lo declaró así, pues vivió como hora y media. Guardó secreto, según dicen, respecto a quién fue su matador.° Repito esta versión sin   murderer
25 desmentirla ni apoyarla. Perfecta no quiere que se hable de este asunto, y se aflige mucho siempre que lo tomo en boca.

La pobrecita, apenas ocurrida una desgracia, experimenta otra que a todos nos contrista mucho. Amigo mío, ya tenemos una nueva víctima de la funestísima y rancia enfermedad
30 connaturalizada en nuestra familia. La pobre Rosario, que iba saliendo adelante gracias a nuestros cuidados, está ya perdida de la cabeza. Sus palabras incoherentes, su atroz delirio, su palidez mortal, recuérdanme a mi madre y hermana. Este caso es el más grave que he presenciado en mi familia, pues no se
35 trata de manías, sino de verdadera locura. Es triste, tristísimo,

---

[5] This is a fabricated verb based on the noun **casta**, meaning lineage. Here **descastar** means to take away one's birthright.

[6] Within the Catholic church, anyone who is believed to have committed suicide can not be buried on consecrated grounds.

[7] A formal ecclesiastical curse involving excommunication.

[8] **fúnebre cortejo** *funeral procession leading to the grave*

que entre tantos yo sea el único que ha logrado escapar conservando mi juicio sano y entero, y totalmente libre de ese funesto mal.

No he podido dar sus expresiones de usted a D. Inocencio, porque el pobrecito se nos ha puesto malo de repente, y no recibe a nadie, ni permite que le vean sus más íntimos amigos. Pero estoy seguro de que le devuelve a usted sus recuerdos, y no dude que pondrá mano al instante en la traducción de varios epigramas latinos que usted le recomienda... Suenan tiros otra vez. Dicen que tendremos gresca esta tarde. La tropa acaba de salir.»

Barcelona 1.° de junio.

«Acabo de llegar aquí, después de dejar a mi sobrina Rosario en San Baudilio de Llobregat.[9] El director del establecimiento me ha asegurado que es un caso incurable. Tendrá, sí, una asistencia esmeradísima en aquel alegre y grandioso manicomio.° Mi querido amigo, si alguna vez caigo yo también, llévenme a San Baudilio. Espero encontrar a mi vuelta pruebas de los *Linajes.* Pienso añadir seis pliegos, porque sería gran falta no publicar las razones que tengo para sostener que Mateo Díez Coronel, autor del *Métrico Encomio,* desciende por la línea materna de los Guevaras y no de los Burguillos, como ha sostenido erradamente el autor de la *Floresta amena.*   *insane asylum*

Escribo esta carta principalmente para hacer a usted una advertencia. He oído aquí a varias personas hablar de la muerte de Pepe Rey, refiriéndola tal como sucedió efectivamente. Yo revelé a usted este secreto cuando nos vimos en Madrid, contándole lo que supe algún tiempo después del suceso. Extraño mucho que no habiéndolo dicho yo a nadie más que a usted, lo cuenten aquí con todos sus 'pelos y señales,° explicando cómo   *details* entró en la huerta, cómo descargó su revólver sobre Caballuco cuando vio que éste le acometía con la navaja, cómo Ramos le disparó después con tanto acierto que le dejó en el sitio... En fin, mi querido amigo, por si inadvertidamente ha hablado de esto con alguien, le recuerdo que es un secreto de familia, y con esto basta para una persona tan prudente y discreta como usted.

Albricias,° albricias. En un periodiquillo he leído que   *good news* Caballuco ha derrotado° al brigadier Batalla.»   *defeated*

---

[9] A private insane asylum near Barcelona.

Orbajosa 12 de diciembre.
«Una sensible noticia tengo que dar a usted. Ya no tenemos Penitenciario, no precisamente porque haya pasado a mejor vida, sino porque el pobrecito está desde el mes de abril tan
5 acongojado,° tan melancólico, tan taciturno, que no se le conoce.   anguished
Ya no hay en él ni siquiera dejos de aquel humor ático,[10] de aquella jovialidad correcta y clásica que le hacía tan amable. Huye de la gente, se encierra en su casa, no recibe a nadie, apenas toma alimento, y ha roto toda clase de relaciones con el
10 mundo. Si le viera usted no le conocería, porque se ha quedado en los puros huesos. Lo más particular es que ha reñido con su sobrina y vive solo, enteramente solo en una casucha del arrabal de Baidejos. Ahora dice que renuncia a su silla en el coro de la catedral y se marcha a Roma. ¡Ay! Orbajosa pierde mucho,
15 perdiendo a su gran latino. Me parece que pasarán años tras años y no tendremos otro. Nuestra gloriosa España se acaba, se aniquila, se muere.»

Orbajosa 23 de diciembre.
«El joven que recomendé a usted en carta llevada por él
20 mismo, es sobrino de nuestro querido Penitenciario, abogado con puntas de escritor. Esmeradamente educado por su tío, tiene ideas juiciosas. ¡Cuán sensible sería que se corrompiera en ese lodazal de filosofismo e incredulidad! Es honrado, trabajador y buen católico, por lo cual creo que hará carrera en un bufete
25 como el de usted... Quizás le llevará su ambioncilla (pues también la tiene) a las lides políticas, y creo que no sería mala ganancia para la causa del orden y la tradición, hoy que la juventud está pervertida por los *de la cáscara amarga*.[11] Acompáñale su madre, una mujer ordinaria y sin barniz social, pero
30 de corazón excelente y acendrada piedad. El amor materno toma en ella la forma algo extravagante de la ambición mundana, y dice que su hijo ha de ser ministro. Bien puede serlo.
Perfecta me da expresiones para usted. No sé a punto fijo qué tiene; pero ello es que nos inspira cuidado. Ha perdido el
35 apetito de una manera alarmante, y o yo no entiendo de males,

[10] **humor ático**... *refined, elegant wit* (as practiced in ancient Athens).

[11] **los de la cáscara amarga**... *the troublemakers*

o allí hay un principio de ictericia.[12] Esta casa está muy triste
desde que falta Rosario, que la alegraba con su sonrisa y su
bondad angelical. Ahora parece que hay una nube negra encima
de nosotros. La pobre Perfecta habla frecuentemente de esta
5   nube, que cada vez se pone más negra, mientras ella se vuelve
cada día más amarilla. La pobre madre halla consuelo a su dolor
en la religión y en los ejercicios del culto, que practica cada vez
con más ejemplaridad y edificación. Pasa casi todo el día en la
iglesia, y gasta su gran fortuna en espléndidas funciones, en
10   novenas[13] y manifiestos[14] brillantísimos. Gracias a ella, el culto
ha recobrado en Orbajosa su esplendor de otros días. Esto no
deja de ser un alivio en medio de la decadencia y acabamiento de
nuestra nacionalidad...

    Mañana irán las pruebas... Añadiré otros dos pliegos, porque
15   he descubierto un nuevo orbajosense ilustre. Bernardo Amador
de Soto, que fue espolique° del duque de Osuna, le sirvió durante   footman
la época del virreinato° de Nápoles, y aun hay indicios de que no   viceroyalty
hizo nada, absolutamente nada, en el complot° contra Venecia.»   conspiracy

---

[12] *jaundice* [an abnormal body condition due to an increase of bile
pigments in the blood, characterized by yellowness of the skin and of
the whites of the eyes, loss of appetite, and weariness of the body or
mind].

[13] A devotion consisting of prayers or services on nine consecutive
days, sometimes nine corresponding days in consecutive months.

[14] Exhibitions of the Host.

XXXIII

ESTO SE ACABÓ. ES cuanto por ahora podemos decir de las personas que parecen buenas y no lo son.

FIN DE *Doña Perfecta*

Appendix

IT WAS NOT UNTIL 1959 that modern critics became aware of the original ending to *Doña Perfecta*. It was brought to their attention by C. A. Jones, who reproduced the variant paragraphs of the letters along with his own brief comparison of the two endings.[1] His assessment of the original ending as producing a "crude and melodramatic effect" has largely been echoed by subsequent critics, who have called it grotesque, laughable, and absurd.[2] The general feeling is that this ending was an unfortunate result of the time demands of the serialization process, which required Galdós to begin publishing the novel before he knew how to end it, and which set a deadline for the final installment, thereby rushing the completion of the novel before Galdós had formulated an appropriate ending.

Without differing from this aesthetic appraisal of the original ending, I would like to suggest an alternate theory concerning the reason for its content: Galdós's strong admiration for the works of Charles Dickens. In the "Nuevos viajes" segment of his *Memorias de un desmemoriado* Galdós recalled having visited Dickens's tomb in Westminster Abbey soon after the English author's death in 1870, calling him "mi maestro más amado" and "santo de mi devoción más viva." He also spoke about having applied himself "con loco afán a la copiosa obra de Dickens" as part of his "aprendizaje literario," during which he even went so far as to translate *Pickwick Papers* into Spanish for serialized publication.[3] In the 1868 preface to this transla-tion, Galdós praised English novelists for their ability to subtly mix "lo patético y aun lo terrible... con lo cómico y aun con lo

[1] C. A. Jones, "Galdós's Second Thoughts on 'Doña Perfecta'," *Modern Language Review* 54 (1959): 570-73.

[2] See, respectively, Rodolfo Cardona, introduction, *Doña Perfecta*, by Benito Pérez Galdós (Madrid: Cátedra, 2000) 21; J. E. Varey, *Pérez Galdós: Doña Perfecta*, Critical Guides to Spanish Texts 1, (London: Grant & Cutler, 1971) 68; and José F. Montesinos, *Galdós*, 3 vols. (Madrid: Castalia, 1968) 1:176.

[3] The installments appeared in *La Nación* from March 9 to June 8 of 1868.

grotesco" in their depiction of the commonplace activities of individualized characters, and he speaks of Dickens as "el que con más belleza y exactitud" has achieved this balance. Further-more two years later in his essay, "Observaciones sobre la novela contemporánea en España," Galdós singled out Dickens as a prime example of Realist writing.

Since Galdós's penning of *Doña Perfecta* in 1876 followed close on the heels of these declarations of devotion to Dickens, it is possible that the original ending represented Galdós's own efforts to follow his master's example. If so, Galdós certainly captured the melodramatic vein running through Dickens's Realism, as well as Dickens's tendency to conclude his novels with a morally satisfying resolution where evil characters are punished. One of the ways that Dickens achieves this poetic justice is by killing-off characters in some implausible manner. The contrived cause of death in Galdós's original ending to *Doña Perfecta* is reminiscent of fatal accidents in such novels as *Little Dorrit* (where a house collapses on top of Rigaud), *Bleak House* (where Mr. Krook spontaneously combusts), and *Great Expecta-tions* (where Miss Havisham is set ablaze when the tattered wedding dress she has worn for decades catches fire). Moreover, Galdós's original ending took advantage of the technique of foreshadowing so often seen in Dickens by fulfilling the conse-quences anticipated in the Biblical reference to Pontius Pilate's hand washing at the close of the novel's twenty-seventh chapter. When Pilate thus absolved himself of the responsibility for Christ's death, the crowd responded by saying "His blood be on us, and on our children" (Matt. 27.24-25). Consequently, the final event of the original version can be seen as a form of divine retribution being carried out on the literary counterparts of this Biblical contract.

Although it is tempting to speculate about why the original ending was written as it was, the fact remains that Galdós discarded it soon after its composition in favor of the ending that has remained in place to this day. The only substantive changes Galdós made to the original version concern the final two letters of chapter 32, so those are the only ones that are reproduced in this appendix. Since the epistolary material that precedes them is essentially the same in both versions, students should review the content of don Cayetano's first three letters before reading the revised ones below. In comparing the two endings to *Doña Perfecta* students should consider how Galdós's

changes affect the reader's overall reception of the novel by
altering not only the culmination of the plot but also the tone on
which the end of the story rests.

* * *

Original Ending

Published in *Revista de España* 50.198 (1876): 265-66

Orbajosa 12 de diciembre.

«Perfecta me encarga muchas expresiones para usted. Se ha
reído mucho con la especiota[4] de su casamiento. La verdad es
que en nuestro pueblo se dice también. Ella lo niega, y ríe mucho
5   cuando se le dice. En caso de que esto tenga vinos de formalidad,
yo le negaré mi aprobación,° porque Jacinto tiene veintidós años   approval
menos que ella, y aunque Perfecta se conserva muy bien y ahora
ha echado carnes y se ha puesto muy guapa, no creo que tal
unión pueda ser provechosa. Si he de decir la verdad, no veo al
10 chico muy entusiasmado. Su madre doña María Remedios es la
que me parece que se dejaría cortar ambas orejas porque este
ante-proyecto fuese siquiera proyecto.
      Una sensible noticia tengo que dar a usted. Ya no tenemos
Penitenciario, no precisamente porque haya pasado a mejor
15 vida, sino porque el pobrecito está desde el mes de abril tan
acongojado, tan melancólico, tan taciturno, que no se le conoce.
Ya no hay en él ni siquiera dejos de aquel humor ático, de
aquella jovialidad correcta y clásica que le hacía tan amable.
Huye de la gente, se encierra en su casa, no recibe a nadie,
20 apenas toma alimento, y ha roto toda clase de relaciones con el
mundo. Si le viera usted no le conocería, porque se ha quedado
en los puros huesos. Lo más particular es que ha reñido con su
sobrina, y vive solo, enteramente solo en una casucha del arrabal
de Baidejos. Ahora dice que renuncia su silla en el coro de la
25 catedral y se marcha a Roma. ¡Ay! Orbajosa pierde mucho,
perdiendo a su gran latino. Me parece que pasarán años tras
años y no tendremos otro. Nuestra gloriosa España se acaba, se
aniquila, se muere.»

[4] An absurd, improbable story presented as the truth.

Orbajosa 23 de diciembre.

«Mi carísimo amigo: escribo a usted a toda prisa para decirle
que no puedo remitir° hoy las pruebas. Acaba de suceder en mi   send
casa una desgracia espantosa.... Me llaman.... Tengo que
5 acudir.... No sé lo que es de mí.

Era cierto el proyecto de casamiento de Jacinto con mi
cuñada. Esta mañana estaban todos en casa. Se había matado
el cerdo para las Pascuas.[5] Las mujeres se ocupaban en las
alegres faenas de estos días, y viera usted allí a Perfecta c on
10 media docena de sus amigas y criadas, ocupándose en limpiar la
carne para el adobo, en picarla° para los chorizos, en preparar   chopping it
todo lo concerniente al interesante tratado de las morcillas.
Entró Jacinto, acercóse al grupo, resbaló° en una piltrafa y   slipped
cayó.... ¡Horrible suceso que, por lo monstruoso, no parece ver-
15 dad!... El infeliz muchacho cayó violentamente sobre su madre
María Remedios, que tenía un gran cuchillo en la mano. Por un
mecanismo fatal, el arma se envasó° en el pecho del joven,   plunged
atravesándole el corazón.

Estoy consternado...° ¡Esto es espantoso!... Mañana irán las   greatly disturbed
20 pruebas... Añadiré otros dos pliegos, porque he descubierto un
nuevo orbajosense ilustre, Bernardo Armador de Soto, que fue
espolique del duque de Osuna, le sirvió durante la época del
virreinato de Nápoles y aun hay indicios de que no hizo nada,
absolutamente nada en el complot contra Venecia.»

25   XXXIII

Esto se acabó. Es cuanto por ahora podemos decir de las
personas que parecen buenas y no lo son.

                        Fin de la novela

---

[5] A church festival celebrating a religious holiday, in this case
Christmas.

Spanish-English Glossary

This glossary contains all of the words listed in the margins, so they may be looked up if they appear later in the text, as well as hundreds of others from the text that you might not be familiar with. The number in brackets refers to the chapter where the word first appears in that meaning.

abajo below [3], **de tejas** — without any help from above [10], **hacia** — downward [16]
abatir to knock down [9]
abeja bee [9]
abigarrar to crowd together a collection of things without any order [5]
abismo abyss [19]
abnegación self-sacrifice [9]
abofetar to slap [14]
abogacía the legal profession [3]
abogado lawyer [7], interceder [9]
abolengo lineage [18]
abordar to approach [19]
aborrecer to detest [5]
aborrecimiento loathing [11]
abrasar to burn [8]
abrazar to embrace [6]
abrazo hug [15]
abrigo coat [1]
ábside apse [9]
absolver to absolve [28]
abstener to refrain [5]
abuelo grandfather [11]
abundar to abound [2]
abur good-bye [4]
aburrimiento boredom [3]
aburrir to bore [8], to annoy [10]

acabamiento end [32]
acabar to end [3], to be finished [19], — **de** to have just [3]
acaecer to occur [32]
acalorar to heat up [7]
acaso perhaps [8]
acatar to respect [19]
acaudillar to lead [22]
acceso fit [11]
accionar to put into motion [24]
acechar to lie in ambush for [24]
aceite oil [11]
acendrado pure [9]
acequía irrigation ditch [3]
acerado steel-like [1]
acerbamente severely [6]
acercarse to approach [1]
acero steel [24]
acertado accurate [21]
acertar to hit a target [13]
achacar to attribute [11]
achaque weakness [19]
achicharrar to broil [19]
aciago unfortunate [26]
acicalarse to spruce up [31]
aciero skill in hitting the target [32]
aclarición clarification [18]
acobardar: —**se** to become

frightened [17], to become a coward [26]

acoger to accept [17]

acólito altarboy [13]

acometer to attack [19]

acomodo lodging [18]

acompañar to accompany [7]

acongojar to anguish [32]

aconsejar to advise [22]

acontecer to happen [23]

acopiar to collect [25]

acordar: —se de to remember [19]

acordonar to ostracize [12]

acostarse to go to bed [8]

acostumbrar to be in the habit of [5], to get used to [8]

acreedor creditor [3]

acrisolar to purify [32]

acto: en el — immediately [23]

actual current [18]

actuar to be in action [12]

acuchillar to stab [19]

acudir to present oneself [19], to give aid [appendix], — en auxilio de to go to help [3]

acuerdo agreement [19], **ponerse de** — to come to an agreement [20]

acumular to amass [9]

acusar to accuse [11]

adalid commander [7]

adelantado provincial governor [9]

adelantar to move forward [2], to approach [2]

adelante forward! [2], come in! [15], **salir** — to turn out well [18]

adelfa oleander [8]

ademán gesture [2]

adivinar to guess [2]

admitir to accept [3]

adobe clay brick house [2]

adobo pickling [appendix]

adocenarse to become common [19]

adorar to worship [8]

adquirir to acquire [20]

adulador flatterer [25]

adusto stern [21]

advertencia warning [2]

advertir to note [6], to warn [6]

afán haste [5], anxiety [9], desire [18], eagerness [appendix]

afectar to feign [7]

afecto affection [26]

afectuoso affectionate [21]

afición fondness [12]

afilado sharp [11]

aflictivo distressing [15]

afligir: —se to be upset [2]

aflojar to slacken [2]

agasajar to treat attentively [17]

agitar to agitate [7], to shake [8]

agolpar to rush [13]

agraciado charming [12]

agraciar to favor [7]

agradar to be pleasing [5]

agradecer to thank [19]

agradecimiento gratitude [3]

agrandar to make bigger [2]

agravar to make worse [17]

agraviar to wrong [14]

agregar to add [23]

aguantar to put up with [25]

aguardar to wait for [2]

agudo sharp [27]

águila eagle [17]

aguja needle [6]

agujerear to put a hole in [13]

agujero hole [12]

ahogar to drown [3]

ahorcar to hang [11]

ahuecar to fluff up [9]

ahuyentar to shoo away [10]

airoso gallant [20]

aislamiento isolation [6]

ajeno belonging to someone else [10]

ajero garlic vendor [18]
ajo garlic [5]
ajustar to adjust [4]
ala wing [2], — de sombrero brim [1]
alabanza praise [8]
alambicado elaborate [6]
álamo poplar [2]
alarde display [19], hace — de to show off about [14]
alardear to boast about [18], — de erudito to boast about how learned one is [6]
alargar to extend [2]
alborotador trouble-making [18]
alborotar to agitate [26]
alborozar to elate [8]
albricias good news! [32]
alcalde mayor [2]
alcanzar to reach [2], to be able to understand [25]
alcoba bedroom [8]
alcurniado high-class [12]
aldaba door knocker [30]
aldea village [1]
aldeano villager [3]
alegrar to gladden [2], —se de to feel happy [19]
alegría happiness [3]
alejarse to draw away [2], to alienate [26]
alemán German [7]
Alemania Germany [3]
aletargar to become drowsy [24]
aleve treacherous [17]
alevosía treachery [27]
alevoso treacherous [12]
alférez ensign [16]
algarabía din [8]
algazara din [18]
algodón cotton [12]
alguacil constable [11]
alhaja jewel [2]

aliciente incentive [6]
aliento encouragement [17], breath [31], fatigado el — out of breath [25]
alimentar to feed [12]
alimento food [5]
alinear to line up [11]
alivio relief [32]
allá: el más allá the hereafter [26]
allegado follower [31]
allegar to gather [25]
alma soul [2]
almibarar to cover with syrup [11]
almohada pillow [27]
almoneda public auction [6]
almorzar to eat something [4]
alojamiento lodging [20]
alojar to lodge [23]
alquitrán tar [14]
alrededor: —es outskirts [21]
altanería haughtiness [2]
altanero haughty [26]
alterar to disturb [25]
altisonante high-sounding [21]
alto: — allá stop right there [6], pasar por — to omit [8], en voz alta aloud [8]
altura height [14]
alucinación hallucination [6]
alumbrar to illuminate [2], to light [9]
alumno student [18]
alzar to lift [2], to raise [9]
ama mistress [6], housekeeper [13]
amanecer to dawn [1], to be at daybreak [21]
amaneramiento affectation [6]
amante lover [8], loving [17]
amar to love [2]
amargar to make bitter [28]
amargo bitter [9]
amargura bitterness [12]
amarillo yellow [12]

amasar to arrange [18]
amasijo hodgepodge [2]
ambos both [19]
amedrentar to intimidate [19]
amenaza threat [23]
amenazar to threaten [4]
amenguar to deminish [3]
ameno pleasant [2]
amerengado prim [27]
aminorar to minimize [26]
amistad friendship [7]
amistoso friendly [9]
amo owner [2]
amonestación admonition [11]
amonestar to admonish [17]
amor love [8]
amoratar to turn blue or purple [12]
amorozos loving [3]
amparar to shelter [8], to protect [21]
amparo protection [2]
ampolla blister [2]
anacoreta hermit [12]
añadir to add [2]
ancho wide [1]
anciano elderly [14]
andar to walk [17], —se to get going [22]
andén railway platform [1]
anegar to flood [4]
angosto narrow [12]
angustioso anguish producing [15], anguished [19]
anhelar to yearn for [5]
anhelo the yearning [17]
añico completely broken or smashed [13]
ánimo spirit [7]
aniquilar to annihilate [25]
anoche last night [19]
anochecer to get dark outside [21]
anónimo anonymous letter [12]

ansiedad anxiety [18]
antaño long ago [2]
ante in the presence of [12]
anteanoche night before last [25]
antecedente record of events [2]
anteojos eyeglasses [4]
antepasado ancestor [32]
antepecho sill [16]
anticipo payment in advance [18]
anticuario antiquarian [8]
antigualla old-fashioned customs [11]
antigüedad antiquity [2]
antipatía dislike [11]
antojarse to feel like [6]
anunciar to announce [1]
apabullar to crush [7]
apacible gentle [8]
apadrinar to sponsor [10]
apagar to put out [12]
apalear to beat [25]
aparador sideboard [14]
aparato apparatus [5]
aparecer to appear [2]
aparecería sharecropping [11]
aparentar to pretend [19]
apartar to push away [12], —se to go away [2]
apeadero wayside station [1]
apedrear to stone [14]
apelación appeal [19]
apellido surname [3]
apetecer to crave [11]
apiadar: —se de to take pity on [25]
apiñado crammed together [2]
aplacar to calm down [14]
aplastamiento crushing [19]
aplastar to crush [15]
aplaudir to applaud [19]
aplauso applause [9]
apoderar: —se de to seize [19]
apodo nickname [11]

apoplético apoplectic (lacking muscular control) [10]
aporrear to abuse [15]
aposentar to lodge [20]
aposento room [17]
apostar to bet [2]
apostrofar to insult [18]
apostura bearing [22]
apoyar to support [8]
apoyo support [16]
apreciar to appreciate [9], to hold in esteem [32]
apremiante urgent [1]
apremiar to oblige [17]
apremio administrative order [18]
aprender to learn [7]
aprendizaje apprenticeship [appendix]
apresuradamente hurriedly [1]
apresuramiento haste [10]
apresurar to hurry [9]
apretar to squash [21], to squeeze [25], — el paso to move along [2]
apretón grip [16]
aprieto trouble [2]
aprobación approval [appendix]
apropiado appropriate [3]
apropiar to appropriate [26]
aprovechado hard-working [9]
aprovechar to take advantage of [3]
aprovechamiento diligence [9]
apuntar to point out [15]
apunte note [6]
apurado hardship [22]
apurarse to worry [14]
aqueología archeology [7]
aquiescencia passive assent [6]
arado plow [2]
arboleada grove [8]
arboricultura tree cutivation [5]
arbusto shrub [16]
arder to burn [28]

ardid stratagem [20]
ardiente fiery [2], fervent [17]
ardor passion [8]
arduo arduous [9]
arena sand [2]
argamasa mortar [26]
argucia honeyed word [8]
árido barren [2]
arma weapon [2]
armadura armor [9]
armar to arm [7], to assemble [9], — el lazo to set the trap [31]
armonía harmony [2]
arquear to arch [7]
arquitectura architecture [9]
arrabal suburb [32], —es outskirts of the town [2]
arraigo taking root [8]
arrancar to tear away [21], to pull out [25]
arrasar to demolish [18]
arrastrar to drag [2]
arrebatado impetuous [11], powerfully excited [26]
arrebatar to seize [3], to get carried away [27]
arrebato fury [14]
arreglar to arrange [4]
arreglo arrangement [11], con — a in accordance with [22]
arrellanarse to stretch out [25]
arrepentimiento regret [10], repentance [22]
arrepentirse to regret [14], to repent [31]
arriba above [3], de — abajo up and down [20], hacia — upward [30]
arriesgado risky [18]
arriesgar to risk [25]
arrobamiento ecstasy [5]
arrodillarse to kneel down [13]
arrogante arrogant [3]

arrojar to hurl [11], to cast out [31]
arropar to wrap with clothes [17]
arroyo stream [2]
arruga wrinkle [12]
arrugar to wrinkle [26]
arruinar to ruin [3]
artífice craftsman [22]
artificio trick [8]
artimaña trick [20]
asa handle [7]
ascendiente influence [10]
asegurar to assure [2]
asemejar to resemble [5]
asentar to erect [2]
aseo cleanliness [4]
asesinar to kill [2], to murder [21]
asesinato murder [18]
asesino murderer [16]
asestar to fire [12]
asiento seat [21]
asilio asylum [25]
asimismo also [11]
asistencia aid [32]
asolador destroying [32]
asolar to devastate [18]
asomar to stick out [1], to begin to
    appear [3]
asombrar to amaze [2]
asombro amazement [9], fright [27]
asombroso amazing [7]
aspa blade [24]
aspecto appearance [2]
áspero harsh [16]
astro star [6]
astucia shrewdness [18]
asunto matter [3]
asustar to frighten [25], —se to be
    afraid [6]
atacar to attack [17]
atajar to stop [22]
ataque assault [14]
atar to tie [11], — cabos to put two
    and two together [18]

atareado busy [3]
ateísmo atheism [14]
atender to pay attention [2]
atenerse to rely on [21]
atententar to attempt a crime [32]
atento attentive [8]
ateo atheist [7]
aterrar to terrify [17]
atisbar to observe [3]
atónito astounded [25]
atormentar to torment [11]
atracar to stuff [6]
atracón something done to excess
    [6]
atraer to attract [11]
atrás get back! [2], backward [27]
atraso backward fashion [20]
atravesar to cross through [9]
atrevemiento daring [17]
atreverse to dare [2]
atribuir to attribute [9]
atronador thunderous [22]
atropellar to trample under foot
    [19]
atropello outrage [11]
atroz atrocious [1]
aturdir to stun [9]
audacia boldness [15]
audaz daring [9]
auge popularity [20]
augurar to predict [10]
augusto majestic [9]
aula classroom [9]
aullar to howl [21]
aullido wail [1]
aumentar to increase [12]
aureola halo [17]
aurora dawn [13]
ausencia absence [4]
autorizar to authorize [5]
auxilio aid [2]
avanzar to advance [16]
avaricia greed [19]

avaro greedy [19]
ave bird [16]
avellanado hazelnut colored [1]
avenir to happen [28]
aventar to winnow [27]
aventurar to hazard [19]
avergonzar to shame [9], —se to be ashamed [2]
avergonzarse to be ashamed [2]
averiguar to find out [6]
avisar inform [23]
ayuno fasting [12]
ayuntamiento town hall [2]
azada hoe [32]
azoramiento bewilderment [12]
azote whipping [26]
azotea terraced roof [13]
azufre sulphur [27]
baba drool [27]
bailoteo clumsy dancing [14]
baja casualty [32]
bajar to descend [1]
bajeza lowness [20]
bala bullet [22]
balbuciente stammering [4]
balbucir to stammer [14]
baldosa floor tile [9]
banco bench [8]
bandada flock [12]
bandido bandit [19]
bandolerísmo banditry [19]
barba beard [3], chin [20]
barbaridad foolish act [18], atrocity [26]
barbarie barbarism [19]
barbilampiño beardless [6]
barda thatch (on a wall or fence) [2]
bardal thatched wall [2]
barniz varnish [4]
barra bar of iron used in a pitching game [2]
barraca shack [1]

barranco ravine [2]
barrer to sweep [6]
barro clay [24]
barruntar to guess [21]
basca nausea [27]
bastar to be enough [8]
bastardear to adulterate [26]
batalla battle [2]
batallar to struggle [32]
batallón battalion [18]
batir to defeat [18], —se to fight [21], — palmas to clap hands [22]
baúl trunk [4]
behetría anarchy [18]
bellaquería trickery [23]
belleza beauty [9]
bendecir to bless [3]
bendición blessing [2]
bendito blessed [2], holy [25]
beneficiencia: secretaria de — department of public welfare [12]
benignidad benevolence [28]
bergante ruffian [25]
bermellonado reddish orange [9]
besar to kiss [17]
beso kiss [13]
bestia beast [11]
besuquear to repeatedly kiss [27]
bibliófilo lover of books [6]
bibliómano pertaining to the collecting of rare books [6]
biblioteca library [2]
bienestar well-being [3]
bigote mustache [12]. —s whiskers [2]
bisagra hinge [30]
bizarría valor [22]
bizco: dejar — to amaze [11]
blanquinegro salt and pepper [4]
blasfemia insult [1]
blasfemo blasphemer [19]

bobería foolishness [27]
bobo: no sacar de —s to leave in ignorance [6]
boca mouth [1]
boda wedding [11]
bofetada slap on the face [21]
bofetón slap in the face [19]
bolsillo pocket [12]
bonachona good-natured [10]
bondad goodness [3]
bondadoso kind [28]
boquete gap [14]
borbotón bubbling [31]
bordar to embroider [9]
borla tassel [4]
borracho drunk [14]
borrico fool [21]
bosque forest [12]
bostezar to yawn [1]
bota boot [5]
botella bottle [25]
botica pharmacy [9]
bóveda dome [6]
bozo down [9]
bramar to bellow [21]
bravo ferocious [15]
bravucón braggart [21]
brazo arm [2]
bribón loafer [5]
brillantez brilliance [3]
brillar to shine [14]
brindis drinking song [9]
brío vigor [19]
broma joke [9], en — in jest [6]
bromear to joke around [7]
bronco harsh [27]
bruto coarse [21]
bueno: de buenas a primeras suddenly [9]
bufete law firm [3]
bufón buffoon [5]
buitre vulture [27]

bullicio hustle bustle [3]
bulto pieces of luggage [1], shape [31]
bunquinista book collector [6]
burla ridicule [3], de —s for fun [16]
burlar: —se de to make fun of [11]
burlesco comical [5]
burro donkey [10]
busto bosom [17]
butaca armchair [25]
cabalgadura mount [2]
caballería horse or mule [1], cavalry [18], — andante knight-errantry [2]
caballero gentleman [2]
caballista horse expert [2]
caballo horse [25], a — on horseback [1], depósito de —s sementales stud farm [2]
cabalmente precisely [10]
cabecera headboard [4]
cabecilla rebel leader [21]
cabello hair [3]
caber to fit [8], to fit into [14], no — duda to not be in doubt [21]
cabeza head [2]
cabo end [2], corporal [21], atar —s to put two and two together [18]
cabra goat [27]
cacarear to cackle [1]
cachaza slowness [1]
caco thief [2]
caer to fall [1]
cafre barbarian [5]
caja case [5], box [21]
calamidad disaster [18]
calavera skull [6]
calaverada escapade [6], reckless act [17]
cálculo calculation [11]
caldeo Chaldean [2]
calentar to warm up [11]

calificar to classify [17]
calificativo qualifier [32]
callado: a la calladita on the sly [13]
callar to be silent [7]
callejón alley [16]
calumnia slander [14]
calumniador slandering [3], slanderer [17]
calvicie baldness [12]
calzada wide road [2]
calzar to put shoes on [12]
calzonazo weakling [9]
calzones trousers [10]
camaleón chameleon [12]
camarero caretaker [9]
cambiar to exchange [5], to change [24]
camello camel [18]
caminata trek [2]
caminejo small rough road [1]
camino route [23], path [28], road [32]
camisa shirt [21]
camorra: buscar — to look for trouble [2]
campana bell [2]
campaña campaign, en — working [13]
campeón champion [25]
campesino rustic [2]
campiña countryside [26]
campo field [2], del — rural [4]
cañada gully [2]
canalla rabble [10], despicable [20]
canana cartridge belt [22]
candelero candlestick [2]
candidatura candidacy [12]
canela cinnamon [12]
cañon gun or cannon [22], barrel of a gun [27]
cañonazo bang [31]
canónigo canon [5]

cansancio fatigue [19]
cántara large pitcher [21]
cantinela same old tune [8]
canto: de gallo cockcrow [17]
cantor singer [8]
caoba mahogany [25]
capa cloak [2]
capaz capable [5]
capilla chapel [9]
capital money [5]
capitular member of an ecclesiastical chapter [10]
capote cloak [18], decir para su — to mutter under one's breath [1]
capricho whim [11]
cara face [2]
caracol snail [31]
caracter character [8]
carátula mask [11]
carbón coal [11]
carcajada ouburst of laughter [22]
cárcel jail [2]
carcomer to eat away [12]
cardo thistle [2]
carecer to lack [4]
cargante annoying [13]
cargar to load [1], to tire [4]
cargo duty [11]
caribe savage [26]
caricatura caricature [5]
caricia caress [8]
caridad charity [5]
carilleno plump-faced [9]
cariño affection [4]
cariñosamente affectionately [3]
cariñoso affectionate [4]
carnal related by blood [20]
carne: ser uña y — to be very close friends [21]
carnicero bloodthirsty [21]
carnoso fleshy [2]
caro dear [9]
carrera running [14], career [32]

carromatero covered wagon driver [2]

carta letter [3], **tomar —s** to intervene [26]

cartera: — **de viaje** carrying case [18]

cartón cardboard [9]

cartoncejo little cardboard box [5]

casaca coat [5]

casarse to marry [2]

cáscara peel [12]

casco segment of fruit [12], skull [14], helmet [32]

caserío hamlet [1]

casero domestic [19]

casino men's club [8]

caso occasion [6], **ir al** — to get to the point [2], **hacer** — to pay attention to [2]

casta lineage [1]

castellano from the Spanish province of Castile [1]

castigar to punish [28]

castigo punishment [25]

castillo castle [2]

casto chaste [20]

casualidad coincidence [18]

casucha hovel [2]

casulla a sleeveless outer vestment worn by the celebrant at mass [25]

catadura appearance [21]

catafalco tower-like scaffold [9]

catedral cathedral [2]

catequizar to initiate [20]

cauce river bed [4]

caudal abundance [4]

cautela caution [12]

cautivar to captivate [3]

cavilación fretting [11]

cavilar to fret [16]

caviloso suspicious [10]

caza game animal [2]

cazador hunter [6]

cazuelo casserole dish [5]

cebo fattening feed [2]

ceder to yield [9]

cédula: — **de alojamiento** billeting order [18]

cegar to blind [24]

ceguera blindness [7]

ceja eyebrow [4]

cejar to move backwards [26]

cejijunto scowling [15]

celador watchman [13]

celaje cloud [19]

celebrar to hold a meeting [10], to enter into an agreement [11], to celebrate [17]

célebre famous [2]

celeste celestial [8]

celibato celibacy [9]

celosía shutter [3]

celoso jealous [15]

cenar to dine [14]

ceñir to encircle [2]

ceniza ash [17]

centella spark [11]

centinela: **estar de** — to be on guard [11]

centuplicar to increase a hundredfold [17]

ceñudo frowning [25]

cercanía vicinity [25]

cercenar to pare [2]

cerebro brain [6]

cereza cherry [2]

cerradura lock [17]

cerrar to close [17]

cerro hill [2]

cesar to cease [2]

cesta basket [1]

chacó helmet [18]

charla conversation [8]

charlar to chat [12]

charlatán chatterbox [5]

charolar to varnish [9]
chasquido cracking sound [3]
chaveta: perder uno la — to go
   crazy [27]
chichear to whisper [12]
chillar to shriek [22]
chillón shrill [27]
china pebble [13] [13]
chirrido screeching [12]
chisme knickknack [27]
chismoso gossipper [12]
chispa spark [18], de — witty [8]
chiste joke [10]
chocante shocking [21], offensive
   [26]
chocar to crash [13], to collide [17]
chocarrería vulgar joke [9]
chopo black poplar [1]
chorizo sausage [appendix]
choza hut [2]
chuchería trinket [25]
chupar to suck [3]
chusma rabble [12]
ciego blind [2]
cielo Heaven [2], sky [2]
ciencia science [3]
cierto certain [14]
cigarro: punta de — cigar or
   cigarette butt [4], colilla de —
   cigar or cigarette stub[4]
cima top [8]
cimiento origin [18]
cinto waist [22]
cinturón belt [2]
circunstante bystander [9]
cita quotation [4]
citar to quote [9], to make an
   appointment with [10], to cite
   [10]
cizañoso trouble-maker [16]
clamorear to wail [1]
clamoreo clamoring [5]

claqueteo gurgling sound [21]
claraboya skylight [2]
clarín bugle [17]
clavar to fasten [7]
clérigo clergyman [2]
clero priest [32]
coacción coercion [3]
cobarde coward [17]
cobardía cowardice [17]
cobrar to collect [21]
cochero coachman [6]
coco: hacer —s to flirt [12]
codo elbow [16], hablar por los —s
   to chatter incessantly [10]
coetáneo contemporary [10]
coger to grab [5]
cogote back of neck [21]
cojear: saber de que pie cojea to
   know someone's weaknesses
   [18]
col cabbage [2]
cola tail [18]
colegio school [3]
cólera anger [9]
colérico bad-tempered [11]
colilla stub of a cigar or cigarette
   [4]
colgar to hang [4]
colindante adjoining [2]
colocar to place [12]
coloquio conversation [5]
comarca district [2]
comedia pretense [5]
comediante actress [19]
comedido courteous [4]
comedimiento courtesy [3]
comedor dining room [4]
comensal table companions [7]
comer to dine [5]
cómico actor [12]
comida meal [6], food [27]
cómoda chest of drawers [4]
compaña company [2], en amor y

— on the best of terms [21]
compañero companion [2]
comparecer to appear [12]
compartir to divide [30]
compás rhythm [1]
compatricio countryman [22]
compinche buddy [21]
complacer to accommodate [20],
 —se to take pleasure in [9]
complexión physique [3]
cómplice accomplice [14]
complot conspiracy [32]
componedor arbitrator [4]
componer to compose [11], —selas
 to get by [26]
comportamiento behavior [19]
compostura sedateness [9]
comprimir to repress [14], to
 squeeze [19]
comprometer to compromise [11]
compromiso pledge [26]
cómputo calculation [6]
concebir to conceive [3]
conceder to grant [11], to concede
 [14]
conceptista writer employing many
 conceits and puns [25]
concepto opinion [28]
concertar to arrange [19]
concha shell [31]
conciencia awareness [2],
 conscience [17]
concienzudo painstaking [31]
conciliar to reconcile [24]
concluir to conclude [6]
concordar to be in agreement [6]
concordia harmony [7]
concurso assembly [24]
conde count [6]
condenar to condemn [6]
condesa countess [10]
condescendencia indulgence [25]
condescendiente complaisant [3]

conducción transportation [2]
conducir to transport [1], to lead
 [8], —se to behave [22]
conductor: — de correspondencia
 mail deliverer [11]
confabular to be in collusion [21]
conferencia discussion [3]
confianza trust [5], de — intimate
 [6]
confiar to entrust [11], to trust [17]
confite: estar a partir un — to be
 on excellent terms with [20]
conforme in agreement [3]
confundir to confuse [9], —se to
 intermix [1]
congoja anguish [10]
congojoso distressed [31]
conjunto entirety [6]
conjurar to avoid [3], to pledge an
 oath [25]
conmover to be moved [3]
connaturalizado congenital [16]
connaturalizar to accustom oneself
 [32]
conque so then [2]
conquista conquest [10]
consabido abovementioned [18]
consagrar to consecrate [9], to
 devote [26]
conseguir to get [11], succeed [17],
 to obtain [28]
consejero counselor [22]
consejo advice [4]
conservar to preserve [4]
consonancia harmony [25]
constar to be obvious [28]
consternado greatly disturbed
 [appendix]
construir to construct [3]
consuelo consolation [17]
consumar to complete [28]
contar to tell a story [2], to count
 [6], — con to count on [18]

contener contain [6], to restrain [12]

contestar to answer [2]

contra con, en — against

contrariar to oppose [6], to annoy [7]

contrariaridad obstacle [18]

contrario opponent [28]

contrarrestar to counterattack [12]

contribución tax [18]

contristar to sadden [32]

contundente bruising [19]

convencer to convince [8]

conveniencia advantage [27]

conveniente proper [14]

convenir to be worthwhile [3], to agree [11], to suit [14]

convertirse to turn into [9]

convidar to invite [1]

copa alcoholic drink [14]

copioso abundant [appendix]

copla popular song [2]

copón vessel for holding the sacred wafers for the Eucharist [2]

copta Coptic [2]

coraje courage [32]

corazón heart [2]

corazonada hunch [30]

corcel steed [2]

cordón cord [4]

corifeo leader [7]

corneta horn [17]

coro choir [7]

corona crown [2]

coronar to crown [8]

corpachón big bulky body [21]

corpulento massive [3]

corpúsculo corpuscle [18]

correctivo corrective [6]

corregidor magistrate appointed by the King [20]

correo mail [2]

correr to run [1]

corretear to run around [8]

corrida running [3]

corriente current [26], commonplace [28], al — up to date [27]

corromper to corrupt [32]

cortado flustered [12]

cortar to cut short [9], to cut off [20], to cut [27], — el vuelo to clip the wings [2]

corte Madrid [3]

cortejo suitor [15]

cortés courteous [15]

cortesanía courtesy [20]

cortesano courtier [10], courtly [31]

corteza peel [12]

cortijo country home [26]

cortinaje drapes [12]

cosecha harvest [11]

coser to sew [12]

costar: — trabajo to be difficult [22]

costumbre custom [3], de — as usual [30]

costura sewing [12]

costurero sewing basket [12]

cotorra cockatoo [11]

coyuntura opportunity [18]

cráneo skull [14]

crear to create [26]

crecer to grow up [3], to increase [7], to grow [18]

creencia belief [9]

crepuscular twilight [9]

creyente believer [9]

criada maid [5]

criadero hatchery [10]

criado servant [1]

criatura child [12]

cristal pane of glass [5]

cristalino clear [21]

cristianismo Christianity [2]

cristiano christian [6]

Cristo Jesus Christ [19]
crónica chronicle [18]
cruce crossing [11]
crucificar to crucify [11]
cruento bloody [32]
cruz cross [2]
cruzar to cross [4], — **palabras** to exchange words [26]
cuaderno book [14]
cuadrar to match [21]
cuadro painting [9]
cualidad quality [9]
cualquiera nobody [14]
cuanto: — **antes** as soon as possible [6], **en** — as soon as [22], **en** — **a** in regard to [22]
cuartago small horse [1]
cuarto room [23]
cubierto place setting [19]
cubrir to cover [3], — **expediente** to stay within the letter of the law [25]
cuchicheo whisper [12]
cuchillo knife [17]
cuchufleta jest [11]
cuello neck [13]
cuenca watershed [3]
cuenta account [26], **darse** — **de** to realize [11], **pedir** —**s** to request an explanation [11], **tener en** — to keep in mind [18], **dar buena** — **de** to finish off [21], **tomar por su** — to take control of [21]
cuerda rope [4]
cuero leather [2]
cuerpo corps [3], body [5], **estar de** — **presente** to lie in state [6], **estar de** — **de rey** to live like a king [18]
cuestión dispute [7], issue [19]
cueva cave [2]
cuidado care [2]
cuidarse de to concern oneself with

[26]
cuita problem [26]
culebra snake [24]
culebrar to slither [16]
culminante prominent [20]
culpa fault [6], blame [8]
culpabilidad guilt [19]
culpable guilty [19]
culto religion [9], cultured [19], worship [25]
cumplido courteous remark [13]
cumplimiento fulfillment [9]
cumplir to fulfill [11]
cúmulo heap [16]
cuna cradle [16]
cuñado brother-in-law [8]
cundir to spread [21]
cura priest [22]
curar to cure [16]
curia court [3]
dama lady [31]
dañado bad [19]
daño damage [10], harm [11], **hacerle** — to hurt [10]
dársena dock [3]
dato fact [8]
deber to owe [11], duty [31]
decadencia decline [9]
decaer to decay [21]
decir: dicho se está it goes without saying [22]
decorosamente with dignity [14]
dedo finger [16], **tener dos** —**s de frente** to be sensible [25]
defecto flaw [3]
defensor defense counsel [8], defender [21]
degollar to behead [22], to cut the throat [27]
degradar to demote [12]
dehesa pasture land [26]
dejar to leave behind [2], to allow [16], — **de** + **infinitive** to stop

doing the action of the infinitive [3], — **bizco** to amaze [11], — **en el sitio** to kill [14], — **mal parado** to come out looking bad [18]

dejo aftertaste [32]

delantera lead [2]

delegado representative [20]

deleitarse to take pleasure [9]

deleite pleasure [12]

delgado thin [24]

delicadeza finesse [11], tact [17]

delicia delight [2]

delirio delirium [6]

delito crime [31]

demanda claim [11]

demonche devil [2]

demonio demon [1], devil [9]

denunciar to report [25]

depurar to cleanse [21]

derechas: a — rightly [2]

derecho right [1], straight [6]

derramar to spill over [14], to shed [27]

derretir to melt [25]

derribar to demolish [6]

derribo demolition [22]

derrochar to squander [3]

derrotar to defeat [32]

desacorde badly-matched [10]

desacordemente inharmoniously [2]

desacuerdo disagreement [7]

desafiar to challenge [27]

desafío challenge [18]

desafuero outrage [18]

desagradar to displease [12]

desagraviar to make amends [14]

desahogar: —se to unburden [24]

desahogo relief [12]

desairar to snub [12]

desaire snub [11]

desalar to rush [30]

desaliento dismay [17]

desalmar to detest [18]

desamparar to abandon [1]

desaparecer to disappear [2]

desarmar to disarm [28]

desarrollar to develop [11]

desasir to get loose [17]

desasosegar to upset [20]

desasosiego restlessness [21]

desatar to untie [25]

desatino stupidities [2], foolishness [19]

desavenencia discord [5]

desayuno breakfast [5]

desbancar to replace someone in the affection of another [15]

desbordar to overflow [4]

descalzo barefoot [11]

descansar to rest [1]

descarar to be insolent [15]

descargar to unburden [3], to shoot [6], — **la mano** to give a violent blow [22]

descastado lacking in affection [11]

descolgar to take down [12]

descomponer to transform [24]

descomunal extraordinary [9]

desconcertar to upset [9], to baffle [15]

desconcierto confusion [25]

desconfianza suspicion [18]

desconfiar to lack confidence [26]

descreer to disbelieve [9]

descuartizar to draw and quarter [22]

descubrir to be visible [2], to uncover [19], to discover [26], **al descubierto** out in the open [5]

descuidar to be careless [2], to be free of care or obligation [10]

descuido carelessness [8]

desdén disdain [2]

desdichado miserable [7]

desear to desire [17]
desechar to reject [3]
desembarazarse to free oneself from [2]
desempeñar to fulfill [3]
desempeño carrying out [20]
desenfreno unrestraint [32]
desengaño realization of the truth [8]
desenmascarar to unmask [26]
desenterrar to dig up [6]
desentrañar to get to the bottom of a matter [12]
desenvainar to draw out [5]
desenvoltura boldness [9]
desesperar to discourage [10], to become desperate [12]
desfallecer to beome weak [8]
desfallecimiento weakness [28]
desgarbado ungainly [1]
desgracia misfortune [7]
desgraciado unfortunate [28], wretch [31]
deshacer to go to pieces [27]
deshonra dishonor [19]
deshonrar to dishonor [21]
designio plan [25]
desistir to give up [17]
desliz false step [16]
deslizar to slide [4], to slither [31]
desmayar to faint [4], to dishearten [9]
desmayo fainting spell [17]
desmejorar to decline in health [6], to detract from one's appearance [31]
desmentir to deny [14]
desmerecer to decline in value [17]
desnudo bare [1], undressed [9]
desobedecer to disobey [28]
desollar to remove the skin from [25]
despabilado clever [7]

despachar to kill off [2], to dispatch [10], to dismiss [25], —se to hurry [4]
despacho office [13]
desparpajo confidence [9]
desparramar to scatter [18]
despechar to wean [21]
despedazar to break into pieces [2]
despedir to cast [5], to send away [31], —se to say good-bye [7]
despegar to withdraw one's affection [8]
despego coldness [11]
despejado wide [31]
despeñadero precipice [31]
despensa pantry [13]
desperdigar to scatter [21]
desperezarse to shake off drowsiness [18]
despertar to wake up [1]
despiadado merciless [19]
despierto awake [17]
desplegar to display [9]
desplome weight [19]
despojar to relinquish [17]
despreciar to disdain [9]
desprecio contempt [2]
desprender to detach [18]
despreocupación unconventionality [14]
despreocupado unconventional [12]
desprestigiar to speak ill of [19]
despropósito absurdity [12]
destacar to stand out [2], —se to distinguish oneself [22]
destino job [18]
destitución dismissal [11]
destituir to dismiss [11]
destreza dexterity [12]
destrozar to destroy [19], to rip into pieces [21]
destruir to destroy [6]
desvanecer to vanish [8]

desvencijado broken down [1]
desvencijar to pull apart [2]
desventura misfortune [22]
desvergonzarse to be rude [14]
desvío coolness [26]
detallado detailed [18]
detalle detail [4]
detener to detain [2], to halt [17],
  —se to stop [1]
detenidamente in detail [18]
determinación decision [16]
determinar: —se to decide [22]
deuda debt [3]
deudo relative [28]
devolver to return [17]
día: el mejor — some fine day [22]
diablo devil [17]
diablura piece of mischief [3]
dialéctica argument [19]
diario daily [6]
dibujar to sketch [5]
dibujo design [5]
dichoso fortunate [8]
dictar to dictate [22]
diente tooth [4], dar — con — to
  chatter one's teeth [17]
diestro skillful [12]
difundir to spread [12]
dignarse to deign [7]
digno: — de deserving of [6],
  worthy of [25]
dilación delay [11]
diladado vast [16]
diligencia errand [27]
dinastía dynasty [18]
Dios God [2]
dirigir to direct [1]
discorde discordant [10]
discordia dissension [5]
disculpable forgivable [9]
disculpar to forgive [9]
discurrir to talk [3]
discurso essay [10]

discutir to argue [12]
disforme misshapen [9]
disgregar to separate [9]
disimuladamente furtively [6]
disimular to disguise [6]
disimulo pretense [10]
disipar to dissipate [10], to dispel
  [11]
disonancia disagreement [8]
disparadero trigger [19]
disparar to shoot [2]
disparatado foolish [3]
disparate foolish remark [8], —s
  nonsense [6]
dispensar to excuse [7]
displiciencia coolness [11]
disponer to made ready [2]
disponible available [18]
disposición talent [20]
disputa argument [3], dispute [6]
disputar to argue [8]
disquisición examination [2]
distinguido distinguished [6]
distinguir to see in the distance [2]
distraer to distract [2]
divagar to roam [16]
divertir to amuse [3]
divino divine [8]
docena dozen [25]
docto expert [9]
dolor pain [7]
dolorido anguished [31]
doloroso painful [14]
dómine Latin teacher [7]
don talent [3], gift [18]
doncella lady's maid [20], maiden
  [21]
doncellez virginity [18]
dorado gilded [4]
dote talent [9]
droga drug [9]
duda doubt [9]
dudar to doubt [17]

duende spirit [20]
dueño master [2]
dulce sweet [9]
dulzura sweetness [3]
duquesa duchess [10]
duradero lasting [21]
durar to last [3]
dureza hardness [31]
duro hard [5], harsh [20]
echar to fling [1], to throw [2], — **a** to begin [2], — **de menos** to miss [4], — **al campo** to enter into battle [22], — **mano a** to seize [25], — **carnes** to gain weight [appendix]
eco echo [18]
edad age [3], **de** — elderly [23]
edificante instructive [32]
edificar to build [22]
edificio building [18]
educado well-mannered [14]
efectivamente indeed [19], really [32]
efecto: en — really [26]
eficaz effective [20]
egoísmo selfishness [19]
egregio distinguished [18]
ejemplar exemplary [3], copy [6], copy of a book [16]
ejercer to practice a profession [3], to exercise [18]
ejército army [2]
elegir to choose [16]
elogiar to praise [2]
elogio eulogy [16]
emanar to emanate [9]
embarazo embarrassment [9]
embarazoso embarrassing [4]
embelesar to fascinate [10]
embestir to attack [28]
embrazar to clasp [22]
embriaguez intoxication [14]
embrollar to muddle [19]

empalagoso sickly sweet [10]
empalme junction [3]
empaque appearance [5]
empaquetar to stuff [32]
emparentar to be related by marriage [26]
empedrado stoney [3]
empeñar to pawn [11], —**se** to insist [8]
empeño determination [7], obligation [27]
emperador emperor [21]
emperejilar to dress up [6]
empinar to elevate [2]
empleado employee [1]
emplear to use [3]
empollar to hatch [10]
empolvar to dust [7]
emprender to begin [1], to set out on [3]
empujar to push [12]
empuje pressure [3]
empuñar to grip [1]
enamorarse de to fall in love with [16]
enano little [11]
encajar to fit in [2]
encaje lace [9]
encaminarse to set out for [13]
encanallamiento degeneracy [18]
encantado delighted [4]
encantador charming [2]
encanto charm [6]
encarar to confront [27]
encarecer praise excessively [32]
encargar to put in charge of [11], to request [20]
encargo assignment [11]
encarnado red [2]
encender to light [17], —**se** to blush [9]
encerrar to lock up [3]
encharcar to flood [2]

encierro confinement [12]
enclavar to place [18]
encomiástico approving [25]
encomienda annual revenue [26]
encomio eulogy [16]
encono rancor [11]
encontrar to find [6]
encrespar to curl [26]
encrucijada crossroad [16]
encubridor go-between [25]
encubrir to conceal [8]
encuentro: salir al — to go out to meet [25]
enderezar to straighten [4]
endiablado devilish [10]
enemigo enemy [11]
enemistad enmity [11]
enfadar to irritate [2], —se to get angry [3]
enfado anger [6]
enfermedad illness [16]
enfermizo sickly [16]
enfriar to become cold [3]
enfurecer to infuriate [20]
engañar to deceive [2], —se to be mistaken [31]
engaño trick [24], deceit [28]
engañoso deceptive [19]
engendrador progenitor [26]
engendrar to generate [7]
engolfarse to become deeply involved [18]
engordar to fatten [2]
engorroso irritating [10]
enjaezar to harness [2]
enjambre swarm of bees [11]
enjaular to put in a cage [18]
enjugar to wipe away [11]
enlazar to link [17]
ennegrecer to darken [20]
enojar to make angry [9]
enojo anger [10]
enredadero climbing plant [13]

enrededor busy-body [12]
enredo plot [19]
enroscar to curl [16]
ensalzar to praise [6]
ensanchar to expand [28]
ensartado chained together [2]
enseñanza education [2]
enseñar to teach [3], to show [7]
enseres sewing gear [12]
ensimismarse to become lost in thought [16]
ensoberbecer to become arrogant [27]
ensueño daydream [6]
entablar to begin [6]
entena long beam [22]
entender to understand [6]
entendimiento understanding [6], mind [25]
enterar to inform [14], —se to find out [27]
entereza firmness [19]
enterrar to bury [2]
entonar to sing in tune [12]
entorpecimiento delay [26]
entrada entrance [5]
entrambos both [17]
entrañable affectionate [20]
entrañas entrails [27]
entrecortado broken [19]
entregar to hand over [10]
entresacar to cull [6]
entretener to entertain [9]
entretenimiento entertainment [3]
entrevista meeting [23]
entristecer to sadden [3]
entroncar to mate [12]
envalentonar to pluck up courage [32]
envanecerse to become vain [28]
envasar to plunge into [appendix]
envejecer to age [26]
envenenar to poison [24]

enviar to send [14]
envidia envy [11]
envidiable enviable [22]
envidiar to envy [5]
envidioso envious [11]
envoltorio bundle [21]
envolver to wrap [1]
epicúreo pleasure-seeking [25]
época time period [18]
equipaje luggage [1]
equivaler to equal [25]
equivocación mistake [2]
equivocarse to be mistaken [8]
erguir to raise [31]
erizar to bristle [24]
ermita hermitage [2]
erradamente mistakenly [32]
errar to make a mistake [32]
erudito scholar [6]
escabechar to kill [2]
escalera stairway [16]
escalón stair [17]
escancar to dam up [2]
escandalizar to scandalize [1], —se
    to become scandalized [16]
escándalo rumpus [11], scandal
    [12]
escarbar to dig [2]
escarmentar to punish [22]
escasear to become scarce [27]
escaso scant [2]
escena scene [8]
esclarecer to make famous [10]
escoba broom [21]
escoger to choose [5], to select [8]
escollo reef [6]
esconder to hide [2]
escondite hiding place [22]
escondrijo hiding place [26]
escopeta shotgun [21]
escribano notary [11]
escritura writing [30]
escuadra carpenter's square [32]

escuadrón squadron [7]
escudero attendant to an
    important person [1]
escudo shield [22]
escudriñar to scrutinize [11]
escueto plain [24]
escultor sculptor [3]
escultura sculpture [25]
escupir to spit [21]
escurrir to slide [1]
esencia essence [24]
esfera heavens [16]
esforzado brave [2]
esforzarse: — en to strive to [2], to
    make an effort [8]
esfuerzo effort [8]
esgrimir to weild [11]
esmerado meticulous [32]
esmero meticulousness [10]
espacio space [6]
espada sword [18]
espalda back [1]
espantable frightening [18]
espantar to frighten [21]
espanto fright [18]
espantoso frightful [8]
espartano Spartan [2]
especie type [2]
espejo mirror [32]
espejuelos glasses [27]
esperanza hope [11]
espeso dense [9]
espesura abundant growth [30]
espiar to spy on [30]
espigado slim [12]
espina thorn [17]
espinazo backbone [27]
espiritismo spiritualism [20]
espíritu spirit [2]
espolear to spur [2]
espolique footman [32]
esponja sponge [6]
esposo husband [3]

espuela spur [1]
esquela note [20]
esquila small bell [16]
esquilón large bell [7]
esquina corner [11]
establecer to establish [8]
estación station [1]
estado estate [2], state [27]
estampa appearance [1], print [25],
    dar a la — to send a work to be
    printed [16]
estampido explosion [24]
estancia sitting room [2]
estanque reservoir [3]
estante bookcase [25]
estátua statue [3]
estatura stature [1]
este east [18]
estepa barren plain [5]
estera mat [25]
estéril barren [2]
estigma stigma [12]
estilar to be in fashion [18]
estimar to admire [3]
estirar to stretch [2]
estorbar to be in the way [16]
estrago devastation [19]
estrangular to strangle [14]
estrategía strategy [19]
estratégico strategic [15]
estrechar to press [17], — la mano
    to shake hands [5]
estrecho narrow [3], tight [16]
estrella star [16]
estremecer to shake [24], —se to
    tremble [10]
estrépito deafening noise [6]
estrepitoso noisy [1]
estribillo refrain [5]
estribo stirrup [2]
estridente strident [3]
estropicio pandemonium [21]
estrujar to crush [27]

estupor amazement [6], lethargy
    [16]
etiqueta ceremony [5]
Evangelio Gospel [7]
evitar to avoid [10]
exánime lifeless [31]
excitar to incite [9]
exento free [19]
exigir to demand [11]
existencia living being [2]
éxito success [16]
expediente: cubrir — to stay
    within the letter of the law [25]
experimentar to experience [11]
exponer to put in danger [17]
expresiones regards [4]
expulsar to expel [19]
extender to spread out [2]
extirpar to eradicate [19]
extrañar to surprise [9]
extranjero foreign [5], foreigner
    [11]
extraño peculiar [2], stranger [31]
extraviar to misplace [11], —se to
    go astray [26]
fábrica construction [2]
fábula fable [6]
facciones facial features [10]
faccioso rebel [25]
facha appearance [9]
facultad divisions within a
    university [8]
facundia eloquence [7]
faena labor [2]
faldero lap dog [12]
falta mistake [9], lack [16],
    omission [32], hacer — to be
    needed [15], sin — without fail
    [22]
faltar to lack [2], to fail to show up
    [3], to be lacking [4], no faltaba
    más of course [5]
fama reputation [6]

fanal beacon [24]
fango mud [2]
fantasma ghost [20]
fantasmón conceited [21]
fardo burden [3]
farol lantern [1]
farsa sham [3]
fascinar to bewitch [17]
fastidioso annoying [9]
fatuidad foolish remark [10]
fatuo conceited fool [11]
favorecer to help [24]
faz face [18]
fe faith [3]
fealdad ugliness [intro]
febril feverish [11]
fechoría misdeed [13]
felicidad happiness [3]
felino cat-like [22]
fénix phoenix [16]
feo ugly [2]
feria fair [24]
feroz ferocious [11]
férreo made of iron [18]
ferrocarril railroad [18]
fiambre cold meat [14]
fiarse to trust [10]
fibra vigor [18]
fiebre fever [6]`
fiel faithful [9]
fielato tax office [18]
fiero fierce [11]
figurar to imagine [8], to appear [22]
fijar to fasten [5], to set [27], —se en to notice [1]
fijo fixed [6]
fila: romper filas to break ranks [18]
filípica diatribe [5]
filosofía philosophy [7]
filósofo philosopher [25]
finca property [2]

fincharse to become conceited [5]
fingir to pretend [19]
fino refined [4], slender [31]
finura refined manner [8]
firmar to sign [25]
fisiognómico facial [14]
fisonomía face [4]
flaco skinny [6]
flamenco Flemish [16]
flaquear to slack off [9]
flaqueza weakness [10]
flor flower [9]
florecer to blossom [10]
florero flower vase [25]
flote: salir a — to keep afloat [3]
flujo flow [16]
foca seal [6]
fogosidad fieriness [21]
fogoso fiery [1]
follaje foliage [8]
fomentar to promote [7]
fomento: ministerio de — ministry of ecconomic development [11]
fonda inn [1]
fondo depth [3], essence [14], bottom [25]
forastero outsider [11]
formalidad seriousness [appendix]
formar to assemble [6]
fórmula formality [26]
foro courtroom [9]
forro covering [31]
fortalecer to strengthen [26]
forzoso compulsory [18]
fósforo match [5]
fracasar to fail [14]
francés French [5]
franqueza frankness [5]
frenesí delirious excitement [17]
freno bit of a harness [1]
frente forehead [8], front part [11], — a in front of [1], hacer — to confront [3], — por — opposite

[12], — a — face to face [15], de — directly [19], **tener dos dedos de —** to be sensible [25]
frisar to approach [3]
frondosidad abundance of folliage [2]
frondoso leafy [8]
frontispicio façade [2]
frotamiento rubbling [25]
fruncir to knit together [4], **— el ceño** to frown [5]
fuego fire [2]
fuente water source [26]
fuera: de — outside [2]
fuero jurisdiction [3]
fuerte strong [3]
fuerza strength [3], force [7]
fuga flight [11]
fugaz fleeting [16]
fulano so-and-so [11]
fulgor brightness [16]
fulminante sudden [11], explosively [19]
fumar to smoke [4]
función performance [12]
funcionar to work [12]
funcionario official [11]
fundar to base [18]
fúnebre funeral [16]
funesto fatal [17], unfortunate [18]
furgón wagon [1]
furibundo irate [14], furious [27]
furor rage [20]
fusilar to shoot [25]
fusilería rifles [32]
gabán overcoat [6]
gabinete laboratory [6]
gafas eyeglasses [5]
gala elegance [9], **primor y la —** pride and joy [27]
galán elegant fellow [13]
galera covered wagon [2], galley [16]
galería corridor [4]

galgo: no coger un — to be elusive [3]
gallardo elegant [11]
gallaría self-assurance [22]
gallina chicken [1]
gallo rooster [1]
galón military braid [24]
gana desire [5], **darle la —** to feel like [6], **de buena —** willingly [9]
ganancia advantage [32]
ganar to earn [9], to be better than [11]
garabato scribbling [2]
garbanzo chic pea [2]
garganta throat [17]
garra talon [12]
garza: — real grey heron [16]
gastar to spend [3], to wear [10]
gatuperio nasty trick [21]
gaznate gullet [21]
gemir to howl [18]
género type [19], **— humano** humankind [6]
genial characteristic [12]
genio genius [3], temperment [18]
gente people [8]
gentuzca rabble [10]
germen germ [19]
gesta exploit [18]
gesto gesture [2]
gineta jennet (small Spanish horse) [16]
giro turn [7]
globo balloon [18], globe [24]
gloria heavenly bliss [2]
glorieta gazebo [9]
gobernar to govern [18]
goce enjoyment [3]
golpe blow [16], **de — y porrazo** with utmost haste [10]
gorra cap [22]
gorrete cap [5]

gota drop [5]
gozar to enjoy [6]
gozo delight [3]
gozoso joyful [7]
grabar to engrave [3]
gracejo wit [8]
gracioso funny [11]
grado degree [2]
gramática: —s fancy words [21]
grana scarlet [4]
granado select [11]
grato pleasing [14]
grave serious [17]
gravedad seriousness [5]
graznar cackle [16]
gredoso pertaining to clay [2]
gresca uproar [5]
grieta crack [2]
grima: dar — to grate on one's nerves [18]
gritar to shout [2]
grito scream [10], shout [21]
grosero vulgar [1], rude [21]
grotesco grotesque [9]
gruñido grunt [8]
gruñir to growl [15]
grupa rump of a horse [2]
guapeza bravado [21]
guardar to keep [6], to put away [27]
guarismo double-digit number [6]
guedeja lock of hair [27]
guerra war [10]
guerrero warrior or warrior-like [3]
guerrillero guerrilla [18]
guía guide [2]
gusanera nest of worms [6]
gusano worm [25]
gusto taste [9]
hábil skillful [3]
habilidad skill [23]
habitación bedroom [4]
habitante inhabitant [2]

habituar to become accustomed to [8]
hablador talkative [3]
hablilla rumor [11]
hacendoso industrious [13]
hachazo ax blow [16]
hacienda wealth [3], farm [21]
halagar to flatter [6]
hálito breath [1]
hallar to find [1]
harapiento patchwork [2]
harto fed up [6]
hastiar to bore [12]
hastío boredom [13]
hazaña heroic feat [2]
hebra: pegar la — to chat [10]
hecho fact [3], deed [19]
hechura workmanship [32]
hecura form [2]
helar to freeze [17]
hembra female [3]
herculeo Herculean [3]
heredar to inherit [2]
heredera heir [3]
hereje heretic [10]
herejía heresy [14]
herejote heretic [28]
herida wound [25]
herir to wound [5]
hermano: — político brother-in-law [6]
herradura horseshoe [3]
herramienta tool [22]
hidalgo noble [16]
hidalguía chivalry [10]
hiel gall [18]
hielo ice [1]
hierático sacred [7]
hierba grass [2]
hierro iron [1], iron bar [12]
hilera row [11]
hilo wire [6], thread [21]
hinchar to swell [10]

hinchazón swelling [26]
hinojo: de —s kneeling [24]
hipoteca mortgage [11]
hogar home [18]
hoja leaf [8], blade of a knife [27]
hojalata tin [2]
hojear to leaf through [12]
holgazán idler [7]
hombro shoulder [7]
hondo deep [11]
hondura depth [4]
honra honor [11]
honradez honesty [3], integrity [9]
honrado honest [3]
horrorizar to horrify [21]
hospitalario hospitable [16]
hostia Host (Eucharistic bread or
    wafer) [9]
hostilidad hostility [9]
hoyo grave [12]
hoz sickle [2]
hueco hollow [7]
huérfano orphan [12]
huerta orchard [2]
hueso bone [6]
huésped house guest [3]
hueste army [22]
huir to flee [2]
hullero pertaining to coal [11]
humareada cloud of smoke [2]
humedad dampness [17]
humedecer to moisten [11]
humildad humility [5]
humilde humble [2]
humo smoke [5], —s aires [25]
humor: tener un — endiablado to
    be in a foul mood [21]
hundir to sink [24]
ictericia jaundice [32]
idear to think up [20]
idilio pastoral poem [3]
ídolo: — vano false idol [6]
ignorar to not know [7]

ignoto unknown [17]
igualar to match [6]
iluminar to enlighten spiritually
    [24]
ilustrar to enlighten [7]
ilustre illustrious [3]
imágen statue [17], image [25]
imantar to magnetize [6]
imitar to imitate [6]
impedir to hinder [5], to prevent
    [19]
imperio empire [22]
imperioso urgent [12]
impetrar to beg for [32]
ímpetu impulse [22]
impiedad ungodliness [22]
impio irreverent [9]
imponente majestic [6], imposing
    [15]
imponer to impose [9], — de to
    inform [32]
importunar to pester [10]
importuno inopportune [10]
imprenta printing press [6]
imprescindible indispensable [10]
imprevisto unexpected [25]
imprimir to publish [32]
impropio unsuited [14], unsuitable
    [22]
improviso: de — suddenly [2]
impulsar to impel [16]
impunemente without punishment
    [10]
inamovible permanent [26]
inapreciable invaluable [6]
inaudito unheard-of [6]
incapaz incapable [10]
incendio fire [6]
inclinar to bow [5]
incomodar to disturb [5]
incontrastable insurmountable
    [19]
inconveniente inappropriate [8]

incorporarse to join [2]
inculcar to implant [28]
incurrir to bring upon itself [28]
indagar to ascertain [10]
indemnizar to compensate [10]
indicar to indicate [2]
índice index [6]
indicio sign [19]
indignar to make indignant [21]
indigno unworthy [3]
indispensable absolutley necessary [25]
índole type [11], nature [12]
indolencia laziness [10]
inducir to induce [12]
indultar to pardon [2]
inédito unpublished [16]
inefable indescribable [17]
ineludible inescapable [19]
inepto incompetent [18]
infame vile [11]
infecundo infertility [21], barren [31]
infeliz unfortunate [12]
inferior lower [20]
infiel infidel [22]
infierno Hell [2]
influjo influence [8]
informe: —s information [25]
infranqueable impassable [26]
infundir to fill with [24]
ingeniero engineer [3]
ingenio cleverness [7]
ingenuamente naively [7]
Inglaterra England [3]
inglés English [4]
inicuo unfair [19]
iniquidad wickedness [25]
injerto graft [8]
injuria insult [22]
injuriar to insult [27]
injusto unjust [7]
inmejorable excellent [19]

inmunda filthy [11]
inmutable unchangable [9]
inopinado unexpected [13]
inquebrantable unbreakable [19]
inquieto uneasy [7]
inquietud uneasiness [12]
inquirir to investigate [23]
insensato foolish [28]
insigne renowned [3]
insinuación introduction aimed at winning sympathy [11]
insoportable unbearable [18]
instante: al — right away [32]
instrucción education [11]
instruido well-educated [7]
instruir to instruct [7]
intachable irreproachable [4]
intentar to attempt [9]
interpelar to ask for an explanation [12]
intimar to get well acquainted [9]
intimidad closeness [26]
intranquilo restless [25]
intrepidez courage [2]
intriga scheme [26]
intrigante schemer [17]
introducir to bring in [3]
intruso intrusive [3]
inundar to flood [4]
inusitado uncommon [11]
inútil useless [2]
inverosímil improbable [5]
ira anger [14]
iracundia wrath [19]
ironía irony [2]
irrecusable unchallengeable [5]
irrespetuoso disrespectful [3]
irrisorio ridiculous [24]
islamismo Islam [2]
izquierda left [4]
jaca pony [1]
jaqueca headache [27]
jaula cage [4]

jefe leader [20]
jinete horseman [1]
jofaina washbasin [27]
júbilo joy [2]
juego gambling [3]
juez judge [4], — de primera
instancia prosecuting judge [8]
jugar to gamble [8], to play [13]
jugo sap [2]
juguete toy [3]
juicio sense of judgement [11],
opinion [19]
juicioso judicious [32]
junco rush plant [22]
juntar to assemble [25]
jurado jury [11]
juramiento oath [1]
jurar to swear [8], — y perjurar to
solemnly swear [25]
jurisconsulto legal expert [3]
justicia court of law [4]
justo fair [3], correct [6]
juventud youth [7]
juzgado tribunal [2]
juzgar to judge [7]
laberinto labyrinth [7]
labio lip [4]
labrar to farm [22], to build [31]
labriego peasant farm laborer [1]
lacedemonio pertaining to Sparta
[2]
lacónicamente succinctly [8]
ladino crafty [20]
lado side [25]
ladrido bark [12]
ladrillo brick [26]
ladrón thief [2]
lago lake [2]
lágrima tear [4]
lagrimar to weep [2]
lagrimear to get teary-eyed [27]
lamentable deplorable [26]
lamentar to express sorrow or

regret [13]
lámina illustration [5]
lance incident [18]
lanzada a thrust made with a
lance or spear [17]
lanzar to throw [1], —se a to rush
into [19]
largueza generosity [4]
lástima pity [9]
lastimar to injure [10], —se de to
feel sorry for [21]
lastimero pitiful [16]
lastimoso pitiful [2]
latir to beat [26]
latón brass [4]
latrocino robbery [10]
lavabo washbasin [4]
lavandero one who washes clothes
[26]
lavar to wash away [22]
lazo bond [11], armar el — to set
the trap [31]
leal fair [10], loyal [16]
lealtad loyalty [11]
lecho bed [2]
lectura reading [6]
legista lawyer [10]
lejano distant [1]
lelo simple-minded [19]
lengua tongue [2]
lenguaje language [3]
lenguaraz foul-mouthed [25]
lentes eyeglasses [10]
lento slow [16]
letargo lethargy [7]
letra letter [25]
letrado trained in law [7]
letrero placard [18]
levantar to raise [2], —se to rise up
in rebellion [2], —se to get up
[17]
levantisco restless [18]
leve slight [2]

ley law [3]
libertad freedom [8]
libertinaje immorality [19]
librarse to free oneself [3]
libre free [3]
licencia: — absoluta discharge [18]
lícito right [9], lawful [26]
lid combat [32]
lidiar to fight [3]
ligereza lack of tact [19]
ligero slight [2], a la ligera quickly [10]
limosna alms [2]
limpieza purity [31]
linaje ancestry [10]
lindero boundary line [2]
lindo pretty [9]
lío trouble [11], intrigue [20]
lirio lily [2]
lisonja flattery [20]
lisonjero flattering [7]
listo quick [1], clever [8]
litigio lawsuit [10]
llamar to call [1]
llamarada flame [28]
llano plain [2]
llanto weeping [17]
llave key [4]
llenar to fill [7]
lleno filled [2], full [31]
llevar to take [17], — se to carry off [2], — adelante to go through with [18]
llorar to cry [9]
lobo wolf [21]
lobreguez gloom [12]
locura madness [16]
lodazal quagmire [32]
lodo mud [20]
lograr to succeed [16]
loma hill [1]
lomo back of an animal [1]
loro parrot [5]

losa tombstone [17]
lozanía luxuriance [2], vigor [26]
lozano luxuriant [9]
lucha struggle [5]
luchar to fight [19]
lucir to shine [26]
luengo long [3]
lugareño someone from the country [8]
lumbrera luminary [11]
luna moon [6]
lustre luster [16], to lie [18]
luterano Lutheran [12]
luto mourning [26]
luz light [1], a todas luces from every point of view [7]
macete flowerpot [13]
machacar to crush [14]
machamartillo firmly [7]
macho mule [1]
madalla medallion [6]
madera wood [25]
madrugada dawn [1]
madrugar to get up early [25]
madurez maturity [2]
maestro teacher [4], master [31]
magistral prebendary [25]
majadería nuisance [5], insolence [27]
majadero pest [15]
mal bad [25], salir — to turn out badly [18]
maldad wickedness [24]
maldiciente slanderer [11]
maldición curse [18]
maldito damned [11]
malecón dike [3]
maledicencia slander [11]
maléfico harmful [16]
maleficio a spell cast by witchcraft [17]
maleta suitcase [1]
malevolencia ill-will [11]

malhadado wretched [26]
maligno malignent [12], evil [22]
maltratar to abuse [27]
malvado wicked [17]
mamarracho junk [9]
maña habit [27]
manada pack [25]
manantinal water source [26]
mancha stain [22]
mandar to send [2], to order [5], to command [32]
mandria useless coward [27]
manejar to handle [2]
manejo intrigue [10]
manga: ser de — ancha to be very lenient [27]
maniático obsessed by a mania [16]
manicomio insane asylum [32]
manifestar to express [2]
manifiesto in plain view [26]
manjar dish [6]
mano hand [1]
mansalva: a — without running any risk [19]
mansedumbre meekness [2]
manso gentle [4], meek [21]
manta blanket [1]
manteleta shawl [10]
mantener to keep [5], to support [11]
manteo long priest's cloak [4]
manto cloak [9]
mantón shawl [31]
máquina machine [6]
mar sea [16]
maravilla marvel [2]
marcar to mark [5]
marcha walk [1], en — in motion [3]
marchar to go [4], —se to go away [1]
marcial soldierly [20]

marear to hassle [2], to make one's head spin [10]
marfil ivory [4]
marina navy [16]
marisma marsh [3]
marmolejo small marble column [30]
marmóreo marble-like [19]
marqués marquis [11]
marquesa marchioness [10]
Marruecos Morocco [11]
marrullería wheedling [11]
marrullero flattering [4]
martillazo hard blow of a hammer [6]
martillo hammer [22]
mártir martyr [20]
martirio martyrdom [11]
masa body [18]
mascar to chew [6]
máscara mask [9]
mascullar to mutter [18]
masticar to chew [4]
matador murderer [32]
matar to kill [17]
materializar to become materialistic [26]
matón bully [27]
matririo martyrdom [19]
mayormente particularly [9]
mediano mediocre [27]
medianoche midnight [29]
medio way [19], half [21], mean [27[
medir to measure [7]
meditabundo pensive [2], deep in thought [4]
meditar to think about [14]
medrar to prosper [2]
médula marrow [28]
mejilla cheek [9]
mejor: a lo — perhaps [2]
melifluamente sweetly [10]

meloso sweet as honey [21]
memoria report [10], —s greetings [20]
mendigar to beg [27]
mendigo beggar [2]
mendrugo crumb [11]
menguado timid [9], fool [19]
menos less [3]
mensajero messenger [23]
mentar to mention [18]
mente mind [14]
mentir to lie [24]
mentira deception [3], lie [8]
menudo: a — often [6]
mercado market [5]
merced mercy [20]
merecedor worthy [21]
merecer to deserve [9]
merienda snack [6]
mesura moderation [9]
mesurado prudent [3]
meter to put [2], to get in [7], —se a to take it upon oneself [19], —se en danzas to stick one's nose into things [21]
metido involved [2]
metralla grapeshot [32]
mezclar to meddle [6], to get involved in [26]
mezquino puny [12]
mico monkey [9]
miedo fear [2]
miedoso afraid [27]
miembro limb [19]
miga: hacer buenas —s to get along well [9]
milagro miracle [6]
militar soldier [18]
mimar to spoil [9], to pamper [18]
mimo mimicking gesture [21], —s fondling [27]
mina mine [12]
minero mining [3]

minuciosidad thoroughness [4]
minucioso meticulous [9]
mira purpose [6]
mirada gaze [2]
misa: — mayor High Mass [2]
mitad half [18]
mixtificación ambiguity [3]
moco mucus [27]
moda custom [5], fashion [5]
modal: —es behavior [13]
mohoso rusty [9]
mojigatería sanctimoniousness [26]
mojón boundary stone [2]
molestar to bother [4]
molestia annoyance [28]
molino mill [10], windmill [24]
molusco mollusk [10]
momento: al — immediately [25]
momia mummy [2]
monaguillo altar boy [20]
mondar to peel [12]
mono monkey [9]
moño hair bun [12]
monstruo monster [9]
montar to equip [20], — a to ride [21], — a caballo to straddle [30]
monte mountain [2], card game [11], — de propios public property [11]
morada dwelling place [2]
morar to live [17]
morcilla bloodsausage [appendix]
morcilludo fleshy [10]
mordaz sarcastic [6]
morder to bite [5], to gnaw [19]
moreno swarthy [26]
morir to die [17]
morrión helmet [25]
mortificar to annoy [6], to subjugate [19]
mosca fly [10]

mostacilla small bead [25]
mostaza mustard [6]
mostrar to show [3]
mote nickname [12]
motivo reason [5], con — de
    because of [19]
movedizo shifting [3]
mover to move [1]
mozalbete young man [10]
mozo young man [21], buen —
    handsome young man [2]
mozuelo youngster [10]
muchedumbre crowd [22]
mudanza change [32]
mudar to alter [27]
mudo mute [8]
mueble piece of furniture [4]
mueca grimace [7]
muela molar tooth [7]
muelle pier [19]
muerte death [6]
muestra display [5], indication [19]
mujer wife [19]
muladar dung heap [2]
mulo mule [22]
mundanal worldly [3]
mundano worldly [7]
mundo world [9]
muñeca doll [9]
muñeco effeminate young man
    [21], puppet [23]
muralla: almendada — fortress
    wall [2]
murmullo murmur [16]
murmuración malicious gossip [26]
muro wall [12]
mustio gloomy [16]
mutuo mutual [16]
nácar mother of pearl [4]
nacer to be born [2]
naranjero orange vendor [12]
narigudo large-nosed [25]
nariz nose [4]

natural temperament [27]
naturaleza nature [5]
navaja knife [27]
navio ship [16]
necedad foolishness [17]
necesitar to need [8]
necio idiot [9]
nefasto ominous [25]
negar to deny [6], to refuse [7]
negativa refusal [19]
negocio business matter [10],
    hombre de —s businessman [10]
nido nest [4]
nieto grandson [27]
niñez childhood [2]
ninfa nymph [6]
nivel level [28]
nivelar to level [19]
nobleza nobility [10]
noche: prima — early evening [8]
nombrar to mention by name [2]
noria irrigation pump [2]
norte north [18]
nota grade [8], note [16]
noticia piece of news [6], basic
    knowledge [22]
notorio evident [8]
novedad new development [17]
noviazgo courtship [3]
novillo: hacer — to play hooky [25]
nube cloud [2]
nutrir to nourish [31]
obedecer to obey [13]
obispo bishop [8]
objeto purpose [19]
obligar to require [3]
óbolo small donation [2]
obra work [3], de — physical [14]
obrar to work [19], to act [22]
obsequiar to present [14], to
    entertain [26]
ocasionar to cause [10]
ocultar to hide [12]

oculto hidden [13]

ocupar to occupy [9], —se de to bother oneself with [8], —se de to busy oneself with [11]

ocurrir to happen [18], —se to come to mind [25]

odio hatred [10]

oeste west [18]

oficio occupation [1], correspondence [2]

oficiosidad diligence [32]

ofrecer to offer [2]

ofuscar to confuse [6]

oído inner ear [6]

oír to hear [2]

ojeado glance [10]

ojeo beating the bushes [30]

ojo eye [1]

ojuelo sparkling eye [4]

oleaje surf [16]

oler to smell [27]

olivio olive tree [11]

olmo elm [11]

olor smell [17]

olvidar to forget [4]

onda wave [10]

opacidad opaqueness [5]

oponer to oppose [11]

oportuno timely [26]

oprimir to lie heavy upon [1], to press [17]

ora now [6]

oración prayer [28]

oráculo oracle [7]

orador orator [8]

orar to pray [31]

órden order [20]

ordeñar to milk [25]

oreja ear [2]

orgullo pride [19]

orgulloso proud [2]

orilla bank of a river [2]

ornato ornamentation [5]

oro gold [21]

osado daring [25]

oscurecer to darken [5]

oscuridad obscurity [16], darkness [16]

oscuro dark [1], a oscuras in the darkness [17]

ostentar to display [19]

otero hill [2]

otrosí furthermore [18]

oveja sheep [27]

paciencia patience [25]

pacienzudo extremely patient [32]

pacífico peaceful [16]

padecer to suffer from [16]

padecimiento suffering [6]

pagano pagan [6]

pagar to pay [25]

pago payment [3]

país region [2]

paisaje landscape [2]

paisano of the same region [16]

pájaro big shot [2], bird [5]

pajiza covered with straw [2]

palco theater box [10]

palidecer to turn pale [19]

palidez pallor [32]

pálido pale [11]

palillo toothpick [7]

paliza beating [15]

palmada slap [7]

palo stick [14], blow with a stick [18]

paloma pigeon [2], dove [16]

palomar pigeon house [2]

palpitante twitching [2]

palpitar to throb [16]

palurdo yokel [10]

pan bread [21]

panera granary [5]

paño cloth [1]

pantalla shade [31]

pantalones pants [9]

panteísta pantheist [25]
pañuelo handkerchief [16]
papel role [6], paper [9]
papelucho tabloid [9]
par pair [2]
parado: dejar mal — to come out
looking bad [18]
paraíso paradise [2]
paraje place [6]
parar to stop [12], to end up [30],
— en pelillos to bother about
trifles [20]
parcial supporter [31]
pardo drab brown [1]
parecer to seem [2], opinion [22], to
appear [23], —se to resemble
[22]
pared wall [27]
paredón large and thick wall [2]
pareja couple [10]
parentesco kinship [3]
parlar to say [21]
parlero talkative [8]
parra grapevine [8]
parsimonioso frugal [1]
parte message [32]
participar to inform about [32]
partida rebel band [2]
partidario supporter [9]
partido: sacar — to make a profit
[2]
partir to depart [1], to split [22], —
un piñón to be very friendly [21]
pasaje passage [9]
pasajero passer-by [2], momentary
[25]
pasear to stroll [1], to take a ride
[21]
paseo promenade [11], dar un —
take a walk or ride [4]
pasmoso astonishing [16]
paso movement [1], step [2]
pastosidad pallor [4]

pata leg [20], a la — la llana plain
and simple [5]
patán boor [6]
patente license [7]
patético emotionally moving [19]
patochada stupidity [25]
patria native land [2]
patrimonio inheritance [2]
patrón patron saint [9]
pavo turkey [7]
pavor terror [24]
pavoroso frightful [7]
paz peace [3]
pecado sin [12]
pecador sinner [19]
pecaminoso sinful [22]
pecar to sin [12]
pecho chest [3]
pedante pedantic [6]
pedantear to be pedantic [8]
pedazo fragment [6], piece [14]
pedir to ask for [2]
pedrada stoning [14]
pedregoso rocky [2]
pedrusco rough stone [6]
pegar to stick [10], to beat [14], to
hit [17], — la hebra to chat [10],
— fuego to set fire [18], no — los
ojos to not sleep a wink [21], —
un tiro to shoot a gun [32]
peinar to comb one's hair [13]
pelado bare [24]
pelagatos penniless person [27]
peldaño step [16]
pelea fight [22]
pelear to fight [26]
peliagudo difficult [22]
peligrar to be in danger [22]
peligro danger [2]
peligroso dangerous [7]
pellejo skin [10]
pelillos: parar en — to bother
about trifles [20]

pellizco pinch [14]
pelmazo slow dull person [30]
pelo fiber [2], hair [9], —s y señales details [32]
pelota ball [21]
pena sorrow [2], suffering [28], valer la — to be worth the effort [10]
peña boulder [11]
pendiente hanging [1]
péndulo pendulum [5]
penitenciario confessor [2]
penoso pained [7], unpleasant [7]
pensamiento thought [3]
pensativo pensive [8]
penumbra gloom [19]
peor worse [17]
pequeñez triviality [25]
peral pear tree [8]
peras: poner las — a cuatro to put the squeeze on [2]
percance misfortune [21]
perder to get lost [1], to lose [6], — uno la chaveta to go crazy [27]
pérdida loss [15]
perdonar to pardon [2], to forgive a debt [23]
perecer to die [18]
perencejo what's-his-name [11]
pereza laziness [11]
perezoso idle [2], lazy [9]
perfidia treachery [10]
pérfido disloyal [19], treacherous [22]
perfil profile [24], thin strokes of a pen [31]
periódico newspaper [11]
periquete jiffy [7]
perito expert [11]
perjuicio harm [10]
permanecer to remain [19]
perogrullada truism [3]
perorata long tiresome speech [26]

perplejidad perplexity [17]
perplejo confused [19]
perseguir to persecute [15], to pursue [21]
personaje personage [27]
pertenecer to belong [6]
perturbar to disturb [7]
pesa weight [5]
pesado heavy [9], dull [21], annoying [27]
pesadumbre sorrow [3]
pesar sorrow [8], a — de despite [3]
pesca fishing [10]
pescar to catch a fish [8]
pescuezo neck [2]
peso weight [8]
pestañear to blink [19]
petaca cigarette case [5]
pétreo made of rock [31]
piadoso devout [4]
picadillo minced meat [27]
picante witty [3]
picaporte latch [5]
picar to prick [2], strong taste [18], to sting [20], to chop [appendix], — el sol to be hot [2]
picardía knavery [11]
picaresco roguish [12]
pícaro rogue [2]
picarón rogue [12]
picazón itch [21]
pico a small amount [22], pickax [22], beak [22]
picotazo peck [8]
pie foot [1], al — at the bottom of the page [5], al — de la letra literally [20], a — on foot [21], a — juntillas firmly [28]
piedad piety [9], pity [19]
piel skin [26]
pierna leg [1]
pieza room [13], buena — sly fox [8]

pila font [25], — **de Bunsen**
   Bunsen burner [6]
pillería knavery [2]
pillo scoundrel [2]
piltrafa piece of meat [appendix]
piñón: partir un — to be very
   friendly [21]
pintura painting [9]
pío pious [22]
pisar to step on [3]
piso floor [1], level [12]
pitillo cigarette [5]
placentera pleasant [18]
placer pleasure [6]
plaga plague [7]
plañidero mournful [27]
plano: de — flatly [19]
plantar to throw [9]
plantear to pose [7]
plato plate [7]
plaza: — **fuerte** stronghold [22]
plazo installment [3]
plegaria prayer [25]
pleitista litigious [4]
pleito lawsuit [7]
pletórico plethoric (characterized
   by an overabundance of blood)
   [10]
pléyade group [11]
pliego sealed envelope [11], sheet
   of paper [32]
pliegue fold [1]
pluma feather [2], pen [13]
poblacho broken-down village [18]
poblachón citizenry [16]
población town [7]
pobreza poverty [2]
poda pruning [8]
poder power [18]
poderoso powerful [3]
podrir to rot or decay [2]
polilla moth [10]
pollo chicken [27]

polvo dust [2]
pólvora gunpowder [22]
polvoriento dusty [2]
pomada hair tonic [12]
pompa pageantry [5]
ponderaciones excessive praise [2]
ponderar highly praise [18]
pormenor detail [32]
porrazo: de golpe y — with utmost
   haste [10]
portal entrance hall [4]
portarse to behave [27]
portátil portable [31]
portento prodigy [7]
posada boarding house [14]
poseer to possess [6]
postizo false [13]
postrar to kneel down [7]
postre dessert [7]
postrer final [14]
pozo: — **de mina** mine-shaft [19]
práctica: —**s** training [28]
precaver to take precautions [21]
precio value [6], price [8]
preciosidad beautiful thing [4]
precioso valuable, [7], lovely [16]
precipitación haste [2]
precipitar to hurry [25]
precisar to determine [30]
preciso necessary [1]
precoz precocious [9]
predicación preaching [16]
predicar to scold [12], to preach
   [14]
predio property [10]
pregonar to proclaim [2]
prelado prelate (high ranking
   cleargyman) [9]
prenda jewel [2], natural gifts [14]
prender to arrest [25]
preocupación worry [6]
preocupar to concern [18]
presa dam [3], prey [28]

presbítero priest [5]
prescindir de to dispense with [26]
presenciar to witness [13]
presentar to introduce [7], to give [20], —**se** to appear [4]
presidio prison [2]
presión pressure [12]
preso under arrest [25]
prestar to lend [2]
presteza quickness [11]
prestigio good reputation [3], prestige [9]
presumir to conjecture, — **de** to think one is [21]
presunción conceit [10]
pretamista moneylender [3]
pretender to try to get [10]
prevención bias [10]
prevenir to warn [20], —**se** to take precautions [2]
prever to anticipate [13]
previsión precaution [3]
primicia first fruits [21]
primo cousin [2]
primoroso exquisite [20]
príncipe prince [12]
principiar to begin [1]
principio moral scruple [26]
prisa haste [1]
prisión seizure [25]
prismático prism shaped [6]
privar to deprive [10], to be in favor [28]
pro: en — in favor [7]
proa: poner la — a uno to oppose [26]
probar to prove [3]
procaz insolent [27]
procedencia origin [20]
proceder to issue [6], to originate [8], behavior [14], to behave [19], to act [23]
procónsul military commander [20]

procurador public prosecutor [11]
procurar to try [5]
prodigio wonder [3]
prodigioso wonderous [7]
proferir to utter [22]
profeta prophet [7]
profundo deep [8]
prohibir to prohibit [9]
prójimo one's fellow man [19]
prolijo long-winded [5]
prometer to promise [3]
promotor: — **fiscal** public prosecutor [8]
propagar to spread [6]
propender to lean [3]
propiedad ownership [2], ser — de to belong to [1]
propietario landowner [2]
propio one's own [3], typical [6], inherent [16], suitable [18]
proponer to propose [10]
proporcionar to furnish [22], to provide [27]
propósito intention, a — suitable [2], a — de regarding [9]
prorrumpir to break out [7]
prosaico dull [2]
prosapia ancestry [16]
proscribir to exile [12]
proseguir to continue [14], to proceed [21]
protestante protestant [7]
provecho profit [3], benefit [25]
provechoso advantageous [17]
provenir to originate [7]
provocativo challenging [2]
proyecto plan [2]
prueba sample [7], proof [9]
puchero cooking pot [27]
púdico chaste [13]
pudor chastity [12]
pudrir to rot [27]
pueblo town [18]

puente bridge [2]
puericidad childhood [9]
pueril childish [3]
pugna battle [10]
pugnar to struggle [12]
pulcro tidy [13]
pulverizar to to pulverize [19]
puñetazo blow with the fist [16]
puño fist [22]
punta point [4], touch [32], — del dedo fingertip [7]
puntapié kick [12]
puntería aim [12]
punto point [7], poner — to put a stop [7], al — immediately [20]
punzante sharp [9]
punzar to prick [21]
pupilo ward [9]
pupitre writing desk [31]
pureza purity [8]
quebradero: — de cabeza worry [18]
quebrar to break [11]
quedar to remain [1], —se to be left [2]
quedo softly [15]
quehacer chore [8]
queja complaint [9]
quejarse to complain [2]
quejido lament [16]
quejumbroso whining [26]
quemar to burn [8]
querencioso home-loving [21]
querer to be fond of [2], to love [8]
querido beloved [2]
quimera illusion [26]
quincallería hardwear shop [9]
quinqué oil lamp [31]
quinta military draft [2]
quitar to remove [1], work [11]
rabia rage [19]
rabiar to get furious [12]
rabo tail [18]

raciocinio reasoning [7]
racionero clergyman [6]
raído frayed [1]
raíz root [8]
rama branch [8]
ramo bough [5]
rancio old [32]
rapar to shave [26]
rapaz boy [10]
rareza rarity [6], eccentricity [11]
raro strange [14]
rascar to scratch [2]
rasgado almond-shaped [31]
rasgo trait [8], feature [31]
rasguear to strum [12]
rasguño scratch [25]
rato short time [6]
raya line [3]
rayo ray [5], lightening bolt [6]
razón explanation [15], tener — to be right [8]
real royal [2]
realizable feasible [26]
realizar to put into effect [3], to fulfill [9]
rebanar to slit [21]
recado message [15]
recaer to relapse [6], — sobre to fall on [28]
recaudador: — de contribuciones tax collector [8]
recelar to fear [13]
recelo fear [2]
receloso distrustful [31]
rechazar to reject [10]
rechinar to creak [5]
rechoncho chubby [9]
recinto area [14]
recio robust [2]
reclamar to demand [5]
reclutar recruit [25]
recobrar to retrieve [2], to recover [17]

recodo bend [2]
recoger to pick up [12], to collect [20]
recogimiento spiritual devotion [9]
recolección collecting [12]
recompensar to repay [3], to reward [4]
recóndito hidden [3]
reconocer to recognize [7]
recordar to remind [1], to remember [18]
recorrer to look over [11], to travel [21]
recortar to trim off [24]
recostar to lie back [15]
recrear to delight [2], —se to take delight in [2]
recto straight [3], upright [16]
recurso recourse [13]
redactar to write up [11]
redonda: al la — around [2]
redondez: — de in all of [6]
reducir to reduce [6], to boil down to [21]
reedificar to rebuild [22]
referente relating [9]
reflujo ebb [16]
refriega skirmish [32]
refugiar to take refuge [25]
refugio refuge [7]
refunfuñar to grumble [25]
regadera watering can [1]
regar to water [2]
regir to steer [1]
registrar to inspect [23]
regla rule [6], ruler [32]
regocijar to rejoice [11], to delight [12]
regresar to return [3]
regreso return [6]
rehén: llevarse en —es to take hostage [21]
rehusar to decline [3]

reina queen [16]
reinar to rein [5]
reino kingdom [10]
reír to laugh [2]
reja railing [12]
relacionar to be connected or related [10]
relámpago lightning bolt [16]
relevar to relieve [11]
reloj clock [1]
relojera watch stand [4]
remediar to prevent [22], to help [25]
remedio solution [11]
remendar to mend [12]
remitir to send [appendix]
remojo soaking [21]
remontarse to soar [10]
remoquete nickname [12]
remordimiento remorse [28]
renacer to be reborn [3]
rencor ill will [24]
reñir to quarrel [6], to scold [9]
renovar to replenish [8]
renta: — vencida rent that is due [21]
renunciar to renounce [11], to give up [32]
reo criminal [23]
reparar to notice [4], to correct [11]
reparo misgiving [3]
repartidor distributor [4]
repartir to distribute [18]
repente: de — suddenly [26]
reponer to reply [1], —se to recover [1]
reposar to rest [4]
reprender to scold [9]
reprensión reprimand [9]
reprimir to repress [12], to suppress [15]
requerir to summon [2]
res cattle [16]

resabio unpleasant aftertaste [18]
resbalar to slip [appendix]
residir to live [3]
resistir to endure [9]
resolver to decide [3], to resolve [28]
resonar to resonate [17]
respirar to breathe [19]
resplandecer to shine [1]
respuesta answer [6]
restante remaining [9]
resto remainder [12]
resucitar to come back to life [17]
resuello breathing [27]
resume summary [11], **en —** in short [16]
retahíla series [2]
retama broom plant [11]
retebién well done [2]
retemblar to shake [22]
retener to keep [10]
retirarse to withdraw [3]
reto challenge [15]
retoño off-spring [9]
retorcer to distort [24], to wring [31]
retórico rhetorician [25]
retozar to become excited [2], to frolic [6]
retozo escapade [14]
retratar to portray [20]
retrato portrait [2]
retroceder to go back [10]
retruécano play of words [3]
retumbar to resound [1]
reunión gathering [6]
reunir to assemble [6], **—se** to reunite [17]
revelar to reveal [11]
reverencia bow [8]
reverenciar to revere [14]
revés reverse [11], **al —** backwards [2]

revisión inspection [10]
revocado whitewashed [2]
revoltoso rebellious [9]
revolver to wrap around [1], to stir up [2], to turn completely around [18]
rey king [28], **estar de cuerpo de —** to live like a king [18]
rezar to pray [12]
ribera bank of a river [4]
ricacho vulgar rich person [3]
riesgo risk [18]
rígido stiff [5]
rincón corner [5]
río river [2]
risa laughter [4], **tener la —** to keep a straight face [9]
risible laughable [9]
ristra string [5]
risueño laughing [9]
rivalidad rivalry [11]
rizado curly [25]
rizar to curl [9]
roble oak [25]
robo robbery
rociada shower [1]
rodar to roll [26]
rodear to surround [5]
rodeo roundabout way [8]
rodilla knee [4], **ponerse de —s** to get down on one's knees [19]
roer to gnaw [2]
rogar to ask [9]
romance ballad [22]
romano Roman [6]
romboidal rhomboid shaped [6]
romper to break [2]
ronco hoarse [5]
rondador night wanderer [16]
rondó rondeau [9]
ropa clothing [2]
ropero armoire [4]
ropón large loose gown [9]

rostro face [1]
ruborizarse to blush [8]
rudo crude [2]
rueda wheel [25], **hacer —** to make a circle [7]
ruego plea [23]
rugir to roar [19]
ruibarbo rhubarb [9]
ruido noise [2]
ruidoso noisy [8]
ruin despicable [10]
ruina decay [2], **—s** ruins [7]
ruinoso dilapidated [2]
rumiante ruminating [13]
rumiar to chew the cud [18]
rumor sound [12], rumor [20]
saber knowledge [4]
sabiduría wisdom [7]
sabio wise [2]
sablazo saber blow [21]
sable saber [25]
saborear to savor [21]
sacar: to take out [2], **— partido** to make a profit [2]
sacerdote priest [2]
sacristán sexton [18]
sacro sacred [25]
sacudir to shake [4]
saeta arrow [27]
sagaz keen-sighted [1]
sagrado sacred [9]
sajon Saxon [3]
salitre saltpeter [27]
saltar to jump [18]
salto leap [31], **— de agua** waterpower [5], **dar un —** to give a start [21]
salud health [8]
saludar to greet [2]
salutífero wholesome [16]
salvaguardia safeguard [25]
salvaje savage [15]
salvar to rise above [9], **—se** to be saved [19]
salvedad exception [20]
salvo excepting [11]
sanar to restore to health [21]
saneamiento draining [3]
sangre blood [2]
sangriento bloody [18]
sanguijuela leech [3]
sanguinario blood-thirsty [26]
sanguíneo ruddy [2]
sano healthy [5]
santiguar to make the sign of the cross [17]
santo saintly [3], holy [7], saint [17]
saña rage [32]
saquear to loot [2]
sarta a string of objects [24]
Satanás Satan [2]
satisfacer to satisfy [14]
savia energy [31]
sayón executioner [11]
sazón occasion [9]. **a la —** at that time [5]
seca drought [5]
secar to dry [27]
seco dry [1]
secta sect [25]
secuestrar to abduct [16]
sed thirst [28]
sede: — episcopal Episcopal See [2]
seducir to seduce [14]
seductor seductive [7]
seguido successive [2]
seguir to continue [2], to follow [17], **— en sus trece** to stand firm [25]
seguridad assurance [21], safety [25]
seguro steady [1], safe [21], **de —** certainly [25]
sellar to seal [10]
selvicultura forestry [5]

semblante face [7]
semejante similar [11]
semestre six-month taxes [21]
semilla seed [22]
seminario seminary [2]
seña gesture [12], indcation [32]
señal sign [2], pelos y —es details [32]
señalar to point out [2]
sencillez simplicity [3]
sencillo simple [17], basic [32]
senda path [2]
sendos one each [21]
seno bosom [18]
Señor God [6]
sensibilidad sensitivity [8]
sensible sensitive [9], regrettable [32]
sensiblería oversentimentality [6]
sentar: —se to sit down [5], —le to suit [6]
sentencia verdict [2]
sentencioso self-righteous [26]
sentido sense [3], meaning [20], sin — unconscious [17]
sentimiento feeling [6]
sentir to feel [1], to hear [25]
sepulcro tomb [2]
sepultura grave [17]
sequía drought [19]
seráfico angelic [31]
serenar to calm down [9]
serenidad serenity [11]
sereno calm [15], night watchman [16]
serio serious [7]
servidumbre staff of servants [28]
servir to be of use [27]
seso brain [14]
sesudo sensible [2]
sextagenario of the age of sixty years [4]
sibarita sensuous [25]

siembra sowing [12]
sien temple [24]
siglo century [3]
significar to mean [8]
signo mark [7]
siguiente next [8]
silbato to whistle [1]
silla chair [32]
sillar stone [8]
sillón armchair [8]
singular odd [8]
siniestro left [2], sinister [19]
sintetizar to synthesize [15], summarize [23]
siquiera at least [appendix]
sirena mermaid [6]
sirtes Syrtes [6]
sitio place [1]
soberbia arrogance [31]
soberbio proud [2], angry [26]
soborno bribe [20]
sobrar to be more than enough [21]
sobremanera exceedingly [12]
sobrenatural supernatural [17]
sobreponer to rise above [17]
sobrevenir to suddenly occur [7]
sobrino nephew [2]
sobrio temperate [3]
socarronamente slyly [2]
sociedad society [5]
socio member [11]
socorro assistance [9]
sofocar to stifle [12]
sofoco annoyance [26]
sol sun [2], picar el — to be hot [2], — poniente setting sun [8]
solapar to conceal [14]
soldado soldier [2]
soldadura solder [9]
soledad solitude [5]
soler to be in the habit of [3]
solfa beating [27]
solicitar to request [3]

solitario solitary [6]
sollozar sobbing [19]
sollozo sob [23]
solo: a solas alone [24]
soltar to set free [2], to let out [3]
sombra shadow [3], shade [8]
sombrear to shade [12]
sombrío somber [2]
someterse to subject oneself [7]
son sound [2]
sonado much talked about [6]
sonajear to jingle [1]
sonante clatter [3]
sonar to sound [2]
soñar to dream [6]
sonoro resonant [18]
sonreír to smile [2]
sonrisa smile [8]
sonrojo blushing [8]
sonrosar to make pink [9]
sonsonete singsong [27]
sopicaldo broth soup [32]
soplo: decir en un soplo to say in
    an instant [25]
soportar to put up with [5]
sordo deaf [2]
sorprender to surprise [19]
sorprendiente surprising [7]
sorpresa surprise [17]
sosegar to calm [11]
sosiego quiet [5]
sospecha suspicion [12]
sospechar to suspect [9]
sospechoso suspicious [25]
sostener to hold up [4], to maintain
    [8], to support [21]
sotana cassock [5]
suave soft [1]
subir to ascend [1]
súbito: de — suddenly [3]
sublimar to exalt [22]
subsistir to continue to exist [2]
suceder to happen [18]

sucedido event [18]
suceso event [6]
sudar to sweat [27]
sudor sweat [17]
sueldo salary [12]
suelo soil [2], ground [4], floor [4]
suelto loose [18], individual [18]
suerte type [6]
sugerir to suggest [26]
sujeto individual [11]
sulfurar infuriate [6]
suma sum [3]
sumaria preliminary hearing [2]
sumiso submissive [9]
sumo greatest [21], **hasta lo —**
    extremely [12]
superar to surpass [9]
supino inactive [2]
súplica plea [28]
suponer to assume [7], to presume
    [10]
sur south [18]
surgir to arise [6]
susodicho aforementioned [10]
suspirar to sigh [13]
suspiro sigh [2]
sustentáculo support [5]
sustentar to support [7]
sustituir to replace [6]
susto fright [3], scare [25]
sutil delicate [12], subtle [19]
sutileza subtlety [8]
tachonar to decorate [24]
tahalí sword case [18]
talante: de mal — in a bad mood
    [2]
talla carving [9]
talle figure [3]
talón luggage claim stub [1]
tañer to play a musical instrument
    [2]
tantear to grope about [16]
tanto: no ser para — to not be that

bad [14]
tapa cover [2]
tapar to cover up [27]
taparrabo loincloth [11]
tapete: — **verde** gaming table [12]
tapia mud wall [2]
tapiar to wall up [2]
tapujarse to cover up one's face [25]
tapujo secrecy [23]
tarambana scatterbrain [8]
tararear to hum [12]
tardanza delay [23]
tardar to take a long time [4]
tarea task [7]
tasa limit [10]
teatro theater [18]
techo ceiling [22]
tedio tedium [12]
teja priest's shovel hat [5], **de** —**s abajo** without any help from above [10]
tejado tile roof [14]
tejar tile works [10]
tejer to weave [18]
tela cloth [9]
telar loom [7]
tema topic [7]
temblar to tremble [17]
temblor tremor [17]
temer to be afraid [2]
temeridad recklessness [2]
temible frightening [2]
temor fear [2]
tempestad storm [10]
temple courage [22]
tenacillas curling irons [9]
tender: — **a** to lead to [14]
tenebroso gloomy [11]
teniente: — **coronel** lieutenant colonel [18]
teñir to dye [12]
tentar to touch [2], to tempt [23]

tentativa attempt [14]
tenue faint [16]
teodólito surveying instrument [19]
teología theology [7]
teológico theological [7]
teólogo theologian [10]
terciopelo velvet [1]
terco stubborn [3]
tergiversar to distort [19]
término district [21]
ternera veal [14]
ternezas endearments [3]
ternura tender affection [3]
terquedad stubbornness [10]
terrado flat roof [13]
terremoto earthquake [19]
terreno land [10], terrain [19]
terruño piece of land [5], native land [27]
tesoro treasure [6]
testamentaría testate proceedings [6]
testarudo stubborn [21]
testero front part [4]
testigo witness [2]
tibieza lukewarmness [22]
tierno tender [8]
tierra earth [1], land [2], **dar en** — **con** to ruin [3]
tiesto broken piece of earthenware [13]
tinieblas darkness [19]
tino good judgement [3], ability [9]
tinta hue [8]
tinte tinge [26]
tirano tyrant [21]
tirar to pull [1], to throw [2]
tiro shot [2]
tísico consumptive (suffering from tuberculosis) [11]
titulado so-called [11]
tocar to play [2], to touch [8], to be

one's turn [22], to knock [31]
toga judge's robe [10]
tolerar to tolerate [9]
tomo volume [10]
tono: de buen — stylishness [5], darse — to put on airs [11]
tontería foolish remarks [8]
tonto stupid [8]
topar to encounter [16], — con to knock against [17]
torbellino whirlwind [32]
torcer to turn [2], to make crooked [9], to twist [19]
tormenta storm [21]
tornar: — a to do again [23], —se en to change into [24]
torpe clumsy [4]
torre tower [2]
torvo fierce [15]
tosco unrefined [11]
toto bull [11]
trabar to join [2], to strike up [2], to join in battle [2], —se to become entangled [20]
tractado treatise [16]
traducir to translate [9]
traer to bring [2]
tragaluz transom [12]
tragar to swallow up [11]
trago drink [6]
traición betrayal [20], a — from behind [27]
traidor traitor [11]
traílla pack [12]
traje costume [10]
trajinero carrier [2]
tramar: — una intriga to hatch a scheme [20]
trampa trap [26], llevarse la — to fall through [26]
trance critical moment [21]
tranquilizar to calm down [27]
transcurrir to pass [12]

transeúnte passer-by [12]
transparente window shade [4]
trapo: rosas de — artificial roses [25]
trasbordar to transfer [3]
trasero rear [2]
traspasar to go beyond [7], to pierce [17]
trasquilar to shear sheep [22]
trastazo bump [14]
trastienda cunning [2]
trasto old piece of furniture [13]
trastornar to turn upside down [11]
tratado treatise [7]
tratar to behave towards [5], to be in contact with [8], —se to deal with [9]
trato way of behaving [3]
travesura prank [13]
travieso mischievous [6]
traza scheme [20]
trazar to draw [18]
trece: seguir en sus — to stand firm [25]
trecho: a —s at intervals [2]
tremendo terrible [27]
trémulo trembling [13]
tren train [1]
treta scheme [25]
trigo wheat field [2], wheat [27]
trilladora: — mecánica threshing machine [5]
trillar to thresh [27]
trimestral quarterly [3]
trinar warble [8]
tripería tripe shop [11]
tristeza sadness [2]
triunfo triumph [9]
trocar to convert [19]
tropa soldiers [17]
tropel: en — in a mad rush [13]
tropezar — con to trip over [16],

—con to bump into [17]
tropo trope [4]
trote trot [4]
troyano Trojan [15]
trozo piece [13]
tumba tomb [17]
tunante rascal [5]
turba mob [11]
turbación confusion [17]
turbamulta crowd [7]
turbar to disturb [2]
turbio muddy [2]
tutelar guardian [17]
ultraje outrage [19]
umbral threshold [3]
uña claw [11], **ser — y carne** to be very close friends [21]
unir to join together [7]
urbanidad politeness [2]
urbano urbane [3]
urgir to be urgent [16]
usura usury [12]
útil useful [7]
vacío empty [5], emptiness [16]
vadear to ford [2]
vagabundo wandering [6]
vagar to wander [12]
vago vagrant [3], vague [6]
valentía bragging remark [21], bravery [21]
valentón braggart [15]
valer value [2], to be worth [2], to be equal to [3], **— la pena** to be worth the effort [10], **— un Perú** to be worth a fortune [16], **—se de** to make use of [19]
valeroso courageous [22]
valiente brave [7]
valija pouch [2]
valle valley [3]
valor worth [7], value [9], courage [10]
vals waltz [9]

vanidad vanity [6]
vano futile [6], foolish [20], **ídolo —** false idol [6], **en —** in vain [18]
vapor steam [1]
vara staff [1]
variar to alter [10]
varón man [4]
varonil masculine [13]
vástago offspring [18]
vecindad neighborhood [12]
vecindario townspeople [3], vicinity [21]
vecino neighboring [1], neighbor [14]
vehemente impassioned [25]
vejación ill-treatment [13]
vejamen affront [20]
vejez old age [3]
vela candle [9]
velar to stay awake [31]
veleta weather vane [17]
velo veil [3]
veloz swift [3]
vencer to conquer [16]
venerar to venerate [9]
venganza revenge [11]
vengarse to take revenge [11]
vengativo spiteful [27]
ventajoso advantageous [28]
ventilar to air [15]
ver: de buen — good-looking [2], **—se con** to reckon with [2]
veras truth [11], **de —** truly [8]
verdad truth [6]
verdadero real [18]
verdor freshness [9]
verdoso greenish [19]
verdugo executioner [17]
vereda path [2]
vergel orchard [18]
vergonzoso shameful [15]
vergüenza shame [19]
verídico true [18]

verosímil credible [21]
vestir to dress [9]
vetusto decrepit [2]
vez time [3], **de — en cuando** every once in a while [18]
vía track [1], **— férrea** railway [3]
víbora viper [20]
vibrante vibrating [16]
vibrar to vibrate [10]
vicio vice [12]
víctima victim [7]
vida: en mi — never [7]
videncia clear-sightedness [31]
vidriera glass door [8]
vidrio glass lens [5]
viento wind [1]
vientre belly [9]
vigilancia watchfulness [18]
vigilar to keep watch over [31]
vil vile [19]
villa town [1]
villanía despicable act [28]
villano ruffian [27]
viña vineyard [6]
vino wine [25]
vinoso excessive wine drinking [16]
violación rape [18]
violentarse to force oneself [3]
virilidad manhood [9]
virreinato viceroyalty [32]
virtud virtue [3]
virtuoso virtuous [12]
viso luster [11], appearance [18]
vista eyes [2], evidence [2], **punto de —** point of view [3]

vituperar berate [9]
vituperio abuse [21]
viudez widowhood [26]
viudo widower [3]
vivienda dwelling [2]
vivo intense [28]
vocablo word [2]
vociferar to shout [21]
volar to fly [12]
volcar to overturn [12]
voluble moving [5]
voluntad will [3]
volverse to turn around [1]
voraz voracious [11]
vorazmente voraciously [3]
voto curse [1]
voz voice [1], **en — alta** aloud [8]
vuelo flight [9], **cortar el —** to clip the wings [2]
vuelta return [32], **dar —s** to go around in circles [10], **dar una — ** to go around [24]
vulgar common [3]
yacer to lie buried [16]
yelmo helmet [22]
yugo yoke [3]
zagal lad [1]
zalamero flattering [20]
zampar to gobble down [2]
zángano drone [9], good-for-nothing [25]
zascandil meddler [12]
zozobra anxiety [8]
zumbar to buzz [10]
zumbido buzz [10]

Brigadier Rey (murió 1841)

el más rico de propietario de Orbajosa ↓

¿parientes? ¿si son muy muy lejano

Don Manuel María José de Polentos

Doña Perfecta
muy religiosa
una fanática
hipocrecía

Don Juan Rey — María Palentina (1845 se muri
ejerció la abogacía en Sevilla

(se murió) —
↓ (Rosarito era niña/bebé)
el juego y
las mujeres =
la casa estaba arruinada --
Juan Rey ayuda a su hermana

Señorita Rosarito (Rosario)

- (única heredera)
= guapa - joven - débil
- su madre destruye su vida

PRIMOS
(¿esposos?)

Pepe Rey
(Don José de Rey)
- 34 años
- ingeniero
- tiene tierra de su madre en Orbajosa
- guapo
- liberal
- culto
- bien educado
- honesto
- ha viajado mucho

- Perfecta y Rosario viven en Orbajosa.
- Se comunican a través de una carta trimestral
  ↖ Don Juan Rey y Doña Perfecta

- la idea de Don Juan Rey: Rosarito y Pepe = casarse

Otros Personajes

peasant / farm laborer

- Pedro Lucas (Tío Licurgo) — labriego, también quiere tierra de Pepe, como mucho otras personas
  tiene un pleito contra Pepe

- Señor Don Cayetano — hermano político de Perfecta CUÑADO (bro in law) - libros, libros, libros vive en la casa de Doña Perfecta

- Pinzón < coronel de caballería (cavelry), amigo de Pepe, en Orbajosa, vive en la casa de Doña Perfecta
  ("finch")

- Tío Pasolargo - uno de ellos que quieren/tienen/tierras de Pepe. roban
  ↖ hijo = Bartolome

- Don Inocencio - tiene 60 años, tiene control del alma de Doña (el señor Penitenciado), canónigo Quiere aprovechar a D. Perfecta sin rigor

- Caballuco (Cristobal Ramos) - (como un Centauro) - una especie de caballería adelante
  ¡¡tiene que ver con caballos, este nombre!! vive en la pobreza
  muy querido por todo Orbajosa (Knight errant orgulloso

- Jacintillo - abogado, pobre chico, quiere Rosario,
  ("hyacinth"?)
  el sobrino de D. Inocencio (p.43)
  - joven... veinte pocos años...
  pedante